U0575451

文集二

蘇東坡全集

四

曾枣庄
舒大刚　主编

中华书局

第四册目录

文集
二

文集卷三十八

谢制科启 一 嘉祐六年

　　右轼启：今月某日，蒙恩授前件官者。临轩策士，方搜绝异之材；随问献言，误占久虚之等。忽从佐县，擢与评刑。内自顾于无堪，凛不知其所措。恭惟制治之要，惟有取人之难。用法者畏有司之不公，故舍其平生，而论其一日；通变者恐人才之未尽，故详于采听，而略于临时。兹二者之相形，顾两全而未有。一之于考试，而掩之于仓卒，所以为无私也。然而才行之迹，无由而深知。委之于察举，而要之于久长，所以为无失也。然而请属之风，或因而滋长。此隋、唐进士之所以为有弊，魏、晋中正之所以为多奸。惟是贤良茂异之科，兼用考试、察举之法。每中年辄下明诏，使两制各举所闻。在家者能孝而恭，在官者能廉而慎。临之以患难而能不变，邀之以宠利而能不回。既已得其行己之大方，然后责其当世之要用。学博者又须守约而后取，文丽者或以用寡而见尤。特于万人之中，求其百全之美。凡与中书之召命，已为天下之选人。而又有不可测知之论，以观其默识之能；无所不问之策，以效其博通之实。至于此而不去，则其人之可知。然犹使御史得以求其疵，谏官得以考其素。一陷清议，辄为废人。是以始由察举，而无请谒公行之私；终用考试，而无仓卒不审之患。盖其取人也如此之密，则夫不肖者安得而容？轼才不迨人，少而自信。治经独传于家学，为文不愿于世知。特以饥寒之忧，出求斗升之禄。不谓诸公之过听，使与群豪而并游。始不自量，欲行其志。遂窃俊良之举，不知才力之微。论事迂阔，而不能动人；读书疏略，而无以应敌。取之甚愧，得而益惭。此盖伏遇某官，德为世之望人，位为时之显处。声称所被，四方莫不奔趋；议论一加，多士以为进退。致兹庸末，亦与甄收。然而志卑处高，德薄宠厚。历观前辈，由此为致君之资；敢以微躯，自今为许国之始。过此以往，未知所裁。　卷四六

谢制科启　二

轼以薄材，亲承大问。论议群起，予夺相乘。不意圣恩之曲加，犹获从吏之殊宠。伏读告命，重积震惶。嘉其爱君之心，期以克终之誉。辞不获命，愧无以堪。某生于远方，性有愚直。幼承父兄之余训，教以修己而治人。虽为朝廷之直臣，常欲挺身而许国。位卑力薄，自许过深；言发谴生，事势宜尔。追寻策问之微意，实皆安危之大端。自谓不及，则曰志勤道远；开其不讳，则曰无悼后害。窃以制策之及此，又念科目之谓何。罄其平时之所怀，犹惧不足以仰对。言多迂阔，罪岂容诛。伏以国家取人之科，惟是刚柔适中之士。太刚则恶其猖狂不审，太柔则畏其选懦不胜。将求二者之中，属之以事，固非一介之贱，所或能当。某之不才，过乃由此。然而讦切愤悱，为知士之所不许；因循卤莽，又有国之所乐闻。使举世将以从容而自居，则天下谁当以奋发而为意？此盖某官羽翼盛时，冠冕多士。思尽刍荛之议，以明宽厚之风。羁危之所恃，以为无忧；纷纭之所恃，以为定论。顾惟无似，尚辱甄收。感恩至深，求报无所。昔者西汉之盛，莫如文、景、孝武之贤；制策所兴，世称晁、

董、公孙之对。然而数子者，颂咏德美，而不及其讥刺；故三帝者，好爱文字，而无闻于宽容。岂其时君不可为之深言，抑其群臣亦将有所不悦。某才虽不逮，时或见容。非怀爵禄之荣，窃喜幸会之至。卷四六

谢馆职启

试言无取，锡命过优。进贻朋友之讥，退有简书之畏。觍颜就列，抚己若惊。国家取士之门至多，而制举号为首冠；育才之地非一，而册府处其最高。观其所以待之，盖亦可谓至矣。知宝玉、璠玙难得而易毁，故箧椟以养其全；知梗楠、豫章积岁而后成，故封殖以待其长。施等天地，恩均父师。恭惟先帝临御以来四十二载，所擢贤良方正之士十有五人。其志莫不欲举明主于三代之隆，其言莫不欲措天下于泰山之固。大则欲兴礼乐以范来世，小则欲操数术以驭四夷。然而进有后先，名有隐显；命有穷达，时有重轻。或已践庙堂之崇，或已登侍从之列。或反流落于远郡，或尚滞留于小官。或死生之乖睽，已为陈迹，或摈斥于罪戾，仅齿平民。虽曰功名富贵所由之途，亦为毁誉得丧必争之地。名重则于实难副，论高则与世常疏。故虽绝异之资，犹有不任之惧。轼之内顾，岂不自知？性任己以直前，学师心而无法。自始操笔，知不适时。会宗伯之选抡，疾时文之靡弊。擢居异等，以风四方。不知满溢之忧，复玷良能之举。负贤者所难之任，争四海欲得之求。其为蠢愚，可为危栗。是以一参宾幕，辄蹈危机。已尝名挂于深文，不自意全于今日。而况大明继照，百度惟新。理财训兵，有鞭笞戎狄之志；信赏必罚，有追述祖宗之风。凡用人历试其能，苟败事必诛无赦。此太

平可待之日,岂不肖兼容之时。而乃度越贤豪,曲收微贱。纵不能力辞而就下,亦当知非分以自惭。此盖伏遇某官,志在斯民,仁为己任。欲办大事,务兼尺寸之长;将求多闻,故引涓埃之助。致此忝冒,有逾等伦。欲报无缘,将何望于顽鄙;遇宠知惧,庶不至于惰偷。 卷四六

凤翔到任谢执政启 嘉祐七年

右轼启:违去轩屏,忽已改岁。向风瞻恋,何翅饥渴。前月十四日到任,翌日寻已交割讫。轼本凡材,缪承选取。忽从州县,便与宾佐。扪躬自省,岂不愧幸! 伏自到任已来,日夜厉精。虽无过人,庶几寡过。伏惟昭文相公,素所奖庇,曲加搜扬。既蒙最深之知,遂有自重之意。所任金署一局,兼掌五曹文书。内有衙司,最为要事。编木栰竹,东下河渭;飞刍挽粟,西赴边陲。大河有每岁之防,贩务有不蠲之课。破荡民业,忽如春冰。于今虽有优轻酬奖之名,其实不及所费百分之一。救之无术,坐以自惭。惟有署置之必均,姑使服劳而无怨。过此以往,未知所裁。 卷四六

密州到任谢执政启

蒙恩授前件差遣,已于今月三日赴任讫。带山负海,号为持节之邦;多病无功,久在散材之目。授非所称,愧靡自任。矧兹愿治之辰,方以求贤为急。宜得敏锐兼人之器,以副厉精更化之怀。如轼者,天与愚忠,家传朴学。议论止于污俗,交游谓之陈人。出佐郡条,荐更岁籥。虽仅脱网罗之患,然卒无毫发之称。岂伊宠

荣，偶及衰钝？此盖伏遇某官，股肱元圣，师表万邦。欲隆太平极治之风，故开兼收并采之路。重使一夫之不获，特捐支郡以见收。荷恩至深，论报何所？谨当镌磨朽钝，棰策疲驽。虽无望于功名，庶少逃于罪戾。过此以往，未知所裁。 卷四六

徐州谢两府启　熙宁十年

移守河中，已愧超升之异；改临泗上，仍叨藩镇之雄。既见吏民，周览风俗。地形襟要，当东南水陆之冲；民食艰难，正春夏旱蝗之际。宜得一时之循吏，以安千里之疲民。如轼者，才不逮人，学非适用。早尘策府，自知拙直之难安；屡乞守符，意谓苟全之善计。然自往来三郡，首尾七年。足蹈危机，仅脱风波之险；心存吏役，都忘学术之源。既未决于归耕，敢复求于善地！伏遇某官，权衡万物，高下一心。顽矿悍坚，实费陶镕之力；散材疏恶，徒施封殖之恩。谨当棰策疲驽，镌磨朽钝。上酬天造，次答己知。 卷四六

徐州谢邻郡陈彦升启

受代胶西，甫违仁庇；分符泗上，复托恩私。祇见吏民，布宣条教。郡有溪山之乐，庭无争讼之烦。曾何妄庸，获此侥幸！此盖某官纪纲千里，仪表一方。议论信于中朝，予夺公于多士。衰罢无术，既常荷于兼容；勉厉自将，或无忝于知遇。感惧之素，敷染难宣。 卷四六

徐州谢执政奖谕启

事有服勤，此实守臣之职；功无可录，遽膺褒诏之荣。闻命惟惊，反身自愧。伏自河失故道，遗患及于东方；徐居下流，受害甲于他郡。比缘众力，获保孤城。洒沉澹灾，无补洪源之塞；增埤培薄，仅循下策之施。敢图天听之卑，乃辱玺书之赐。兹盖伏遇某官，左右元圣，师保万民。方以一人不获为己羞，故众人皆乐以善告。遂缘过听，致此曲恩。某敢不祗服训词，益修吏职。深自策其驽钝，庶有补于涓埃。过此以还，罔知所措。　卷四六

登州谢两府启　元丰八年

右轼启：蒙恩授前件官，已于今月十五日到任上讫者。迂愚之守，没齿不移；废逐之余，归田已幸。岂谓承宣之寄，忽为枯朽之荣。眷此东州，下临北徼。俗习齐鲁之厚，迹皆秦汉之陈。宾出日于丽谯，山川炳焕；传夕烽于海峤，鼓角清闲。顾静乐之难名，笑妄庸之窃据。此盖伏遇某官，股肱元圣，师保万民。才全而德不形，任重而道愈远。谓使功不如使过，而观过足以知仁。特借齿牙，曲成羽翼。轼敢不服勤簿领，祗畏简书？策蹇磨铅，少答非常之遇；息黥补劓，渐收无用之身。过此以还，未知所措。　卷四六

罢登州谢杜宿州启

桑榆晚景，忽蒙收录之恩；山海名邦，得窃须臾之乐。自非明哲，少借余光。内自顾其空疏，必难逃于旷败。此盖某官高风肃

物,雅望应时。既恺悌以宜民,亦儒雅而饰吏。每假齿牙之论,曲成羽翼之私。感佩良深,敷述奚既。_{卷四六}

除起居舍人谢启 _{元祐元年 一作谢右史启}

比者误被圣恩,轸及弃物。起于贬所,付以名藩。牧养疲民,曾未施于薄效;跻攀近侍,已再被于宠光。禄既多则功不可微,职既崇而责犹为重。顾恳辞之莫获,念图报之未能。方以为忧,敢辱见庆。此盖某官,德惟乐善,志务达人。重缘姻好之私,贲以文词之美。捧读数四,退增愧惭。属春候之向和,宜福禄之益固。未遂披奉,但切倾怀。_{卷四六}

谢中书舍人启

右轼启:蒙恩授前件官者。起于贬所,未及期年;擢置周行,遽参法从。省躬无有,被宠若惊。窃惟人材进退之间,实为风俗隆替之渐。必欲致治,在于积贤。虽一薛居州,齐言不能移楚;而用范武子,晋盗可使奔秦。崔琰进而廉俭成风,杨绾用而淫侈改度。诚国是之先定,虽民散而可收。拔茅茹者以汇而征,傅马栈者必先其直。用舍既见,好恶自明。人知所趋,势有必至。今朝廷方讲当世之务,力追前代之隆。虽改定法令,足以便事,而未足以安民;宽弛赋役,足以安民,而未足以成俗。是以登进耆老,搜求隽良。将使士知向方,民亦有耻。如轼者,山林下士,轩冕弃材。少而学文,本声律雕虫之技;出而从仕,有狂狷婴鳞之愚。沟中不愿于青黄,爨下无心于宫徵。误蒙收拾,已出优恩;荐履禁严,殊非素望。此盖伏遇某官,德配前哲,望隆本朝。名重圭璋,上助庙堂之用;言为蓍蔡,下同卿士之谋。余论所加,虚名增重。知丹心之尚在,怜白首之无归。特借宠光,以宽衰病。任隆才下,恩重报轻。直道而行,恐非所以安愚不肖之分;充位而已,又不足以解卿大夫之忧。早夜以思,进退惟谷。恐惧战越,不知所裁。卷四六

除翰林学士谢启　元祐元年

叨奉宠恩,擢居禁近;任逾器表,忧与愧并。内自顾于衰迟,宜退安于冗散。岂期晚节,复与英游。此盖伏遇某官,德配先民,望隆多士。至诚乐与,共推人物之评;雅量兼容,曲借齿牙之末。致兹朽钝,亦践高华。方修问之未皇,遽移书之见及。其为感佩,难尽敷陈。卷四六

杭州谢执政启　元祐四年

右轼启:小器易盈,宜处不争之地;大恩难报,终为有愧之人。到郡浃旬,汗颜数四。湖山如旧,鱼鸟亦怪其衰残;争讼稍稀,吏民习知其迟钝。虽尚婴于宠剧,庶渐即于安闲。顾此蠢愚,亦蒙徽幸。此盖伏遇某官,辅世以德,事君以仁。嘉善而矜不能,与人不求其备。故令狂直,得保始终。指步武于夷途,收桑榆之暮景。轼敢不钦承令德,推本上心!政拙催科,自占阳城之考;奸容狱市,敢师齐相之言。庶寡悔尤,少偿知遇。卷四六

颍州到任谢执政启　元祐六年

入参两禁,每玷北扉之荣;出典二邦,辄为西湖之长。皆缘天幸,岂复人谋。惟汝水之名邦,乃裕陵之故国。人醇事简,地沃泉甘。岂惟暂养于不才,抑亦此生之可老。恭惟某官,嘉猷经世,茂德范时。元老庙堂,自有权衡之信;余生江海,得同品物之安。感佩之私,笔舌难既。卷四六

扬州到任谢执政启　元祐七年

择地而安,本非臣子之达节;有求必获,足见庙堂之兼容。释汝、颍之清闲,当江、淮之冲要。旧游所乐,习俗相谙。已见吏民,具述朝廷之意;不为条教,自然狱市之清。此盖伏遇某官,师保斯民,蓍龟当代。折冲御侮,已获万人之英;补隙辅疏,更收一木之用。轼敢不益求民瘼,勉尽鄙才! 但未归田之须臾,犹思报国之万一。卷四六

定州到任谢执政启　元祐八年

燕南赵北,昔称谋帅之难;尺短寸长,今以乏人而授。幸此四夷之守,忘其一障之乘。坐食何功,扪心知愧。伏念轼愚忠自信,朴学无华。孔融意广才疏,讫无成效;嵇康性褊伤物,频致怨憎。叨逢圣世之休明,未分昔人之忧患。故求散地,以养衰年。终成命之莫回,悼此心之未亮。伏惟某官,躬行周孔,力致唐虞。燮和天人,方遂万物之性;虚受海宇,固容一介之微。眷此余生,实无他

望。老如安国，既倦北平之迁；蠢比方回，终有会稽之请。归依之至，笔舌奚周。卷四六

谢秋赋试官启

伏以圣人设文章之教，本以御民；君子在田野之间，亦学为政。故知礼乐者可与言化，通《春秋》者长于治人。盖三代之所常行，于六经可以备见。事为之制，曲为之防。使学者皆能明其心，则天下可以运诸掌。降及近世，析为二途。凡王政皆出于刑书，故儒术不通于吏事。惟其所以治民者，固不本于学；而其所以为学者，亦无施于民。游庠校者忘朝廷，读法律者捐诗赋。场屋后进，挟声技以相夸；王公大人，顾雕虫而自笑。旧学无用，古风遂忘。终始之意，曾不相沿；贵贱之间，亦因遂阔。下之士有学古之意，而无学古之功；上之人有用儒之名，而无用儒之实。顾兹偷弊，常窃悯嗟。苟非当世之大贤，孰拯先王之坠典？

伏惟某官，才出间世，志存生民。曩在布衣，能通天下之务；旋居要职，又为儒者之宗。明习政事，而皆有本原；守持经术，而不为迂阔。世之系望，上所深知。辍自朝联，付之文柄。命题甚易，而不肖者无所兼容；用法至宽，而犯令者未尝苟免。观其发问于策，足以尽人之材。讲求先圣之心，考其诗义；深悲古学之废，讯以历书。条任子之便宜，访成均之故事。不泥于古，不牵于今。非有苛碎难知之文，将观磊落不羁之士。使天下知文章诚可以制治，知声律不足以入官。失之者固因而自新，得之者不至于捐旧。畴昔所欲，于今遂忘。

轼才无他长，学以自守。为文病拙，不能当世俗之心；奏籍有

名，大惧辱贤材之举。翻然如界之羽翼，追逸翮以并游；沛然如假之舟航，临长川而获济。偶缘大庇，粗遂一名。方将区区于簿书米盐之间，碌碌于尘埃棰楚之地。虽识恩之所自，顾力报之末由。感惧之怀，不知所措。_{卷四六}

谢监司荐举启

　　猥以庸虚，过蒙知遇。既免尤谴，复加荐论。自省孤危，加之衰病，生而赋朴野之性，愚不识祸福之机。但知任己以直前，不复周防而虑后。动触时忌，言为身灾。挤而去之，则为有功；引而进之，亦或招悔。自非不以利禄为意，而以仁厚为心。顾兹钝顽，谁肯收录？伏惟某官，时望至重，主知已深。方将长育于群材，专务掩覆于小过。怜其谋身之甚拙，进绝望而退无归；知其为政之虽迂，岁有余而日不足。特矫世俗，借之齿牙。轼敢不祗畏简书，益自修饬。岂云报德，苟不辱知。过此以还，未知所措。_{卷四六}

谢监司启　一

　　近审下车，辄尝进记。徒欲闻名于将命，未皇尽意以占词。不图谦光，遽锡褒宠。感铭既切，愧惕并深。恭惟某官，以旧德之贤，当圣朝之选。恩足以济法，义足以理财。先声所临，公议同庆。凡繫属部，实有赖于庇庥；惟是孤踪，更曲蒙于优借。此为过幸，岂复胜言！_{卷四六}

谢监司启　二

伏念倾盖若故，虽自慰于宿心；尽言非书，故未纾于诚意。即膺宠复，实佩谦光。退属纷紫，遂疏上记。遽叨荣问，徒益厚颜。恭惟某官，造道惟深，养气以直。理财不愆于义，行法不失其恩。窃聆下风，倍仰厚德。不图幸会，遽隶属封。吏畏民怀，既仰安于明哲；心劳政拙，庶粗免于谴诃。喜抃至深，敷陈莫罄。烦歊尚炽，参对未期。伏冀精颐，别即迅召。卷四六

谢本路监司启

多病早衰，屡有江湖之请；误恩过听，遂分疆埸之忧。才无取于折冲，愧已深于卧镇。敢缘厚德，尚许兼容。伏惟某官，名重搢绅，望隆中外。承宣帝泽，民忘流殍之灾；肃振台风，吏若亲临之畏。顾惟朽钝，得奉教条。但交欣悚之怀，莫罄瞻依之颂。卷四六

谢监司礼启

燕南赵北，昔为百战之场；地利人和，今乃四夷之守。观累朝之命帅，皆一代之名臣。岂谓宠荣，曲加疲陋。顾吏民之易治，幸衰拙之少安。此盖伏遇某官，硕德庇民，宏才纬世。余膏所烛，常分无尽之光；蒙雾而行，坐获不知之润。眷言朽钝，未遂颠隮。勉加策励之勤，少答吹扬之赐。卷四六

谢交代赵祠部启

　　近审新命，屈领此邦。名实所加，吏民交庆。夫何驽骞之步，偶兹糠秕之先。虽甚内惭，实为大幸。恭惟某官，清名肃物，雅望在人。以博学而济雄文，以高才而行直道。久试萧生于冯翊，犹烦长孺于淮阳。眷此东原，几为大泽。尚呻吟之未复，岂罢陋之所堪。望公之来，以日为岁。祝颂之素，写述难周。卷四六

文集卷三十九

贺吕学士启

文学之选，人才所难。迩无世禄之嫌，远绝茅衡之弃。矧此国家养贤之地，岂为儒者窃位之私。某官学古入官，修身以道，志本为己，行浮于名。直谅多闻，固可追于益友；文史足用，曾不愧于古人。果膺选抡，益登清要。未遑驰问，先辱惠音。卷四六

谢王内翰启

右轼启：窃以取士之道，古难其全。欲求偶傥超拔之才，则惧其放荡而或至于无度；欲求规矩尺寸之士，则病其龌龊而不能有所为。进士之科，昔称浮剽。本朝更制，渐复古风。博观策论，以开天下豪俊之途；精取诗赋，以折天下英雄之气。使龌龊者望而不敢进，放荡者退而有所裁。此圣人所以网罗天下之逸民，追复先王之旧迹。元臣大老，皆出此途。伏惟内翰执事，天材俊丽，神气横溢。奇文高论，大或出于绳检；比声协句，小亦合于方圆。盖天下望为权衡，故明主委之黜陟。轼之不肖，与在下风。顾惟山野之见闻，安识朝廷之忌讳。轼亦恃有执事之英鉴，以为小节之何拘；执事亦将收天下之遗才，观其大纲之所在。骤置殊等，实闻四方。使知大国之选材，非顾当时之所悦。眇然陋器，虽不能胜多士之喧言；卓

尔大贤,自足以破万人之浮议。方将奔走厥职,厉精乃心。苟庶几无朝夕之愆,以辱知己;亦万一有毛发之效,少答至仁。感惧之怀,不知所措。 卷四六

谢孙舍人启

拜命中宸,代言西掖;耸闻中外,交庆士夫。窃惟二圣之心,盖以多士为急。灭烽仆鼓,而以将帅为藩垣;抵璧捐金,而以公卿为帑廪。盖樽俎有折冲之恃,则藜藿无见采之忧。某官瑚琏之资,杞梓其用。学不专于为己,才已效于临民。穆如清风,草木皆靡;炳然白日,霜雪自消。兹为收拾之储,岂特丝纶之任。不遗衰朽,过辱缄封。永敦为好之怀,深负难酬之作。 卷四六

谢韩舍人启

右轼启:轼闻古者至治之世,天子推恩,以收天下之望;有司执法,以绳天下之偷。盖不推恩则无所兼容,不执法则有所侥幸。有司推恩而求名,则侵君之权;天子执法而责实,则失民之望。为君者常病于察,为臣者又失之宽。古之明天子,信其臣而不惑于多言,故有司执法而无所忌;古之良有司,忧其君而不恤于私计,故天下归怨而不敢辞。况欲选材而置官,是将教民而图任。唯所利国,岂容树恩。今圣上推不忍之心,使贤愚皆遂其所欲;而大臣用至明之法,使工拙不至于相淆。向者哀怜老儒,故为特奏之令;悯恻连坐,又开别试之途。此天下所以咏歌至仁,鼓无盛德。君臣之体,夫岂同条。伏惟舍人执事,为时求材,忧国忘己。所图甚远,将深

计于安危；自信至明，曾不牵于毁誉。变苟且依违之俗，去浮伪嚣哗之文。罢黜俗儒，动以千计；讲通经术，得者九人。顾慈小才，偶在殊选。惟天子推恩如此之厚，惟大臣执法如此之坚。将天下实被其休功，岂一夫独遂其私愿！感荷激切，不能自胜。卷四六

谢贾朝奉启

右轼启：自蜀徂京，几四千里；携孥去国，盖二十年。侧闻松楸，已中梁柱。过而下马，空瞻董相之陵；酹以只鸡，谁副桥公之约？宦游岁晚，坐念涕流。未报不赀之恩，敢怀盍归之意。常恐樵牧不禁，行有雍门之悲；雨露既濡，空引太行之望。岂谓通判某官，政先慈孝，义笃友朋。首隆学校之师儒，次访里闾之耆旧。自嗟来暮，不闻拔薤之规；尚意神交，特致生刍之奠。父老感叹，桑梓光华。深衣练冠，莫克垂涕于墓道；昔襦今袴，尚能鼓舞于民谣。仰佩之深，力占难尽。卷四六

谢诸秀才启

鹿鸣食野，方主礼之粗陈；骊驹在门，叹宾欢之莫尽。遽辱移书之重，益惭为具之疏。即遂愿言，徒增铭佩。卷四六

谢高丽大使远迎启

伏审观光魏阙，自忘浮海之勤；授馆吴都，将有披云之幸。过承谦德，先枉华缄。感荷之深，诵言莫既。卷四六

谢副使启

伏审祗率邦常,来修方贡。适此海隅之守,得瞻使节之华。首辱缄縢,过形谦抑。其为感怍,难尽名言。卷四六

谢高丽大使土物启

伏审扬聆造朝,弭节就舍。归时事于宰旅,方劳远勤;发私币于公卿,亦蒙见及。莫遑辞避,但切感铭。卷四六

谢副使启

伏审舍馆初定,徒驭少休。粗接宾欢,方愧饩牵之陋;曲敦私好,特班琛贡之余。感佩于怀,愧怍无量。卷四六

谢管设副使启

伏以徘徊弭节,必忘靡盬之勤;笑语飞觞,深怀不腆之愧。过承荣问,益荷谦勤。感服于衷,笔舌难尽。卷四六

谢惠生日诗启　一

蓬矢之祥,虽世俗之所尚;蓼莪之感,追衰老而不忘。岂谓某官,意重琼瑶,文成黼黻。推仁心而锡类,出妙语以嘘枯。摄提正于孟陬,已光初度;月宿直于南斗,更借虚名。永惟难报之珍,但结

无穷之好。卷四六

谢惠生日诗启 二

伏蒙某官，以某生辰，特贻佳什。允也风人之作，灿然华衮之荣。自省庸虚，惟知愧汗。虽大人占《斯干》之梦，喜获嘉言；而弟子废《蓼莪》之篇，难忘永慕。感佩之素，敷染莫周。卷四六

贺韩丞相启

右轼启：伏审诞膺策命，首冠辅臣。四方耸观，万口同庆。天下幸甚！天下幸甚！自古在昔，治少乱多。夫天将欲措世于大安，必有异人之间出；使民莫不回心而向道，类非俗吏之所能。方陋汉唐，将追尧舜。洪惟上圣之后，眷求一德之臣。谓莫如公，遂授以政。付八音于师旷，孰敢争能；捐六辔于王良，坐将致远。引领以望，惟日为年。恭以昭文相公，全德难名，巨才不器。亹亹申伯之望，堂堂汉相之风。出入三朝，险夷一节。蕞尔种羌之叛命，慨然当宁以请行。威声所加，膻秽自屏。淮蔡既定而裴度相，徐方不回而召虎归。纵复遗种龙荒，游魂沙海，譬之癣疥，岂足爬搔？必将训兵择帅，而授之规摹；积谷坚城，而磨以岁月。破斧之恶四国，实愿周公之亟还；折箠以鞭赤眉，无烦邓禹之久外。天下是望，岂惟一人？即日边徼苦寒，台候何似。伏冀为国，善调寝兴。谨奉启起居。卷四七

贺韩丞相再入启

伏睹诏书，登庸旧德；传闻四海，欢喜一辞。窃以君臣之间，古今异道。任法而不任人，则责轻而忧浅，庸人之所安；任人而不任法，则责重而忧深，贤者之所乐。凡吾君所以推心忘己，一切不问，而听其所为；盖其后必将责报收功，三年有成，而底于至治。自非量足以容物，智足以知人，强足以济艰难，勇足以断取舍，则何以首膺民望，力报主知？恭惟史馆相公，忠诚在天，德望冠世。如《乾》之中正，挺然而纯粹精；如《坤》之六二，隤然而直方大。更练三朝之用舍，出入四方之险夷。疲民系心，有识引领。必将发其蕴蓄，以次施行。始缓狱以裕民，终措刑而隆礼。轼登门最旧，荷顾亦深。喜抃之怀，实倍伦等。　卷四七

贺时宰启

伏审光膺考慎，峻陟宰司。孚号扬廷，士识上心之所尚；置邮传命，人知圣泽之将流。靡不欣愉，至于鼓舞。恭以某官，直方以大，广博而良。进以正而正邦，异乎求以求政。贯六经百子之学，焕三代两汉之词。昂禀自殊，伟萧侯之八尺；斗南莫竞，凛梁公之一人。加以绝识见微，旷度举远。清心省事，则法可使复结绳之约；强本节用，则货可使若流泉之长。材无不可范而成也，譬泥之在钧；俗无不可易而善也，犹风之靡草。是皆随试而有效，安见为事而无功。盖神考贻谋，已完具而可按；故成王缵要，宜纤悉以勿加。此大雅兼持而不移，矧清衷图任之愈笃。岂繄疏逖，所独咏歌；惟民罔知，合语则圣。凡有诏令，率先惠慈。固已遐迩争传，

室家胥庆。顾此民逢此日之何幸,谓吾相劝吾君以爱人。欢声格于九天,乖气消于万汇。在昔小国,如彼景公。损己一言,退星三舍。又况以禹、汤大信之诰,有夔、契同寅之言。蠢尔凭生,犹知助顺;赫然在上,岂不降康?某愚有赤心,老无佞舌;辄忘犯分,顾欲输诚。然有难言,是在精智。盖无交则莫与,苟好谋则必成。不恶而严,匪怒伊教。终成大赉,岂曰自私。伏念某遭时休明,赋命衰薄。蚤粗蒙于遴选,比久幸于退藏。天雨何私,笑流行之木偶;沧溟不改,叹自荡之波臣。重以倾岁周旋,窃尝撰屦;末途流落,无复扫门。岂赖补息剔黜,雕杇粪朽;出蓬见日,去盆望天。怅末力之将殚,愧明恩之莫报。乃利用安身之何有,悦奉法循理之可为。民社非轻,犹承宣而惴惴;天渊靡外,亦戾跃以欣欣。某限以在外,不获躬诣省庭,预百执事贺钧。屏营下情无任。 卷四七

贺欧阳少师致仕启

伏审抗章得谢,释位言还。天眷虽隆,莫夺已行之志;士流太息,共高难继之风。凡在庶庶,共增庆慰。伏以怀安天下之公患,去就君子之所难。世靡不知,人更相笑。而道不胜欲,私于为身。君臣之恩,系縻之于前;妻子之计,推挽之于后。至于山林之士,犹有降志于垂老;而况庙堂之旧,欲使辞禄于当年。有其言而无其心,有其心而无其决。愚智共蔽,古今一涂。是以用舍行藏,仲尼独许于颜子;存亡进退,《周易》不及于贤人。自非智足以周知,仁足以自爱,道足以忘物之得丧,志足以一气之盛衰,则孰能见几祸福之先,脱屣尘垢之外?常恐兹世,不见其人。伏惟致政观文少师,全德难名,巨材不器。事业三朝之望,文章百世之师。功存社

稷而人不知，躬履艰难而节乃见。纵使耄期笃老，犹当就见质疑。而乃力辞于未及之年，退托以不能而止。大勇若怯，大智如愚。至贵无轩冕而荣，至仁不导引而寿。较其所得，孰与昔多。轼受知最深，闻道有自。虽外为天下惜老成之去，而私喜明哲得保身之全。伏暑向阑，台候何似。伏冀为时自重，少慰舆情。卷四七

贺赵大资少保致仕启

伏审抗章得谢，奉册言还。搢绅耸观，闾里相庆。窃谓富贵不为至乐，功名非有甚难。乐莫乐于还故乡，难莫难于全大节。历数当今之卿相，或寓他邦；究观自古之忠贤，少有完传。锦衣而夜行者多矣，狐裘而羔袖者有之。至若百行浑圆，五福纯备，当世所羡，非公而谁！恭惟致政大资少保，道心精微，德望宏远。无施不可，尤高台谏之风；所临有声，最宜吴蜀之政。才不究于大用，命乃系于生民。与时偕行，不可则止。见故人而一笑，绰有余欢；念平生之百为，绝无可恨。方将深入不二，独游无何。默追粲可之风，坐致乔松之寿。轼荷知有素，贪禄忘归。慕鸾鹄之高翔，眷樊笼而永叹。倾颂之素，敷写莫穷。卷四七

贺文太尉启

伏审孚号扬庭，临轩遣使；出节少府，授钺斋坛。夷夏耸观，兵民交庆。盖功业盛大，则极名器而后称；惟德度宏远，故举富贵而若无。蔚为三世之宗臣，岂独一时之盛事？恭惟留守太尉丈丈，道本天合，德为人师。信及三川之豚鱼，威加两河之草木。身任休

戚，言为重轻。始若留侯，弱冠而遇高祖；晚同尚父，黄发而亮武王。既奉册书，益新民听。方将威怀北虏，系颈长缨；约束河公，轨流故道。然后入调伊傅之鼎，归蹑松乔之游。舆论所期，斯言可必。轼谪官有限，趋侍无缘。踊跃之心，宣写难尽。卷四七

贺孙枢密启

伏审对扬纶綍，进领枢机。道不虚行，必赖股肱之力；人惟求旧，允符夷夏之瞻。恭惟某官，德充山甫之将明，气备孟轲之刚大。声华倾于众望，功业见乎有为。拥节常山，远过长城之备；剸繁京兆，遂令鸣鼓之稀。公议益崇，贵名愈白。用致非常之命，以图保大之勋。惟时运筹，既壮王猷之塞；仁观秉轴，更增帝载之熙。某限以郡符，阻趋墙仞。欣抃之至，徒切下怀。卷四七

贺欧阳枢密启　代大中公作

伏审拜恩王庭，署事兵府。非徒儒者之盛节，实为天下之殊休。苟居下风，孰不欣抃。切以国家分设二府，纪纲百官，凡奉法循令，所以抚民于内者，皆效节于中书；秉义蹈忠，所以捍城于外者，皆受制于枢密。未有不能文而能干兵事，未有不知兵而能为宰臣。职虽或偏，道未始异。盖近古之制，兵农混于一民；自汉以还，文武分为二职。所上者系乎其世，所长者存乎其人。求其兼通，岂复容易！恭以枢密侍郎，名冠当代，才雄万夫。通习世务，而皆有本源；讲明经术，而不为迂阔。擢居大位，实快群心。武夫悍卒，自以为能尽其才；贤士大夫，皆以为得行其道。某分守远郡，寓居近

畿,仰大贤之登庸,助率土之欢咏。_{卷四七}

贺吕副枢启

伏审近膺告命,入总枢机;中外耸观,朝廷增重。伏惟庆慰。窃以古之为国,权在用人。德厚者,辅其才而名益隆;望重者,无所为而人自服。是以淮南叛国,先寝谋于长孺;汾阳元老,尚改观于公权。樽俎可以折冲,藜藿为之不采。哀此风流之莫继,久矣寂寥而无闻。天亦厌于凡才,上复思于旧德。恭惟枢密侍郎,性资仁义,世济忠嘉。岂惟清节以镇浮,固已直言而中病。出领数郡,若将终身。小人谓之失时,君子意其复用。迨兹显拜,夫岂偶然?然而荷三朝两世之恩,当《春秋》贤者之责。推之不去,凛乎其难。进伯玉而退子瑕,人皆望于门下;烹桑羊而斩樊哙,公无愧于古人。莫若尽行畴昔之言,庶几大慰天下之望。轼登门最旧,称庆无缘。踊跃之怀,实倍伦等。_{卷四七}

贺吴副枢启

顷闻休命,擢领上都。曾安坐之未皇,已欢声之布出。即欲裁问,少通勤拳。以为不久当有非常之闻,是以未敢轻为率尔之贺。逮兹未几,果已如言。释府事之喧繁,总兵权于禁密。传闻四远,欢喜一词。伏惟某官,机略足以应无方,而有朴忠沉厚之量;文华足以表当世,而有简素质直之风。置之于都会,则其为效也速,而所及者廉;委之于枢机,则其成功也迟,而所被者广。深惟贤者之处世,皆以得时为至难。幸而得之,或已老矣。今以明公之至盛，正如大川之方增。天下固将以未获之事，尽付于明公；明公宜爱此不赀之躯，以毕其能事。区区之意，言不能胜。<small>卷四七</small>

贺范端明启

右轼启：恭承明诏，追录旧勋。名升秘殿之严，实遂安车之养。仍推余泽，以及后昆。闻命以还，有识相庆。窃谓死生之事，圣贤有不能了；父子之际，古今以为难言。方其犯雷霆于一时，岂意收功名于今日。惟天知我，绝口不言。伟事发之相重，非人谋之所及。恭惟致政端明学士，至诚格物，隐德在人。弼亮四世如毕公，寿考百年如卫武。独立不惧，舍之则藏。惟有青蒲之言，尚在金滕之匮。白日一照，浮云自开。坐使遗民，复观盛事。子孙归沐，下万石之里门；君相乞言，授三老之几杖。更延眉寿，永作元龟。轼无任欢喜颂咏激切之至。<small>卷四七</small>

贺高阳王待制启

伏审显奉恩纶，荣更帅阃。镇武垣之冲要，联内阁之高华。公议交俞，贵名愈白。恭惟某官，膺天大任，于时有为。发挥才谋，更历事任。道能济而不过，事虽难而不辞。简在圣心，遂益柄任。峻登秘近之直，重易关防之雄。有恩有威，方结东人之爱；允文允武，更纾北顾之忧。即观成功，进陟近辅。<small>卷四六</small>

贺林待制启

伏审图旧圣时,升华法从。金言谐允,有识叹咨。万木岁寒,配乔松于巨柏;众星夜艾,凛明月与长庚。斧藻昌朝,领袖后进;传闻四远,欢喜一词。恭惟某官,名重弱龄,望高晚节。文章尔雅,盖西汉之余风;悃愊无华,亦东京之循吏。凡阅四朝而后用,独为三馆之老臣。著书已成,特未写之琬琰;立功何晚,会当收之桑榆。轼交旧最深,慰喜良甚。尺书为贺,鄙志莫宣。卷四七

贺杨龙图启

右轼启:伏审新改直职,擢司谏垣。传闻迩遐,竦动观听。咸谓国家之钜福,乃用谏诤之真才。必能深言,以补大化。方今朝廷之上,号为无讳,而太平之美,终不能全;台谏之列,岁不乏人,而众弊之原,犹或未去。岂听之者徒能容而不能用,言之者但为名而不为功!历观古人之效忠,皆因当世而用智。不务过直,期于必行。右尹子革因坟典而道《祈招》之诗,左师触龙语饘粥而及长安之质。徒尽拳拳之意,不求赫赫之名。此仁人及物之休功,忠臣爱君之至分。伏自顷岁,所更几人。席未暖而辄迁,踵相蹑而继去。一身之讥,固足以免矣;而积岁之病,当使谁去之?恐习惯以为常,遂因循而不振。虽在僻陋,顾常隐忧。以为必得朴忠忧国之人,而又加以辩智得君之术。言苟获用,国其庶几。伏惟谏院龙图,才雄于世,而常若不胜;节过于人,而未尝自异。素练边事,深知兵骄;顷持铨衡,实识官冗。必将举大体而不论小事,务实效而不为虚名。轼最蒙深知,愧无少补。方倾耳以听,愿续书《谏苑》之篇;若有待

而言，或能著《争臣》之论。阻以在外，无由至门。踊跃之怀，实倍伦等。卷四七

贺青州陈龙图启

伏审光奉诏书，往司留宪。汉恩予告，暂优三最之勤；商梦怀人，方徯巨川之济。于公自计，为喜可量。伏惟某官，文武宪邦，忠嘉致主。众谓老成之托，孰逾旧学之贤。而乃力谋退安，示有疾病。挥金故里，虽荣疏傅之归；雅意本朝，日望萧公之入。无由追饯，徒切瞻依。卷四七

贺彭发运启

伏审拜诏十行，观风六路。允符公论，克振先声。恭承曩契之隆，得与属城之末。瞻依有素，感慰居多。伏惟发运吏部年兄，士耸英风，时推旧德。用久淹而未尽，才历试而愈高。船满潭中，行奏韦坚之课；钱流地上，伫观刘晏之能。喜抃之深，力占难尽。
卷四七

贺王发运启

伏审荣膺制检，总领漕权。惨舒六路之民，表里大农之政。风声所暨，忻悚交并。恭惟某官，学术过人，忠嘉许国。暂屈分符之寄，已膺侧席之思。乃眷东南，欲少苏于疲瘵；无心内外，当益罄于谋维。凡在庇庥，岂胜欢慰。卷四七

贺蒋发运启

伏审上计入觐，拜恩言还。拥节东南，上寄一方之休戚；考图广内，示将大用之权舆。凡在庇庥，举增忭跃。恭惟某官，受材秀杰，秉德纯忠。蔚然西汉之文，深厚尔雅；展矣东京之吏，恂恂无华。虽已得正法眼藏于大祖师，犹有一大事因缘于当来世。行将入践卿相，坐致功名。以斯道而结主知，随所寓而作佛事。某窜流已久，衰病相仍。方称庆之未皇，忽移书之见及。欣幸之至，笔舌难宣。 卷四七

文集卷四十

贺新运使张大夫启

伏承抗旌入境，揆日临民。方一节之风驰，已列城之云靡。矧惟雅故，尤激欢悰。伏惟某官，早以异材，著闻美绩。议法造令，久裨于庙谋；宣化承流，益试之民事。自闻新命，实慰舆情。再惟衰朽之余，得荷宽明之庇。其为厚幸，未易究陈。卷四七

贺提刑马宣德启

奉命按刑，捧节入境。吏民相庆，已戴二天之仁；衰病自私，独先一日之雅。恭承荣问，有激懦衷。伏惟某官，才映士林，望高朝论。治行耸闻于中外，家声洋溢于缙绅。眷三吴之疲民，困连年之积潦。畴咨明哲，宣布厚恩。匪惟凋瘵之获苏，抑亦庸虚之知勉。其为喜幸，岂易名言。卷四七

贺正启　一

伏以物壮则老，肃役所以成岁功；否终必倾，反复然后知天意。凡在含生之类，休有向荣之心。恭惟某官，履信体仁，秉德直义。才无施而不可，道得时而愈隆。方当汇征元吉之辰，宜享既醉

太平之福。某限居官守，阻候门墙。瞻颂之深，敷宣罔既。卷四七

贺正启 二

伏以苇桃在户，磔禳以饯余寒；椒柏称觞，燔烈以兴嗣岁。在时为泰，与物咸新。恭惟某官，德治斯民，才高当世。迹难淹于外补，望已隆于本朝。庆此朋来之辰，必有汇征之福。某官守所系，展谒无阶。颂咏之深，敷写难尽。卷四七

贺正启 三

效五物以观云，咸知岁美；备八能而合乐，益验人和。伏惟某官，进德及时，宜民受禄。肇履三阳之应，永膺百顺之归。未遂披承，徒增欣咏。卷四七

贺正启 四

三阳应律，万宝向荣。永惟视履之祥，宜获自天之祐。未遑展庆，徒切颂言。卷四七

贺邻帅及监司正旦启

新历既颁，盖履端归余之岁；群情交泰，正赞阳出滞之辰。恭惟某官，厚德镇浮，高名华国。非独畴咨之用，已简上心；更膺难老之祥，以符民望。官守所限，展庆无由。欣颂之深，敷陈罔既。卷

四七

贺列郡守倅正旦启

新历既颁,群情交泰。过蒙流问,祗服宠光。永惟嗣岁之兴,必享宜民之禄。徒深颂咏,莫罄敷陈。_{卷四七}

贺冬启

伏以候缇室之清宫,瞀告以日;卜台观之黄祲,史书有年。共安消长之来,以待阴阳之定。恭惟某官,才猷杰异,道德深醇。靖共正直之休,顺获天人之助。某恪守官次,阻称寿觥。坐驰倾向之心,莫罄安荣之遇。_{卷四七}

贺邻帅及监司冬至启

月临天统,首冠于三正;气兆黄宫,复来于七日。候微阳之协应,知君子之汇征。伏惟某官,硕德庇民,杰才经世。践扬中外之寄,益推望实之隆。《既醉》太平,实具周诗之福;《大有》上吉,允符羲易之占。轼限以守边,未遑称庆。徒云善颂,莫罄鄙虔。_{卷四七}

贺列郡知通冬至启

日旋南极,气兆黄宫。窃惟视履之祥,宜拥自天之祐。未遑

驰问,先辱惠音。感佩之余,敷述罔既。 _{卷四七}

上留守宣徽启

　　右某启:少年游学,方成都乐职之秋;壮岁效官,复淮阳卧理之日。矧留都之清净,眷幕府之优闲。再枉辟书,重收孤迹。哀怜废弃之久,谁复肯然;绸缪樽俎之欢,亦非偶尔。伏惟留守宣徽太尉,才高一世,望重屡朝。体河岳之兼容,纳涓尘而不间。衣食有奉,已宽尽室之忧;道德照人,况复终身之幸。其为感激,难尽敷陈。 _{卷四七}

上虢州太守启

　　伏审光奉宸恩,宠分郡寄。惟此山河之胜,宜膺师帅之权。凡在庇庥,莫不欣抃。切以弘农故地,虢国旧邦。周分同姓之亲,唐以本支为尹。富庶雅高于二陕,莺花不谢于三川。韩公三十一篇,风光咸在;贾岛五十六字,景色如初。有洪淄灌溉之饶,被女郎云雨之施。四时无旱,百物常丰。宝产金铜,充牣诸邑;良材松柏,赡给中都。至于事简讼稀,潇洒有道山之况;鱼肥鹤浴,依稀同泽国之风。自匪巨贤,不轻假守。故来者未尝淹久,而优恩已见迁除。非总一路之转输,则入六曹而侍徒。前人可考,新命何疑。伏惟御府某官,学造渊源,道升堂奥。精禖尽天人之蕴,高明穷性命之微。中外屡更,功名茂著。铜虎暂淹于百里,朱辖聊寄于三堂。仰望清徽,俯临民社。共徯星言而凤驾,思承道化乎其民。某仕版寒踪,宾僚俗吏。久仰圭璋之望,素钦星斗之名。岂谓此时,获

依巨庇。惟良作牧,已兴来暮之歌谣;有陨自天,惟恐别膺于纶绰。无任丹恳,倍切驰情。卷四七

与颍州运使刘昱启

衰病倦游,久怀归意。圣神宽假,特乞守符。条教阔疏,溪湖清远。但坐糜于廪禄,顾难继于贤豪。所幸仁明,曲垂存抚。特先蒙于顾盼,使增重于吏民。伏惟运使郎中,才简上心,名高省闼。暂屈外台之寄,一苏右辅之民。日望车尘,按临封部。少奉诲言之末,足为衰朽之光。感佩之私,笔舌难既。卷四七

杭州与莫提刑启

罢直禁中,本缘衰病;分符浙右,更窃宠荣。顾惟顽钝之资,岂任繁剧之寄?仰凭多可,或赐曲全。恭惟某官,德望在人,才猷简上。肃高风于列郡,浃厚德于齐民。千佛题名,昔忝游从之末;三吴按郡,想蒙润泽之余。会见有期,瞻依愈切。卷四七

回苏州黄龙图启

伏审政成京口,诏徙吴都。眷惟疆境之邻,首被风声之美。亟蒙音诲,良慰望思。伏惟某官,赋才敏明,秉德仁厚。践扬台省,既久简于上心;偃息江湖,尚历试以民事。仰膺殊用,以协群言。欣颂之诚,口占难尽。卷四七

黄州还回太守毕仲远启

五年严谴，已甘鱼鸟之乡；一舸生还，复与缙绅之末。屡将通问，辄复自疑。方兹入境之初，遽已诲音之辱。披缄惊眩，抚己汗惶。恭惟某官，师帅斯民，表仪多士。道德龚、黄之右，牢圉坐空；风流王、谢之间，啸歌自得。岂特居人之安堵，固将迁客之忘归。路转湖阴，益听风谣之美；神驰铃下，如闻謦咳之音。瞻咏实劳，敷宣罔既。卷四七

回列郡守倅启

祗奉诏恩，出临边寄。愧非才之难强，托余庇以少安。岂谓仁私，过形存问。感佩之至，宣写莫周。卷四七

答杜侍郎启

伏审荐膺天宠，荣贰卿曹。士友喜于汇征，朝廷为之增重。伏惟兵部侍郎，温文亮达，宏远清通。直道不回，贯今昔而无愧；处躬自厚，蹈世俗之所难。事愈练而益明，用虽晚而必济。自闻休命，实起懦衷。遽承问讯之先，益佩谦光之过。卷四七

答范端明启

伏审参稽古乐，追述新书。琢石铸金，成之有数；立钧出度，施及无穷。搢绅云集于奉常，端冕天临于便座。伟兹壮观，自我元

臣。窃以乐之盛衰，寄于人之存否。秦、汉以下，郑、卫肆行。虽喜三雍之成，旋遭五胡之乱。平陈之后，粗获雅音；天宝之中，遂杂胡部。道丧久矣，孰能起之！独求三代之遗声，允属四朝之旧德。恭惟致政端明丈丈，耄期称道，直亮多闻。进不谋安，昔既以身而徇义；退犹忧国，今推所学以及人。岂惟尽力于考音，至复倾家而制器。盖事关于治忽，必幽赞于神明。得《商颂》十二篇于周大师，虽贤者之事也；获古磬十六枚于犍为郡，岂偶然而已哉！轼本非知音之人，空荷移书之辱。究观累日，喜愧兼怀。徒诵咏于再三，岂发明于万一。 卷四七

答曾学士启

伏审祗奉诏恩，荣升册府；允厌朝论，增辉士林。伏惟庆慰。恭以圣神在御，政化惟新。顾吁俊之无方，岂拔贤而待次。贱如莘野，犹为席上之珍；远若傅岩，尽入彀中之选。而况圭璋之质，近生阀阅之家。固宜首膺询寐之求，于以助成肃雍之化。府判学士，天资粹美，儒术讲明。向屈处于下僚，盖避嫌而自晦。属武子之请老，察少翁之最贤。抚念老成，聿求义训。岂独褒崇之盛典，固将乐育于英材。自顾庸虚，获联斋舍。忽捧书词之辱，益知谦德之光。喜愧于心，踧踖无措。 卷四七

答新苏州黄龙图启

伏审光膺诏函，移牧吴会。先声所被，惠政已孚。自顾妄庸，敢论畴昔。既联法从之末，又窃邻光之余。金华玉堂，帝左右之高

选;武林茂苑,江东南之要藩。虽才分阔绝于贤愚,而步武差池于先后。其为喜幸,宜倍等流。伏惟某官,文秀士林,才任国器。学已试而可用,望久养而益隆。偃息均劳,叔度莫窥于万顷;治行称首,次公行践于三槐。润泽所加,迂愚有托。辱移书之周厚,实借宠于衰迟。铭感之深,笔舌难喻。 <small>卷四七</small>

答王太仆启

伏审祇奉明缗,特膺异选。以高才望册府,以令德正仆臣。侧闻除书,大慰舆论。伏惟太仆学士,文鸣早岁,学配前人。豫章虽老于中林,瑚琏终升于清庙。万事不理,问伯始而可知;三箧虽亡,得安世而何患。清途方践,远业难量。愧修庆之未皇,辱移书之见及。感佩之至,但切下怀。 <small>卷四七</small>

答杭州交代林待制启　一

伏审知府钤辖待制新易节旄,光临督府。旧政已孚于千里,先声坐振于七州。轼偶以庸虚,适相前后。愧无毫发之善,可纪斯民;惟有凋瘵之余,以遗君子。即谐瞻奉,尤切咏思。 <small>卷四七</small>

答杭州交代林待制启　二

右轼启:罢直禁中,本缘衰病;分符浙右,更窃宠荣。既寻少壮之旧游,复继老成之前躅。养疴卧治之所,蒙成坐啸之余。顾此钝顽,实为忝昧。伏惟知府待制,宏才纬俗,雅望镇浮。神驰方切于望尘，心照已先于倾盖。借之余润，成此虚名。滕大夫之才，岂堪治剧；楚令尹之政，或许告新。望见有期，瞻依愈切。_{卷四七}

答彭舍人启

伏审显膺宸命，进直掖垣。除目播腾，舆情欣属。国家董正百官之治，聿追三代之隆。用事考言，因名责实。然而宪台省闼，无预于文词；儒馆学宫，不关于政理。惟此六押之任，要须二者之长。非该通经术，则不足以代王言；非晓达吏方，则不足以分省事。是为文士之极任，岂止时人之美谈。果有真才，来膺妙选。伏惟某官，道师古始，识造精微。学穷游、夏之渊源，文列马、班之伯仲。自期甚厚，所得实多。对策决科，尝魁天下之士；犯颜逆指，有古名臣之风，粤从言动之司，亟掌丝纶之美。璠玙美质，岂独一时宗庙之华；杞梓异材，固为后日栋梁之用。轼备员法从，窃庇余光。聊陈舆诵之言，少答函封之辱。其为欣佩，莫究颂言。_{卷四七}

答曾舍人启

伏审显膺制命，荣进掖垣。风声所加，中外同庆。伏以取才之道，自昔为难。惟君子之所为，固众人之莫识。奢俭异俗，不害徐公之有常；用舍皆天，孰知令尹之无喜。此盖某官异材秀出，博学名家。世以文鸣，远继父兄之业；早缘德进，简在裕陵之心。今乃援而进之，论者惜其晚矣。训词一出，皆丹青润色之文；老拙自降，有糠秕在前之叹。过蒙宠顾，辱示华笺。恨无酬德之言，徒有得贤之庆。感怃之素，写述难周。_{卷四七}

答乔舍人启

　　某闻人才以智术为后，而以识度为先；文章以华采为末，而以体用为本。国之将兴也，贵其本而贱其末；道之将废也，取其后而弃其先。用舍之间，安危攸寄。故议论慨慷，则东汉多徇义之夫；学术夸浮，则西晋无可用之士。兴言及此，太息随之。元祐以来，真人在位。并兴多士，以出异材。眷惟淮海之英，久屈江湖之上。迨兹显擢，实慰舆情。伏惟某官，名重儒林，才为国器。深厚尔雅，非近世之时文；直谅多闻，盖古人之益友。代言未几，华国著称。岂惟台省之光，抑亦邦家之庆。过蒙疏示，深服执谦。顾惭衰病之余，莫究欣承之意。卷四七

答杨屯田启　一

　　伏承枉顾，宠示长书。礼数过隆，既匪妄庸之称；文词深厚，足为衰拙之光。反复究观，愧汗交集。伏惟通判屯田，学深经术，名重荐绅。顷者剑外屈临百里之间，已是部中受赐一人之数。岂伊幸会，复此逢迎。听其言，信仁人之薄哉；居是邦，盖大夫之贤者。欲报琼瑶之贶，适苦簿书之烦。言之不文，永以为好。卷四七

答杨屯田启　二

　　向者不遗，特蒙枉顾。愧无琴瑟旨酒，以乐我嘉宾；但喜直亮多闻，真古之益友。谓将继此而得见，岂意阙然而有行。伏读诲音，惟知感叹。伏惟通判屯田，才猷通敏，学术深纯。非独东州杞

梓之珍,将为清庙璠玙之宝。暂临边服,行履要津。而轼早以空疏,加之衰病。不缘旷官而罢去,则当引分以归耕。自兹恐遂有出处之疏,故临纸不能无怅惘之意。惟祈自重,少副下情。卷四七

答晁发运及诸郡启

衰病交攻,已安僻壤;宠光荐及,复付名邦。虽见吏民,敢违条教。尚缘大庇,使获少安。此盖伏遇某官,忠厚有容,高明毕照。乐善忘势,稍霁外台之威;讲旧论心,曲敦同榜之好。余人:某官忠厚有容,通明毕照。朝高雅望,流风采之耸闻;士诵德言,借光华于枯朽。致兹疏拙,粗免旷瘝。愧展奉之未皇,但缄藏之无斁。卷四七

答陈提刑启

久窜岛夷,偶未书于鬼录;逃归空谷,固喜闻于足音。况清庙瑚琏之姿,为明堂杞梓之用。欲通名而未敢,岂流问之辄先。恭惟提刑刑部,才高一时,望重多士。鲁诸儒之德业,缘饰政刑;汉循吏之风流,本源经术。暂屈云霄之步,来苏岭峤之民。怜迁客之无归,坠尺书而起废。助其羽翼,借以齿牙。但忧枯朽之余,难副吹嘘之力。既感且怍,不知所云。卷四七

答莫提刑启

右轼启:得请江湖,虽适平生之愿;刬烦狱市,岂堪老病之余。赖兹德大而有容,愍其心劳而愈拙。故于始至,借以一言。此盖伏

遇提刑某官，威肃列城，德怀雅俗。虽在按临之属部，不忘宿昔之交情。岂独敦忠厚之风，抑以增衰朽之重。其为感怍，未易名言。

卷四七

答李知府启

伏审祗奉异恩，远临全蜀。奎文宝训，方入直于禁严；井络提封，旋出分于忧顾。风猷所暨，谣颂率同。恭惟知府宝文，望重搢绅，材宜廊庙。譬之金石，盖暗然而日彰；浩若江河，固穷之而益远。西南之俗，信服已深。民物子来，气复岷峨之旧；舟车云集，惠通秦楚之商。曾未下车，已闻执政。轼倦游滋久，寤寐怀归。空咏甘棠之思，莫展维桑之敬。怅焉永望，言不写心。卷四七

答彭贺州启

窜流海国，脱身羁鬼之林；洒扫真祠，拜赐散人之号。喜归田之有渐，悼报国之无期。方自愧于心颜，敢闻名于左右。岂谓某官，曲敦雅好，深轸穷途。赐以尺书，借之余论。温词曲尽，贤于十部之见临；陋质增华，果已五浆之先馈。但惭衰朽，虚辱品题。敬佩至言，永以为好。卷四七

答王明州启

伏审奉诏牧民，涓辰莅事。教条清简，曾无颐指之劳；吏下肃承，皆有心服之敬。风声所暨，邻境为先。伏惟知府龙图，迪哲而

文,刚中莫屈。大辩若讷,耻为利口之言,小智自私,谁识仁人之勇。道不容于群枉,身乃获于退安。回观争夺之途,日有荣枯之变。坐啸之乐,勿以语人。强食自颐,犹当为国。 <small>卷四七</small>

答临江军知军王承议启

泮水受成,缪膺桑梓之敬;海邦画诺,又观枳棘之栖。多难百罹,流年半世。恍如昨梦,复见故人。伏惟知郡承议,居以才称,进由德选。渊源师友,旧仰郑公之高;歌咏风流,近传邵父之继。不忘畴昔,曲赐拊存。岂独怜衰朽而借余光,盖将敦风义以励流俗。感佩之至,笔舌难周。 <small>卷四七</small>

答丁连州朝奉启

七年远谪,不知骨肉之存亡;万里生还,自笑音容之改易。久恬飓雾,稍习蛙蛇。自疑本儋崖之人,难复见鲁卫之士。而况清时雅望,令德高标。固以闻名而自惭,盖欲通书而未敢。岂谓知郡朝奉,仁无择物,义有逢时;每怜迁客之无归,独振孤风而愈厉。固无心于集苑,而有力于嘘枯。远移一纸之书,何啻百朋之锡! 过情之誉,虽知无其实而愧于中;起废之文,犹欲借此言以华其老。穷途易感,永好难忘。 <small>卷四七</small>

文集卷四十一

答秀州胡朝奉启

伏审初见吏民，首行条教。邻封甚迩，欣谣颂之蔼然；缄牍先蒙，愧劳谦之过矣。某官望推朝论，才映士林。用已试于盘根，所居见纪；政方观于余地，不令而行。某待罪江湖，苟安衰病。眷言一郡，幸击柝之相闻；矜式百为，知伐柯之不远。其为欣咏，难尽名言。卷四七

答许状元启

右轼启：伏以贤俊之士，固将有所挟持；富贵之来，岂能为之损益？昔者在贫贱之辱，所有无以异于今；一朝居豪杰之先，而人然后知其贵。伏惟状元金判廷评，以粹美之质，负杰异之才。自远方而游上都，以一日而盖天下。士既望风而知不敌，人皆敛衽而谓当然。苟非素与交游之流，安敢轻为贺问之礼。不期谦抑，过录庸虚。忽承笺牍之临，皆自听闻之误。礼非所称，愧靡自任。先皇帝未明求衣，久已格于至治；洮盥凭几，尚不忘于选贤。庸登哲民，以遗后圣。虽喜车旌之召，旋兴弓剑之悲。臣子之心，远迩若一。即日承已拜命，计将就涂。念展谒之何时，徒向风而永望。谨奉启陈谢，不宣。卷四七

答王幼安宣德启

俯仰十年，忽焉如昨；间关百罹，何所不有。顷者海外，澹乎盖将终焉；偶然生还，置之勿复道也。方将求田问舍，为三百指之养；杜门面壁，观六十年之非。岂独江湖之相忘，盖已寂寥而丧我。不谓某官，讲修旧好，收录陈人。粲然云汉之章，被此枯朽之质。欲其洗濯宿负，激昂晚节。粗行平生之志，少慰朋友之望。此意厚矣，我心悠哉。如焦谷牙，如伏枥马。非吹嘘之所及，纵鞭策以何加。藏之不忘，永以为好。卷四七

答陈斋郎启

伏审祗膺宠命，荣践亨涂。拜庆庭闱，溢欢声于观者；驰书士友，换华藻之灿然。顾此衰羸，实难当捧。伏惟斋郎，天资深茂，学术淹通。经行两纯，穷达一操。久困有司之尺度，退从老圃于丘园。陋彼素餐，是闻也，非达也；凛然遗直，惟有之，则似之。假道一官，权舆千里。幅巾藜杖，愿为二老之风流；甲第高门，坐看诸郎之富贵。欣颂之至，笔舌难周。卷四七

答馆职启

伏审奉诏明廷，升华册府。国有得贤之庆，士知稽古之荣。虎观石渠，极诸儒之妙选；鳌宫金阙，笑方士之远求。自喜衰年，获观盛事。某官学本自得，道惟造深。温故为君子之儒，多闻推益者之友。奇字可学，知子云之苦心；亡书复存，赖安世之默识。不试

而用,知贤则深。轼方此赐环,遽承枉驾。沐诲音之已厚,愧驰谒之未遑。卷四七

答试馆职人启

伏承射策玉堂,方观笔阵;校文天禄,遂秀儒林。党友增华,缙绅共庆。国家求贤之道,必于闲暇无事之时;贤者报国之功,乃在缓急有为之际。养之无素,则一旦欲用而何由;待以非常,则临事欲辞而不可。故纳之于英俊相从之地,观之以世俗不见之书。非独使之业广而材成,抑将待其资深而望重。某官学优而仕,行浮于名,词令从容,议论慷慨。追还正始,文章为之一新;传写都城,纸墨几于骤贵。得士之喜,非我敢私。轼衰病侵寻,文思荒落。职在翰苑,当发策而莫辞;识匪通儒,惧品藻之不称。过烦临贶,宠以书词。永为巾笥之珍,愧乏琼瑶之报。卷四七

与迈求婚启

里闬之游,笃于早岁;交朋之分,重以世姻。某长子迈,天资朴鲁,近凭一艺于师传;贤小娘子,姆训夙成,远有万石之家法。聊伸不腆之币,愿结无穷之欢。卷四七

与过求婚启

敢议婚姻,盖恃乡间之末;遂忘门阀,亦缘声气之同。龟筮既从,祖考咸喜。伏承令子弟二小娘子,庆闱擢秀,岂独卫公之五长;

而某第三子某,驽质少文,庶几南容之三复。恭驰不腆之币,永结无穷之欢。悚抃于怀,敷述罔既。 _{卷四七}

求婚启

结缡早岁,已联昆弟之姻亲;垂白南荒,尚念子孙之嫁娶。敢凭良妁,往款高闳。轼长子某之第二子符,天质下中,生有蓬麻之陋;祖风绵邈,庶几弓冶之余。伏承故令弟子立先辈之爱女第十四小娘子,禀粹德门,教成家庙。中郎坟典之付,岂在他人;太真姑舅之婚,复见今日。仰缘凤契,祗听俞音。 _{卷四七}

答求亲启

藐尔诸孤,虽本轩裳之后;闵然衰绪,莫闲纂组之功。伏承某人,儒术饬修,乡评茂著。许敦兄弟之好,永结琴瑟之欢。瞻望高门,获接登龙之峻;恪勤中馈,庶几数马之恭。 _{卷四七}

下财启

凤缘契好,获讲婚姻。顾门阀之虽微,恃臭味之不远。敬陈纳币之礼,以行奠雁之仪。庶徼福于前人,永交欢于二姓。 _{卷四七}

湖州上监司先状 _{元丰二年}

弭棹江郊,耸闻风采;驰神德守,若奉诲音。欣抃之深,敷宣

莫究。卷四七

回同官先状

幸因联事,得遂依仁。瞻奉匪遥,欣愉良极。卷四七

杭州到状

得请支郡,备员属城。幸兹衰病之余,托在庇庥之末。即谐瞻奉,预切欣愉。卷四七

定州到状

得请近藩,假涂治境。即谐披奉,预切忻愉。卷四七

回叶运使启

近审下车,辄尝进记。徒欲闻名于将命,未皇尽意以占词。不图谦光,遽锡褒宠。感铭既切,愧惕并深。恭惟某官,以旧德之贤,当圣朝之选。恩足以济众,法足以理财。先声所临,公议同庆。凡繁属部,实有赖于庇庥;惟是孤踪,更曲蒙于优借。此为过幸,岂复胜言!《重编东坡先生外集》卷二五

洛尹到任谢宰相启①

　　滥司留钥，茂著事功；易处藩方，敢论治效。省循甚惧，跼蹐无容。伏念某起自孤生，期于平进。猥奉前席之对，遂膺圣上之知。首置郎曹，旋升内史。缀七臣之近列，亚八座之崇资。暨出绾于郡章，亦参荣于法从。载惟侥冒，一出奖成。恭惟某官，光辅熙朝，宠膺睿眷。金声掷地，共推华国之文；玉德照人，自是礼神之器。尚怜衰陋，特为保全。某敢不祗奉彝章，恪循分守。誓仰酬于天造，庶旁答于已知。《五百家播芳大全文粹》卷三一

上富丞相书

　　轼闻之：进说于人者，必其人之有间而可入，则其说易行。战国之人贪，天下之士，因其贪而说之；危国之人惧，天下之士，因其惧而说之。是故其说易行。古之人一说而合，至有立谈之间而取公相者，未尝不始于战国、危国。何则？有间而可入也。

　　居今之世，而欲进说于明公之前，不得其间而求入焉，则亦可谓天下之至愚无知者矣。地方万里而制于一姓，极天下之尊而尽天下之富，不可以有加矣，而明公为之宰。四夷不作，兵革不试，是明公无贪于得，而无惧于失也。方西戎之炽也，狄人乘间以跨吾北，中国之大不畏，而畏明公之一词，是明公之勇，冠于天下也。明公居于山东，而倾河朔之流人，父弃其子、夫弃其妻而自归于明公者百余万。明公人人而食之，旦旦而抚之。此百万人者，出于沟壑

---

　　①苏轼未尝尹洛，此当为代他人作。

之中，而免于乌鸢豺狼之患。生得以养其父母而祭其祖考，死得以使其子孙葬埋祭祀，不失其故常。是明公之仁，及于百世也。勇冠于天下，而仁及于百世，士之生于世，如此亦足矣。今也处于至足之势，则是明公无复有所羡慕于天下之功名也。五帝三代之事，百家之书，莫不尽读。礼乐刑政之大小，兵农财赋之盛衰，四海之内，地里之远近，山川之险易，物土之所宜，莫不尽知。当世之贤人君子，与夫奸伪险诈之徒，莫不尽究。至于曲学小数，茫昧恍恍而不可知者，皆猎其华而咀其英，泛其流而涉其源。虽自谓当世之辩，不能傲之以其所不知，则是明公无复有所畏惮于天下之博学也。

名为天下之贤人，而贵为天子之宰，无贪于得，而无惧于失，无羡于功名，而无畏于博学，是其果无间而可入也？天下之士，果不可以进说也？轼也闻之，楚左史倚相曰："昔卫武公年九十有五，犹日箴儆于国曰：'自卿以下，至于官师，苟在朝者，无谓我老耄而舍我，朝夕以交戒我。'犹以为未也，而作诗以自戒。其诗曰：'抑抑威仪，惟德之隅。'"夫卫武公惟居于至足，而日以为不足，故其没也，谥之曰睿圣武公。嗟夫！明公岂以其至足而无间以拒天下之士？则士之进说者，亦何必其间之入哉？不然，轼将诵其所闻，而明公试观之。

夫天下之小人，所为奔走辐辏于大人之门而为之用者，何也？大人得其全，小人得其偏。大人得其全，故能兼受而独制；小人得其偏，是以聚而求合于大人之门。古之圣人，惟其聚天下之偏而各收其用，以为非偏则莫肯聚也，是故不以其全而责其偏。夫惟全者之不可以多有也，故天下之偏者，惟全之求。今以其全而责其偏，夫彼若能全，将亦为我而已矣，又何求焉？昔者，夫子廉洁而不为异众之行，勇敢而不为过物之操，孝而不徇其亲，忠而不犯其君。

凡此者，是夫子之全也。原宪廉而至于贫，公良孺勇而至于斗，曾子孝而徇其亲，子路忠而犯其君。凡此者，是数子之偏也。夫子居其全，而收天下之偏，是以若此巍巍也。若夫明公，其亦可谓天下之全矣。廉而天下不以为介，直而天下不以为讦，刚健而不为强，敦厚而不为弱。此明公之所得之于天，而天下之所不可望于明公者也。明公居其全，天下效其偏，其谁曰不可？

异时，士大夫皆喜为卓越之行，而世亦贵狡悍之才。自明公执政，而朝廷之间，习为中道而务循于规矩。士之矫饰力行为异者，众必共笑之。夫卓越之行，非至行也，而有取于世；狡悍之才，非真才也，而有用于天下。此古之全人所以坐而收其功也。今天下卓越之行，狡悍之才，举不敢至于明公之门，惧以其不纯而获罪于门下。轼之不肖，窃以为天下之未大治，兵之未振，财之未丰，天下之有望于明公而未获者，其或由此也欤？昔范公收天下之士，不考其素。苟可用者，莫不咸在。虽其狂狷无行之徒，亦自效于下风，而范公亦躬为诡特之操以震之。夫范公之取人者，是也；其自为者，非也。伏惟明公以天下之全而自居，去其短而袭其长，以收功于无穷。

轼也西南之匹夫，求斗升之禄而至于京师。翰林欧阳公不知其不肖，使与于制举之末，而发其猖狂之论。是以辄进说于左右，以为明公必能容之。所进策论五十篇，贫不能尽写，而致其半。观其大略，幸甚。 _{卷四八}

上曾丞相书

轼闻之：将有求于人，而其说不诚，则难以望其有合矣。

　　世之奇特之士，其处也，莫不为异众之行；而其出也，莫不为怪诡之词，比物引类，以摇撼当世。理不可化，则欲以势劫之，将以术售其身。古之君子有韩子者，其为说曰："王公大人，不可以无贫贱之士居其下风而推其后，大其声名而久其传。虽其贵贱之阔绝，而其相须之急，不啻若左右手。"呜呼！果其用是说也，则夫世之君子所为老死而不遇者，无足怪矣。

　　今夫扣之者急，则应之者疑。其辞夸，则其实必有所不副。今吾以为王公大人不可以一日而无吾也，彼将退而考其实，则亦无乃未至于此耶？昔者，汉高未尝喜儒，而不失为明君；卫、霍未尝荐士，而不失为贤公卿。吾将以吾之说，而彼将以彼之说。彼是相拒，而不得其欢心，故贵贱之间，终不可以合，而道终不可以行。何者？其扣之急而其词夸也。鬻千金之璧者，不之于肆，而愿观者塞其门。观者叹息，而主人无言焉。非不能言，知言之无加也。今也不幸而坐于五达之衢，又呶呶焉自以为希世之珍，过者不顾，执其裾而强观之，则其所鬻者可知矣。王公大人，其无意于天下后世者，亦安以求之也。苟其不然，则士之过于其前而有动于其目者，彼将褰裳疾行而搂取之。故凡皇皇汲汲者，举非吾事也。昔者尝闻明公之风矣。以大臣之子孙，而取天下之高第。才足以过人，而自视缺然，常若不足。安于小官，而乐于恬淡。方其在太学之中，衣缯饭糗，若将终身，至于德发而不可掩，名高而不可抑。贵为天子之少宰，而其自视不加于其旧之锱铢。其度量宏达，至于如此。此其尤不可以夸词而急扣者也。

　　轼不佞，自为学至今，十有五年。以为凡学之难者，难于无私。无私之难者，难于通万物之理。故不通乎万物之理，虽欲无私，不可得也。己好则好之，己恶则恶之，以是自信，则惑也。是故幽居默处而观万物之变,尽其自然之理,而断之于中。其所不然者,虽古之所谓贤人之说,亦有所不取。虽以此自信,而亦以此自知其不悦于世也。故其言语文章,未尝辄至于公相之门。今也天子举直谏之士,而两制过听,谬以其名闻。窃以为与于此者,皆有求于吾君吾相者也。故辄有献。其文凡十篇,而书为之先,惟所裁择。幸甚。卷四八

黄州上文潞公书

轼再拜:孟夏渐热,恭惟留守太尉执事台候万福。承以元功,正位兵府,备物典册,首冠三公。虽曾孙之遇,绝口不言;而金滕之书,因事自显。真古今之异事,圣朝之光华也。有自京师来转示所赐书教一通,行草烂然,使破甑敝帚,复增九鼎之重。

轼始得罪,仓皇出狱,死生未分,六亲不相保。然私心所念,不暇及他。但顾平生所存,名义至重,不知今日所犯,为已见绝于圣贤,不得复为君子乎?抑虽有罪不可赦,而犹可改也?伏念五六日,至于旬时,终莫能决。辄复强颜忍耻,饰鄙陋之词,道畴昔之眷,以卜于左右。遽辱还答,恩礼有加。岂非察其无他,而恕其不及,亦如圣天子所以贷而不杀之意乎?伏读洒然,知其不肖之躯,未死之间,犹可以洗濯磨治,复入于道德之场,追申徒而谢子产也。

轼始就逮赴狱,有一子稍长,徒步相随,其余守舍,皆妇女幼稚。至宿州,御史符下,就家取文书。州郡望风,遣吏发卒,围船搜取,老幼几怖死。既去,妇女恚骂曰:"是好著书,书成何所得,而怖我如此!"悉取烧之。比事定,重复寻理,十亡其七八矣。到黄州,无所用心,辄复覃思于《易》《论语》。端居深念,若有所得,遂

因先子之学，作《易传》九卷，又自以意作《论语说》五卷。穷苦多难，寿命不可期，恐此书一旦复沦没不传，意欲写数本留人间。念新以文字得罪，人必以为凶衰不祥之书，莫肯收藏。又自非一代伟人不足托以必传者，莫若献之明公。而《易传》文多，未有力装写，独致《论语说》五卷。公退闲暇，一为读之，就使无取，亦足见其穷不忘道，老而能学也。

轼在徐州时，见诸郡贼为患，而察其人多凶侠不逊，因之以饥馑，恐其忧不止于窃攘剽杀也。辄草具其事上之。会有旨移湖州而止。家所藏书，既多亡轶，而此书本以为故纸糊笼箧，独得不烧，笼破见之，不觉惘然如梦中事，辄录其本以献。轼废逐至此，岂敢复言天下事！但惜此事粗有益于世，既不复施行，犹欲公知之。此则宿昔之心扫除未尽者也。公一读讫，即烧之而已。

黄州食物贱，风土稍可安，既未得去，去亦无所归，必老于此。拜见无期，临纸於邑。惟冀以时为国自重。卷四八

上韩太尉书

轼生二十有二年矣。自七八岁知读书，及壮大，不能晓习时事，独好观前世盛衰之迹，与其一时风俗之变。自三代以来，颇能论著。

以为西汉之衰，其大臣守寻常，不务大略。东汉之末，士大夫多奇节，而不循正道。元、成之间，天下无事，公卿将相安其禄位，顾其子孙，各欲树私恩，买田宅，为不可动之计，低回畏避，以苟岁月，而皆依放儒术六经之言，而取其近似者，以为口实。孔子曰："恶居下流而讪上，恶讦以为直。"而刘歆、谷永之徒，又相与弥缝

其阙而缘饰之。故其衰也,靡然如蛟龙释其风云之势,而安于豢畜之乐,终以不悟,使其肩披股裂,登于匹夫之俎,岂不悲哉！其后桓、灵之君,惩往昔之弊,而欲树人主之威权,故颇用严刑以督责臣下。忠臣义士,不容于朝廷,故群起于草野,相与力为险怪惊世之行,使天下豪俊奔走于其门,得为之执鞭,而其自喜不啻若卿相之荣。于是天下之士,嚣然皆有无用之虚名,而不适于实效。故其亡也,如人之病狂,不知堂宇宫室之为安,而号呼奔走,以自颠仆。昔者,太公治齐,举贤而尚功。周公曰:"后世必有篡弑之臣。"周公治鲁,亲亲而尊尊。太公曰:"后世浸微矣。"汉之事迹,诚大类此。岂其当时公卿士大夫之行,与其风俗之刚柔,各有以致之邪？古之君子,刚毅正直,而守之以宽,忠恕仁厚,而发之以义。故其在朝廷,则士大夫皆自洗濯磨淬,戮力于王事,而不敢为非常可怪之行,此三代王政之所由兴也。曾子曰:"上失其道,民散久矣。"天下之人,幸而有不为阿附、苟容之事者,则务为偶俍矫异,求如东汉之君子,惟恐不及,可悲也已！

轼自幼时,闻富公与太尉皆号为宽厚长者,然终不可犯以非义。及来京师,而二公同时在两府。愚不能知其心,窃于道涂望其容貌,宽然如有容,见恶不怒,见善不喜,岂古所谓大臣者欤？夫循循者固不能有所为,而翘翘者又非圣人之中道,是以愿见太尉,得闻一言,足矣。太尉与大人最厚,而又尝辱问其姓名,此尤不可以不见,今已后矣。不宣。轼再拜。 卷四八

上韩枢密书

轼顿首上枢密侍郎阁下:轼受知门下,似稍异于寻常人。盖

尝深言不讳矣，明公不以为过。其在钱塘时，亦蒙以书见及，语意亲甚。自尔不复通问者，七年于兹矣。顷闻明公入西府，门前书生为作贺启数百言。轼辄裂去，曰："明公岂少此哉！要当有辅于左右者。"昔侯霸为司徒，其故人严子陵以书遗之曰："君房足下，位至台鼎，甚善。怀仁辅义天下悦，阿谀顺旨要领绝。"世以子陵为狂，以轼观之，非狂也。方是时，光武以布衣取天下，功成志满，有轻人臣之心，躬亲吏事，所以待三公者甚薄。霸为司徒，奉法循职而已，故子陵有以感发之。今陛下之圣，不止光武，而明公之贤，亦远过侯霸。轼虽不用，然有位于朝，未若子陵之独善也。其得尽言于左右，良不为过。

今者，贪功侥幸之臣，劝上用兵于西北。使斯言无有，则天下之幸，孰大于此！不幸有之，大臣所宜必争也。古今兵不可用，明者计之详矣，明公亦必然之，轼不敢复言。独有一事，以为臣子之忠孝，莫大于爱君。爱君之深者，饮食必祝之，曰："使吾君子孙多，长有天下。"此岂非臣子之愿欤？古之人君，好用兵者多矣。出而无功，与有功而君不贤者，皆不足道也。其贤而有功者，莫若汉武帝、唐太宗。武帝建元元年，蚩尤旗见，其长亘天，后遂命将出师，略取河南地，建置朔方。其春，戾太子生。自是之后，师行盖十余年，兵所诛夷屠灭死者不可胜数。巫蛊事起，京师流血，僵尸数万，太子父子皆败。故班固以为太子生长于兵，与之终始。唐太宗既平海内，破灭突厥、高昌、吐谷浑等，且犹未厌，亲驾征辽东。当时大臣房、魏辈皆力争，不从，使无辜之民，身膏草野于万里之外。其后太子承乾、齐王祐、吴王恪，皆相继诛死。其余遭武氏之祸，残杀殆尽。武帝好古崇儒，求贤如不及，号称世宗；太宗克己求治，几致刑措，而其子孙遭罹如此，岂为善之报也哉？由此言之，好兵始祸者,既足以为后嗣之累,则凡忍耻含垢以全人命,其为子孙之福,审矣。

轼既无状,窃谓人主宜闻此言,而明公宜言此。此言一闻,岂惟朝廷无疆之福,将明公子孙,实世享其报。轼怀此欲陈久矣,恐未信而谏,则以为谤。不胜区区之忠,故移致之明公。虽以此获罪,不愧不悔。皇天后土,实闻此言。　卷四八

上王兵部书

荆州南北之交,而士大夫往来之冲也。执事以高才盛名,作牧于此,盖亦尝有以相马之说告于左右者乎? 闻之曰:骐骥之马,一日行千里而不殆,其脊如不动,其足如无所着,升高而不轻,走下而不轩。其技艺卓绝而效见明著至于如此,而天下莫有识者,何也? 不知其相而责其技也。夫马者,有昂目而丰臆,方蹄而密睫,捷乎若深山之虎,旷乎若秋后之兔,远望目若视日,而志不存乎刍粟;若是者飘忽腾踔,去而不知所止。是故古之善相者立于五达之衢,一目而眄之,闻其一鸣,顾而循其色,马之技尽矣。何者? 其相溢于外而不可蔽也。士之贤不肖,见于面颜而发泄于辞气,卓然其有以存乎耳目之间,而必曰久居而后察,则亦名相士者之过矣。

夫轼,西州之鄙人,而荆之过客也。其足迹偶然而至于执事之门,其平生之所治以求闻于后世者,又无所挟持以至于左右,盖亦易疏而难合也。然自蜀至于楚,舟行六十日,过郡十一,县三十有六,取所见郡县之吏数十百人,莫不孜孜论执事之贤,而教之以求通于下吏。且执事何修而得此称也? 轼非敢以求知,而望其所以先后于仕进之门者,亦徒以为执事立于五达之衢,而庶几乎一目

之昒,或有以信其平生尔。

　　夫今之世,岂惟王公择士,士亦有所择。轼将自楚游魏,自魏无所不游,恐他日以不见执事为恨也,是以不敢不进。不宣。轼再拜。_{卷四八}

文集卷四十二

上王刑部书

轼今日得于州吏，伏审执事移使湖北。窃以江陵之地，实楚之故国，巴蜀、瓯越、三吴之出入者，皆取道于是，为一都会。其山川之胜，盖历代所尝用武焉。其间吴、蜀、魏氏尤悉力争之。宋有天下，王师平高继冲，至于降孟昶，下周保权，又皆出此。其人才之秀，风物之美，有屈、宋、伍、祢之赋咏存焉。建节旄而使者，专有是土，其见倚之重，为吏之乐，岂细也哉！然执事处之，则未足贺。诚以执事之材力地望，宜进任于时，不宜任此。或者以谓蛮反，南方用兵，湖北邻也，宜择人抚之，故以属执事。使诚有是议，当出于庙堂，非愚所得知，所不敢臆定。所敢伏思者，人患材不足施，或不得施，岂以位之彼此大小为择哉？于执事之心，当亦若是，肆吾力充吾职而已，岂以位之彼此大小动吾意哉？固执事之所务也。不宣。轼再拜。卷四八

上梅直讲书

某官执事：轼每读《诗》至《鸱鸮》，读《书》至《君奭》，常窃悲周公之不遇。及观史，见孔子厄于陈、蔡之间，而弦歌之声不绝，颜渊、仲由之徒相与问答。夫子曰："匪兕匪虎，率彼旷野。吾道非

邪，吾何为于此？”颜渊曰：“夫子之道至大，故天下莫能容。虽然，不容何病，不容然后见君子。”夫子油然而笑曰：“回，使尔多财，吾为尔宰。”夫天下虽不能容，而其徒自足以相乐如此。乃今知周公之富贵，有不如夫子之贫贱。夫以召公之贤，以管、蔡之亲而不知其心，则周公谁与乐其富贵？而夫子之所与共贫贱者，皆天下之贤才，则亦足与乐乎此矣。

轼七八岁时，始知读书，闻今天下有欧阳公者，其为人如古孟轲、韩愈之徒。而又有梅公者从之游，而与之上下其议论。其后益壮，始能读其文词，想见其为人，意其飘然脱去世俗之乐，而自乐其乐也。方学为对偶声律之文，求斗升之禄，自度无以进见于诸公之间。来京师逾年，未尝窥其门。今年春，天下之士群至于礼部，执事与欧阳公实亲试之。诚不自意，获在第二。既而闻之人，执事爱其文，以为有孟轲之风，而欧阳公亦以其能不为世俗之文也而取焉。是以在此。非左右为之先容，非亲旧为之请属，而向之十余年间，闻其名而不得见者，一朝为知己。

退而思之，人不可以苟富贵，亦不可以徒贫贱。有大贤焉而为其徒，则亦足恃矣。苟其侥一时之幸，从车骑数十人，使闾巷小民聚观而赞叹之，亦何以易此乐也。《传》曰：“不怨天，不尤人。”盖优哉游哉，可以卒岁。执事名满天下，而位不过五品。其容色温然而不怒，其文章宽厚敦朴而无怨言，此必有所乐乎斯道也。轼愿与闻焉。卷四八

上刘侍读书

轼闻天下之所少者，非才也。才满于天下，而事不立。天下

之所少者,非才也,气也。何谓气?曰:是不可名者也。若有鬼神焉而阴相之。今夫事之利害,计之得失,天下之能者举知之而不能办,能办其小而不能办其大,则气有所不足也。夫气之所加,则己大而物小,于是乎受其至大而不为之惊,纳其至繁而不为之乱,任其至难而不为之忧,享其至乐而不为之荡。是气也,受之于天,得之于不可知之间,杰然有以盖天下之人,而出万物之上,非有君长之位、杀夺施与之权,而天下环向而归之,此必有所得者矣。多才而败者,世之所谓不幸者也。若无能焉而每以成者,世之所谓天幸者也。夫幸与不幸,君子之论,不施于成败之间,而施于穷达之际。故凡所以成者,其气也;其所以败者,其才也。气不能守其才,则焉往而不败?世之所以多败者,皆知求其才,而不知论其气也。若夫明公,其亦有所得矣。轼非敢以虚辞而曲说,诚有所见焉耳。

夫天下有分,得其分则安,非其分而以一毫取于人,则群起而争之。天下有无穷之利,自一命以上,至于公相,其利可爱,其涂甚夷,设为科条,而待天下之择取。然天下之人,翘足跂首而群望之,逡巡而不敢进者,何也?其分有所止也。天下有无功而迁一级者,则众指之矣。迁者不容于下,迁之者不容于上,而况其甚者乎!明公起于徒步之中,执五寸之翰,书方尺之简,而列于士大夫之上,横翔捷出,冠压百吏,而为之表。犹以为未也,而加之师友之职,付之全秦之地,地方千里,则古之方伯连帅所不能有也;东障崤渑,北跨河渭,南倚巴蜀,西控戎夏,则古之秦昭王、商君、白起之徒,所以殄身残民百战而有之者也。奋臂而取两制,不十余年,而天下不以为速。非有汗马之劳,米盐之能,以擅富贵之美,而天下不以为无功。抗颜高议,自以无前,而天下不以为无让。此其气固有以大服于天下矣。天下无大事也,天下而有大事,非其气之过人者,则谁实办之？

轼远方之鄙人，游于京师，闻明公之风，幸其未至于公相，而犹可以诵其才气之盛美，而庶几于知言。惜其将遂西去而不得从也，故请间于门下，以愿望见其风采。不宣。轼再拜。卷四八

上知府王龙图书

执事自轩车之来，曾未期月，蜀之士大夫，举欣欣然相庆，以为近之所无有。下至闾巷小民，虽不足以识知君子之用心，亦能欢欣踊跃，转相告语，喧哗纷纭，洋溢布出而不可掩，虽户给之粟帛而人赐之爵，其喜乐不如是之甚也。

伏惟明公何术以致此哉？轼也安足以议！虽然，请得以僭言之。盖明公之于蜀人，所以深结其心而纳之。安居无事以养生送死者，有所甚易，而亦有所至难。夫海滨之人，轻游于江河。何则？其所见者大也。昔先魏公宰天下十有八年，闻其言语而被其教诲者，皆足以为贤人，而况于公乎？度其视区区之一方，不啻户庭之小。且公为定州，内以养民殖财，而外震威武，以待不臣之胡。为之三年，而四方称之。况于实非有难办之事，是以公至之日，不劳而自成也。此其所以为易者一也。自近岁以来，蜀人不知有勤恤之加，擢筋割骨以奉其上，而不免于刑罚。有田者不敢望以为饱，有财者不敢望以为富，惴惴焉恐死之无所。然皆闻见所熟，以为当然，不知天下复有仁人君子也。自公始至，释其重荷，而出之于陷阱之中。方其困急时，箪瓢之馈，愈于千金，是故莫不欢欣鼓舞之至。此其所以为易者二也。

虽然，亦有所至难。何者？国家蓄兵以卫民，而赋民以养兵，

此二者不可以有所厚薄也。然而薄于养兵者，其患近而易除；厚于赋民者，其忧远而难救。故夫庚子之小变，起于兵离，而甲午之大乱，出于民怨。由此观之，固有本末也。而为政者，徒知畏其易除之近患，而不知畏其难救之远忧，而有志于民者，则或因以生事，非当世大贤，孰能使之两存而皆济？此其所以为难者一也。蜀人之为怯，自昔而然矣。民有抑郁至此，而不能以告者。且天下未尝无贪暴之吏，惟幸其上之明而可以诉，是以犹有所恃。今民怯而不敢诉，其诉者又不见省，幸而获省者，指目以为凶民，阴中其祸。嗟夫！明天子在上，方伯连帅之职，执民之权，而不能为之地哉！夫惟天下之贤者，则民望之深而责之备。若夫庸人，谁复求之！自顷数公，其来也莫不有誉，其去也莫不有毁。夫岂其民望之深责之备，而所以塞之者未至耶？今之饥者待公而食，寒者待公而衣，凡民之失其所者，待公而安，倾耳耸听，愿闻盛德日新而不替。此其所以为难者二也。

伏惟明公以高世之才，何施而不可？惟无忽其所以为易，而深思其所难者而稍加意焉，将天下被其泽，而何蜀之足云。轼负罪居丧，不当辄至贵人之门，妄有所称述，诚不胜惓惓之心，敢以告诸左右。旧所为文十五篇，政事之余，凭几一笑，亦或有可观耳。卷四八

应制举上两制书

轼闻古者有贵贱之际，有圣贤之分。二者相胜而不可以相参，其势然也。治其贵贱之际，则不知圣贤之为高；行其圣贤之分，则不知贵贱之为差。昔者子思、孟轲之徒，不见诸侯而耕于野，比间小吏一呼于其门，则摄衣而从之。至于齐、鲁千乘之君，操币执

埶，因门人以愿交于下风，则闭门而不纳。此非苟以为异而已，将以明乎圣贤之分，而不参于贵贱之际。故其摄衣而从之也，君子不以为畏；而其闭门而拒之也，君子不以为傲。何则？其分定也。士之贤不肖，固有之矣。子思、孟轲，不可以人人而求之，然而贵贱之际，圣贤之分，二者要以不可不知也。世衰道丧，不能深明于斯二者而错行之，施之不得其处，故其道两亡。

今夫轼，朝生于草茅尘土之中，而夕与于州县之小吏，其官爵势力不足较于世，亦明矣。而诸公之贵，至与人主揖让周旋而无间，大车驷马至于门者，逡巡而不敢入。轼也，非有公事而辄至于庭，求以宾客之礼见于下执事，固已获罪于贵贱之际矣。虽然，当世之君子，不以其愚陋，而使与于制举之末；朝廷之上，不以其疏贱，而使奏其猖狂之论。轼亦自忘其不肖，而以为是两汉之主所孜孜而求之，亲降色辞而问之政者也。其才虽不足以庶几于圣贤之间，而学其道，治其言，则所守者其分也。是故踽踽然而来，仰不知明公之尊，而俯不知其身之贱。不由绍介，不待辞让，而直言当世之故，无所委曲者，以为贵贱之际，非所以施于此也。

轼闻治事不若治人，治人不若治法，治法不若治时。时者，国之所以存亡，天下之所最重也。周之衰也，时人莫不苟偷而不立，周虽欲其立，而不可得也，故周亡。秦之衰也，时人莫不贪利而不仁，秦虽欲其仁，而不可得也，故秦亡。西汉之衰也，时人莫不柔懦而谨畏，故君臣相蒙，而至于危。东汉之衰也，时人莫不矫激而奋厉，故贤不肖不相容，以至于乱。夫时者，岂其所自为邪？王公大人实为之。轼将论其时之病，而以为其权在诸公。诸公之所好，天下莫不好；诸公之所恶，天下莫不恶。故轼敢以今之所患二者告于下执事。其一曰用法太密而不求情，其二曰好名太高而不适实。

此二者,时之大患也。

何谓用法太密而不求情? 昔者天下未平而法不立,则人行其私意,仁者遂其仁,勇者致其勇,君子小人莫不以其意从事,而不困于绳墨之间,故易以有功,而亦易以乱。及其治也,天下莫不趋于法,不敢用其私意,而惟法之知。故虽贤者所为,要以如法而止,不敢于法律之外,有所措意。夫人胜法,则法为虚器。法胜人,则人为备位。人与法并行而不相胜,则天下安。今自一命以上至于宰相,皆以奉法循令为称其职,拱手而任法,曰:吾岂得自由哉! 法既大行,故人为备位。其成也,其败也,其治也,其乱也,天下皆曰:非我也,法也。法之弊岂不亦甚矣哉! 昔者汉高之时,留侯为太子少傅,位于叔孙之后,而周昌亦自御史大夫为诸侯相,天下有缓急,则功臣左迁而不怨。此亦知其君臣之欢,不以法而相持也。今天下所以任法者,何也? 任法生于自疑,自疑生于多私。惟天下之无私,则能于法律之外,有以效其智。何则? 其自信明也。夫唐永泰之间,奸臣执政,政以贿成,德宗发愤而用常衮,衮一切用法,四方奏请,莫有获者。然天下否塞,贤愚不分,君子不以为能也。崔祐甫为相,不至期年而除吏八百,多其亲旧。或者以为讥,祐甫曰:"不然。非亲与旧,则安得而知之? 顾其所用如何尔。"君子以为善用法。今天下泛泛焉莫有深思远虑者,皆任法之过也。

何谓好名太高而不适实? 昔者圣人之为天下,使人各效其能以相济也。不一则不专,不专则不能。自尧舜之时,而伯夷、后夔、稷、契之伦,皆不过名一艺办一职以尽其能,至于子孙世守其业而不迁。夔不敢自与于知礼,而契不敢自任于播种。至于三代之际,亦各输其才而安其习,以不相犯躐。凡书传所载者,自非圣人,皆止于名一艺办一职,故其艺未尝不精,而其职未尝不举,后世之所希望而不可及者，由此故也。下而至于汉，其君子各务其所长，以相左右，故史之所记，武、宣之际，自公孙、魏、邴以下，皆不过以一能称于当世。夫人各有才，才各有小大。大者安其大，而无忽于小；小者乐其小，而无慕于大。是以各适其用，而不丧其所长。及至后世，上失其道，而天下之士，皆有侈心，耻以一艺自名，而欲尽天下之能事。是故丧其所长，而至于无用。今之士大夫，其实病此也。仕者莫不谈王道，述礼乐，皆欲复三代，追尧舜，终于不可行，而世务因以不举。学者莫不论天人，推性命，终于不可究，而世教因以不明。自许太高，而措意太广。太高则无用，太广则无功。是故贤人君子布于天下，而事不立。听其言，则侈大而可乐；责其效，则汗漫而无当。此皆好名之过。

深惟古之圣贤，建功立业，兴利捍患，至于百工小民之事，皆有可观，不若今世之因循卤莽。其故出于此二者欤？

伏惟明公才略之宏伟，度量之宽厚，学术之广博，声名之炜烨，冠于一时，而振于百世。百世之所望而正者，意有所向，则天下奔走而趋之。则其愍时忧世之心，或有取于斯言也。轼将有深于此者，而未敢言焉。不宣。轼再拜。卷四八

上韩魏公论场务书

轼再拜献书昭文相公执事：轼得从宦于西，尝以为当今制置西事，其大者未便，非痛整齐之，其势不足以久安，未可以随欹而拄、随坏而补也。然而其事宏阔浩汗，非可以仓卒轻言者。今之所论，特欲救一时之急，解朝夕之患耳。

往者宝元以前，秦人之富强可知也。中户不可以亩计，而计

以顷；上户不可以顷计，而计以赋。耕于野者，不愿为公侯；藏于民家者，多于府库也。然而一经元昊之变，冰消火燎，十不存三四。今之所谓富民者，向之仆隶也；今之所谓蓄聚者，向之残弃也。然而不知昊贼之遗种，其将永世而臣伏邪？其亦有时而不臣也？以向之民力坚完百倍而不能支，以今之伤残之余而能办者，轼所不识也。夫平安无事之时，不务多方优裕其民，使其气力浑厚，足以胜任县官权时一切之政，而欲一旦纳之于患难，轼恐外忧未去，而内忧乘之也。凤翔、京兆，此两郡者，陕西之囊橐也。今使有变，则缘边被兵之郡，知战守而已。战而无食则北，守而无财则散。使战不北，守不散，其权固在此两郡也。

轼官于凤翔，见民之所最畏者，莫若衙前之役。自其家之瓮盎釜甑以上计之，长役及十千，乡户及二十千，皆占役一分。所谓一分者，名为糜钱，十千可办，而其实皆十五六千，至二十千，而多者至不可胜计也。科役之法，虽始于上户，然至于不足，则递取其次，最下至于家赀及二百千者，于法皆可科。自近岁以来，凡所科者，鲜有能大过二百千者也。夫为王民，自瓮盎釜甑以上计之而不能满二百千，则何以为民！今也，及二百千则不免焉，民之穷困亦可知矣。然而县官之事，岁以二千四百分为计，所谓优轻而可以偿其劳者，不能六百分，而捕获强恶愿入焉，摘发赃弊者愿入焉，是二千四百分者，衙前之所独任，而六百分者，未能纯被于衙前也。民之穷困，又可知矣。

今之最便，惟重难日损，优轻日增，则民尚可以生，此轼之所为区区议以官榷与民也。其详固已具于府之所录以闻者。从轼之说，而尽以予民。失钱之以贯计者，轼尝粗较之，岁不过二万。失之于酒课，而偿之于税绢，是二万者，未得为全失也。就使为全失二万，均多补少，要以共足，此一转运使之所办也。如使民日益困穷而无告，异日无以待仓卒意外之患，则虽复岁得千万，无益于败，此贤将帅之所畏也。

轼以为陛下新御宇内，方求所以为千万年之计者，必不肯以一转运使之所能办，而易贤将帅之所畏。况于相公，才略冠世，不牵于俗人之论。乃者变易茶法，至今以为不便者，十人而九，相公尚不顾，行之益坚。今此事至小，一言可决。去岁敕书使官自买木，关中之民，始知有生意。向非相公果断而力行，必且下三司。三司固不许，幸而许，必且下本路。本路下诸郡，或以为可，或以为不可，然后监司类聚其说而参酌之。比复于朝廷，固已期岁矣。其行不行，又未可知也。如此，而民何望乎？

方今山陵事起，日费千金，轼乃于此时议以官榷与民，其为迂阔取笑可知矣。然窃以为古人之所以大过人者，惟能于扰攘急迫之中，行宽大闲暇久长之政，此天下所以不测而大服也。朝廷自数十年以来，取之无术，用之无度，是以民日困，官日贫。一旦有大故，则政出一切，不复有所择。此从来不革之过，今日之所宜深惩而永虑也。山陵之功，不过岁终。一切之政，当讫事而罢。明年之春，则陛下逾年即位改元之岁，必将首行王道以风天下。及今使郡吏议之，减定其数，当复以闻，则言之今其时矣。伏惟相公留意。千万幸甚。卷四八

上韩丞相论灾伤手实书

史馆相公执事：轼到郡二十余日矣。民物椎鲁，过客稀少，真愚拙所宜久处也。然灾伤之余，民既病矣。自入境，见民以蒿蔓裹

蝗虫而瘗之道左,累累相望者二百余里,捕杀之数,闻于官者几三万斛。然吏皆言蝗不为灾,甚者或言为民除草。使蝗果为民除草,民将祝而来之,岂忍杀乎?轼近在钱塘,见飞蝗自西北来,声乱浙江之涛,上翳日月,下掩草木,遇其所落,弥望萧然。此京东余波及淮浙者耳,而京东独言蝗不为灾,将以谁欺乎?郡已上章详论之矣。愿公少信其言,特与量蠲秋税,或与倚阁青苗钱。疏远小臣,腰领不足以荐铁钺,岂敢以非灾之蝗上罔朝廷乎?若必不信,方且重复检按,则饥羸之民,索之于沟壑间矣。且民非独病旱蝗也。方田均税之患,行道之人举知之。税之不均也久矣,然而民安其旧,无所归怨。今乃用一切之法,成于期月之间,夺甲与乙,其不均又甚于昔者,而民之怨始有所归矣。

今又行手实之法,虽其条目委曲不一,然大抵恃告讦耳。昔之为天下者,恶告讦之乱俗也,故有不干己之法,非盗及强奸不得捕告。其后稍稍失前人之意,渐开告讦之门。而今之法,揭赏以求人过者十常八九。夫告讦之人,未有非凶奸无良者。异时州县所共疾恶,多方去之,然后良民乃得而安。今乃以厚赏招而用之,岂吾君敦化、相公行道之本意欤?

凡为此者,欲以均出役钱耳。免役之法,其经久利病,轼所不敢言也。朝廷必欲推而行之,尚可择其简易为害不深者。轼以为定簿便当,即用五等古法,惟第四等、五等分上、中、下。昔之定簿者为役,役未至,虽有不当,民不争也,役至而后诉耳。故簿不可用。今之定簿者为钱,民知当户出钱也,则不容有大缪矣。其名次细别,或未尽其详,然至于等第,盖已略得其实。轼以为如是足矣。但当先定役钱所须几何,预为至少之数,以赋其下五等。下五等,谓第四等上、中、下,第五等上、中也。此五等旧役至轻,须令出钱至少乃可。第五等下，更不当出分文。其余委自令佐，度三等以上民力之所任者而分与之。夫三等以上钱物之数，虽其亲戚，不能周知。至于物力之厚薄，则令佐之稍有才者可以意度也。借如某县第一等凡若干户，度其力共可以出钱若干，则悉召之庭，以其数予之，不户别也。令民自相差择，以次分占，尽数而已。第二等则逐乡分之，凡某乡之第二等若干户，度其力可以共出钱若干，召而分之，如第一等。第三等亦如之。彼其族居相望，贫富相悉，利害相形，不容独有侥幸者也。相推相诘，不一二日自定矣。若析户则均分役钱，典卖则著所割役钱于契，要使其子孙与买者各以其名附旧户供官，至三年造簿，则不复用，举从其新。如此，而朝廷又何求乎？所谓浮财者，决不能知其数。凡告者，亦意之而已。意之而中，其赏不赀。不中，杖六十至八十，极矣。小人何畏而不为乎？近者军器监须牛皮，亦用告赏。农民丧牛甚于丧子，老弱妇女之家，报官稍缓，则挞而责之钱数十千，以与浮浪之人。其归为牛皮而已，何至是乎！

轼在钱塘，每执笔断犯盐者，未尝不流涕也。自到京东，见官不卖盐，狱中无盐囚，道上无迁乡配流之民，私窃喜幸。近者复得漕檄，令相度所谓王伯瑜者欲变京东、河北盐法置市易盐务利害，不觉慨然太息也。密州之盐，岁收税钱二千八百余万，为盐一百九十余万秤，此特一郡之数耳。所谓市易盐务者，度能尽买此乎？苟不能尽，民肯舍而不煎，煎而不私卖乎？顷者两浙之民，以盐得罪者，岁万七千人，终不能禁。京东之民，悍于两浙远甚，恐非独万七千人而已。纵使官能尽买，又须尽卖而后可，苟不能尽，其存者与粪土何异？其害又未可以一二言也。愿公救之于未行。若已行，其孰能已之？

轼不敢论事久矣。今者守郡，民之利病，其势有以见及。又闻自京师来者,举言公深有拯救斯民、为社稷长计远虑之意,故不自揆,复发其狂言。可则行之,否则置之。愿无闻于人,使孤危衰废之踪,重得罪于世也。干冒威重,不胜战栗。 卷四八

上文侍中论强盗赏钱书

轼再拜:轼备员偏州,民事甚简。但风俗武悍,特好强劫,加以比岁荐饥,椎剽之奸,殆无虚日。自轼至此,明立购赏,随获随给,人用竞劝,盗亦敛迹。

准法,获强盗一人,至死者给五十千,流以下半之。近有旨,灾伤之岁,皆降一等。既降一等,则当复减半,自流以下,得十二千五百而已。凡获一贼,告与捕者,率常不下四五人,不胜则为盗所害。幸而胜,则凡为盗者举仇之。其难如此,而使四五人者分十二千五百以捐其躯命,可乎?朝廷所以深恶强盗者,为其志不善,张而不已,可以驯致胜、广之资也。由此言之,五十千岂足道哉!夫灾伤之岁,尤宜急于盗贼。今岁之民,上户皆阙食,冬春之交,恐必有流亡之忧。若又纵盗而不捕,则郡县之忧,非不肖所能任也。欲具以闻上,而人微言轻,恐不见省。向见报明公所言,无不立从。东武之民,虽非所部,明公以天下为度,必不间也。故敢以告。比来士大夫好轻议旧法,皆未习事之人,知其一不知其二者也。

常窃怪司农寺所行文书措置郡县事,多出于本寺官吏一时之意,遂与制敕并行。近者令诸郡守根究衙前重难应缘此毁弃官文书者,皆科违制,且不用赦降原免。考其前后,初不被旨。谨按律文,毁弃官文书重害者,徒一年。今科违制,即是增损旧律令也。不用赦降原免,即是冲改新制书也。岂有增损旧律令,冲改新制

书，而天子不知，三公不与，有司得专之者！今监司郡县，皆恬然受而行之莫敢辨，此轼之所深不识也。

昔袁绍不肯迎天子，以谓若迎天子以自近，则每事表闻，从之则权轻，不从则拒命，非计之善也。夫不请而行，袁绍之所难也。而况守职奉上者乎？今圣人在上，朝廷清明，虽万无此虞；司农所行，意其出于偶然，或已尝被旨而失于开坐，皆不可知。但不请而行，其渐不可开耳。轼愚蠢无状，孤危之迹，日以岌岌。夙蒙明公奖与过分，窃怀忧国之心，聊复一发于左右。犹幸明公密之，无重其罪戾也。卷四八

文集卷四十三

上文侍中论榷盐书

留守侍中执事：当今天下勋德俱高，为主上所倚信；华实兼隆，为士民所责望；受恩三世，宜与社稷同忧，皆无如明公者。今虽在外，事有关于安危，而非职之所忧者，犹当尽力争之，而况其事关本职而忧及生民者乎？窃意明公必已言之而人不知。若犹未也，则愿效其愚。

顷者三司使章惇建言，乞榷河北、京东盐，朝廷遣使案视，召周革入觐，已有成议矣。惇之言曰："河北与陕西皆为边防，而河北独不榷盐，此祖宗一时之误恩也。"轼以为陕西之盐，与京东、河北不同。解池广袤不过数十里，既不可捐以予民，而官亦易以笼取。青盐至自虏中，有可禁止之道，然犹法存而实不行。城门之外，公食青盐。今东北循海皆盐也，其欲笼而取之，正与淮南、两浙无异。轼在余杭时，见两浙之民以犯盐得罪者，一岁至万七千人而莫能止。奸民以兵仗护送，吏士不敢近者，常以数百人为辈，特不为他盗，故上下通知，而不以闻耳。东北之人，悍于淮、浙远甚，平居椎剽之奸，常甲于他路，一旦榷盐，则其祸未易以一二数也。由此观之，祖宗以来，独不榷河北盐者，正事之适宜耳，何名为误哉！且榷盐虽有故事，然要以为非王政也。陕西、淮、浙既未能罢，又欲使京东、河北随之，此犹患风痹人曰：吾左臂既病矣，右臂何为独完！则以酒色伐之。可乎？

今议者曰："吾之法与淮、浙不同。淮、浙之民所以不免于私贩，而灶户所以不免于私卖者，以官之买价贱而卖价贵耳。今吾贱买而贱卖，借如每斤官以三钱得之，则以四钱出之，盐商私买于灶户，利其贱耳，贱不能减三钱，灶户均为得三钱也，宁以予官乎？将以予私商而犯法乎？此必不犯之道也。"此无异于儿童之见。东海皆盐也。苟民力之所及，未有舍而不煎、煎而不卖者也。而近岁官钱常若窘迫，遇其急时，百用横生。以有限之钱，买无穷之盐，灶户有朝夕薪米之忧，而官钱在期月之后，则其利必归于私贩无疑也。食之于盐，非若饥之于五谷也。五谷之乏，至于节口并日，而况盐乎？故私贩法重而官盐贵，则民之贫而懦者或不食盐。往在浙中，见山谷之人，有数月食无盐者；今将榷之，东北之俗，必不如往日之嗜咸也，而望官课之不亏，疏矣。且淮、浙官盐，本轻而利重，虽有积滞，官未病也。今以三钱为本，一钱为利，自禄吏购赏修筑廪庾之外，所获无几矣。一有积滞不行，官之所丧，可胜计哉！失民而得财，明者不为，况民财两失者乎？

且祸莫大于作始，作俑之渐，至于用人。今两路未有盐禁也，故变之难。遣使会议，经年而未果。自古作事欲速而不取众议，未有如今日者也。然犹迟久如此，以明作始之难也。今既已榷之矣，则他日国用不足，添价贵卖，有司以为熟事，行半纸文书而决矣。且明公能必其不添乎？非独明公不能也，今之执政能自必乎？苟不可必，则两路之祸，自今日始。

夫东北之蚕，衣被天下。蚕不可无盐，而议者轻欲夺之，是病天下也。明公可不深哀而速救之欤？或者以为朝廷既有成议矣，虽争之必不从。窃以为不然。乃者手实造簿，方赫然行法之际，轼尝论其不可,以告今太原韩公。公时在政府,莫之行也,而手实卒罢,民赖以少安。凡今执政所欲必行者,青苗、助役、市易、保甲而已,其他犹可以庶几万一。或者又以为明公将老矣,若犹有所争,则其请老也难。此又轼之所不识也。使明公之言幸而听,屈已少留,以全两路之民,何所不可?不幸而不听,是议不中意,其于退也尤易矣。愿少留意。轼,一郡守也,犹以为职之所当忧,而冒闻于左右,明公其得已乎?干渎威重,俯伏待罪而已。卷四八

上吕仆射论浙西灾伤书

轼顿首上书门下仆射相公阁下:轼近上章,论浙西淫雨飓风之灾。伏蒙恩旨,使与监司诸人议所以为来岁之备者。谨已条上二事。轼才术浅短,御灾无策,但知叫号朝廷,乞宽减额米,截赐上供。言狂计拙,死罪死罪!

然三吴风俗自古浮薄,而钱塘为甚。虽室宇华好,被服粲然,而家无宿春之储者,盖十室而九。自经熙宁饥疫之灾与新法聚敛之害,平时富民残破略尽,家家有市易之欠,人人有盐酒之债,田宅在官,房廊倾倒,商贾不行,市井萧然。譬如衰羸久病之人,平时仅自支持,更遭风寒暑湿之变,便自委顿。仁人君子,当与意外将护,未可以壮夫常理期也。今年,钱塘卖常平米十八万石,得米者皆叩头诵佛云:"官家将十八万石米,于乌鸢狐狸口中,夺出数十万人,此恩不可忘也。"夫以区区战国公子,尚知焚券市义,今以十八万石米易钱九万九千缗,而能活数十万人,此岂下策也哉!窃惟仁圣在上,辅以贤哲,一闻此言,理无不行。但恐世俗诡薄成风,揣所乐闻与所忌讳,不以仁人君子期,左右争言无灾,或言有灾而不甚,积

众口之验,以惑聪明,此轼之所私忧过虑也。八月之末,秀州数千人诉风灾,吏以为法有诉水旱而无诉风灾,拒闭不纳;老幼相腾践,死者十一人,方按其事。由此言之,吏不喜言灾者,盖十人而九,不可不察也。

轼既条上二事,且以关白漕、宪两司,官吏皆来见轼,曰:"此固当今之至计也。然恐朝廷疑公为漕司地,奈何?"轼曰:"吾为数十万人性命言也,岂恤此小小悔吝哉?"去年秋冬,诸郡闭粜,商贾不行。轼既劾奏通之,又举行灾伤法,约束本路,不得收五谷力胜钱。三郡米大至,施及浙东。而漕司官吏缘此愠怒,几不见容,文符往来,僚吏恐悚。以轼之私意,其不为漕司地也,审矣。力胜之免,去岁已有成法,然今岁未敢举行者,实恐再忤漕司,怨咎愈深。此则轼之疲懦畏人,不免小有回屈之罪也。伏望相公一言,检举成法,自朝廷行下,使五谷通流,公私皆济。上以明君相之恩,下以安孤危之迹,不胜幸甚。去岁朝旨,免力胜钱,止于四月。浙中无麦,须七月初间见新谷,故自五月以来,米价复增。轼亦曾奏乞展限至六月,终不报。今者若蒙施行,则乞以六月为限。去岁恩旨,宽减上供额米三分之一,而户部必欲得见钱,浙中遂有钱荒之忧。轼奏乞以钱和买银绢上供,三请而后可。今者若蒙施行,即乞一时行下。

轼窃度事势,若不且用愚计,来岁恐有流殍盗贼之忧。或以其狂浅过计,事难施用,即乞别除一小郡,仍选才术有余可以坐消灾沴者,使任一路之责。甚幸!甚幸!干冒台重,伏纸栗战。不宜。卷四八

扬州上吕相公论税务书

　　轼再拜：伏蒙手书，见谓勇于为义，不当在外。奖饰过分，悚息之至。轼窃谓士在用不用，不在内外也。自揣所宜，在外不惟身安耳静，至于束吏养民，亦粗似所便。又不自量，每有所建请，蒙相公主张施行；使轼常在外，为朝廷采摭四方利病，而相公择其可行者行之，岂非学道者平生之至愿也哉！顷者所论积欠，蒙示谕已有定议，此殆一洗天下疮痏也。近复建言纲运折欠利害，乞申明《编敕》，严赐约束行下，而罢真、扬、楚、泗转般仓斗子仓法，必已关览。此事若行，不过岁失淮南商税万缗，而数年之后，所得必却过之。但纲梢饱暖，馈运办集，必无三十万石之欠，而能使六路运卒保完背颊，使臣人员千百人保完身计，此岂小事乎？其余纲运弊害，小小枝叶，亦不住讲求，续上其事。又轼自入淮南界，闻二三年来，诸郡税务刻急日甚，行路咨怨，商贾几于不行。有税物者既无脱遗，其无税物及虽有不多者，皆不与点检，但多喝税钱，商旅不肯认纳，则苟留十日半月。人船既众，赀用坐竭，则所喝惟命。州郡转运司皆力主此辈，无所告诉。窃闻东南物货全不通行，京师坐致枯涸。若不及相公在位，救解此患，恐遂滋长，至于不可救矣。只如扬州税额，已增不亏，而数小吏为虐不已。原其情，盖为有条许酒税监官分请增剩赏钱。此元丰中一小人建议，羞污士风，莫此为甚。如酒务行此法，虽士人所耻，犹无大害。若税务行之，则既增之外，刻剥不已，行路被其虐矣。轼旦夕欲上此奏，乞罢之。亦望相公留念。轼已买田阳羡，归计已成。纷纷多言，深可悯笑。但贪及相公在位，救治绳墨之外，故时效区区，庶小有益于世耳。不宣。卷四八

上蔡省主论放欠书

轼于门下，踪迹绝疏，然私自揣度，亦似见知于明公者。寻常无因缘，固不敢造次致书，今既有所欲言，而又默默拘于流俗人之议，以为迹疏不当干说，则是谓明公亦如凡人拘于疏密之分者，窃以为不然，故辄有所言不顾，惟少留听。

轼于府中，实掌理欠。自今岁麦熟以来，日与小民结为嫌恨，鞭笞镣系，与县官日得千百钱，固不敢惮也。彼实侵盗欺官，而不以时偿，虽日挞无愧，然其间有甚足悲者。或管押竹木，风水之所漂；或主持粮斛，岁久之所坏；或布帛恶弱，估剥以为亏官；或糟滓溃烂，纽计以为实欠；或未输之赃，责于当时主典之吏；或败折之课，均于保任干系之家。官吏上下，举知其非辜，而哀其不幸，迫于条宪，势不得释。朝廷亦深知其无告也，是以每赦必及焉。凡今之所追呼鞭挞日夜不得休息者，皆更数赦，远者六七赦矣。问其所以不得赦之状，则皆曰：吾无钱以与三司之曹吏。以为不信，而考诸旧籍，则有事同而先释者矣。曰：此有钱者也。嗟夫！天下之人以为言出而莫敢逆者，莫若天子之诏书也。今诏书且已许之，而三司之曹吏独不许，是犹可忍邪？

伏惟明公在上，必不容此辈，故敢以告。凡四十六条，二百二十五人，钱七万四百五十九千，粟米三千八百三十斛，其余炭铁器用材木冗杂之物甚众，皆经监司选吏详定灼然可放者，轼已具列闻于本府。府当以奏，奏且下三司，议者皆曰："必不报。虽报，必无决然了绝之命。"轼以为不然。往年韩中丞详定放欠，以为赦书所放，必待其家业荡尽，以至于干系保人亦无孑遗可偿者，又当计赦后月日以为放数。如此则所及甚少，不称天子一切宽贷之意。自今苟无所隐欺者，一切除免，不问其他。以此知今之所奏者，皆可放无疑也。伏惟明公独断而力行之，使此二百二十五家皆得归，安其藜糗，养其老幼，日晏而起，吏不至门，以歌咏明公之德，亦使赦书不为空言而无信者。干冒威重，退增恐悚。卷四八

上执政乞度牒赈济因修廨宇书

十二月二十七日，龙图阁学士、朝奉郎、知杭州军州事、充两浙西路兵马钤辖苏轼谨顿首百拜，上书门下仆射相公阁下：去年浙中，冬雷发洪，太湖水溢，春又积雨，苏、湖、常、秀皆水，民就高田秧稻，以待水退。及五六月，稍稍分种，十不及四五，而又继之以旱。以故早晚皆伤，高下并损。自元丰以来，民之艰食，未有如今岁者也。轼已三奏其事，至今未报。盖人微言轻，理自当尔。然亦恐监司诸郡不尽以实奏，而庙堂所访问往来之人，或揣所乐闻，不尽以实告，故朝廷以轼言为过耳。不然，岂有仁圣在上，群贤并用，而肯恬不为意乎？

入冬以来，缘诸郡闭粜，而税务用例违条，收五谷力胜钱，故米价斗至八九十，衢、睦等州至百余钱，皆足钱，炎炎可畏。轼用印板出榜千余道，止绝此两事。自半月来，米谷通流，价亦稍平。然浙中无麦，青黄之交，当在来秋，而熟不熟，又未可知。民惩熙宁流殍之祸，上户有米者，皆靳惜不肯出，其势非大出官米，不能救此患。自正月至七月，本州里外九县，日粜官米千五百石，乃可以平价救饥，计当用米三十一万五千石。今本州常平除兑充军粮外，止有十七万石，漕司许于邻郡运致三万石，尚少十一万五千石。计穷理迫，须至控告。

轼近以本州廨宇弊坏，奏乞度牒二百道修完，未蒙开允。意欲以此度牒募人于诸县纳米，度可得二万五千石。然后减价出卖，每斗六十，度可得钱万五千贯。且以此钱修完廨宇。虽不及元计料钱数，且修完紧要处，亦粗可足用。则是此度牒一出而两利也。伏望相公深念本州廨宇弊坏已甚，不可不修，及今完葺，所费尚少，后日大坏，其费必倍，又因以募人纳米出粜救饥。设使不因修完廨宇，朝廷以饥民之故，特出圣恩，乞与二百道度牒，犹不为过，而况救饥、修屋两用而并济乎？

轼愚蠢少虑，仰恃庙堂诸公仁贤恤民，必不忍拒此请。意此度牒可以必得，以此不候回降指挥，辄已一面告谕商旅，令储峙米斛，具水陆脚乘，以须度牒之至。深望果断不疑，于一两日内，降付急递。日与吏民延颈企踵，虽大旱望云，执热思濯，未喻其急也。若不蒙哀察，则是使轼失信商旅，坐视流殍，其为惭惶狼狈，未易遽言。至时朝廷虽加诛殛，何补于事！

兼轼近者奏为本路转运司今年合起年额米斛百六十万，乞特许且起一半或三分之二，其余候丰熟日随年额起发，未蒙恩许。今年漕司窘迫，实倍常岁。异时预买绸绢钱，常于岁前散绝，今尚阙太半，划刷之急，盖不遗余力矣。若非朝廷少加矜察，则督迫之极，害必及民。近蒙朝廷许辍上供二十万石出粜，此大惠也。然望更辍留三十万石。若无米可粜，只乞以此钱收买银绢上供，虽无补于饥民，而散币在民，少解钱荒之患，亦良策也。

此外只有劝诱富民出谷助官赈贷，及用常平钱米募民工役二事，然皆难行。劝诱之利，未及贫民，而诛求之祸，先及上户。浙中富民欠官钱者，十人而九，决无可劝诱之理。至于募民工役，亦非实惠。若散募饥贫，不堪工役，鸟兽聚散，得钱便走。熙宁中，尝行此事,名为召募,其实不免于等第上差科,官支钱米尽入役夫,而本户又须贴钱雇人,凶年人户,重有此扰,皆虚名无实,利少害多。惟有多粜官米一事,简而易行。米价既低,民无贫富,均享其利。惟望相公留意,则一路幸甚。

轼拙于言语,不能尽写忧危之状,以晓左右。惟有发书之日,西向再拜,扣头默祷。庶几区区丹诚,可以感动万一也。不宣。卷四八

与章子厚参政书 一

轼顿首再拜子厚参政谏议执事:去岁吴兴,谓当再获接奉,不意仓卒就逮,遂以至今。即日不审台候何似?

轼自得罪以来,不敢复与人事,虽骨肉至亲,未肯有一字往来。忽蒙赐书,存问甚厚,忧爱深切,感叹不可言也。恭闻拜命与议大政,士无贤不肖,所共庆快。然轼始见公长安,则语相识,云:"子厚奇伟绝世,自是一代异人。至于功名将相,乃其余事。"方是时,应轼者皆怃然。今日不独为足下喜朝之得人,亦自喜其言之不妄也。

轼所以得罪,其过恶未易以一二数也。平时惟子厚与子由极口见戒,反覆甚苦,而轼强狠自用,不以为然。及在图圄中,追悔无路,谓必死矣。不意圣主宽大,复遣视息人间,若不改者,轼真非人也。来书所云"若痛自追悔往咎,清时终不以一眚见废"。此乃有才之人,朝廷所惜。如轼,正复洗濯瑕垢,刻磨朽钝,亦当安所施用!但深自感悔,一日百省,庶几天地之仁,不念旧恶,使保首领,以从先大夫于九原足矣。轼昔年粗亦受知于圣主,使少循理安分,

岂有今日？追思所犯，真无义理，与病狂之人蹈河入海者无异。方其病作，不自觉知，亦穷命所迫，似有物使。及至狂定之日，但有惭耳。而公乃疑其再犯，岂有此理哉？然异时相识，但过相称誉，以成吾过，一旦有患难，无复有相哀者。惟子厚平居遗我以药石，及困急又有以收恤之，真与世俗异矣。

黄州僻陋多雨，气象昏昏也。鱼稻薪炭颇贱，甚与穷者相宜。然轼平生未尝作活计，子厚所知之。俸入所得，随手辄尽。而子由有七女，债负山积，贱累皆在渠处，未知何日到此。见寓僧舍，布衣蔬食，随僧一餐，差为得便，以此畏其到也。穷达得丧，粗了其理，但禄廪相绝，恐年载间，遂有饥寒之忧，不能不少念。然俗所谓水到渠成，至时亦必自有处置，安能预为之愁煎乎！

初到，一见太守，自余杜门不出。闲居未免看书，惟佛经以遣日，不复近笔砚矣。会见无期，临纸惘然。冀千万以时为国自重。

卷四九

与章子厚参政书　二

子厚参政谏议执事：春初辱书，寻递中裁谢，不审得达否？比日机务之暇，起居万福。轼蒙恩如昨，顾以罪废之余，人所鄙恶，虽公不见弃，亦不欲频通姓名。今兹复陈区区，诚义有不可已者。

轼在徐州日，闻沂州承县界有贼何九郎者，谋欲劫利国监，又有阚温、秦平者，皆猾贼，往来沂、兖间。欲使人缉捕，无可使者。闻沂州葛墟村有程棐者，家富，有心胆。其弟岳，坐与李逢往还，配桂州牢城。棐虽小人，而笃于兄弟，常欲为岳洗雪而无由。窃意其人可使，因令本州支使孟易呼至郡，谕使自效，以刷门户垢污，苟有成绩,当为奏乞放免其弟。棐愿尽力,因出帖付与。不逾月,轼移湖州,棐相送出境,云:"公更留两月,棐必有以自效。今已去,奈何!"轼语棐:"但尽力,不可以轼去而废也。苟有所获,当速以相报,不以远近所在,仍为奏乞如前约也。"是岁七月二十七日,棐使人至湖州见报,云:"已告捕获妖贼郭先生等。"及得徐州孔目官以下状申告捕妖贼事,如棐言不谬。轼方欲为具始末奏陈,棐所以尽力者,为其弟也,乞勘会其弟岳所犯,如只是与李逢往还,本不与其谋者,乞赐放免,以劝有功。草具未上,而轼就逮赴诏狱。遂不果发。

今者,棐又遣人至黄州见报,云:郭先生等皆已鞫治得实,行法久矣,蒙恩授殿直。且录其告捕始末以相示。原棐之意,所以孜孜于轼者,凡为其弟,以曩言见望也,轼固不可以复有言矣。然独念愚夫小人,以一言感发,犹能奋身不顾,以遂其言。而轼乃以罪废之故不为一言,以负其初心,独不愧乎? 且其弟岳,亦豪健绝人者也。徐、沂间人,鸷勇如棐、岳类甚众。若不收拾驱使令捕贼,即作贼耳。谓宜因事劝奖,使皆歆艳捕告之利,惩创为盗之祸,庶几少变其俗。今棐必在京师参班,公可自以意召问其始末,特为一言放免其弟岳,或与一名目牙校、镇将之类,付京东监司驱使缉捕,其才用当复过于棐也。此事至微末,公执政大臣,岂复治此? 但棐于轼,本非所部吏民,而能自效者,以轼为不食言也。今既不可言于朝廷,又不一言于公,是终不言矣。以此愧于心,不能自已。可否在公,独愿秘其事,毋使轼重得罪也。

徐州南北襟要,自昔用武之地,而利国监去州七十里,土豪百余家,金帛山积,三十六冶器械所产,而兵卫微寡。不幸有猾贼十许人,一呼其间,吏兵皆弃而走耳。散其金帛,以啸召无赖乌合之众,可一日得也。轼在郡时,常令三十六冶,每户点集冶夫数十人,持却刃枪，每月两衙于知监之庭，以示有备而已。此地盖常为京东豪猾之所拟，公所宜知。因程棐事，辄复及之。秋冷，伏冀为国自重。卷四九

与孙知损运使书

文安北城，如涉无人之境，其渐可虞。庙堂已留意，兵久骄惰，自合警策之，数年乃见效。惟极边弓箭社射生极得力，虏所畏惮，公必旧知之矣。以数勾集一月，村堡几虚，公私惴惴。北贼亦多相时生心，社人亦苦勾集劳费。此出入守望，与虏长技同，亲戚坟墓所在，人自为战，不忧其不闲习也。宜与永免冬教，又当有以优异劝奖之。已条上其事，更月余可发。此事行之，边臣无赫赫之功，然经久实事，无如此者。觇者多云可汗老疾，欲传雏，雏为人猜忌好兵，边人尽知之。此岂可不留意。愿公痛为一言。心之精，意所不能言，上书岂能尽也？虏涵浸德泽久矣，其势亦未遽渝盟，但恐雏儿鸷忍，其下必有不忠贪功好利之人谋之，必先使北贼小小盗边，托为不知。若不折其萌芽，狃于小利，张而不已，必开边隙。备御之策，惟安养弓箭社，及稍加优异，使当淬砺以待小寇，策无良于此者矣。所条上数事，亦甚稳帖，不至张皇。惟乞免人户折变，所费不多。及立闲名目，奖社人头首。又乞复回易收息，时遣机宜僚属，费少钱粮，就地头赏其高强者耳。卷四九

与刘宜翁使君书

轼顿首宜翁使君先生阁下：秋暑，窃惟尊体起居万福。轼久

别因循，不通问左右，死罪死罪！愚暗刚褊，仕不知止，白首投荒，深愧朋友。然定命要不可逃，置之勿复道也。惟有一事，欲谒之先生，出于迫切，深可悯笑。古之学者，不惮断臂刳眼以求道，今若但畏一笑而止，则过矣。轼齠龀好道，本不欲婚宦，为父兄所强，一落世网，不能自遁，然未尝一念忘此心也。今远窜荒服，负罪至重，无复归望。杜门屏居，寝饭之外，更无一事，胸中廓然，实无荆棘。窃谓可以受先生之道，故托里人任德公亲致此恳。古之至人，本不吝惜道术，但以人无受道之质，故不敢轻付之。轼虽不肖，窃自谓有受道之质三，谨令德公口陈其详。伏料先生知之有素，今尤哀之，想见闻此，欣然拊掌，尽发其秘也。幸不惜辞费，详作一书付德公，以授程德孺表弟，令专遣人至惠州。路远，难于往返咨问，幸与轼尽载首尾，勿留后段以俟愤悱也。或有外丹已成，可助成梨枣者，亦望不惜分惠。迫切之诚，真可悯笑矣。夫心之精微，口不能尽，而况书乎？然先生笔端有口，足以形容难言之妙，而轼亦眼中无障，必能洞视不传之意也。但恨身在谪籍，不能千里踵门，北面抠衣耳。昔葛稚川以丹砂之故求句嵝令，先生傥有意乎？峤南山水奇绝，多异人神药，先生不畏岚瘴，可复谈笑一游，则小人当奉杖屦以从矣。昨夜梦人为作《易》卦，得《大有》上九，及觉而占之，乃郭景纯为许迈筮，有"元吉自天祐之"之语，遽作此书，庶几似之。其余非书所能尽，惟祝万万以时自重。不宣。卷四九

文集卷四十四

与朱鄂州书

轼启:近递中奉书,必达。比日春寒,起居何似?昨日武昌寄居王殿直天麟见过,偶说一事,闻之酸辛,为食不下。念非吾康叔之贤,莫足告语,故专遣此人。俗人区区,了眼前事,救过不暇,岂有余力及此度外事乎?天麟言:岳鄂间田野小人,例只养二男一女,过此辄杀之,尤讳养女,以故民间少女,多鳏夫。初生,辄以冷水浸杀,其父母亦不忍,率常闭目背面,以手按之水盆中,咿嘤良久乃死。有神山乡百姓石揆者,连杀两子。去岁夏中,其妻一产四子,楚毒不可堪忍,母子皆毙。报应如此,而愚人不知创艾。天麟每闻其侧近有此,辄驰救之,量与衣服饮食,全活者非一。既旬日,有无子息人欲乞其子者,辄亦不肯。以此知其父子之爱,天性故在,特牵于习俗耳。闻鄂人有秦光亨者,今已及第,为安州司法。方其在母也,其舅陈遵,梦一小儿挽其衣,若有所诉。比两夕,辄见之,其状甚急。遵独念其姊有娠将产,而意不乐多子,岂其应是乎?驰往省之,则儿已在水盆中矣,救之得免。鄂人户知之。

准律,故杀子孙,徒二年。此长吏所得按举。愿公明以告诸邑令佐,使召诸保正,告以法律,谕以祸福,约以必行,使归转以相语,仍录条粉壁晓示。且立赏召人告官,赏钱以犯人及邻保家财充,若客户则及其地主。妇人怀孕,经涉岁月,邻保地主,无不知者。若后杀之,其势足相举觉,容而不告,使出赏固宜。若依律行遣数人,此风便革。公更使令佐各以至意诱谕地主豪户,若实贫甚不能举子者,薄有以赒之。人非木石,亦必乐从。但得初生数日不杀,后虽劝之使杀,亦不肯矣。自今以往,缘公而得活者,岂可胜计哉!

佛言杀生之罪,以杀胎卵为最重。六畜犹尔,而况于人!俗谓小儿病为无辜,此真可谓无辜矣。悼耄杀人犹不死,况无罪而杀之乎?公能生之于万死中,其阴德十倍于雪活壮夫也。昔王濬为巴郡太守,巴人生子皆不举。濬严其科条,宽其徭役,所活数千人。及后伐吴,所活者皆堪为兵。其父母戒之曰:"王府君生汝,汝必死之。"古之循吏,如此类者非一。居今之世,而有古循吏之风者,非公而谁?此事特未知耳。

轼向在密州,遇饥年,民多弃子,因盘量劝诱米,得出剩数百石别储之,专以收养弃儿,月给六斗。比期年,养者与儿,皆有父母之爱,遂不失所。所活亦数千人。此等事,在公如反手耳。恃深契,故不自外。不罪不罪!此外,惟为民自重。不宣。轼再顿首。

卷四九

与谢民师推官书

轼启:近奉违,亟辱问讯,具审起居佳胜,感慰深矣。轼受性刚简,学迂材下,坐废累年,不敢复齿缙绅。自还海北,见平生亲旧,惘然如隔世人,况与左右无一日之雅,而敢求交乎?数赐见临,倾盖如故,幸甚过望,不可言也。所示书教及诗赋杂文,观之熟矣。大略如行云流水,初无定质,但常行于所当行,常止于所不可不止,文理自然,姿态横生。孔子曰:"言之不文,行而不远。"又曰:"辞达而已矣。"夫言止于达意,即疑若不文,是大不然。求物之妙,如系风捕影,能使是物了然于心者,盖千万人而不一遇也,而况能使了然于口与手者乎? 是之谓辞达。辞至于能达,则文不可胜用矣。扬雄好为艰深之词,以文浅易之说,若正言之,则人人知之矣。此正所谓雕虫篆刻者,其《太玄》《法言》皆是类也。而独悔于赋,何哉? 终身雕虫,而独变其音节,便谓之经,可乎? 屈原作《离骚经》,盖《风》《雅》之再变者,虽与日月争光可也。可以其似赋而谓之雕虫乎? 使贾谊见孔子,升堂有余矣,而乃以赋鄙之,至与司马相如同科! 雄之陋,如此比者甚众。可与知者道,难与俗人言也,因论文偶及之耳。欧阳文忠公言文章如精金美玉,市有定价,非人所能以口舌定贵贱也。纷纷多言,岂能有益于左右! 愧悚不已。所须惠力法雨堂字,轼本不善作大字,强作终不佳,又舟中局迫难写,未能如教。然轼方过临江,当往游焉。或僧欲有所记录,当作数句留院中,慰左右念亲之意。今日已至峡山寺,少留即去。愈远。惟万万以时自爱。不宣。卷四九

与李方叔书

轼顿首方叔先辈足下:屡获来教,因循不一裁答,悚息不已。比日履兹秋暑,起居佳胜? 录示《子骏行状》及数诗,辞意整暇,有加于前,得之极喜慰。累书见责以不相荐引,读之甚愧,然其说不可不尽。君子之知人,务相勉于道,不务相引于利也。足下之文,过人处不少,如《李氏墓表》及《子骏行状》之类,笔势翩翩,有可以追古作者之道。至若前所示《兵鉴》,则读之终篇,莫知所谓。

意者足下未甚有得于中而张其外者；不然，则老病昏惑，不识其趣也。以此，私意犹冀足下积学不倦，落其华而成其实。深愿足下为礼义君子，不愿足下丰于才而廉于德也。若进退之际，不甚慎静，则于定命不能有毫发增益，而于道德有丘山之损矣。古之君子，贵贱相因，先后相援，固多矣。轼非敢废此道，平生相知，心所谓贤者，则于稠人中誉之，或因其言以考其实，实至则名随之。名不可掩，其自为世用，理势固然，非力致也。陈履常居都下逾年，未尝一至贵人之门，章子厚欲一见，终不可得。中丞傅钦之、侍郎孙莘老荐之，轼亦挂名其间。会朝廷多知履常者，故得一官。轼孤立言轻，未尝独荐人也。爵禄砥世，人主所专，宰相犹不敢必，而欲责于轼，可乎？东汉处士私相谥，非古也。殆似丘明为素臣，当得罪于孔门矣。孟生贞曜，盖亦蹈袭流弊，不足法，而况近相名字乎？甚不愿足下此等也。轼于足下非爱之深期之远，定不及此，犹能察其意否？近秦少游有书来，亦论足下近文益奇。明主求人如不及，岂有终汩没之理！足下但信道自守，当不求自至。若不深自重，恐丧失所有。言切而尽，临纸悚息。未即会见，千万保爱。近夜眼昏，不一不一。轼顿首。卷四九

与叶进叔书

进叔足下：仆狷介寡合之人也。足下望其貌而壮其气，聆其语而知其心，握手见情素，交论古今，欢然若与之忘年焉，仆不自知何为而得此于足下也。前日南归，草草不能道一辞。到家，秋气已高，窗户萧然，思与足下谈笑之乐，恍乎若相从于梦中，既觉而不知卧于虚榻也。行日尝辱赠言，意勤辞直，读之使人恻恻动心。足下

之所以知仆心者至矣，所以责善于朋友者亦至矣。而又凡所以为至之中有所不至者，仆得以尽之焉。仆闻有自知之明者，乃所以知人；有自达之聪者，乃所以达物。自知矣可以无疑矣，而徇人则疑于人；自达矣可以无蔽矣，而徇物则蔽于物。今足下自知自达而无可疑可蔽矣，岂仆所以得人与物之说耶？至以谓仆之交，不能把臂服膺以示无间，凡此者，非疑非蔽也，乃仆所以为狷介寡合者。足下顾不亮乎？夫投规于矩，虽公输不能使之合。何则？方圆者殊也。杂宫以羽，虽师旷不能使之一。何则？缓急者异也。对辩以讷，遇刚以柔，虽君子不能以无争，何则？所性所操之不同也。足下聪明过人，无世事不通，独不知物理之有参差者乎？昔张籍遗韩愈之书，责愈以商论文字不能下气。夫以退之而未免，矧其下者乎？虽然，亦思而改之耳。恐足下未审此，聊复以书。卷四九

与王庠书

轼启：远蒙差人致书问安否，辅以药物，眷意甚厚。自二月二十五日，至七月十三日，凡一百三十余日乃至，水陆盖万余里矣。罪戾远黜，既为亲友忧，又使此两人者跋涉万里，比其还家，几尽此岁，此君爱我之过而重其罪也。但喜比来侍奉多暇，起居佳胜。轼罪大责薄，居此固宜，无足言者。瘴疠之邦，僵仆者相属于前，然亦皆有以取之。非寒暖失宜，则饥饱过度，苟不犯此者，亦未遽病也。若大期至，固不可逃，又非南北之故矣。以此居之泰然，不烦深念。前后所示著述文字，皆有古作者风力，大略能道意所欲言者。孔子曰："辞达而已矣。"辞至于达，止矣，不可以有加矣。《经说》一篇，诚哉是言也。西汉以来，以文设科而文始衰，自贾谊、司马迁，其文

已不逮先秦古书，况其下者。文章犹尔，况所谓道德者乎？若所论周勃，则恐不然。平、勃未尝一日忘汉，陆贾为之谋至矣。彼视禄、产犹几上肉，但将相和调，则大计自定。若如君言，先事经营，则吕后觉悟，诛两人而汉亡矣。轼少时好议论古人，既老，涉世更变，往往悔其言之过，故乐以此告君也。儒者之病，多空文而少实用。贾谊、陆贽之学，殆不传于世。老病且死，独欲以此教子弟，岂意姻亲中乃有王郎乎？三复来贶，喜抃不已。应举者志于得而已。今程试文字，千人一律，考官亦厌之，未必得也。如君自信不回，必不为时所弃也。又况得失有命，决不可移乎？勉守所学，以卒远业。相见无期，万万自重而已。人还，谨奉手启，少谢万一。卷四七

谢欧阳内翰书

轼窃以天下之事，难于改为。自昔五代之余，文教衰落，风俗靡靡，日以涂地。圣上慨然太息，思有以澄其源，疏其流，明诏天下，晓谕厥旨。于是招来雄俊魁伟敦厚朴直之士，罢去浮巧轻媚丛错采绣之文，将以追两汉之余，而渐复三代之故。士大夫不深明天子之心，用意过当，求深者或至于迂，务奇者怪僻而不可读，余风未殄，新弊复作。大者镂之金石，以传久远；小者转相摹写，号称古文。纷纷肆行，莫之或禁。盖唐之古文，自韩愈始。其后学韩而不至者为皇甫湜，学皇甫湜而不至者为孙樵。自樵以降，无足观矣。伏惟内翰执事，天之所付以收拾先王之遗文，天下之所待以觉悟学者。恭承王命，亲执文柄，意其必得天下之奇士，以塞明诏。轼也，远方之鄙人，家居碌碌，无所称道，及来京师，久不知名，将治行西归，不意执事擢在第二。惟其素所蓄积，无以慰士大夫之心，是以

群嘲而聚骂者，动满千百。亦惟恃有执事之知，与众君子之议论，故恬然不以动其心。犹幸御试不为有司之所排，使得擂笏跪起，谢恩于门下。闻之古人，士无贤愚，惟其所遇。盖乐毅去燕，不复一战，而范蠡去越，亦终不能有所为。轼愿长在下风，与宾客之末，使其区区之心，长有所发。夫岂惟轼之幸，亦执事将有取一二焉。不宣。卷四九

谢梅龙图书

　　轼闻古之君子，欲知是人也，则观之以言；言之不足以尽也，则使之赋诗，以观其志。春秋之世，士大夫皆用此以卜其人之休咎，死生之间，而其应若影响符节之密。夫以终身之事而决于一诗，岂其诚发于中而不能以自蔽邪？《传》曰："登高能赋，可以为大夫矣。"古之所以取人者，何其简且约也。后之世风俗薄恶，渐不可信。孔子曰："今吾于人也，听其言而观其行。"知诗赋之不足以决其终身也，故试之论以观其所以是非于古之人，试之策以观其所以措置于今之世。而诗赋者，或以穷其所不能；策论者，或以掩其所不知。差之毫毛，辄以摈落。后之所以取人者，何其详且难也。夫惟简且约，故天下之士皆敦朴而忠厚；详且难，故天下之士虚浮而矫激。伏惟龙图执事，骨鲠大臣，朝之元老。忧恤天下，慨然有复古之心。亲较多士，存其大体。诗赋将以观其志，而非以穷其所不能；策将以观其才，而非以掩其所不知。使士大夫皆得宽然以尽其心，而无有一日之间苍皇扰乱、偶得偶失之叹。故君子以为近古。轼长于草野，不学时文，词语甚朴，无所藻饰。意者执事欲抑浮剽之文，故宁取此以矫其弊。人之幸遇，乃有如此！感荷悚息，

不知所裁。卷四九

谢范舍人书

轼闻之古人，民无常性，虽土地风气之所禀，而其好恶则存乎其上之人。文章之风，惟汉为盛。而贵显暴著者，蜀人为多。盖相如唱其前，而王褒继其后。峨冠曳佩，大车驷马，徜徉乎乡闾之中，而蜀人始有好文之意。弦歌之声，与邹、鲁比。然而二子者，不闻其能有所荐达。岂其身之富贵而遂忘其徒耶？尝闻之老人，自孟氏入朝，民始息肩，救死扶伤不暇，故数十年间，学校衰息。天圣中，伯父解褐西归，乡人叹嗟，观者塞涂。其后执事与诸公相继登于朝，以文章功业闻于天下。于是释耒耜而执笔砚者，十室而九。比之西刘，又以远过。且蜀之郡数十，轼不敢远引其他，盖通义蜀之小州，而眉山又其一县，去岁举于礼部者，凡四五十人，而执事与梅公亲执权衡而较之，得者十有三人焉，则其他可知矣。夫君子之用心，于天下固无所私爱，而于其父母之邦，苟有得之者，其与之喜乐，岂如行道之人漠然而已哉！执事与梅公之于蜀人，其始风动诱掖，使闻先王之道，其终度量裁置，使观天子之光，与相如、王褒，又甚远矣。轼也在十三人之中，谨因阍吏进拜于庭，以谢万一。又以贺执事之乡人得者之多也。卷四九

谢张太保撰先人墓碣书

轼顿首再拜：伏蒙再示先人《墓表》，特载《辨奸》一篇，恭览涕泗，不知所云。窃惟先人早岁汩没，晚乃有闻。虽当时学者知师

尊之，然于其言语文章，犹不能尽，而况其中之不可形者乎？所谓知之尽而信其然者，举世惟公一人。虽若不幸，然知我者希，正老氏之所贵。《辨奸》之始作也，自轼与舍弟皆有"嘻其甚矣"之谏，不论他人。独明公一见，以为与我意合。公固已论之先朝，载之史册，今虽容有不知，后世决不可没。而先人之言，非公表而出之，则人未必信。信不信何足深计，然使斯人用区区小数以欺天下，天下莫觉莫知，恐后世必有秦无人之叹。此《墓表》之所以作，而轼之所以流涕再拜而谢也。黄叔度澹然无作，郭林宗一言，至今以为颜子。林宗于人材小大毕取，所贤非一人，而叔度之贤，无一见于外者，而后世犹信，徒以林宗之重也。今公之重，不减林宗，所贤惟先人，而其心迹，粗若可见，其信于后世必矣。多言何足为谢，聊发一二。卷四九

答张文潜县丞书

轼顿首文潜县丞张君足下：久别思仰。到京公私纷然，未暇奉书。忽辱手教，且审起居佳胜，至慰至慰！惠示文编，三复感叹。甚矣，君之似子由也。子由之文实胜仆，而世俗不知，乃以为不如。其为人深不愿人知之，其文如其为人，故汪洋澹泊，有一唱三叹之声，而其秀杰之气，终不可没。作《黄楼赋》，乃稍自振厉，若欲以警发愦愦者。而或者便谓仆代作，此尤可笑。是殆见吾善者机也。文字之衰，未有如今日者也。其源实出于王氏。王氏之文，未必不善也，而患在于好使人同己。自孔子不能使人同，颜渊之仁，子路之勇，不能以相移。而王氏欲以其学同天下！地之美者，同于生物，不同于所生。惟荒瘠斥卤之地，弥望皆黄茅白苇，此则王氏之

同也。近见章子厚言,先帝晚年甚患文字之陋,欲稍变取士法,特未暇耳。议者欲稍复诗赋,立《春秋》学官,甚美。仆老矣,使后生犹得见古人之大全者,正赖黄鲁直、秦少游、晁无咎、陈履常与君等数人耳。如闻君作太学博士,愿益勉之。"德輶如毛,民鲜克举之。我仪图之,爱莫助之。"此外千万善爱。偶饮卯酒,醉。来人求书,不能复觊缕。 卷四九

答陈师仲主簿书

轼顿首再拜钱塘主簿陈君足下:曩在徐州,得一再见。及见颜长道辈,皆言足下文词卓玮,志节高亮,固欲朝夕相从。适会讼诉,偶有相关及者,遂不复往来。此自足下门中不幸,亦岂为吏者所乐哉!想彼此有以相照。已而,轼又负罪远窜,流离契阔,益不复相闻。今者蒙书教累幅,相属之厚,又甚于昔者。知足下释然,果不以前事介意。幸甚幸甚!自得罪后,虽平生厚善,有不敢通问者,足下独犯众人之所忌,何哉?及读所惠诗文,不数篇,辄拊掌太息,此自世间奇男子,岂可以世俗趣舍量其心乎!诗文皆奇丽,所寄不齐,而皆归合于大道,轼又何言者!其间十常有四五见及,或及舍弟,何相爱之深也!处世龃龉,每深自嫌恶,不论他人。及见足下辈犹如此,辄亦少自赦。诗能穷人,所从来尚矣,而于轼特甚。今足下独不信,建言诗不能穷人,为之益力。其诗日已工,其穷殆未可量,然亦在所用而已。不龟手之药,或以封,安知足下不以此达乎?人生如朝露,意所乐则为之,何暇计议穷达。云能穷人者固缪,云不能穷人者,亦未免有意于畏穷也。江淮间人好食河豚,每与人争。河豚本不杀人,尝戏之:性命自子有,美则食之,何与我

事？今复以此戏足下，想复千里为我一笑也。先吏部诗，幸得一观，辄题数字，继诸公之末。见为编述《超然》《黄楼》二集，为赐尤重。从来不曾编次，纵有一二在者，得罪日，皆为家人妇女辈焚毁尽矣，不知今乃在足下处。当为删去其不合道理者，乃可存耳。轼于钱塘人有何恩意，而其人至今见念，轼亦一岁率常四五梦至西湖上，此殆世俗所谓前缘者。在杭州尝游寿星院，入门便悟曾到，能言其院后堂殿山石处，故诗中尝有"前生已到"之语。足下主簿，于法得出入，当复纵游如轼在彼时也。山水穷绝处，往往有轼题字，想复题其后。足下所至，诗但不择古、律，以日月次之。异日观之，便是行记。有便以一二见寄，慰此惘惘。其余慎疾自重。不宣。轼顿首再拜。卷四九

答刘沔都曹书

轼顿首都曹刘君足下：蒙示书教，及所编录拙诗文二十卷。轼平生以文字言语见知于世，亦以此取疾于人，得失相补，不如不作之安也。以此常欲焚弃笔砚，为喑默人，而习气宿业，未能尽去，亦谓随手云散鸟没矣。不知足下默随其后，掇拾编缀，略无遗者，览之惭汗，可为多言之戒。然世之蓄轼诗文者多矣，率真伪相半，又多为俗子所改窜，读之使人不平。然亦不足怪。识真者少，盖从古所病。梁萧统集《文选》，世以为工。以轼观之，拙于文而陋于识者，莫统若也。宋玉赋《高唐》《神女》，其初略陈所梦之因，如子虚、亡是公等相与问答，皆赋矣。而统谓之叙，此与儿童之见何异？李陵、苏武赠别长安，而诗有"江汉"之语。及陵与武书，词句俚浅，正齐梁间小儿所拟作，决非西汉文，而统不悟。刘子玄独知

之。范晔作《蔡琰传》，载其二诗，亦非是。董卓已死，琰乃流落，方卓之乱，伯喈尚无恙也，而其诗乃云以卓乱故，流入于胡。此岂真琰语哉！其笔势乃效建安七子者，非东汉诗也。李太白、韩退之、白乐天诗文，皆为庸俗所乱，可为太息。今足下所示二十卷，无一篇伪者，又少谬误。及所示书词，清婉雅奥，有作者风气，知足下致力于斯文久矣。轼穷困，本坐文字，盖愿刳形去智而不可得者。然幼子过文益奇，在海外孤寂无聊，过时出一篇见娱，则为数日喜，寝食有味。以此知文章如金玉珠贝，未易鄙弃也。见足下词学如此，又喜吾同年兄龙图公之有后也。故勉作报书，匆匆，不宣。卷四九

文集卷四十五

答李方叔书

轼顿首先辈李君足下：别后递中得二书，皆未果答。专人来，又辱长笺，且审比日孝履无恙，感慰深矣。惠示古赋近诗，词气卓越，意趣不凡，甚可喜也。但微伤冗，后当稍收敛之，今未可也。足下之文，正如川之方增，当极其所至，霜降水落，自见涯涘，然不可不知也。录示孙之翰《唐论》。仆不识之翰，今见此书，凛然得其为人。至论褚遂良不谮刘洎，太子瑛之废缘张说，张巡之败缘房琯，李光弼不当图史思明，宣宗有小善而无人君大略，皆《旧史》所不及，议论英发，暗与人意合者甚多。又读欧阳文忠公志文、司马君实跋尾，益复慨然。然足下欲仆别书此文入石，以为之翰不朽之托，何也？之翰所立于世者，虽无欧阳公之文可也，而况欲托字画之工，以求信于后世，不亦陋乎！足下相待甚厚，而见誉过当，非所以为厚也。

近日士大夫皆有僭侈无涯之心，动辄欲人以周、孔誉己，自孟轲以下者，皆怃然不满也。此风殆不可长。又仆细思所以得患祸者，皆由名过其实，造物者所不能堪，与无功而受千钟者，其罪均也。深不愿人造作言语，务相粉饰，以益其疾。足下所与游者元聿，读其诗，知其为超然奇逸人也。缘足下以得元君，为赐大矣。《唐论》文字不少，过烦诸君写录，又以见足下所与游者，皆好学喜事,甚善甚善！独所谓未得名世之士为志文则未葬者,恐于礼未安。司徒文子问于子思:"丧服既除然后葬,其服何服?"子思曰:"三年之丧,未葬,服不变,除何有焉?"昔晋温峤以未葬不得调。古之君子,有故不得已而未葬,则服不变,官不调。今足下未葬,岂有不得已之事乎? 他日有名世者,既葬而表其墓,何患焉。辱见厚,不敢不尽。冬寒,惟节哀自重。卷四九

答李端叔书

轼顿首再拜:闻足下名久矣,又于相识处,往往见所作诗文,虽不多,亦足以仿佛其为人矣。寻常不通书问,怠慢之罪,犹可阔略,及足下斩然在疚,亦不能以一字奉慰。舍弟子由至,先蒙惠书,又复懒不即答,顽钝废礼,一至于此! 而足下终不弃绝,递中再辱手书,待遇益隆,览之面热汗下也。足下才高识明,不应轻许与人,得非用黄鲁直、秦太虚辈语,真以为然耶? 不肖为人所憎,而二子独喜见誉,如人嗜昌歜、羊枣,未易诘其所以然者。以二子为妄则不可,遂欲以移之众口,又大不可也。

轼少年时,读书作文,专为应举而已。既及进士第,贪得不已,又举制策,其实何所有? 而其科号为直言极谏,故每纷然诵说古今,考论是非,以应其名耳。人苦不自知,既以此得,因以为实能之,故谈谈至今,坐此得罪几死,所谓齐虏以口舌得官,真可笑也。然世人遂以轼为欲立异同,则过矣。妄论利害,攙说得失,此正制科人习气。譬之候虫时鸟,自鸣自已,何足为损益。轼每怪时人待轼过重,而足下又复称说如此,愈非其实。得罪以来,深自闭塞,扁舟草履,放浪山水间,与樵渔杂处,往往为醉人所推骂。辄自喜

渐不为人识，平生亲友无一字见及，有书与之亦不答，自幸庶几免矣。足下又复创相推与，甚非所望。木有瘿，石有晕，犀有通，以取妍于人，皆物之病也。谪居无事，默自观省，回视三十年以来，所为多其病者。足下所见皆故我，非今我也。无乃闻其声不考其情，取其华而遗其实乎？抑将又有取于此也？此事非相见不能尽。自得罪后，不敢作文字。此书虽非文，然信笔书意，不觉累幅，亦不须示人。必喻此意。岁行尽，寒苦，惟万万节哀强食。不次。卷四九

答刘巨济书

轼启：人来辱书累幅，承起居无恙。审比来忧患相仍，情怀牢落，此诚难堪。然君在侍下，加以少年美才，当深计远虑，不应戚戚徇无已之悲。贤兄文格奇拔，诚如所云，不幸早世，其不朽当以累足下。见其手书旧文，不觉出涕。诗及新文，爱玩不已。都下相知，惟司马君实、刘贡父，当以示之。恨仆声势低弱，不能力为发扬。然足下岂待人者哉！《与吴秀才书》论佛，大善。近时士人多学谈理空性，以追世好，然不足深取。时以此取之，不得不尔耳。仆老拙百无堪，向在科场时，不得已作应用文，不幸为人传写，深可羞愧，以此得虚名。天下近世进人以名，平居虽孔孟无异，一经试用，鲜不为笑。以此益羞为文。自一二年来，绝不复为。今足下不察，犹以所羞者誉之，过矣。舍弟差入贡院，更月余方出。家孟侯虽不得解，却用往年衣服，不赴南省，得免解。其兄安国亦然。勤国亦捷州解，皆在此。因风时惠问，以慰饥渴。何时会合，临纸怅然。惟强饭自重。卷四九

答李琮书

轼启：奉别忽然半年，思仰无穷。近闻公有闺门之戚，即欲作书奉慰，既罕遇的便，又以为书未必能开释左右，往往更益凄怅，用是稍缓。今辱手教，惭负不已。窃计高怀远度，必已超然。此等情累，随手扫灭犹恐不脱，若更反覆寻绎，便缠绕人矣。望深以明识照之。轼凡百如昨，愚暗少虑，辄复随缘自娱。自夏至后，杜门不出，恶热不可过，所居又向西，多劝迁居。迁居非月余不能定，而热向衰矣，亦复不果。如闻公以职事当须一赴阙，不知果然否？

承问及王天常奉职所言边事。天常父齐雄，结发与西南夷战，夷人信畏之，天常幼随其父入夷中。近岁王中正入蜀，亦令天常招抚近界诸夷，夷人以其齐雄子，亦信用其言。向尝与轼言泸州事，所以致甫望乞弟作过如此者，皆有条理可听。然皆已往之事，虽知之无补，又似言人长短，故不复录呈。

独论今日事势，揣量夷人情伪，似有本末。天常正月中与轼言："播州首领杨贵迁者，俗谓之杨通判，最近乌蛮，而枭武可用。又有宋大郎者，乞弟之死党，凶猾有谋略。若官中见委说杨贵迁令杀宋大郎，必可得也。"数日前，有从蜀中来者，言贵迁已杀宋大郎，纳其首级，与银三千两。以此推之，天常之言，殆不妄也。天常言：晏州六县水路十二村诸夷，世与乞弟为仇。向者熊察访诱杀十二村首领，及近岁韩存宝讨杀罗狗姓，诸夷皆有唇齿之忧，貌畏而心贰。去年乞弟领兵至罗介牟屯，杀害兵官王宣等十二人。其地去宁远安夷寨至近，涉历诸夷族帐不少，自来自去，殊无留难。若诸夷不心与之，其势必不能如此也。今欲讨乞弟，必先有以怀结近界诸夷，得其心腹而后可。今韩存宝等诸军，既不敢与乞弟战，但翱翔于近界百余里间，多杀不作过熟户老弱，而厚以金帛遗乞弟，且遣四人为质，然后得乞弟遣人送一封空降书，便与约誓，即日班师，与运司诸君皆上表称贺。上深照其实，已降手诏械存宝狱中。远人无不欢快，以谓虽汉光武、唐太宗料敌察情于万里之外，不能过也。今虽已械存宝，而后来者亦未见有精巧必胜之术，但言乞弟不过有兵三千，而官军无虑三万，何往而不克。此正如千钧车弩，可以洞犀象，而不可以得鼠耳。今粮运止于江安县，自江安至乞弟住坐处，犹须十二三程，吏士以粮饵行，其势不能过一月。乞弟但能深自避匿四五十日，则免矣。而山谷幽险，林木沮洳，贼于溪谷间，依丛木自蔽，以药箭射人，血濡缕立死。战士数万人，知深入未为万全，而将吏不敢复稽留，此间事不可不深虑。

天常言："国之用兵，正如私家之造屋。凡屋若干，材石之费，谷米之用，为钱若干，布算而定，无所赢缩矣。工徒入门，斧斤之声铿然，而百用毛起，不可复计，此虑不素定之过也。既作而复聚粮，既斫而复求材，其费必十倍，其工必不坚。故王者之兵，当如富人之造屋。其虑周，其规摹素定，其取材积粮皆有方，故其经营之常迟，而其作之常速，计日而成，不愆于素，费半他人而工必倍之。今日之策，可且罢诸将兵，独精选一转运使及一泸州知州，许法外行事，与二年限，令经画处置，他人更不得与。多出钱物茶彩，于沿边博买夷人粮米，其费必减仓卒夫运之半。使辩士招说十州五团晏州六县水路十二村罗氏鬼主播州杨贵迁之类，作五六头项，更番出兵，以蹂践乞弟族帐，使春不得耕，秋不得获。又嘉、戎、泸、渝四州，皆有土豪为把截将，自来雇一私兵入界，用银七两，每得一番人头，用银三十两买之，把截将自以为功。今可召募此四州人，每得二十级，即与补一三班差使。如不及二十级，即每级官与绢三十匹。出入山谷,耐辛苦瘴毒,见利则云合,败则鸟兽散,此本蛮夷之所长,而中原之所无奈何也。今若召募诸夷及四州把截将私兵,使更出迭入,则蛮夷之所长,我反用之。但能积日累月,戕杀其丁壮,且使终年释末而操兵,不及二年,其族帐必杀乞弟以降。如其未也,则乞朝廷差三五千人将下选兵三路入界。西路自江安县进兵,先积粮于宁远寨,以十州五团等诸夷为先锋,以施、黔、戎、泸四州药箭弩手继之。中路自纳溪寨进兵,先积粮于本寨,亦以诸夷为先锋,以将下兵马继之。三路中惟此路稍平,可以用官军。东路自合江县进兵,先积粮于安溪寨,亦以诸夷为先锋,以嘉、戎、泸、渝四州召募人继之,可以一举而荡灭也。”

天常此策,虽若不快,以蕞尔小丑,二年而后定,然王者之兵,必出于万全,不可以侥幸。淮南王安有言:“厮舆之卒,有一不备而归者,虽得越王之首,臣犹窃为大汉羞之。”今乞弟譬犹蚤虱也。克之未足以威四夷,万一不克,岂不为卿大夫之辱也哉?赵充国征先零,邓训征羌及月支胡,皆以计磨之,数年乃克。唐明皇欲取石堡城,王忠嗣不奉诏,以谓非杀二万人不可取。方唐之盛,二万人岂足道哉?而贤将谋国,终不肯出此者,图万全也。又后汉永和中,交趾反,议者欲发荆、扬、兖、豫四万人讨之。独李固以谓:“四州之人,远赴万里,无有还期,诏书迫促,必致叛亡;南州瘟瘴,死者必多;士卒疲劳,比至岭南,不复堪斗。前中郎将尹就讨益州叛羌。益州谚曰:‘虏来尚可,尹来杀我。’后以兵付刺史张乔,因其将吏,旬月之间,破殄寇虏。此发将无益,州郡可任之明效也。今可募蛮夷使自相攻,转输金帛以为其资。有能反间致头首者,许以封侯之赏。”因举祝良为九真太守,张乔为交趾刺史,由此岭外悉平。今观其说,乃与天常之言,若合符节。但天常不学,言不能起意耳。

天常又言："乌蛮药箭，中者立死无脱理。然不能及远，非三十步内不发，发无不中。今与乌蛮战，当于百步以下、五六十步以上强弓劲弩射之。若稍近，则短兵径进，于五七步内相格，则其长技皆废。"今乞弟亦未是正乌蛮也，诸如此巧便非一，不能尽录。略举一二，以见天常之练习，疑可驱使耳。又有一图子，虽不甚详密，然大略具是矣。按图以考其说，差若易了，故以奉呈，看讫可却付去人见还也。此非公职事，然孜孜寻访如此，以见忠臣体国、知无不为之义也。轼其可以罪废不当言而止乎？虽然，亦不可使不知我者见以为诟病也。

知荆公见称经藏文，是未离妄语也，便蒙印可，何哉？《圆觉经》纸示及，得暇为写下卷，令公择写上卷。秦太虚维扬胜士，固知公喜之，无乃亦可令荆公一见之欤？子骏初见报，夺一官耳，不知其罢郡能不郁郁否？有一书，不知其今安在，敢烦左右达之。江水比去年甚大，郡中不为患。见说沙湖镇颇浸居民，亦江淮间常事耳。临皋港既开，往来蒙利无穷，而居民贸易之入亦不赀，但不免少有淤填，议者谓岁发少春夫淘之甚易。承问，辄及之。未缘展奉，惟冀以时自重。谨奉手启起居。热甚，幸恕不谨。轼顿首再拜。卷四九

答安师孟书

辱书，为贶过厚。吾子自以美才积学，取荣名于当时。所宜德者，平生之师友，朝夕相与讲学者也，如轼何与焉！然吾子之于轼，其得失休戚，轼所宜知。何者？其势足以相及也。向也闻七子者之失，恍然如轼之有失也；既乃闻吾子之得，则亦如轼之有得也。

今吾子书来,以为自为喜者少,而为轼喜者多,甚矣吾子之见爱也。然彼七子者,岂以一失为戚哉?彼将退治其所有,益广而新之,则吾犹有望焉。若吾子既得不骄,而日知其所不足,则轼之所得,又将有大者也。卷四九

答李昭玘书

轼启:向得王子中兄弟书,具道足下每相见,语辄见及,意相予甚厚,即欲作书以道区区。又念方以罪垢废放,平生不相识,而相向如此,此人必有以不肖欺左右者。轼所以得罪,正坐名过实耳。年大以来,平日所好恶忧畏皆衰矣,独畏过实之名,如畏虎也。以此未敢相闻。今获来书累幅,首尾句句皆所畏者,谨再拜辞避不敢当。然少年好文字,虽自不能工,喜诵他人之工者。今虽老,余习尚在。得所示书,反复不知厌,所称道虽不然,然观其笔势俯仰,亦足以粗得足下为人之一二也。幸甚幸甚!比日履兹春和,起居何似?轼蒙庇粗遣,每念处世穷困,所向辄值墙谷,无一遂者。独于文人胜士,多获所欲,如黄庭坚鲁直、晁补之无咎、秦观太虚、张耒文潜之流,皆世未之知,而轼独先知之。今足下又不见鄙,欲相从游,岂造物者专欲以此乐见厚也耶?然此数子者,挟其有余之资,而骛于无涯之知,必极其所如往而后已,则亦将安所归宿哉!惟明者念有以反之。鲁直既丧妻,绝嗜好,蔬食饮水,此最勇决。舍弟子由亦云:"学道三十余年,今始粗闻道。"考其言行,则信与昔者有间矣。独轼怅怅焉未有所得也。徐守莘老每有书来,亦以此见教。想时相从,有以发明。王子中兄弟得相依,甚幸。子敏虽失解,乃得久处左右,想遂磨琢成其妙质也。徐州城外有王陵母、

刘子政二坟,向欲为作祠堂,竟不暇,此为遗恨。近以告莘老,不知有意作否。若果作,当有记文。莘老若不自作者,足下当为作也。无由面言,临书惘惘。惟顺时自爱。谨奉手启为谢,不宣。_{卷四九}

与司马温公书 一 以下徐州

春末,景仁丈自洛还,伏辱赐教,副以《超然》雄篇,喜忭累日。寻以出京无暇,比到官,随分纷冗,久稽裁谢,悚怍无已。比日不审台候何如? 某强颜苟禄,忝窃中,所愧于左右者多矣。未涯瞻奉,惟冀为国自重,谨奉启问。_{卷五〇}

与司马温公书 二

某再启:《超然》之作,不惟不肖托附以为宠,遂使东方陋州,以为不朽之美事,然所以奖与则过矣。久不见公新文,忽领《独乐园记》,诵味不已,辄不自揆,作一诗,聊发一笑耳。彭城佳山水,鱼蟹侔江湖,争讼寂然,盗贼衰少,聊可藏拙。但朋游阔远,舍弟非久赴任,益岑寂也。_{卷五〇}

与司马温公书 三 黄州

谪居穷陋,如在井底,杳不知京洛之耗,不审迩日寝食何如? 某以愚昧获罪,咎自己招,无足言者。但波及左右,为恨殊深。虽高风伟度,非此细故所能尘垢,然某思之,不啻芒背尔。寓居去江干无十步,风涛烟雨,晓夕百变,江南诸山,在几席下,此幸未始有

也。虽有窘乏之忧，顾亦布褐藜藿而已。瞻晤无期，临书惘然。伏乞以时善加调护。卷五〇

与司马温公书 四 以下俱登州

某顿首：孟冬薄寒，伏惟门下侍郎台候万福。某即日蒙免，罪戾之余，宠命逾分，区区尺书，岂足上谢？又不敢废此小礼，进退恐栗。未缘趋侍，伏冀上为宗社精调寝兴，下情祝颂之至。谨奉启，不宣。卷五〇

与司马温公书 五

某启：去岁临去黄州，尝奉短启，尔后行役无定，因循至今。闻公登庸，特与小民同增鼓舞而已。亦不敢上问，想识此意。卷五〇

上韩魏公书

轼再拜：近得秦中故人书，报进士董传三月中病死。轼往岁官岐下，始识传，至今七八年，知之熟矣。其为人，不通晓世事，然酷嗜读书。其文字萧然有出尘之姿，至诗与楚词，则求之于世，可与传比者不过数人。此固不待轼言，公自知之。然传尝望公不为力致一官，轼私心以为公非有所爱也，知传所禀赋至薄，不任官耳。今年正月，轼过岐下，而传居丧二曲，使人问讯其家，而传径至长安，见轼于传舍，道其饥寒穷苦之状，以为几死者数矣，赖公而存。"又且荐我于朝。吾平生无妻，近有彭驾部者，闻公荐我，许嫁我其

妹。若免丧得一官，又且有妻，不虚作一世人，皆公之赐。"轼既为传喜，且私忧之。此二事，生人之常理，而在传则为非常之福，恐不能就。今传果死，悲夫！书生之穷薄，至于如此其极耶！夫传之才器，固不通于世用，然譬之象犀珠玉，虽无补于饥寒，要不可使在涂泥中，此公所以终荐传也。今父子暴骨僧寺中，孀母弱弟，自谋口腹不暇，决不能葬。轼与之故旧在京师者数人，相与出钱赙其家，而气力微薄，不能有所济，甚可悯也。公若犹怜之，不敢望其他，度可以葬传者足矣。陈绎学士当往泾州，而宋迪度支在岐下，公若有以赐之，轼且敛众人之赙，并以予陈而致之宋，使葬之，有余，以予其家。传平生所为文，当使人就其家取之，若获，当献诸公。干冒左右，无任战越。　卷五〇

与王荆公　一

某启：某游门下久矣，然未尝得如此行，朝夕闻所未闻，慰幸之极。已别经宿，怅仰不可言。伏惟台候康胜，不敢重上谒。伏冀顺时为国自重。不宣。　卷五〇

与王荆公　二　离黄州

某顿首再拜特进大观文相公执事：某近者经由，屡获请见，存抚教诲，恩意甚厚。别来切计台候万福。某始欲买田金陵，庶几得陪杖屦，老于钟山之下。既已不遂，今仪真一住，又已二十日，日以求田为事，然成否未可知也。若幸而成，扁舟往来，见公不难矣。向屡言高邮进士秦观太虚，公亦粗知其人，今得其诗文数十首

拜呈。词格高下,固无以逃于左右,独其行义修饬,才敏过人,有志于忠义者,某请以身任之。此外,博综史传,通晓佛书,讲习医药,明练法律,若此类,未易以一二数也。才难之叹,古今共之,如观等辈,实不易得。愿公少借齿牙,使增重于世,其他无所望也。秋气日佳,微恙颇已失去否? 伏冀自重。不宣。 _{卷五〇}

文集卷四十六

上吕相公书

轼昨日面论邢燮事。愚意本谓邢鼻是平人,邢燮妄意其为盗,杀之,苟用犯时不知勿论法,深恐今后欲杀人者,皆因其疑似而杀,但云"我意汝是盗",即免矣。公言此自是谋杀,若不勘出此情,安用勘司!轼归而念公言,既心服矣,然念近者西京奏秦课儿于大醉不省记中,打杀南贵,就缚,至醒,取众证为定,作可悯奏,已得旨贷命,而门下别取旨断死。窃闻舆议,亦恐贷之启奸,若杀人者得以醉免,为害大矣。轼始者亦以为然,固已书过录黄,再用公昨日之言思之,若今后实醉不醒而杀,其情可悯,可以原贷;若托醉而杀,自是谋杀,有勘司在。邢燮犯时不知,秦课儿醉不省记,皆在可悯之科,而邢燮臀杖编管,秦课儿决杀,似轻重相远,情有未安。人命至重,若公以为然,文字尚在尚书省,可追改也。卷五〇

与张太保安道书 翰林

某以不善俯仰,屡致纷纷,想已闻其详。近者凡四请郡,杜门待命,几二十日。文母英圣,深照情伪;德音琅然,中外耸服。几至有所行谴,而诸公燮和之。数日有旨,与言者数君皆促供职,明日皆当见。盖不敢坚卧,嫌若复伸前请尔。蒙知爱之深,不敢不尽,

幸为察之。褊浅多忤,有愧教诲之素,临书悒悒。卷五〇

答范蜀公书 一 徐州

前日辱书,并新诗累幅,词格清美,钦味不释手。属使者交至,纷纷无暇裁答,后时再领手教,愧悚无地。比日起居何如? 未由披奉,万万以时自重。卷五〇

答范蜀公书 二 以下俱黄州

李成伯长官至,辱书,承起居佳胜,甚慰驰仰。新居已成,池囿胜绝,朋旧子舍皆在。人间之乐,复有过此者乎? 某凡百粗遣,春夏间,多患疮及赤目,杜门谢客,而传者遂云物故,以为左右忧。闻李长官说,以为一笑,平生所得毁誉,殆皆此类也。何时获奉几杖,临书惘惘。卷五〇

答范蜀公书 三

蒙示谕,欲为卜邻,此平生之至愿也。寄身函丈之侧,且夕闻道,又况忝姻戚之末,而风物之美,足以终老,幸甚幸甚! 但囊中止有数百千,已令儿子持往荆渚,买一小庄子矣。恨闻命之后。然京师尚有少房缗,若果许为指挥从者干当,卖此业,可得八百余千,不识可纳左右否? 所赐手书,小字如芒,知公目益明,此大庆也。某早衰多病,近日亦能屏去百事,澹泊自持,亦便佳健,异日必能陪从也。卷五〇

答范蜀公书　四

承别纸示谕："曲糵有毒，平地生出醉乡；土偶作祟，眼前妄见佛国。"公欲哀而救之，问所以救者。小子何人，顾不敢不对。公方立仁义以为城池，操诗书以为干橹，则舟中之人，尽为敌国。虽公盛德，小子亦未知胜负所在。愿公宴坐静室，常作是念，当观彼能惑之性，安所从生，又观公欲救之心，作何形段。此犹不立，彼复何依！虽黄面瞿昙，亦当敛衽，而况学之者耶！聊复信笔，以发公千里一笑而已。卷五〇

答范蜀公书　五

某□启：去岁附张生书，谓甚的而不达，何也？某颠仆罪戾，世所鄙远，而丈丈独赐收录。欲令撰先府君墓碑，至为荣幸，复何可否之间；而不肖平生不作墓志及碑者，非特执守私意，盖有先戒也。反覆计虑，愧汗而已。仁明洞照，必深识其意。所赐五体书，谨为子孙之藏，幸甚幸甚！无缘躬伏门下道所以然者，皇恐之至。卷五〇

答范蜀公书　六　以下俱翰林

日望旌斾之至，不敢复上问，不谓高怀超然，不屑世故，坚卧莫致，有识怅惘。然孤风凛然，足以下激颓靡。虽非落落可指之功，其于二圣忠厚之治，所补多矣。比日履兹寒凝，台候何如？未由瞻奉，伏冀万万为国自重。卷五〇

答范蜀公书 七

某碌碌无补，久窃非据，又舍弟继进，皆以疏愚处必争之地。公议未厌，岂可久安。非远，当乞一郡以自效，或得过谒，少闻诲语，大幸也。始者，窃意丈丈绝意轩冕，然犹当强到阙，一见嗣圣，今乃确然如此，殊乖素望，然士大夫甚高此举也。冗中，不尽区区。卷五〇

答范蜀公书 八

伏承归政得请，恩礼优异，伏惟庆慰。公孤风亮节，久信天下，而有识今日，尤复归心。勉强暂起，以慰二圣之望；幡然复退，以安无穷之福。出处之间，雍容自得，真可以为后世法矣。官守所縻，不获躬诣。谨奉手启，区区万一。卷五〇

答范蜀公书 九

今晚忽得报，承子丰承事遽至大故，闻之悲痛，殆不可言。美才懿行，期之远到，今乃止此，士友所共痛惜。而况姻戚之厚，悲惋可量！丈丈高年，罹此苦毒，有识忧悬。伏惟高明，痛以理遣，割难忍之爱，上为朝廷，下为子孙亲友自重。不胜缕缕。卷五〇

答范蜀公书 一〇

近者，子丰携长子承务见过，见其风骨秀整，闻向下二子益

奇。死生寿夭皆常事,惟有后可以少慰丈丈意,幸以此自遣也。 _卷
_{五〇}

答范蜀公书 一一

子功、淳父皆欲谒告省觐,某恨不同往,晓解左右。临书凄
怆。 _{卷五〇}

与范子功 一 登州还朝

违阔岁月,书问不继,自咎之深,殆无所容。伏惟盛德雅度,
有以容之。比日窃计镇抚之暇,台候万福? 某蒙庇粗遣,骤迁过
分,备员无补,惟雅眷有以教督之,乃幸。毒热,伏冀顺时为国自
重。 _{卷五〇}

与范子功 二 登州还朝

久疏上问,愧仰增剧。承轩旆将至,起居佳胜,欣慰不已。暂
还旧席,即膺柄用,舆议所属,小子得少托余庇,尤为厚幸。区区即
遂面究。 _{卷五〇}

与范子功 三 以下俱扬州还朝

见舍弟说,知得雍信,幼孙夭逝,闻之怛然。便欲往见,从者
已散去。窃想慈念之深,不能无动,然竟亦何益。惟千万以理照

遣,旦夕面究。卷五〇

与范子功 四

辱教,承晚来起居佳胜,团茶及匣子香药夹等已领,珍感珍感! 栗子之求,不太廉乎? 便不得更送一个笾离耶? 呵呵。卷五〇

与范子功 五

宿来起居佳胜。已驰简邀伯扬,来日会启圣,公能枉辔,甚幸。子由明日奠酹后,便往启圣,公可到彼早食也。某略到押赐处,便往。卷五〇

与范子功 六

广严之会,谨如教。计必请陈四也。分惠佳茅,感感。独饮一杯,遂醉,书不成字。卷五〇

与范子丰 一 以下俱徐州

伏审子丰南宫殊捷,庆抃可量。即日想已唱第,必在高等。期集之暇,起居佳胜? 某更五七日溯汴。愈远左右,临书怅然。惟祈慎重,别膺亨宠。卷五〇

与范子丰 二

小事拜闻，欲乞东南一郡。闻四明明年四月成资，尚未除人，托为问看，回书一报。前所托殊不蒙留意，恐非久，东南遂请，逾难望矣。无乃求备之过乎？然亦慎不可泛爱轻取也。人还，且略示谕。卷五〇

与范子丰 三

近专人奉状，达否？即日起居何如？贵眷各安，局事渐清简否？某幸无恙。水旱相继，流亡盗贼并起，决口未塞，河水日增。劳苦纷纷，何时定乎？近乞四明，不知可得否？不尔，但得江淮间一小郡，皆所乐，更不敢有择也。子丰能为一言于诸公间乎？试留意。人还，仍乞一报，幸甚。奉见无期，惟万万以时自重。卷五〇

与范子丰 四

稍不通问，伏想起居佳胜？侍郎丈必在郊外过夏，台候必更康安。某此与幼累如常。八月、九月间，秋水既过彭城，城下彻备。高丽使已还。四明可以易守，当更理前请也。会合杳未有涯，万万自重。卷五〇

与范子丰 五

南方夏热，殊非中原之比。入秋，稍得清凉。然夏田旱损七八，

盐法更变，课入不登，虽闲局，不免以此为累。自余粗如常也。子中、子老顷在左右，今已赴官未？何时参候？北望，不胜驰情。卷五〇

与范子丰　六

新珠想日长进，爱婿无恙，甚望丈人高等待乞利市也。纳银一笏，托用买圆熟珠子二千枚，少钱，告那出，便纳上。婚嫁所须，不可奈何，甚非情愿。幸留意承问，似叔颇长成，每日作诗读史，但蒙拙少训督耳。内孙想益聪淑，诸郎娘各计安也。卷五〇

与范子丰　七　以下黄州

黄州少西山麓，斗入江中，石室如丹。《传》云"曹公败所"，所谓赤壁者。或曰非也。时曹公败归华容路，路多泥泞，使老弱先行，践之而过，曰："刘备智过人而见事迟，华容夹道皆葭苇，使纵火，则吾无遗类矣。"今赤壁少西对岸即华容镇，庶几是也。然岳州复有华容县，竟不知孰是。今日李委秀才来相别，因以小舟载酒饮赤壁下。李善吹笛，酒酣，作数弄。风起水涌，大鱼皆出。山上有栖鹘，亦惊起。坐念孟德、公瑾，如昨日耳。适会范子丰兄弟来求书字，遂书以与之。李字公达云。元丰六年八月五日。卷五〇

与范子丰　八

临皋亭下不数十步，便是大江，其半是峨眉雪水，吾饮食沐浴皆取焉，何必归乡哉！江山风月，本无常主，闲者便是主人。问范

子丰新第园池,与此孰胜? 所不如者,上无两税及助役钱耳。卷五〇

答范纯夫 一　湖州

向者深望轩从一来。人还,领手教,知径赴治,实增怅惘。比日起居佳胜? 日对五老,想有佳思。此间湖山信美,而衰病不堪烦,但有归蜀之兴耳。未由会集,千万以时自爱。卷五〇

答范纯夫 二　翰林

三辱示谕,鄙意不移。公休之馈,人子之心也;不肖之辞,夙昔之分也。某已领其意而辞其物,物有齐量,意岂有穷哉! 昔人已聘还圭璋,庶几此义。卷五〇

答范纯夫 三　以下俱扬州

到颍半年,始此上问,懒慢之罪,踧踖无地。中间辱书及承拜命贰卿,亦深庆慰。然公议望公在禁林,想即有此拜也。春暖,起居何如? 某移广陵,甚幸。舍弟欲某一到都下乞见,而行路既稍迁,而老病务省事,且自颍入淮矣。不克一别,临书惘惘。卷五〇

答范纯夫 四

某衰病日侵,而使客旁午,高丽复至,公私劳弊,殆不能堪。

但以连岁灾伤，不敢别乞小郡。然来年阙食之忧，未知攸济，日俟罪遣而已。李唐夫一宅甚安，沉酣江山，旬日忘归，非久赴任也。 卷五〇

答范纯夫 五

轼启：别后不一奉书，懒慢之罪，未有以自解，然别时亦先自陈矣。比日履兹初冬，起居佳胜？中间屡闻进拜，喜抃可量。与子功同侍迩英，此最缙绅之所荣慕。又闻有旨许讲罢奏事，想日有补正也。未缘会合，千万为国自重。轼再拜醇夫给事侍讲阁下。九月二十七日。 卷五〇

答范纯夫 六

奉书不数，愧仰可知。辱手教，且审起居佳胜为慰。某凡百粗遣，闻天官之除，老病有加，那复堪此！即当力辞，乞闲郡尔。侧聆大用，以快群望。未间，千万以时自重。不宣。 卷五〇

答范纯夫 七

忠文公碑，固所愿托附，但平生本不为此，中间数公盖不得已，不欲卒负初心。自出都后，更不作不写，已辞数家矣。如大观其一也。今不可复写，千万亮察。鲁直日会，且致区区。两辱书皆未答，直懒尔，别无说。然鲁直不容我，谁复能容我者？ 卷五〇

答范纯夫　八

前日见报,知新拜,即欲奉书为贺。又恐草草,念行役间迫
猝,未能便如礼,故不免发数字,想不深讶。不寐之喜,岂独以乐正
好善之故耶? 更不必尽谈。公议所属,想公有以处之矣。私意但
望公不力辞,若又力辞,乃似辞难矣。余亦见子由书中。乍热,起
居如何? 乍远,千万为道自爱。卷五〇

答范纯夫　九　赴定州

所示连日入问圣候,极是极是! 见说执政逐日入问,宗室亦
逐日问候也。已将简报钱尹,令府中差人遍报诸公矣。卷五〇

答范纯夫　一〇　惠州

某谪居瘴乡,惟尽绝欲念,为万金之良药。公久知之,不在多
嘱也。子由极安常,燕坐胎息而已。有一书,附纳。长子迈自宜兴
挈两房来,已到循州,一行并安。过近往迎之,得耗,旦夕到此。某
见独守舍耳。次子迨在许下。子由长子名迟者,官满来筠省觐,亦
不久到。恐要知。六郎妇与二孙并安健。过去日,留一书并数品
药在此,今附何秀才去。如闻公目疾尚未平,幸勿过服凉药。暗室
瞑坐数息,药功何缘及此! 两承惠锡器,极荷意重。丹霞观张天师
遗迹,傥有良药异事乎? 令子不及别书,侍奉外多慰。子功之丧,
忽已除祥,哀哉! 奈何! 诸子想各已之官,某孙妇甚长成,旦夕到
此矣。卷五〇

答范纯夫 —— 惠州

　　丁丑二月十四日，白鹤峰新居成，自嘉祐寺迁入。咏渊明《时运》诗曰："斯晨斯夕，言息其庐。"似为予发也。长子迈与予别三年，携诸孙万里远至，老朽忧患之余，不能无欣然，乃次其韵："我卜我居，居匪一朝。龟不吾欺，食此江郊。废井已塞，乔木干霄。昔人伊何，谁其裔苗。""下有澄潭，可漱可濯。江山千里，供我遐瞩。木固无胫，瓦岂有足。陶匠自至，笑歌相乐。""我视此邦，如洙如沂。邦人劝我，老我安归。自我幽独，倚门或麾。岂无亲友，云散莫追。""且朝丁丁，谁款我庐。子孙远至，笑语纷如。剪鬤垂髫，覆此瓠壶。三年一梦，乃复见予。"予在都下，每谒范纯夫，子孙环绕，投纸笔求作字。每调之曰："诉旱乎？诉涝乎？"今皆在万里，欲复见此，岂可得乎？有来请纯夫书，因录此数纸寄之。丁丑闰三月五日。多难畏人，此诗慎勿示人也。卷五〇

文集卷四十七

与范元长 一　以下俱儋耳

某慰疏言：不意凶变，先公内翰，遽捐馆舍，闻讣恸绝。天之丧予，一至于是，生意尽矣。伏惟至孝承务元长昆仲，孝诚深至，追慕罔极。何辜于天，罹此祸酷。荼毒如昨，奄易寒暑。哀毁日深，奈何奈何！某谪籍所拘，莫由往吊，永望长号，此怀难谕。谨奉手疏上慰。不次，谨疏。卷五〇

与范元长 二

流离僵仆，九死之余，又闻淳夫先公倾逝，痛毒之深，不可云谕。久欲奉疏，不遇便人，又举动艰碍，忧畏日深。今兹书问，亦未必达，且略致区区耳。卷五〇

与范元长 三

先公已矣，惟望昆仲自立，不坠门户。千万留意其大者远者，勿徇一至之哀，致无益之毁。与先公相照，谁复如某者？此非苟相劝勉而已。切深体此意，余不敢尽言。卷五〇

与范元长　四

先公论往古事，著述多矣，想一一宝藏，此岂复待鄙言耶？某当遣人致奠。海外困苦，不能如意，又不敢作奠文，想蒙哀恕也。归葬知未得请，苦痛之极，惟千万宽中顺受。此中百事，远不及雷、化，百忧所集，亦强自遣也。卷五〇

与范元长　五

圣善郡君：不敢拜慰疏言。侍次，乞致区区。沉香少许，望于内翰灵几焚之，表末友一恸之意而已。卷五〇

与范元长　六

孙行者至，得书，承孝履如宜，阖宅皆安，感慰之极。所谕《传》，初不待君言，心许吾亡友久矣。平生不作负心事，未死要不食言，然今则不可。九死之余，忧畏百端，想蒙矜察。不即副来意，临纸哀噎。海外粗闻新政，有识感涕。灵几傥遂北辕乎？未间，千万节哀自重。毒热，挥汗奉疏。不次。卷五〇

与范元长　七

圣善郡君：承起居佳适。因侍次，致下恳，乞为骨肉保爱宽怀，以待北归也。子进诸舅，曾得安讯否？卷五〇

与范元长　八

　　毒暑，远惟孝履如宜。海外粗闻近事，南来诸人，恐有北辕之渐，而吾友翰林公，独隔幽显，言之痛裂忘生。矧昆仲纯笃之性，感恸摧割，如何可言，奈何奈何！老朽一言，非苟以相宽者。先公清德绝识，高文博学，非独今世所无，古人亦罕有能兼者，岂世间混混生死流转之人哉？其超然世表，如仙佛之所言者，必矣。况其平生，自有以表见于无穷者，岂必区区较量顷刻之寿否耶？此理卓然，唯昆仲深自爱。得归，亦勿亟遽，俟秋稍凉而行为佳。某深欲一见左右，赴合浦，不惜数舍之迂，但再三思虑，不敢尔，必深察。临行，预有书相报。热甚，万万节哀自重。卷五〇

与范元长　九　以下俱北归

　　到雷获所留书，承车从盘桓此邦，以须一见，而某滞留不时至，遂尔远别，且不获一恸几筵之前者，非爱数舍之劳也，以困危多畏故尔。此老谬之罪，想矜察。比日孝履如宜否？方此炎暑，万里扶护，哀苦劳艰，如何可言。忝亲友之末，不能匍匐赴救，已矣，不复云也。独前所见委文字，不敢不留意，今托少游议其详。余惟节哀慎重。某不敢拜状郡君，惟千万俯为存没，宽心自重。乞呈此纸。令弟不殊此意。卷五〇

与范元长　一〇

　　某如闻有移黄之命，若果尔，当自梧至广，须惠州骨肉到同

往。计公昆仲扶护,舟行当过黄,又恐公在淮南路行,不由江西,即不过黄,又不知某能及公之前到黄乎?漂零江海,身非己有,未知归宿之地,其敢必会见之日耶?惟昆仲金石乃心,困而不折,庶几先公之风没而不亡也。临纸哽塞,言不尽意。卷五〇

与范元长 一一

过雷州,奉书必达。到容南,知昆仲皆苦瘴痢,又闻寻已痊损,不知即日何如?扶护哀痛,且须勉强开解,卑心忧悬,书不能尽。奉嘱之意,唯深察此心。哀哉少游,痛哉少游,遂丧此杰耶!赖昆仲之力,不甚狼狈。某日夜前去,十六七间可到梧。若少留,一见尤幸。某到梧,当留以待惠州人至,同溯贺江也。速遣此人奉书,不谨,千万恕察。不宣。卷五〇

与范元长 一二

永州人来,辱书,承孝履粗遣,甚慰思仰。比谓至梧州追及,又将相从溯贺江,已而水干无舟,遂作番禺之行。与公隔绝,不得一拜先公及少游之灵,为大恨也。同贬先逝者十人,圣政日新,天下归仁,惟逝者不可及,如先公及少游,真为异代之宝也。徒有仆辈,何用?言之痛陨何及!某即度庾岭,欲径归许昌与舍弟处。必遂一见昆仲。未间,惟万万强食自重。卷五〇

与范元长 一三

某忽有玉局之除，可为归田之渐矣。痛哲人云亡，诵殄瘁之章，如何可言！早收拾事迹，编次著撰，相见日以见授也。处度因会，多方勉之，以不坠门户为急。监司无与相知者，及毛君亦不识，未敢便发书。前路问人，有可宛转为言者，专在意也。漂流江湖，未能赴救，已为惭负。有银五两，为少游斋僧，托送与处度也。承中间郡君服药，疾势不轻，且喜安复。因侍次，致恳，千万宽中保卫为请。不宣。卷五〇

与苏子容 一 离黄州

某顿首：违去左右，已逾周岁矣，怀仰之心，惟日深剧。比来伏计机务多暇，台候胜常？向闻登擢，常附启事，少致区区，想获闻彻。未由趋侍，伏望为国保重。不宣。卷五〇

与苏子容 二 离黄州

某顿首：广陵令侄出所赐教，劳问备至，感戴无量。兼闻比来台候康胜，以慰下情。某欲径往毗陵，而河水未通，留家仪真，轻舟独行耳。未即伏谒门下，岂胜驰仰。乍热，伏冀为道自重。谨奉手启，不宣。卷五〇

与刘贡父 一 <small>以下俱徐州</small>

某启：久不奉书，直是懒惰耳，更无可藉口。蒙问所以然，但有愧悚。厚薄之说既无有，公荣之比亦不然。老兄吾所畏者，公荣何足道哉！人心真不可放纵，闲散既久，毛发许事，便自不堪，欲写此书久矣，可笑可笑！兄被命还史局，甚慰物论，然此事当专以相付，乃为当耳。示谕，三宿恋恋，人情之常，谁能免者。然吏民之去公尤难耳。何日遂行，惟万万以时自重。谨奉启。<small>卷五〇</small>

与刘贡父 二

某启：向闻贡父离曹州，递中附问，必已转达。即日不审起居何如？闻罢史局，佐天府，众人为公不平。某以为文字议论，是非予夺，难与人合，甚于世事。南司廨舍甚佳，浮沉簿书间，未必不佳也。至于进退毁誉，固无足言者。贡父聪明洞达，况更练世故，岂待言者耶！但区区之心，不能不云尔。某蒙庇无恙，但秋来水患，仅免为鱼，而明年之忧，方未可测。或教别乞郡脱去，又恐遗患后人，为识者所讥。已附诏使奏牍，乞以石甃城脚，周回一丈，其役甚大且艰，但成则百余年利也。此去又须昼夜劳苦，半年乃成。成后丐一宫观，渐谋归田耳。穷蹇迂拙，所值如此，奈何奈何！何时面言，以散蕴结。乍寒，惟万万自重。不宣。<small>卷五〇</small>

与刘贡父 三

某启：示及回文小阕，律度精致，不失雍容，欲和殆不可及，已授歌者矣。王寺丞信有所得，亦颇传下至术，有诗赠之，写呈，为一笑。老弟亦稍知此，而子由尤为留意。淡于嗜好，行之有常，此其所得也。吾侪于此事，不患不得其诀及得而不晓，但患守之不坚，而贼之者未净尽耳。如何？子由已赴南都，十六日行矣。卷五〇

与刘贡父 四

某启：近辱教，并和王仲素诗，读之欣然有得也。久不裁谢，为愧多矣。向时令押纲人候信者附书信，不审达否？即日起居佳胜？诗格愈奇古，可令令子录示数十首否？仆蒙恩粗遣，水退城全，暂获息肩。然来岁之忧，方未可量。虽知议闭曹村口，然不敢便恃其不来。

有一事，须至干清听：去岁，曾擘画作石岸，用钱二万九千五百余贯，夫一万五百余人，粮七千八百余硕，于十月内申诏使，仍乞于十二月已前画旨，乃可干办。雇募人匠，计置物料，正月初下手，四五月间可了。虽费用稍广，然可保万全，百年之利也。今已涉春，杳未闻耗，计日月已迫，必难办集。又闻有旨下淮南、京东，起夫往澶州，其势必无邻郡人夫可以见及。前来本州，下南京沂、宿等州差夫八千人，并本州差夫三千五百人，共役一月可毕。以此知前来石岸文字必不遂矣。

今别相度，裁减作木岸，工费仅减一半，用夫六千七百余人，仍差三千五百余人，以常平钱召募。粮四千三百余硕，钱一万四千余贯。虽非经久必安之策，然亦足以支持岁月，待河流之复道也。若此策又不行，则吾州之忧，亦未可量矣。

今寄奏检一本奉呈，告贡父与令侄仲冯力言之。此事必在户

房，可以出力。万一不当手，亦告仲冯力借一言，此事决不可缓。若更下所属相度，往反取旨，则无及矣。况所乞止百余纸祠部，其余本州皆已有备。若作而不当，徐行遣官吏，亦未晚。惟便得指挥，闰月初便可下手为佳。

某岂晓土功水利者乎？职事所迫，不得不尔，每自笑也。若朝廷选得一健吏善兴利除害者见代，一郡之幸也。然不敢自乞，嫌于避事尔。言轻不足以取信，惟念此一城生聚，必不忍弃为鱼鳖也。仆于朝中，谁为可诉者，惟贡父相爱，必能为致力。仍乞为调其可否，详录付去人回，不胜日夜之望。未缘会面，万万以时自重。人行，奉启。不宣。 卷五〇

与刘贡父　五　以下俱翰林

久阔暂聚，复此违异，怅惘至今。公私纷纷，有失驰问。辱书，感怍无量。字画妍洁，及问来使，云尊貌比初下车时暂且泽矣，闻之喜甚。比来起居想益佳？何日归觐，慰士大夫之望。未间，万万为时自重。不宣。 卷五〇

与刘贡父　六

某忝冒过甚，出于素奖。然迂拙多忤，而处争地，不敢作久安计，兄当有以教督之。血指汗颜，旁观之诮，奈何奈何！举官之事，有司逃失行之罪，归咎于兄。清明在上，岂可容此，小子何与焉。茯苓、松脂虽乏近效，而岁计有余，未可弃也。默坐反照，瞑目数息，当记别时语耶？ 卷五〇

与刘贡父 七

某江湖之人，久留辇下，如在樊笼，岂复有佳思也？人情责望百端，而衰病不能应副，动是罪戾。故人知我，想复见怜耶？后会未可期，临书怅惘。禅理气术，比来加进否？世间关身事，特有此耳，愿更着鞭，区区之祷也。卷五〇

与曾子固

轼叩头泣血言：轼负罪至大，苟生朝夕，不自屏窜，辄通书问于朋友故旧之门者。伏念轼逮事祖父，祖父之没，轼年十二矣，尚能记忆其为人。又尝见先君欲求人为撰墓碣，虽不指言所属，然私揣其意，欲得子固之文也。京师人事扰扰，而先君亦不自料止于此。呜呼，轼尚忍言之！今年四月，轼既护丧还家，未葬，偶与弟辙阅家中旧书，见先君子自疏录祖父事迹数纸，似欲为行状未成者，知其意未尝不在于此也。因自思念，恐亦一旦卒然，则先君之意，永已不遂。谨即其遗书，粗加整齐为行状，以授同年兄邓君文约，以告于下执事。伏惟哀怜而幸诺之。岂惟罪逆遗孤之幸，抑先君有知，实宠绥之。轼不任哀祈恳切之至。卷五〇

与曾子宣 一 登州还朝

某启：流落江湖，晚获叨遇，惟公照知，如一日也。孤愚寡与，日亲高谊，谓得永久，不谓尚烦藩翰之寄。违阔以来，思仰日深。特辱书教，伏承履兹初凉，台候万福，欣慰之极。二圣思治，求人如

不及,公岂久外。惟千万顺时为国自爱。不宣。卷五〇

与曾子宣 二 以下俱翰林

某启:日欲作《塔记》,未尝忘也。而别后纷纷,实无少暇。既请宽限而自违之,惭悚无地。数日来,方免得详定役法,自此庶有少闲,得应命也。屡烦诲谕,知罪深矣。卷五〇

与曾子宣 三

某启:上党、雁门出一草药,名长松,治大风,气味芳烈,亦可作汤常服。近岁河东人多以为饷,若不甚难致,乞为求一斤许。仍恕造次。卷五〇

与曾子宣 四

某再拜启:张倅损其父应之名谷者,欧阳文忠公之友也。文行清修,有古人风,而仕不遂。损亦守家法,令子弟也。与之久故,幸得在左右,想蒙顾眄。适有少冗,而张倅行速,不尽区区。非久别奉状。不宣。卷五〇

与曾子宣 五

某启:涉暑疲病,久阙上问,曲蒙存录。远赐手教,感怍深至。比日镇抚多暇,起居清胜? 某托庇粗如,直舍块处,游从稀少,西望旌

棨,临书惘惘。伏暑尚炽,伏惟顺序保练,少慰下情。不宣。卷五〇

与曾子宣 六

某蒙庇如昨,幸与子开同省,孤拙当有依赖,幸甚幸甚！袞袞过日,无毫发之补,甚不自安。又未敢乞郡。何时款奉,少尽所怀,临书惘惘。寄惠长松、榛实、天花菜,皆珍异之品,捧当感怍。卷五〇

与曾子宣 七

某启:辱教,伏承台候万福,为慰。《塔记》非敢慢,盖供职数日,职事如麻,归即为词头所迫,率常以半夜乃息,五更复起,实未有余力。乞限一月,所敢食言者有如河,愿公一笑而恕之。且夕当卜一邂逅而别。卷五〇

与曾子宣 八

某启:昨日又辱宠顾,感幸殊深。仍审台候康胜,为慰。《塔记》重承来谕,敢不禀命。承借发愿文,幸得敬阅。人还,迫夜奉谢。卷五〇

与曾子宣 九

某启:昨日辱台旆临顾,不及拜迎,方欲裁谢不敏,遽枉手教,感悚无地。且审比日起居佳胜。启行有日,终当卜一邂逅,续驰问

次。人还,草草,不宣。 卷五〇

与曾子宣 一〇

某再启:退辱示谕,读之汗流洽背,非所以全芘不肖也。《塔记》如河之誓,岂敢复渝? 惟深察之。 卷五〇

与曾子宣 一一

某深欲往会,属以约数相知在净因矣,不罪不罪! 后旬更不敢有所如,谨俟命耳。来日必获望见,并留面谢。悚息悚息! 卷五〇

与曾子宣 一二

某再启:自公之西,有识日望诏还,岂独契爱之末。边落宁肃,公岂久外哉! 示谕《塔记》,久不驰纳,愧悚之极。乞少宽之,秋凉下笔也。亲家柳子良宣德赴潞幕,获庇属城,知幸知幸! 谨奉手启,冗迫,不尽区区。 卷五〇

与曾子宣 一三 南迁

某本不敢通问,特承不鄙废放,手书存问,乃敢裁谢万一。《塔记》久草下,因循未曾附上。今不敢复寄,异时万一北归,或可录呈,为一笑也。旦夕离南郡,西望怅然。言不能尽意。 卷五〇

与刘仲冯 一 徐州

某启：早秋微凉，伏惟机务多暇，台候万福。高才盛德，进贰西府，有识共庆，岂惟区区契旧之末！未缘伏谒门下，但有驰仰。伏冀顺时为国保练。不宣。卷五〇

与刘仲冯 二 扬州

某拜违期岁，衰病疲曳，书问不继，愧负深矣。到扬数病在告，出辄困于迎送，犹幸岁得半熟，公私省力，可以少安，皆德庇所逮也。卷五〇

与刘仲冯 三 以下俱定州

某启：近奉赐教，奖予过重，感怍不已。比日机务多暇，台候胜常？某蒙庇如昨。未缘接侍，但有驰仰。乍暄，伏冀为国自重。谨奉手启，不宣。卷五〇

与刘仲冯 四

某再启：将官杜宗辅，讷于言词，而治军严整，有足观者。趋阙参见，幸略赐问，当备驱使也。卷五〇

与刘仲冯 五

某启：近将官赴阙，附状，不审已开览否？比日履兹薄暑，台候何似？某蒙庇粗遣，民虽饥乏，盗窃衰止。若旦夕得一麦熟，遂大稔矣。未缘瞻望，伏冀为国自重。不宣。卷五○

与刘仲冯 六

某近奏弓箭社事，必已降下。旦夕又当奏乞修军营。频渎朝听，悚息待罪。利害具状中，此不缕陈。邻近诸路，皆时有北贼，小小不申报者尤多，民甚患之。惟武定一路绝无者，以有弓箭社人故也。近承指挥开禁山事。此正事，本司举察，方欲从长酌中处置奏闻次，走马者闻之，遂以为己见耳。此弊所从来远矣。起税为永业者，已数百家，若骤以法绳治，起遣其人，搔扰失业，有足虑者。自某到任后，斫伐开耕者四五火，无不依法编管。前此皆置而不问，纵有本县寨解到，亦平治小了耳。其人开耕已成业者，见别作擘画，旦夕回申次。卷五○

文集卷四十八

与滕达道 一 　杭倅

某启：近因使还，奉状必达。比日想惟轩斾已达太原，镇抚之余，起居佳胜？某此月出都，今已达泗上，淮山照眼，渐闻吴歌楚语，此乐公当见羡也。吴中有干，幸不外。方暑，千万为时自重。卷五一

与滕达道 二 　以下俱密州

某再启：东武今岁蝗灾尤甚，而官吏多方绳以微文，蠲放绝少。自到任，不住有人户告诉。既非检覆之时，已奏乞体量减放，仍已申闻去讫。或更得明公一言，尤幸也。新法，队伍已团结次，然有州县不得干预之说，自古岂有郡守而不得管兵者？其他不便，未可以一二数也。咫尺无缘一见，以尽所怀。昨日得舍弟书，王殿丞又恐却赴任，果尔，则辟命又未可知也。穷塞图事，无适而不龃龉，好笑好笑！卷五一

与滕达道 三

某启：新法，将官所管兵，更不差出，而本州武卫差在巡检者千余人，若抽还，则威勇、忠果之类，必填不足。已申安抚司去讫，

为论列也。卷五一

与滕达道　四

某启：违远已久，瞻仰日深。即辰履兹凝冱，台候何如？某孤拙无状，得在麾下，盖天幸也。但门庭咫尺，无缘驰候，岂胜怅然。唯冀上为庙社，益加自重。谨奉启上谢，不宣。卷五一

与滕达道　五

某再拜：舍弟仰玷辟书，荷恩至深。不唯得所托附，以为光宠，又兄弟久别，得少相近，私喜殊深。但未知可决得否？渠朝中更无人可与问逐，明公怜之，少为留意，当不难得也。久违左右，所怀千万，非书所能尽也。卷五一

与滕达道　六　以下俱徐州

某启：辄有少事奉白。向在密州，有都巡检王述崇班者，以逾滥体量致仕，不得荫子。述乃庆历名将王仲宝之孙，咸之子。咸为盐贼李小三所杀，述不肯发丧，手擒此贼，剔心祭其父，乃肯成服。仆具以此奏，其略云："忠孝，臣子之大节；逾滥，武夫之小过。舍小录大，先王之政也。"先帝为特官其子璋。璋有武干，慷慨有父风，而颇畏法。今闻其在公部内巡盐，料未有人知之。愿公呼来与语，若果可采，望特与提拔剪拂，异日必亦一快辣将官也。想知我之深，不罪造次。卷五一

与滕达道 七

某启：示谕宜甫梦遇于传有无，某闻见不广，何足取正！然冷暖自知，殆未可以前人之有无为证也。自闻此事，而士大夫多异论，意谓涂中必一见，得相参扣，竟不果。流浪火宅，此意众生缠绕爱贼，故为饥火所烧。然其间自有烧不着处，一念清净，便不服食，亦理之常，无足怪者。方其不食，不可强使食；犹其方食，不可强使不食也。此间何必生异论乎！愿公以食不食为旦暮，以仕不仕为寒暑，此外默而识之。若以不食为胜解，则与异论者相去无几矣！偶蒙下问，辄此奉启而已。不罪。卷五一

与滕达道 八

某欲面见一言者，盖谓吾侪新法之初，辄守偏见，至有异同之论。虽此心耿耿，归于忧国，而所言差谬，少有中理者。今圣德日新，众化大成，回视向之所执，益觉疏矣。若变志易守以求进取，固所不敢，若哓哓不已，则忧患愈深。公此行尚深示知，非静退意，但以老病衰晚，旧臣之心，欲一望清光而已。如此，恐必获一对。公之至意，无乃出于此乎？辄恃深眷，信笔直突，千万恕之。死罪。卷五一

与滕达道 九

安道公殆是一代异人。示谕，极慰喜慰喜！卷五一

与滕达道　一〇　以下俱黄州

某启:别来忽复中夏。永日杜门,思仰无穷。比来起居何如? 张奉议来,稍获闻问,甚慰所望。府第已成,雄冠荆楚,足使来者想见公之风度。无缘一寓目,但有企想。乍热,惟冀顺时为国自重。因杨道士行,奉启上问。不宣。卷五一

与滕达道　一一

某启:冗迫,不时上状。伏想台候胜常? 某蒙庇如昨,未还老哲,舆论缺然。更冀为国顺时自重。区区,不宣。卷五一

与滕达道　一二

某启:乍冷,共惟台候万福。近因还使,拜状必达。某蒙庇如昨,废放虽久,忧畏不衰,见且杜门以全衰拙,诸不烦垂念。何时展奉,临纸菀结。尚冀以时自重,少慰区区。奉启上问。不宣。卷五一

与滕达道　一三

某启:孟震亨之朝散,与之黄州故人,相得极欢。今致仕在部下,且乞照管。其人真君子也。卷五一

与滕达道 一四

某启：专使，辱示手书，且审比日台候康胜，甚慰下情。某蒙庇如昨，但旬日来亲客数人相过，又李公择在此，不免往还纷纷，裁谢少稽，谅未深讶。未缘展奉，惟冀顺时为国自重。谨奉手启上问，不宣。卷五一

与滕达道 一五

某再启：蜀僧遂获大字以归，不肖增重矣。感怍之至。萧相楼诗固见之，子由又说楼之雄杰，称公之风烈。记文固愿挂名，岂复以鄙拙为解？但得罪以来，未尝敢作文字。《经藏记》皆迦语，想酝酿无由，故敢出之。若此文，当更俟年载间为之，如何？仲殊气诀，必得其详，许传授，莫大之赐也。此道人久欲游庐山，不知有行期未？若蒙他一见过，又望外之喜也。数年来觉衰，不免回向此道矣。不一一。卷五一

与滕达道 一六

某悴旧眷，辄复少恳。本州倅孟承议震，老成佳士。有一子应武举，未有举主，欲出门下，辄纳其家状，幸许其进，特为收录。孟倅以未尝拜见，不敢便上状。其子颇有学行，更乞详酌。累有干渎，悚息不可言。不一一。卷五一

与滕达道 一七

某启：孟生还，领书教，并赐大字二墨，喜出望外。从游不厌，而不得公大字，以为阙典，故辄见意始望数字耳，岂敢觊许大卷乎？张君又有假虎之说，每不敢当。公若不嫌，有何不可！比日台候何如？李婴长官乞告改葬，过府欲求防护数人，乞不阻。乍暄，万乞为国自重。冗中，不宣。卷五一

与滕达道 一八

某启：专人复来，承已过信阳。跋涉风雨，从者劳矣。比日起居何如？某比谓公有境上之约，必由黄陂遂径来此，拙于筹量，遂失一见，愧恨可知。然所言者，岂有他哉！徒欲望见颜色，以慰区区，且欲劝公屏黜浮幻，厚自辅养而已。想必深照此诚。人还，忽忽①，不宣。卷五一

与滕达道 一九

某启：近专人还，奉状必达。比日台候何如？连月阴雨，旅怀索寞，望德驰情，如何可言！尚冀保练，以慰微愿。因孟生行，少奉区区。不宣。卷五一

---

① 忽忽：疑应作"匆匆"。

与滕达道 二〇

某启：知前事尚未已，言既非实，终当别白，但目前纷纷，众所共叹也。然平生学道，专以待外物之变，非意之来，正须理遣耳。若缘此得暂休逸，乃公之雅意也。黄当江路，过往不绝，语言之间，人情难测，不若称病不见为良计。二年不知出此，今始行之耳。西事得其详乎？虽废弃，未忘为国家虑也。此的信，可示其略否？书不能尽区区。 卷五一

与滕达道 二一

某闲废，无所用心，专治经书。一二年间，欲了却《论语》《书》《易》，舍弟已了却《春秋》《诗》。虽拙学，然自谓颇正古今之误，粗有益于世，瞑目无憾也。又往往自笑不会取快活，真是措大余业。闻令子手笔甚高，见其字，想见其人超然者也。 卷五一

与滕达道 二二

某启：专使至，远辱手诲累幅，伏读感慰。所喜比来起居康胜，不足云也。某凡百如常，杜门谢客已旬日矣。承见教，益务闭藏而已。近得筠州舍弟书，教以省事。若能省之又省，使终日无一语一事，则其中自有至乐，殆不可名。此法奇秘，惟不肖与公共之，不可广也。画本亦可摹，为省事故，亦纳去耳。今却付来使，不罪。吴画谩附去。冬至后，斋居四十九日，亦无所行运，聊自反照而已。愿公深自爱养。区区难尽言，想识此意也。 卷五一

与滕达道 二三

　　某近张寔处,蒙寄贶四壶,今又拜赐,虽知不违条,然屡为烦费,已不惶矣。酒味极佳,此间不可仿佛也。卷五一

与滕达道 二四

　　某启:所示文字,辄以意裁减其冗,别录一本,因公之成,又稍加节略尔。不知如何?漕司根鞫,捃摭微琐,于公尤为便也。缘此圣主皎然,知公无过矣。非特不足恤,乃可喜也。但静以待命,如乞养疾之类,亦恐不宜。荷异眷,不敢不尽。璋师《罗汉堂记》,俟试思量,仍作伽语,莫不妨否?然废人之文章,未必喜之。如何?
卷五一

与滕达道 二五

　　某启:公忠义皎然,天日共照,又旧德重望,举动当为世法,不宜以小事纷然自辨。若如来喻,引罪而乞宽司僚,于义甚善。卑意如此。卷五一

与滕达道 二六

　　某到黄陂,闻公初五日便发,由信阳路赴阙,然数日如有所失也。欲便归黄州,又雨雪间作。向僧房中明窗下,拥数块熟炭,读《前汉书·戾太子传赞》,深爱之。反复数过,知班孟坚非庸人也。

方感叹中,而公书适至,意思豁然。稍晴暖,当阳罗江上放舟还黄也。卷五一

与滕达道　二七

某启:近日人还,奉状必达。雪后寒苦,伏想起居佳胜? 岁复行尽,展奉何时? 旅怀索然,但有倾系。尚冀为时自重,别膺新祉。卷五一

与滕达道　二八

某再拜:见戒不为外境所夺,佩此至言,何时忘乎? 王经臣者,观其语论,微似飒飒,然其言未足全信也。所传小词为伪托者,察之。然自此亦不可不密也。回文比来甚奇,尝恨其主不称,若归吾人,真可喜,可谓得其所哉! 亦须出也。元素若果来,一段奇事,当预以书约之。今携俊生来,一夔足矣。冗迫,久不上状。伏想台候胜常? 某蒙庇如昨,未还老哲,舆望缺然。更冀顺时为国自重①。卷五一

与滕达道　二九

某启:示喻夏中微恙,即日想全清快。近闻元素开阁放出四人,此最卫生之妙策。其一姓郭者,见在野夫处。元素欲醒,而野

---

① "冗迫"至"为国自重":此三十三字,见本卷《与滕达道》第十一首,独立成篇。系两篇混为一篇,抑一篇误作两篇,难于确定,故仍之。

夫方醉尔。颁示二小团,皆新奇,苏合酒亦佳绝。每蒙辍惠,惭感可量! 今日见报蒲传正般出天寿院,何耶? 张梦得尝见之。佳士! 佳士! <small>卷五一</small>

与滕达道 三〇

屡枉专使,感愧无量。兼审比来尊体胜常,以慰下情。某近绝佳健。见教如元素黜罢,薄有所悟,遂绝此事,仍不复念。方知此中有无量乐,回顾未绝,乃无量苦。辱公厚念,故尽以奉闻也。晚景若不打叠此事,则大错,虽二十四州铁打不就矣。既欲发一笑,且欲少补左右耳。不罪不罪! <small>卷五一</small>

与滕达道 三一

公解印入觐,当过岐亭故县,预以书见约,轻骑走见,极不难。慎勿枉道见过。想深识此意。乍冷,万乞自重。<small>卷五一</small>

与滕达道 三二　<small>以下俱离黄州</small>

某启:仆买田阳羡,当告圣主哀怜余生,许于此安置。幸而许者,遂筑室荆溪之上而老矣。仆当闭户不出,君当扁舟过我。醉甚,书不成字。<small>卷五一</small>

与滕达道 三三

某晚生,蒙公不鄙与游,又令与立字,似涉僭易,愿公自命。

却示及作《字说》，乃宠幸也。卷五一

与滕达道　三四

某再拜：承示喻盛字，见耘老，云改作达道，不知尚未定耶？欲令重议。此朋友之事，某于公为晚辈，岂敢当此。然公有命，不敢违，当徐思之。先以书布闻左右，然后敢作说也。惶恐惶恐！卷五一

与滕达道　三五

某启：久不奉状，愧仰日深。辱专人手书，具审比来台候胜常，感慰兼集。自闻公得吴兴，日望一见于中涂。而所至以贱累不安，迟留就医，竟失一婴儿。又老境所迫，归计茫然，故所至求田问舍，然卒无成。十四日决当离此，真州更不敢住。恐真守坚留，当住一日。不知公犹能少留，以须一见否？死罪死罪！若到扬，闻公犹在，亦须当轻舟往见也。若又失此期，则遂远别矣。渐凉，惟顺时为国自重。人还，谨奉状布谢，不宣。卷五一

与滕达道　三六

某去岁所买田，已旱损一半，更十日不雨，则已矣。奇穷所向如此，可笑可笑！耘老远去，此意岂可忘。老病憔悴，得公厚顾，翘然增气也。卷五一

与滕达道　三七

某启：叠蒙遣人赐书，忧爱厚甚，感怍不已。比日履兹新凉，台候胜常，深慰下情。丧子之戚，寻已忘之矣。此身如电泡，况其余乎？闻今日渡江，恨不飞去。风逆不敢渡，又与一人期于真州，有少急切之干，度非十九日不可离真。早发暮可见，公以二十日行，犹可趁上官日也。不知能少留否？若得略见，喜幸不可言也。余冀为时自重。卷五一

与滕达道　三八

某到此，时见荆公，甚喜，时诵诗说佛也。公莫略往一见和甫否？余非面莫能尽。某近到筠见子由，他亦得旨指射近地差遣，想今已得替矣。吴兴风物，足慰雅怀。郡人有贾收耘老者，有行义，极能诗，公择、子厚皆礼异之，某尤与之熟。愿公时一顾，慰其牢落也。近过文肃公楼，徘徊怀想风度，不能去。某至楚、泗间，欲入一文字，乞于常州住。若幸得请，则扁舟谒公有期矣。卷五一

与滕达道　三九

某启：别后，不意遽闻国故，哀号追慕，迨今未已。惟公忠孝体国，受恩尤异，悲苦之怀，必万常人。比日起居何如？某旦夕过江，径往毗陵，相去益近，时得上问也。为时自重。不宣。卷五一

与滕达道　四〇

　　某再启：承差人送到定国书，所报未必是实也。都下喜妄传事，而此君又不审。乃四月十七日发来邸报，至今不说，是可疑也。一夫进退何足道，所喜保马户导洛堆垛皆罢，茶盐之类，亦有的耗矣。二圣之德日新，可贺可贺！令子各安胜，未及报状也。卷五一

与滕达道　四一

　　某启：耘老至，又辱手书，及耘老道起居之详，感慰不可言。某留家仪真，独来常，以河未通，致公见思之深。又有旧约，便当往见，而家无壮子弟，须却还般挈，定居后，一日可到也。惟深察。近日京口时有差除，或云当时亦未是实。计当先起老镐，仆或得连茹耶？惠贶三十壶，携归饷妇矣。余耘老能道，不宣。某顿首。卷五一

与滕达道　四二

　　闻张郎已授得发勾，春中赴上，安道必与之俱来。某若得旨，当与之联舟而南，穷困之中，一段乐事，古今罕有也。不知遂此意否？秦太虚言，公有意拆却逍遥堂横廊，切谓宜且留之。想未必尔，聊且言之。明年见公，当馆于此。公雅度宏伟，欲其轩豁，卑意又欲其窈窕深密也。如何？不罪造次。卷五一

文集卷四十九

与滕达道 四三

四声可罢之，万一浮沉，反为患也。幸深思之。不罪。_{卷五一}

与滕达道 四四

某再启：近在扬州入一文字，乞常州住，如向所面议。若未有报，至南都再当一入也。承郡事颇繁齐整，想亦期月之劳尔。微疾虽无大患，然愿公无忽之，常作猛兽毒药血盆脓囊观，乃可，勿孤吾党之望而快群小之志也。情切言尽，必恕其拙，幸甚。_{卷五一}

与滕达道 四五

某启：一别四年，流离契阔，不谓复得见公。执手恍然，不觉涕下。风俗日恶，忠义寂寥，见公使人差增气也。别来情怀不佳，忽得来教，甚解郁郁。且审起居佳胜为慰。某以少事，更数日，方北去。宜兴田已问去。若得稍佳者，当扁舟径往视之，遂一至湖。见公固所愿，然事有可虑者，恐未能往也。若得请居常，则固当至治下，搅扰公数月也。未间，惟万万为时自重。_{卷五一}

与滕达道 四六

　　某再启：别谕，具感知爱之深，一一佩刻。董田已遣人去问，宜兴亲情若果尔，当乘舟径往成之。然公欲某到吴兴，则恐难为，不欲尽谈，唯深察之。到南都，欲一状申礼曹。凡刊行文字，皆先毁板，如所教也。有监酒高侍禁永康者，与之外姻，闻亦甚谨干。望略照庇，如察其可以剪拂，又幸也。卷五一

与滕达道 四七 以下俱赴登州

　　某启：前蒙惠建茗，甚荷。醉中裁谢不及，愧悚之极。登州见阙，不敢久住，远接人到，便行。会合邈未有期，不免怅惘。舍弟召命，盖虚传耳。君实恩礼既异，责望又重，不易不易！某旧有《独乐园》诗云："儿童诵君实，走卒称司马。持此将安归，造物不我舍。"今日类诗谶矣。见报，中宪言玉汝右揆、当世见在告，必知之。京东有干，幸示喻。卷五一

与滕达道 四八

　　某启：专使至，辱手海，伏承起居佳胜，大慰驰仰。某受命已一月，甚欲速去，而远接人未至，船亦未足，督之矣。向虽有十日之约，势不可住，愧负无限。区区之学，顷亦试之矣，竟无丝毫之补。复此强颜，归于无成，徒为纷纷，益可愧也。心之伊郁，非面莫能道，想识此意。唯万万为人自重。人还，奉启上谢。不宣。卷五一

与滕达道　四九

　　某启：承专人借示李成十幅图，遂得纵观，幸甚幸甚！且暂借留，令李明者用公所教法试摹看，只恐多累笔耳。此本真奇绝，须当爱护也。月十日后，当于徐守处借人赏纳。卷五一

与滕达道　五〇

　　某启：前者使还，醉中裁谢，极于散慢，至今恐愧。不审比日台候何似？某已被命，实奖借之素。已奏候远接人，计不过七月中下旬行。伏恐知之。士论望公入觐，久未闻，何也？想亦不远。无由面别，瞻望惋怅，溽暑方炽，万冀顺时为国自重。不宣。卷五一

与滕达道　五一

　　许为置朱红累子，不知曾令作否？若得之，携以北行，幸甚。如不及已，亦非急务。不罪。卷五一

与滕达道　五二　以下俱登州

　　某启：入春来，连日雨，今日忽晴快。所居江山爽秀，怅然怀公，不知颇作乐否？近得安道公及张郎书，甚安健。子由想已过矣。青州资深，相见极欢，今日赴其盛会也。闲恐要知。卷五一

与滕达道　五三

　　某再拜：自承哀疚，日欲拜疏，以不审知从者所至，以故至今。日月如昨，忽复徂暑。伏惟追慕摧切，触物增恸，奈何奈何！即日伏料孝履支福。明公声望隐然，虽未柄用，坐镇一方，犹足以携持人心。今兹退归，有识所共叹，而孤拙无状，尤为失巨庇也。唯冀节哀自重，少慰区区。谨奉手启上问，不次。卷五一

与滕达道　五四

　　某启：少恳布闻，不罪不罪。某好携具野饮，欲问公求朱红累子两卓二十四隔者，极为左右费。然遂成藉草之兴，为赐亦不浅也。有便望颁示。悚息。卷五一

与滕达道　五五

　　某本作此书，托一同人带去，既而其人却留滞淮南，近复带还，岂胜惭悚。今复附上前疏，贵察其非懈怠也。忽然秋尽，起居何似？向承示谕斤斧鄙词，非见爱之深，岂能尔耶？向示自有一本，云"且斗尊前见在身"，恐闲知之。东方有干，乞示下。卷五一

与滕达道　五六

　　某干求累子，已蒙佳惠，又为别造朱红，尤为奇妙。物意两重，何以克当！捧领讫，感愧无量。旧者昨寄在常州，令子由带入

京。俟到，不日便持上也。_{卷五一}

与滕达道 五七

鳆鱼三百枚，黑金棋子一副，天麻煎一箍，聊为土物。不罪浼触。令子思渴，冗中不及别启。_{卷五一}

与滕达道 五八

某感时气，卧疾逾月，今已全安。但幼累更卧，尚纷纷也。杨道人名世昌，绵竹人，多艺。然可闲考验，亦足以遣惠也。留此几一年，与之稍熟。恐要知。_{卷五一}

与滕达道 五九

所有二赋，稍晴，写得寄上。次只有近寄潘谷求墨一诗录呈，可以发笑也。衲衣寻得，不用更寻。累卓感留意，悚怍之甚。甘子已拜赐矣。北方有干，幸示谕。_{卷五一}

与滕达道 六〇

某屏居如昨，舍弟子由得安问，此外不烦远念。久不朝觐，缘此得望见清光，想足慰公至意。其他无足云者。贵眷令子，各计安胜。月中前，急足远寄，必已收得。略示谕。_{卷五一}

与滕达道 六一　登州还朝

某启：此去见有方药可以起公之微疾者，专为访之，如所谕也。四月中所报及却罢之由，未闻其实，到都下当驰白也。卷五一

与滕达道 六二　以下俱南省

某慰言：不意祸故，奄及闺阁，闻问怛然，悲惋不已。窃惟恩义之重，哀痛难堪。日月如昨，屡易弦望。追恸无及，触物增感。奈何奈何！未由躬诣吊问，临纸哽塞。谨奉疏陈慰。谨疏。卷五一

与滕达道 六三

某启：惊闻郡封倾逝，悲怆无量，恨不躬往慰问，但以至理宽譬左右也。平日学道，熟观真妄，正为今日。但当审察本心，无为客尘幻垢所污。况公望重中外，今者人物凋丧，耆老殆尽，切须自爱。若使缠绵留恋，不即一刀两段，乃是世俗常态，非所望于杰人也。愿三复此语而已。余非面能尽。卷五一

与滕达道 六四

某以馆伴北使半月，比出，方闻公有闺中之戚。慰问后时，本欲别作令子昆仲慰疏，秦君行速，作书未及，惟千万节哀，以慰亲意也。相次别奉状。卷五一

与滕达道 六五　以下俱翰林

某启：迫冗，稍疏上问，愧仰增极。切想下车以来，静治多暇，有以自适。即日履兹酷暑，台候何似？某忝冒过分，非提奖有素，何以及此？明公旧德伟望，尚在外服，舆论未允。伏冀以时倍加保啬，以慰区区。不宣。卷五一

与滕达道 六六

某启：近数奉状，一一闻达。比日切惟镇莅多暇，台候万福。某蒙庇粗遣，但躐次骤进，处必争之地，非久安计。但脱去无由，公必念之。蒙惠地黄煎，扶衰之要药。若续寄，尤幸。卷五一

与滕达道 六七

某再启：瀛州之命，既以先讳为辞，想当易地耶？所云杭，已除元素，计必闻之矣。佳梦，岂特公爱我之深，发于想念尔。批示党人，甚堪一笑而已。子由除户侍，方欲辞免也。闲恐知之。孔经甫外制，顾将军夕拜，张仲举待制，皆恐要知。广大格岂敢望李憨子耶？然亦有一长从来，不敢使幸及赖耳。想当一笑。寄惠地黄煎，感服厚念。卷五一

与滕达道 六八

某启：部民董迁，笃学能文，下笔不凡，非复世俗气韵。如请

见,愿加奖励,遂成就之。其兄复溙,学道屏居,不与俗交,其文亦秀迈可观。皆公所欲知者,故敢以闻。近因亲情王承议行,托附书信,必达。某衰病短才,任用过量,论议疏阔,所向难合,日俟汰遣而已。辱知之厚,故粗及之。卷五一

与李公择 一 <small>杭倅</small>

某已过满,苏明之来。近闻明之已除台直,果尔,替期未可决也。雪上主人如不厌客,当去叩歆。闻已举姚揆,非老兄风义,谁肯举此孤寒木讷之士也哉? 闻往来者奉谈不容口,足为交游之庆。《墨妙堂记》并诗,各告求数本。向时莘老屡寄,然皆墨淡不光,告令指挥如法打。道场何山,时复一游否? 某虽未得即替,然更得于西湖过一秋,亦自是好事。景色如此,去将安往,但有著衣吃饭处,得住且住也。但恨舍弟相远,然亦频得信,亦甚好。恐要知。卷五一

与李公择 二 <small>离杭倅</small>

某顿首:某忝命皆出推借,知幸知幸! 始者深欲一到吴兴,缘舍弟在济南,须一往见之,然后赴任。济南路由清河,而冬深即当冻合,须急去乃可行,遂不得一去别。所怀千万,非书所能尽也。卷五一

与李公择 三

某再拜:孝叔丈向有径山之约,今已不遂。无缘一别,且乞致

意。陈令举有书来,云相次去奉谒,相聚必款。东莱所乏茶与柑橙,而君地生焉,可各致少许为贶。若要瓜蓳,到任后当寄献。呵呵。李君行时,不及奉书,兼醉后挥抹,殊鲜礼。悚悚! 卷五一

与李公择 四 赴密州

某已到扬州。此行天幸,既得李端叔与老兄,又途中与完夫、正仲、巨源相会,所至辄作数剧饮笑乐。人生如此有几,未知他日能复继此否? 乍尔暌违,临纸于邑。 卷五一

与李公择 五 以下俱徐州

某顿首:久不得来诲,亦稍忧悬,料公必不暇尔。近领手教,果尔劫劫,殊不及为郡之乐。比日起居佳胜否? 贵眷各无恙,且喜九郎壮健胜往日,深可庆。某辄有一孙,体甚硕重,决可以扶犁荷锄,想公亦为我喜也。八月十二日生,名楚老。六郎不见,应举得失如何? 迈往南京,为舍弟此月十一日嫁一女与文与可子,呼去干事。宪局寻常少事,何为乃尔纷纷,想不常如此也。 卷五一

与李公择 六

某再拜:舍弟得信,无恙。但因议公事,为一倅所怒,日夜欲倾之,念脱去未能尔。子由拙直之性,想深知之,非公孰能见容者。然实无他尔,而人或不亮。牢落如此,为一农夫而不可得,岂复有意与人争乎? 亦不足言,聊可一笑而已。 卷五一

与李公择 七

子由近为栖贤僧作《僧堂记》，读之凛然，觉崩崖飞瀑，逼人寒冽也。卷五一

与李公择 八 以下俱黄州

某启：春夏多苦疮疖、赤目，因此杜门省事。而传者遂云病甚者，至云已死，实无甚恙。今已颇健，然犹欲谢客，恐传者复云云以为公忧，故详之。郑公虽已逾八旬，然耆旧凋丧，想当为国凄怆。公择、莘老进用，皆可喜，然亦汇征之渐，殆恐未尔知首。料台阁殊不闻，果尔，甚可喜。元素若能力止其行，极佳，亦当走书道此也。所要新诗，实无一字，小词、墨竹之类，皆不复措思，惟于饱食甘寝中得少三昧，一笑一笑！文编一阅，洒然自失，濯喧埃而起衰思也。卷五一

与李公择 九

某再拜：谕养生之法，虽壮年好访问此术，更何所得？然比年流落瘴地，苦无他疾，似亦得其力尔。大约安心调气，节食少欲，思过半矣，余不足言。某见在东坡，作陂种稻，劳苦之中，亦自有乐事。有屋五间，果菜十数畦，桑百余本，身耕妻蚕，聊以卒岁也。卷五一

与李公择 一〇

　　某顿首：知治行窘用不易。仆行年五十，始知作活。大要是悭尔，而文以美名，谓之俭素。然吾侪为之，则不类俗人，真可谓淡而有味者。又《诗》云："不戢不难，受福不那。"口体之欲，何穷之有？每加节俭，亦是惜福延寿之道。此似鄙俗，且出于不得已，然自谓长策，不敢独用，故献之左右。住京师，尤宜用此策也。一笑一笑！_{卷五一}

与李公择 一一

　　某启：示及新诗，皆有远别惘然之意。虽兄之爱我厚，然仆本以铁心石肠待公，何乃尔耶？吾侪虽老且穷，而道理贯心肝，忠义填骨髓，直须谈笑于死生之际。若见仆困穷，便相於邑，则与不学道者大不相远矣！兄造道深，中必不尔，出于相好之笃而已。然朋友之义，专务规谏，辄以狂言广兄之意尔。兄虽怀坎壈于时，遇事有可尊主泽民者，便忘躯为之，祸福得丧，付与造物。非兄，仆岂发此！看讫，便火之，不知者以为诟病也。_{卷五一}

与李公择 一二

　　某启：近领手教，极慰想念。比日起居何如？秋色佳哉，想有以为乐。人生唯寒食、重九，慎不可虚掷，四时之美，无如此节者矣。寄示妙药、刀鞘，并已领。近有潮州人寄一物，其上云"扶劣膏"，不言所用，状如羊脂而颇坚，盛竹筒中。公识此物否？味其名，必佳物也。若识之，当详以示。可分去，或为问习南海物者。料公亦不久有别命。如未，冬间又得一见，孤旅之幸。乍冷，万万自摄。卷五一

与李公择 一三

某启：杜门谢客，甚安适。气术又近得其简妙者，早来此面传，不可独不死也。子由无恙，十月丧其小女，三岁矣。屡有此戚，固难为情，须能自解尔。所谕曹光州亲情，与卑意会，已作书问子由，次第必成也。凫膟纳少许去，然终未知其实，不知所谕果然否，犹赖不曾经服食也。效刘十五体，作回文《菩萨蛮》四首寄去，为一笑。不知公曾见刘十五词否？刘造此样见寄，今失之矣。得渠消息否？莘老必时得书，在徐乐乎？卷五一

与李公择 一四

某启：累获来教，佩戴至意。比日起居佳胜？雪屡作，足慰劝耕之怀。昨日船到，送惠木奴人瓮，算已作三百匹绢看矣。新岁不及奉觞，唯祝晚途遇合，使退耕穷士与民物并受其赐也。寒苦，万万自重。卷五一

与李公择 一五

与可之亡，不惟痛其令德不寿，又哀其极贫，后事索然。而子由婿其少子，颇有及我之累。所幸其子贤而文，久远却不复忧，唯

目下不可不助他尔。_{卷五一}

与李公择 一六 以下俱北还

某启：逆风数日，为左右滞留，而孤旅蒙幸多矣。但以多别，得一见风度，亦不复以别去为戚也。比日，伏惟起居佳胜？小舟阻风浪，馨室此依，又费照遣矣。古铁纳上。余万万善爱。不宣。_{卷五一}

与李公择 一七

某启：两日连见，匆匆竟何言。暄和，起居何如？夷中送王徐州诗，有见及语。方是时，人以相识为讳，欲一见面道此为笑，竟不见，可太息也。适所白，是宗人械，雅州幕。不一一。_{卷五一}

文集卷五十

与钱穆父 一 南省

某启：久以使客纷纷，不奉书，愧仰不可言。辱手教，且审台候胜常。爱子襁负夭丧，想深痛割，惟深照浮幻，一洗无益之悲。至望至望！卷五一

与钱穆父 二 以下俱翰林

某启：前日辱书及次公到，颇闻动止之详，慰浣无量。微疾想由不忌口所致，果尔，幸深戒之。某亦病寒嗽，逾月不除。衰老有疾难愈，岂复如昔时耶？承和揉菊词，次公处幸见之。未由会合，千万顺候自重。匆匆奉启。卷五一

与钱穆父 三

某启：辱书，伏承比来尊体安佳，甚慰所望。毒暑不可过，使客纷纷然，殆不能堪。数日以热毒发疮数处，且告谒休养，以备坤成终日之劳也。奉羡清闲，独无此福。惠茶既丰且精，除寄与子由外，不敢妄以饮客，如来教也。然细思之，子由既作台官，亦不合与吃，薛能所谓"赖有诗情"尔。呵呵。公久外，召还当在旦夕，扫榻

奉候矣。不宣。卷五一

与钱穆父 四

某启：长至祝颂之意则深矣，不敢上状，惧烦回答。辱手简，甚荷知照。比日起居佳胜？河间之命，料必难辞，日企来音，少慰久阔。未间，万乞为国自重。不宣。卷五一

与钱穆父 五

某近得家报，王郎子立暴卒于奉符，为之数日悲恸，在告亦缘此也。此君受知于公，想亦为之凄惋。子由远使归来，闻之，烦恼可知。子立只一女子，竟无儿，可伤可伤！冗中，来使告回，不一一。卷五一

与钱穆父 六

某启：两日台候何如？知药力已行，必遂轻安。饮食不减否？何日可出？告令郎写一二字示下。不宣。卷五一

与钱穆父 七

某启：辱示雄篇，古人所谓味无穷而炙逾出者，不肖何敢庶几乎？然三五日间，当试和谢也。入夜布启，草略。不宣。卷五一

与钱穆父 八　以下俱杭州

某启：多日不上问，辱书，感慰之至。比日起居益佳，微疾已
痊复。新诗妙曲，得于敲榜间，欣承加惠也。辄复一篇，惟不示人
为望。雅奏已行遣，因毁所集也，知之。冬来全少事，时复开樽湖
上，但少佳客尔。未由会集，千万以时保卫。不宣。卷五一

与钱穆父 九

承录示元之诗，旧虽曾见之，今得公亲书，甚喜。令跋尾，诗
词如此，岂敢挂名其间！呵呵。惠示江瑶，极鲜，庶得大嚼，甚快。
北方书问几绝，况有苞苴见及乎？昨日忽得两壶，谨分其一。不罪
微浼。某再拜。卷五一

与钱穆父 一〇

令子不及奉书，昨日与杨次公书，有少事托面白，必达。春夏
之交，米价必大长，可畏。公必有以待之，幸预以教我。数郡闭籴，
大为杭病，江东尤为害也。屡移不报，录得其榜，已削去。依条，灾
伤免力胜。民甚悦，恐知。杭酥不佳，已督之矣。卷五一

与钱穆父 一一

今日得宪檄，亦以闽盗恐轶至衢、睦为戒，度亦未遽尔也。惟
浙西数郡，水潦既甚，而七月二十一、二、三、三日大雨暴风，几至扫

尽。灾伤既不减去岁，而常平之备已空，此忧在仆与中玉。事有当面议不可以尺书尽者，屡以此意招之，绝不蒙留意云。冬初方过，浙西虽子功旦夕到，然此大事，得聚议乃济。数舍之劳，譬如来一看潮，亦自佳事。试告公以此意劝之，勿云仆言也。如何？如何？吾侪作事，十分周备，仅可免过，小有不至，议者应不见置也。米方稍平，更一月必贵。日夜望中玉来。放脚手籴得十余万石，相次漕司争籴军粮及上供，必大翔涌。其他合行遣事，未易一一遽言。愿公因会，度可言即言之。幸甚幸甚！此事，某已两削矣。诸公虽未必喜，然度无不行下之理。卷五一

与钱穆父 一二

某蒙令子寄示五赋，幸甚，且为矩范也。后举又预高等矣。近本州举子数百人来陈状，以习赋者多，乞发解各立分数，已为削去矣。闲知之。小儿差遣，蒙留意，以递中问之矣。非久得报，即驰白也。悚息！悚息！卷五一

与钱穆父 一三

迈拙而愿，既备门下，人又日夕左右，想蒙提诲如子侄，不在区区干祷也。乍到颍，不能无少冗。速遣此人，未能尽意。令子相见都下，不款曲。计今已赴任矣。卷五一

与钱穆父 一四

新刻特蒙颁惠，不胜珍感。竹萌亦佳贶，取笋簟菘心与鳜相对，清水煮熟，用姜芦服自然汁及酒三物等，入少盐，渐渐点洒之，过熟可食。不敢独味此。请依法作，与老嫂共之。呵呵。<small>卷五一</small>

与钱穆父 一五

蒙仲过此，以急欲省觐，不敢攀留，甚愧。闻试得甚佳，旦夕驰贺也。两小儿本令闲看场屋，今日榜出皆捷。新学妨占解名，可愧也。<small>卷五一</small>

与钱穆父 一六　扬州

某启：示谕丽使裁减事，既不出船，何用借买许多什物？已令本州一一依仿裁定矣。幸甚幸甚！条式指定事，即未敢擅，减知之。稍暇别奉状。不罪。<small>卷五一</small>

与钱穆父 一七　以下俱扬州还朝

某启："匿犀""伏螭"之句，所不到也。钦羡钦羡！<small>卷五一</small>

与钱穆父 一八

某启：多日不接奉，思企之深。伏计台候日就康复。欲往见，恐倦接客。乞此示数字。炷艾,必得力也。新诗想多有。不一一。
卷五一

与钱穆父 一九

子功数日不相见,省中殊岑寂也。公何日可出乎? 卷五一

与钱穆父 二〇

某近蒙回教,令记新斋,恐必不堪用,然亦当试抒思也。曾干
告丰令郭绖、支使孟易一京削。恐新年求者必多,略乞记录。令子
必已到。温秀老成,真远器也。冗迫,不尽区区。卷五一

与钱穆父 二一

某启:多日不接奉,思企不可言。辱教字,承起居佳胜。浴
会不得暇赴,盖除夜有婚会,两日纷纷也。嘉篇幸蒙录示,"愁
人""泪眼"之句,读之惘然。公达者,何用久尔戚戚? 嘉节且一笑
为乐,区区之祝也。卷五一

与钱穆父 二二

某启:前日辱简,以妻孥皆病不即答,悚息悚息! 阴雨,起居
何似? 寄颍叔诗,和得,纳去。与公咫尺胡越,何论颍叔也。可叹
可叹! 其一章未允,方再上也。不一一。卷五一

与钱穆父 二三

某启:伏承莅事之初,虽稍劳神,而吏民欣悚,实为盛事。无由诣贺,但有企渴。辱简,且审起居佳胜。余俟八日廷中可谈。_{卷五一}

与钱穆父 二四

某启:辱示,承起居佳胜。熙帅,鄙意亦欲饯之。公用二日即当趋赴,元日殿门外更议之也。惠贶山芋柑梨,感刻之至。匆匆布谢。不谨。_{卷五一}

与钱穆父 二五

某启:伏暑,伏想起居康胜? 老妇病稍加,某亦自伤暑。殊无聊,遂且谒告免词事也。一诗谩呈。电扫庭讼,响答诗筒,亦数年来故事也。呵呵。草,不谨。_{卷五一}

与钱穆父 二六

某启:知盛会早散,能过家庖煮菜夜话否? 匆匆。不罪。_{卷五一}

与钱穆父 二七

某启:辱简,承起居佳胜。所约敢不如教,绝早到门。惟少设食,了两碑也。醵饯用二十四。谨诺。_{卷五一}

与钱穆父 二八 赴定州

某启：昨日远勤从者，草草就别，慨怅不已。使至，又辱手诲，仍以高篇宠行，读之增恨怆也。欲和答，人客如织，当俟前路。惠茶，已戒儿曹别藏之矣，非良辰佳客，不轻啜也。令子昆仲，特烦远至，感怍不已。所欲言，非可以笔墨既，想已目击。自余惟若时自爱而已。不宣。卷五一

与李伯时

辱手示及惠新酝，感愧殊深。即日起居佳胜。《洗玉池铭》更写得小字一本，比之大字者稍精。请用陈伯修之说，更刻于石柱上为佳。人还，奉谢。卷五一

与郭功父 一 以下俱杭倅

昨日承顾访，殊慰久阔。经夕起居佳否？某出院本欲往见，以下痢乏力未果，想未讶也。略奉启，布谢万一。卷五一

与郭功父 二

久别，忽得瞻奉，喜慰可量。既以不出，又数日卧病，遂阻言笑，愧悚不可言。稍凉，起居佳否？某下痢虽止，尚羸苶也。谨奉启布谢。卷五一

与郭功父 三

儿子归来，别无可为土物。御笔一双，赐墨一圭，新茶两饼，皆得之大臣家真物也。不罪浣渎。卷五一

与郭功父 四

辱访临，感怍。独以匆遽为恨。迫行，不往谢，惟宽恕。乍热，万万自重。不宣。卷五一

与郭功父 五

别来瞻仰无穷，风雪凝寒，从者勤矣。辱书，承起居甚佳。为使者即至，必且暂还。惟万万自重。卷五一

与郭功父 六　以下北归

昨辱宠临，久不闻语，殊出意表，盖所谓得未曾有也。经宿起居佳胜？闲居致厚馈，拜赐惭感。只今上谒次，一肉足矣，幸不置酒。卷五一

与郭功父 七

某今日私忌，未敢上谒。辱诗，和呈，为一笑。青皮一片，不以饷公，则无与尝者矣。卷五一

与文与可 一　以下俱徐州

与可抱才不试,循道弥久,尚未闻大用。公议不厌,计当在即。然廊庙间谁为恤公议者乎?老兄既不计较,但乍失为郡之乐,而有桂玉之困,又却不见使者嘴面,得失相乘除,亦略相当也。彭门无事,甚可乐,但未知今夏得免水患否?子由频得书,甚安。示谕秋冬过亲,甚幸甚幸!令嗣昆仲各计安胜,为学想皆成就矣。卷五一

与文与可 二

离浙中已四年,向亦有少浙物,久已分散零落矣。有药玉船两只,献上,恰好吻酌,不通客矣。呵呵。杭州故人颇多,致之不难,当续营之。但恐得后不肯将盛作见借也。卷五一

与文与可 三

近屡于相识处见与可近作墨竹,惟劣弟只得一竿。未说《字说》润笔,只到处作记作赞,备员火下,亦合剩得几纸。专令此人去请,幸毋久秘。不尔,不惟到处乱画,题云"与可笔",亦当执所惠绝句过状索二百五十匹也。呵呵。卷五一

与文郎　黄州

不审荼毒以来,气力何似?变故如昨,两易晦朔,追慕无穷,

奈何奈何！中前人还，辱书，重增哽咽。吾亲孝诚深笃，若不少节哀摧，惟意所及，不以后事为念，何以仰慰堂上之心？惟万万宽中强食。卷五一

文集卷五十一

与王定国 一　以下俱黄州

某启：自到黄州，即属岸人日伺舟驭消耗，忽领手教，顿解忧悬。仍审比来体气清强，且能自适，至慰。知未决东西，计其迁直嶮易，相去必不悬绝，而得一见，乃是不肖大幸，不识果安从。某寓一僧舍，随僧蔬食，甚自幸也。感恩念咎之外，灰心杜口，不曾看谒人。所云出入，盖往村寺沐浴，及寻溪傍谷钓鱼采药，聊以自娱耳。

卷五二

与王定国 二

某启：罪大责轻，得此甚幸，未尝戚戚。但知识数十人，缘我得罪，而定国为某所累尤深，流落荒服，亲爱隔阔。每念至此，觉心肺间便有汤火芒刺。今得来教，既不见弃绝，而能以道自遣，无丝发蒂芥，然后知定国为可人，而不肖他日犹得以衰颜白发厕宾客之末也。甚幸甚幸！恐从者不由此过，故专遣人致区区。惟愿定国深自爱重，仍以戒我者自戒而已。临书悒悒，不知此人到江，犹及见仙舟否？匆匆，不宣。卷五二

与王定国　三

某启：扬州有侍其太保者，官于瘴地十余年。北归，面色红润，无一点瘴气。只是用摩脚心法耳。此法，定国自已行之，更请加功不废。每日饮少酒，调节饮食，常令胃气壮健。安道软朱砂膏，某在湖州服数两，甚觉有益。到彼可久服。子由昨来陈相别，面色殊清润，目光炯然，夜中行气脐腹间，隆隆如雷声。其所行持，亦吾辈所常论者，但此君有志节，能力行耳。粉白黛绿者，俱是火宅中狐狸、射干之流，愿深以道眼看破。此外又有一事，须少俭啬，勿轻用钱物。一是远地，恐万一阙乏不继。二是灾难中节用自贬，亦消厄致福之一端。所怀千万，书不能尽一二也。卷五二

与王定国　四

某启：宾州必薄有瘴气，非有道者处之，安能心体泰健以俟否亨耶？定国必不以流落为戚戚，仆不复忧此。但恐风情不节，或能使腠理虚怯，以感外邪。此语甚蠢而情到，愿君深思先构付属之重，痛自爱身啬气。旧既勤于道引服食，今宜倍加功。不知有的便可留桂府否？卷五二

与王定国　五

某启：君本无罪，为仆所累尔，想非久，必渐移善地也。仆甚顽健，居处食物皆不恶。但平生不营生计，贱累即至，何所仰给？须至远迹颜渊、原宪，以度余生。命分如此，亦何复忧虑。在彭城

作黄楼,今得黄州;欲换武,遂作团练。皆先谶。因来书及之,又得一笑也。子由不住得书,必已出大江,食口如林,五女未嫁,比仆又是不易人也。奈何奈何! 惠京法二壶,感愧之至。欲求土物为信,仆既索然,而黄又陋甚,竟无可持去,好笑好笑! 儿子迈亦在此,不敢令拜状,恐烦渎也。承新诗甚多,无缘得见,耿耿。仆不复作,此时复看诗而已。 _{卷五二}

与王定国　六

某作书了,欲遣人至江州。李奉职言,定国必已从江西行,必不及矣。故复写此纸,递中发去。闻得此中次第,人皆言西江渐近上水,石湍激,崄恶不可名,大不如衡、潭之善安。然业已至彼,不可复回也。若于临江军出陆,乃长策也。贵眷不多,不可谓山溪之崄而避陆行之劳也。众议如此,切请子细问人,毋以不赀之躯,轻犯忧患也。前书所忧,惟恐定国不能爱身啬色,愿常置此书于座右。如君美材多文,忠孝天禀,但不至死,必有用于时。虽贤者明了,不待鄙言,但目前日见可欲而不动心,大是难事。又寻常人失意无聊中,多以声色自遣。定国奇特之人,勿袭此态。相知之深,不觉言语直突,恐欲知。他日不讶也。 _{卷五二}

与王定国　七

某受张公知遇至深。罪废,累辱其门下,独不复摈绝否? 如何如何! 想时得安问,贵眷在彼必安。 _{卷五二}

与王定国　八

　　某再拜：递中领手教，知已到官无恙，自处泰然，顿解忧悬。又知摄二千石，风采震于殊俗，一段奇事也。某羁寓粗遣，但八月中丧一老乳母，子由到筠，亦抛却一女子，年十二矣，悼念未衰，复闻堂兄中舍卒于成都。异乡罹此，触物凄感，奈何奈何！

　　近颇知养生，亦自觉薄有所得，见者皆言道貌与往日殊别。更相阔数年，索我阆风之上矣。兼画得寒林墨竹，已入神品，行草尤工，只是诗笔殊退也，不知何故？张公比得书无恙，但以厚之去妇，家事无人干，颇牢落。子由在筠，甚苦局事烦碎，深羡老兄之安逸也。非久冬至，已借得天庆观道堂三间。燕坐其中，谢客四十九日，虽不能如张公之不语，然亦常阖户反视，想当有深益也。

　　定国所寄临江军书，久已收得。二书反覆议论及处忧患者甚详，既以解忧，又以洗我昏蒙，所得不少也。然所谓"非苟知之亦允蹈之"者，愿公尝诵此语也。杜子美在困穷之中，一饮一食，未尝忘君，诗人以来，一人而已。今见定国，每有书皆有感恩念咎之语，甚得诗人之本意。仆虽不肖，亦尝庶几仿佛于此也。

　　文字与诗皆不复作，近为葬老乳母，作一志文，公又求某书，辄书此奉寄。今日马铺李孝基送君谟石刻一卷来，其后有定国题字，又动我相思之怀，作恶久之。数日前，发勾沈达过此，亦云与定国熟，船中会话半夜，强半是说定国。

　　近有人惠丹砂少许，光彩甚奇，固不敢服，然其人教以养火，观其变化，聊以怡神遣日。宾去桂不甚远，朱砂若易致，或为致数两，因寄及。稍难即罢，非急用也。穷荒之中，恐亦有一二奇士，当以冷眼阴求之。大抵道士非金丹不能解化，而丹材多出南荒，故葛稚川乞峤嵝令,竟化于广州,不可不留意也。陈璞一月前,直往筠州看子由,亦粗传要妙,云非久当来此。此人不惟有道术,其与人有情义,久要不忘如此,亦自可重。道术多方,难得其要。然以某观之,惟能静心闭目,以渐习之,但闭得百十息,为益甚大,寻常静夜,以脉候得百二三十至,乃是百二三十息尔。数为之,似觉有功。幸信此语,使真气云行体中,瘴冷安能近人也?

　　知有煞卖鹅鸭甚便,此间无有,但买斫脍鱼及猪羊獐雁,亦足矣。廪入虽不继,痛自节俭,每日限用百五十,自月朔日取钱四千五百足,系作三十块,挂屋梁上,平明以画杈子挑取一块,即藏去杈子,以大竹筒别贮用不尽者,可谓至俭。然犹每日一肉,盖此间物贱故也。囊中所有,可支一年以上,至时别作相度,日下未须虑也。儿子正如所料,不肯出官,非复小补。信笔乱书,无复伦次,不觉累幅。书到此,恰二鼓,室前霜月满空,想识我此怀也。言不可尽,惟万万保啬而已。卷五二

与王定国　九

　　桂砂如不难得,致十余两尤佳。如费力,一两不须致也。卷五二

与王定国　一〇

　　某启:近附桂州递奉书,必达。迩来江淮间酷暑,殆非人所堪,况于岭外乎?惟道怀清旷,必有以解烦释懑者。入秋以来,翛然清远,计尊候安胜。仆凡百如昨,不烦念及。子由在高安,不住

得书，无恙。近亦有南都来者云，张公及贵聚并安。见报，举者更宜省事缄口。区区之至，不罪不罪！马朝请过此，议论脱然，必知所以待定国者。展奉未可期。惟万万自重。不一一。卷五二

与王定国 一一

某启：马公过此嘉便，无好物寄去，收拾得茶少许，谩充信而已。新诗文近日必更多。君学术日益，如川之方增，幸更著鞭多读书史，仍手自抄为妙。造次造次！某自谪居以来，可了得《易传》九卷，《论语说》五卷。今又下手作《书传》。迂拙之学，聊以遣日，且以为子孙藏耳。子由亦了却《诗传》，又成《春秋集传》。闲知之，为一笑耳。桂州递中有和仲奉和诗四首，不知到未？且一报之。卷五二

与王定国 一二

某递中领书及新诗，感慰无穷。得知君无恙，久居蛮夷中，不郁郁足矣，其他不足云也。马处厚行，曾奉书，必便达。不知今者为在何许，且盘桓桂州耶？为遂还任耶？重九登栖霞楼，望君凄然，歌《千秋岁》，满坐识与不识，皆怀君。遂作一词云："霜降水痕收，浅碧鳞鳞欲见洲。酒力渐消风力软，飕飕，破帽多情却恋头。佳节若为酬，但把清樽断送秋。万事回头都是梦，休休，明日黄花蝶也愁。"其卒章，则徐州逍遥堂中夜与君和诗也。来诗要我画竹，此竟安用，勉为君作一纸奉寄。子由甚安。吾侪何尝不禅，而今乃始疑子由之禅为鬼为佛，何耶？丹砂若果可致，为便寄示。吾

药奇甚,聊以为闲中诡异之观,决不敢服也。张公久不得书,彼必得安问。乍冷,万万以时自重。夜坐,醉中作此书,仍以君遗我墨书也。不宣。卷五二

与王定国 一三

某启:如闻晋卿已召还都,月给百千,其女泣诉,圣主为恻然也。恐要知。来诗愈奇,欲和,又不欲频频破戒。自到此,惟以书史为乐,比从仕废学,少免荒唐也。近于侧左得荒地数十亩,买牛一具,躬耕其中。今岁旱,米贵甚。近日方得雨,日夜垦辟,欲种麦。虽劳苦,却亦有味。邻曲相逢欣欣,欲自号"鏖糟陂里陶靖节",如何?君数书,笔法渐逼晋人。吾笔法亦少进耶?画不能皆好,醉后画得一二十纸中,时有一纸可观,然多为人持去。于君岂复有爱?但卒急画不成也。今后当有醉笔,嘉者聚之,以须的信寄去也。卷五二

与王定国 一四

《耕荒田》诗有云:"家童烧枯草,走报暗井出。一饱未敢期,瓢饮已可必。"又有云:"刮毛龟背上,何日得成毡。"此句可以发万里一笑也。故以填此空纸。卷五二

与王定国 一五

某启:昨日递中得子由书,封示定国手简,承已到江西,尊体佳健。忠信之心,天日所照,既遂生还,晚途际遇,未可量也。容采

老少比旧不带黄茅气色否？呵呵。前此发书，并令子由转去，必达。来教云，此月五六可到九江，而子由书十一月方达。今且谩遣人，不知犹及见否？无缘一的为贺。引领神驰，惟万万自爱。速遣此人，书不能尽言，递中续上问也。不宣。卷五二

与王定国 一六 以下俱离黄州

某启：今日景繁到泗州，转示十月二十三日所惠书并新诗六首、妙曲一首，大慰所怀。河冻胶舟，咫尺千里，意思牢落可知。得此佳作，终日喜快，滞懑冰释，幸甚幸甚！某往扬州，入一文字，乞常州住。得耗，奏邸拘微文，不肯投进，已别作一状，遣人入京投下。近在常州宜兴买得一小庄子，岁可得百余硕，似可足食。非不知扬州之美，穷猿投林，不暇择木也。黄师是遣人往南都，故急作此书，仍和得一诗为谢，他未暇也。新济甚浅，冻不可行，旦夕水到即起，恐须至正初方有水也。不知至时公在宋否？某若得请，或附宣献公舟尾南来，不尔，遂溯水至西都，出陆赴汝也。然欲葬却乳母子由乳母 乃行。即南都亦须住一月。入夜，倦迫，不尽意。惟万万自重。卷五二

与王定国 一七

某顿首。先帝升遐，天下所共哀慕，而不肖与公，蒙恩尤深，固宜作挽，少陈万一，然有所不敢者尔。必深悉此意。无状坐废，众欲置之死，而先帝独哀之。而今而后，谁复出我于沟渎者！已矣，归耕没齿而已。卷五二

与王定国 一八

某启：张公瘫嗽，经月未已，虽饮食不退，然亦微瘦。数日来亦渐损，想必无虑。然有书宜令劝固胃气，勿服疏利药。仆屡以劝之。仍劝夏秋间，先多作善事，斋僧、施贫之类，然后开眼。公后日相见时，亦可以此劝之。旦夕遂与之别，情味极不佳。公得暇早来，与之相聚。若得此间一差遣，亦非小补也。留意留意！ 卷五二

与王定国 一九 以下俱翰林

某启：数日闻舟驭入城，适患疮，未溃，坐起无聊，不克修问。不审起居何如？既无由往见，而公又未朝觐，企渴不可言。当以酒洗泥。而久在告，酒尽，只有大小团密云五饼，双井一饼，亦为高人无泥可洗尔。呵呵。病中，不尽区区。 卷五二

与王定国 二〇

数日卧病在告。不审起居佳否？知今日会两婿，清虚阴森，正好剧饮，坐无狂客，冰玉相对，得无少澹否？扶病暂起，见与子由简大骂，书尺往还，正是扰人可憎之物。公乃以此为喜怒乎？仙人王远云，得此书，当复剧口大骂之。固应尔，然而不可以徒骂也。知公澹甚，往发一笑。张十七必在坐，幸伸意。 卷五二

与王定国 二一　以下俱颍州

某启：久不奉状，辱书，感慰之至。比日起居何如？谤焰已息，端居委命，甚善。然所云百念灰灭，万事懒作，则亦过矣。丈夫功名在晚节者甚多，定国岂愧古人哉！某未尝求事，但事入手，即不以大小为之。在杭所施亦何足道，但无所愧恨而已。过蒙示谕，惭汗。若使定国居此，所为当更惊人，亦岂特止此而已。本州职官董华，密人也。能道公政事，叹服不已，但恨公命未通尔。但静以待之，勿令中涂龃龉，自然获济。如国手棋，不烦大段用意，终局便须赢也。未由会见，千万保重。不宣。卷五二

与王定国 二二

某启：前日欲附南京书，来人不告而去，因循至今。比日起居何如？张丈且喜少安，且令安乐几年，慰四方士大夫心，岂非好事。近日都下，又一场纷纷，何时定乎？颍虽闲僻，去都下近，亲知多特来相看者。殊倦于应接，更思远去而未能也。未缘言面，千万保啬。不一一。卷五二

与王定国 二三

某启：近遣人奉书，未达间，领来诲，伏承起居佳胜。旋得厚之书，知从者入都，想已还宋矣。某见报移郓，老病岂堪此剧郡？方欲力辞而请越，不惟适江湖之思，又免过都纷纷，未知允否。老境欲少安，何时定乎？未由言面，菀结可知。乍暖，千万保练。不

一。卷五二

与王定国 二四

某启:人来,辱书并三诗,伏读感慰。仍审起居佳胜。报张公卧疾,不胜忧悬。急要文集,不敢不付。在杭二年,到京数月,无顷刻暇时。公属我,文集当有所删润,虽不肖,岂敢如此!然公知我之深,举世无比,安敢复存形迹?实欲仰副公意万一,故不敢草草编录。到颖方有少暇,正欲编次,而遽索去,不敢不付。且乞定国一言,检阅既了,仍以相付,幸也。千万保爱。不宣。卷五二

与王定国 二五

某启:别来纷纷,未即奉状,两辱手教,感愧深矣。且审比来起居佳胜,为慰为慰!公失郡去国,士友所叹。然自是计少安,其他无足言者。某已得颖州,极慰所欲,但不副张公之意。盖旬日前得子开书,极来相祷,方安于彼,不欲移也,故不敢乞。闻张公已安,庆慰无量。会合未可期,惟千万保啬。不宣。卷五二

与王定国 二六

某启:自公去后,事尤可骇。平生亲友,言语往还之间,动成坑阱,极纷纷也。不敢复形于纸笔,不过旬日,自闻之矣。得颖藏拙,余年之幸也,自是刿心钳口矣。此身于我稍切,须是安处,千万相信。日与乐全翁游,当熟讲此理也。某甚欲得南都,而侄女子在

子开家,亦有书来,云子开欲之,故不请。想识此意。 _{卷五二}

与王定国 二七

某启:数辱书,一一收领。亦一上状,知已达。风俗恶甚,朋旧反眼,不可复测,故不欲奉书,畏浮沉尔。不罪不罪! 比日起居佳胜? 公敝屣浮名,一寄之天,不过淮上上回文,以无为有尔。然亦未必如此,但恐流俗观望,复作两楹之说,皆不足道也。某所被谤,仁圣在上,不明而明,殊无分毫之损。但怜彼二子者,遂与舒亶、李定同传尔。亦不足云,可默勿语也。余惟千万保爱。不宣。 _{卷五二}

与王定国 二八

某启:平生欲著一书,少自表见于来世,因循未成。两儿子粗有文章材性,未暇督教之。从来颇识长年养生妙理,亦未下手。三者皆大事,今得汝阴,无事,或可成,定国必贺我也。言此者,亦欲公从事于此尔。书至此,中心欣跃,如有所得。平生相知,不敢独飨,当领此意,不复念余事也。 _{卷五二}

与王定国 二九

公自此无忧患矣,不须复过虑。《砚铭》到颖当寄上也。 _{卷五二}

与王定国　三○

　　某启：辱书，具审起居佳胜。诬罔已辩，有识稍慰。宠示二诗，读之耸然。醉翁有言，穷者后工，今公自将达而诗益工，何也？莫是作诗数篇以饷穷鬼耶？喜不寐。诗甚欲和，又碍亲嫌，皆可一笑也。张公今虽微瘦，然论古今益明，不惟识虑过人。定国亦可见矣。人事纷纷，书不尽言，非面莫究。　卷五二

与王定国　三一

　　某甚欲赴乐全之约，请南都，而子开有书切戒不可。又侄女亦有书云，舅姑方安于彼，不可夺也。故不欲请。承乐全乃尔见望，读之极不皇，且为致此恳，余具公书矣。定国云有二诗，元不封示，何也？公平生不慎口，好面折人，别后深觉斯人极力奉挤。公临行时，亦自觉仆始信之可骇也。　卷五二

与王定国　三二　以下离颍州

　　某启：高休至，辱书忧爱矣。比日起居何如？书意欲一相见，固鄙怀至愿，但不如彼此省事之为愈也。御瘴之术，惟绝欲练气一事。本自衰晚当然，初不为御瘴而作也。某其余坦然无疑，鸡猪鱼蒜，遇着便吃；生病老死，符到便奉行。此法差似简要也。君实尝云："王定国瘴烟窟里三年，面如红玉。"不知道，能如此乎？老人知道则不如公，顽愚即过之。朝夕离南都，别上状。愈远，加爱。不宣。　卷五二

与王定国 三三

　　某启：别来三辱书，劳问之厚，复过畴昔矣。衰缪日退，而公相好日加，所未谕也。又中间一书，引物连类，如见当世大贤。意谓是封题之误，必非见与者，而其后姓字则我也，尤所不谕。然三复其文，词韵甚美，正似苏州何充画真，虽不全似，而笔墨之精，已可奇也。谨当收藏，以俟讲此者而与之。如何如何？公行复旧官矣，差遣亦必自如意。可喜可喜！但此去不知会合何日，不能无耿耿也。真赞辄作得数句，如何？可用，即令一善写小字人代书绢上可也。张公《集引》、厚之《字说》皆未作。别后日纷纷，可厌可厌！神膏方纳上。余勤勤自爱。卷五二

与王定国 三四 扬州

　　张公所戒，深中吾病，虽甚顽狠，岂忍不听？愿为致此意也。公向令作《滕达道埋铭》，已诺之，其家作行状送至此矣。又欲作《孙公神道碑》，皆不敢违。只告密之，勿令人知是某作，仍勿令以润笔见遗，乃敢闻命。来诗甚奇，真得冲替气力也。呵呵。故后诗未及和。朝夕别遣人，并致糟淮白。所欲宜兴田，某岂敢有爱于此等，然此田见元主昏赖。某见有公文在浙漕处理会，未见了绝，当亦申都省也。田在深山中，去市七十里，但便于亲情蒋君勾当尔。不知在公时，蒋能如此干否？更筹之。卷五二

与王定国 三五 以下俱赴定州

某启：示教，承起居佳胜。子由疾少间，惠药，感刻。二方谨秘之。五方续写得，纳上。祝鮀卫子鱼，贤者也？佞才也？以为佞人，盖流俗之误。山梁雌雉，子路以馈孔子。孔子知子路将不得其死，雉亦好斗，斗丧其生。故曰："色斯举矣，翔而后集。"若此雉，岂时之罪哉！其余义尽于文，初无注解焉，或留意少试。仆子不肯，已遣回，一面商量，可公意即可也。李希元已付一简与子中矣。某适与安国说，欲来早略到净因。今又头昏，去否未可知。旱疠将作，人多不安。将爱将爱。卷五二

与王定国 三六

某启：近者崇庆大故，中外哀慕，想同此悲痛。某蒙被知遇，尤增殒灭。人来，领书，承起居无恙。某本自月初赴任，今须俟殿赞毕，乃敢朝辞。后会何时，临书怆恨。惟万万自重。卷五二

与王定国 三七

某启：疲曳之余，即困睡尔。寻酒对菊，岂复梦见！君真世外人也。诗亦奇，欲和而未暇。使事始欲辞免，又若无说，然衰病，极畏此。后日未可预刻，至时驰问也。卷五二

与王定国　三八

　　某启：甘草已如所谕削去矣。参四板，聊致远诚，并一诗为笑。雪浪斋亦求一篇，为塞上华宠。厚之本欲作书，适有少冗，又笔冻甚，俟稍和暇也。幸致意。卷五二

与王定国　三九

　　某启：辱教，承起居佳胜。昨夕黄昏径睡，五更马上赏嘉月尔。事已，一笑。出疆已有旨，完夫同行也。别纸已领。卷五二

与王定国　四〇　以下俱惠州

　　某启：递中忽领三月五日手教，喜知尊候佳胜，贵眷各康健，并解悬情，幸甚。一官为贫，更无可择，知生计渐有涯，可喜可喜！某到此八月，独与幼子一人、三庖者来，凡百不失所，风土不甚恶。某既缘此绝弃世故，身心俱安，而小儿亦遂超然物外，非此父不生此子也。呵呵。书中所谕，甚感至意，不替畴昔而加厚也。幸甚幸甚！子由不住得书，极自适，道气有成矣。余无足道者。南北去住定有命，此心亦不念归。明年买田筑室，作惠州人矣。伏暑中，万万加爱。不宣。卷五二

与王定国　四一

　　某一味绝学无忧，归根守一，乃无一可守，此外皆是幻。此道

勿谓渺漫,信能如此,日有所得,更做没用处,亦须作地行仙,但屈
滞从狗窦中过尔。勿说与人,但欲老弟知其略尔。问所欲干,实无
可上烦者。必欲寄信,只多寄好干枣、人参为望。如无的便,亦不
须差人,岂可以口腹万里劳人哉!所云作书自辩者,亦未敢便尔。
"不怨天,不尤人,下学而上达,知我者,其天乎?"张十七绝不闻消
耗,怀仰乐全之旧德,故欲其一箴之否? 卷五二

文集卷五十二

答黄鲁直 一　以下俱徐州

　　轼顿首再拜鲁直教授长官足下：轼始见足下诗文于孙莘老之坐上，耸然异之，以为非今世之人也。莘老言："此人，人知之者尚少，子可为称扬其名。"轼笑曰："此人如精金美玉，不即人而人即之，将逃名而不可得，何以我称扬为？"然观其文以求其为人，必轻外物而自重者，今之君子莫能用也。其后过李公择于济南，则见足下之诗文愈多，而得其为人益详，意其超逸绝尘，独立万物之表；驭风骑气，以与造物者游。非独今世之君子所不能用，虽如轼之放浪自弃，与世阔疏者，亦莫得而友也。今者辱书词累幅，执礼恭甚，如见所畏者，何哉？轼方以此求交于足下，而惧其不可得，岂意得此于足下乎？喜愧之怀，殆不可胜。然自入夏以来，家人辈更卧病，忽忽至今，裁答甚缓，想未深讶也。《古风》二首，托物引类，真得古诗人之风，而轼非其人也。聊复次韵，以为一笑。秋暑，不审起居何如？未由会见，万万以时自重。卷五二

答黄鲁直 二

　　某启：晁君骚词，细看甚奇丽，信其家多异材耶？然有少意，欲鲁直以己意微箴之。凡人文字，当务使平和，至足之余，溢为怪

奇，盖出于不得已也。晁文奇丽似差早，然不可直云尔。非谓其讳也，恐伤其迈往之气，当为朋友讲磨之语乃宜。不知以为然否？不宜。卷五二

答黄鲁直 三 翰林

某启：前日文潜、无咎见临，卧病久之，闻欲牵公见过，所深愿也。便欲作书奉屈，而两日坐处苦一疮极痛，至今未穴，殊无聊赖。得教并诗，慰喜不已。疮两日当穴，又数日可无苦。诸公自可准法来问疾，然欲来，当先见语。公择舅作宪，甚可喜，因见，为道区区。君实尝言，破题当似"日五色"，莫作"运启元圣，天临兆民"也。余非面不尽。卷五二

答黄鲁直 四 以下俱惠州

某启：方惠州遣人致所惠书，承中涂相见，尊候甚安。即日想已达黔中，不审起居何如？土风何似？或云大率似长沙，审尔，亦不甚恶也。惠州已久安之矣，度黔亦无不可处之道也。闻行橐无一钱，涂中颇有知义者，能相济否？某虽未至此，然亦近之矣。水到渠成，不须预虑。数日来苦痔疾，百药不效，遂断肉菜五味，日食淡面两碗，胡麻、茯苓麨数杯。其戒又严于鲁直，虽未能作自誓文，且日戒一日，庶几能终之。非特愈痔，所得多矣。子由得书，甚能有味于枯槁也。文潜在宣极安，少游谪居甚自得，淳父亦然，皆可喜。独元老奄忽，为之流涕。病剧久矣，想非由远谪也。隔绝，书问难继，惟倍祝保爱。不宣。卷五二

答黄鲁直 五

某有侄婿王郎，名庠，荣州人。文行皆超然，笔力有余，出语不凡，可收为吾党也。自蜀遣人来惠，云："鲁直在黔，决当往见。求书为先容。"嘉其有奇志，故为作书。然旧闻其太夫人多病，未易远去，谩为一言。眉人有程遵海者，亦奇士，文益老，王郎盖师之。此两人有致穷之具，而与不肖为亲，又欲往求黄鲁直，其穷殆未易瘳也。卷五二

答秦太虚 一　以下密州

某启：别后数辱书，既冗懒，且无便，不一裁答，愧悚之至。参寥至，颇闻动止，为慰。然见解榜，不见太虚名字，甚惋叹也。此不足为太虚损益，但吊有司之不幸尔。即日起居何如？参寥真可人，太虚所与之，不妄矣。何时复见，临纸惘惘，惟万万自爱而已。谨奉手启上问。诸事可问参寥而知。入夜困倦，书不详悉。程文甚美，信非当世君子之所取也。仆去替不远，尚未知后任所在，意欲东南一郡尔。得之，当遂相见。卷五二

答秦太虚 二

某昨夜偶与客饮酒数杯，灯下作李端叔书，又作太虚书，便睡。今日取二书覆视，端叔书犹粗整齐，而太虚书乃尔杂乱，信昨夜之醉甚也。本欲别写，又念欲使太虚于千里之外，一见我醉态而笑也。无事时寄一字，甚慰寂寥。不宣。卷五二

答秦太虚 三 湖州

某启：昨晚知从者当往何山，辱示，方悟以雨辍行，悔今日不相从也。闻只今遂行，故不敢奉谒。分韵诗语益妙，得之殊喜。拙诗令儿子录呈。暑湿，惟万万慎护，早还为佳。不一一。卷五二

答秦太虚 四 黄州

轼启：五月末，舍弟来，得手书，劳问甚厚。日欲裁谢，因循至今。递中复辱教，感愧益甚。比日履兹初寒，起居何如？轼寓居粗遣，但舍弟初到筠州，即丧一女子，而轼亦丧一老乳母。悼念未衰，又得乡信，堂兄中舍九月中逝去。异乡衰病，触目凄感，念人命脆弱如此！又承见喻，中间得疾不轻，且喜复健。

吾侪渐衰，不可复作少年调度，当速用道书方士之言，厚自养炼。谪居无事，颇窥其一二。已借得本州天庆观道堂三间，冬至后当入此室，四十九日乃出，自非废放，安得就此？太虚他日一为仕宦所縻，欲求四十九日闲，岂可复得耶？当及今为之。但择平时所谓简要易行者，日夜为之，寝食之外，不治他事，但满此期，根本立矣。此后纵复出从人事，事已则心返，自不能废矣。此书到日，恐已不及，然亦不须用冬至也。

寄示诗文，皆超然胜绝，亹亹焉来逼人矣。如我辈，亦不劳逼也。太虚未免求禄仕，方应举求之，应举不可必。窃为君谋，宜多著书，如所示论兵及盗贼等数篇，但似此得数十首，皆卓然有可用之实者，不须及时事也。但旋作此书，亦不可废应举。此书若成，聊复相示，当有知君者。想喻此意也。

公择近过此，相聚数日，说太虚不离口。莘老未尝得书，知未暇通问。程公阚须其子履中哀词，轼本自求作，今岂可食言？但得罪以来，不复作文字，自持颇严，若复一作，则决坏藩墙，今后仍复衮衮多言矣。

初到黄，廪入既绝，人口不少，私甚忧之。但痛自节俭，日用不得过百五十，每月朔便取四千五百钱，断为三十块，挂屋梁上；平旦用画叉挑取一块，即藏去叉，仍以大竹筒别贮用不尽者，以待宾客。此贾耘老法也。度囊中尚可支一岁有余，至时别作经画，水到渠成，不须预虑。以此胸中都无一事。

所居对岸武昌，山水佳绝。有蜀人王生在邑中，往往为风涛所隔，不能即归，则王生能为杀鸡炊黍，至数日不厌。又有潘生者，作酒店樊口，棹小舟径至店下，村酒亦自醇酽。柑橘椑柿极多，大芋长尺余，不减蜀中。外县米斗二十，有水路可致。羊肉如北方，猪、牛、獐、鹿如土，鱼、蟹不论钱。岐亭监酒胡定之，载书万卷随行，喜借人看。黄州曹官数人，皆家善庖馔，喜作会。太虚视此数事，吾事岂不既济矣乎！欲与太虚言者无穷，但纸尽耳。展读至此，想见掀髯一笑也。

子骏固吾所畏，其子亦可喜，曾与相见否？此中有黄冈少府张舜臣者，其兄尧臣，皆云与太虚相熟。儿子每蒙批问，适会葬老乳母，今勾当作坟，未暇拜书。岁晚苦寒，惟万万自重。李端叔一书，托为达之。夜中微被酒，书不成字，不罪不罪！不宣。轼再拜。卷五二

答秦太虚　五　离黄州

某启：别后欲奉书，纷纷无暇，且谓即见，无所事书，而日复一

日,遂以至今。叠辱手教,具闻动止,甚慰。某宜兴已得少田,至扬附递,乞居常,仍遣一侄孙子赍钱往宜兴纳官,盖官田也。须其还,乃行。而至今未来,计亦无他,特其子母难别尔。见舣舟竹西待之,不过更三两日必至,必能于冬至前及见公也。小儿子不历事,亦微忧,故不欲舍之前去。迟见之意,殆以日为岁也,传神奇妙之极。赞若思得之,当奉呈也。余非面不尽。不一一。卷五二

答秦太虚 六 以下俱归

某书已封讫,乃得移廉之命,故复作此纸。治装十日可办,但须得泉人许九船,即牢稳可恃。余蜑船多不堪,而许见在外邑未还,须至少留待之,约此月二十五六间方可登舟。并海岸行一日,至石排,相风色过渡,一日至递角场。但相风难克日尔。有书托吴君,雇二十壮夫来递角场相等。但请雇下,未要发来,至渡海前一两日,当别遣人去报也。若得及见少游,即大幸也。今有一书与唐君,内有儿子书,托渠转附去,料舍弟已行矣。余非面莫究。卷五二

答秦太虚 七

某启:近累得书教,海外孤老,志节朽败,何意复接平生钦友。伏阅妙迹,凛凛有生意,幸甚幸甚!比日毒暑,尊候佳否?前所闻果的否?若信然,得文字后,亦须得半月乃行。自此径乘蜑船至徐闻出路,不知犹及一见否?示谕二范之贤,不惟喜公得婿小范,且以庆吾友梦得之有子为不死也。言之泪落不已。过蒙许与,恐不副所期,实能躬劳辱以俟厥考尔。令子想大成,曾寄所作来否?借

一二亦佳。文潜、无咎得消耗否？鲁直云，宣义监鄂酒。吴子野自五羊来云，温公赠太尉，曾子宣右揆，的否未可知也。廉州若得安居，取小子一房来，终焉可也。生如暂寓，亦何所择。果行冲冒，慎重。卷五二

答张文潜　一　以下俱惠州

某启：久不奉书，忽辱专人手教，伏读感叹。且审为郡多暇，起居佳胜，至慰至慰！疾久已扫除，但凡害生者无复有，则真气日滋骨髓，余益形神，卓然复壮，无三年之功也。某清净独居，一年有半尔。已有所觉，此理易晓无疑也。然绝欲，天下之难事也，殆似断肉。今使人一生食菜，必不肯。且断肉百日，似易听也，百日之后复展百日，以及期年，几忘肉矣。但且立期展限，决有成也。已验之方，思以奉传，想识此意也。蒙远致儿子书信，感激不可言。子由在筠甚自适，养气存神，几于有成，吾侪殆不如也。闻淳父、鲁直远贬，为之凄然。此等必皆有以处之也。某见寓监司行馆，下临二江，有楼，刘梦得《楚望赋》句句是也。瘴疠虽薄有，然不恶，与小儿不曾病也。过甚有干蛊之才，举业亦少进。侍其父亦然。恐欲知之，解忧尔。会合未期，临书怅惘。惟万为道自重。不宣。卷五二

答张文潜　二

某启：屏居荒服，真无一物为信。有桃榔方杖一枚，前此土人不知以为杖也。勿诮微陋，收其远意尔。荔枝正出林下，恣食亦一

快也。罗浮曾一游，每出劳人，不如闭户之有味也。术不辍服。无咎竟坐修造，不肖累之也，愧怍。家有婢，能造酒，极佳，全似王晋卿家碧香，但乏可与饮者尔。罗浮有道士邓守安，虽朴野，养练有功，至行清苦，常欲济人，深可钦爱。见邀之在此，又颇集医药，极有益也。曾子开、陆农师俱不免，以知默定非智力所能避就也。小儿承问，不欲令拜状烦览也。卷五二

答张文潜 三

少游得信否？奉亲必不失所。卷五二

答张文潜 四

来兵王告者，极忠厚。方某流离道路时，告奉事无少懈，又不惮万里再来，非独走卒中无有也。愿公以某之故，少优假之，置一好科坐处。当时与同来者顾成，亦极小心。今来江海者，亦谨恪。远来极不易，可念，愧愧。卷五二

答李端叔 一 翰林

辱书，并示伯时所画地藏。某本无此学，安能知其所得于古者为谁何？但知其为轶妙而造神，能于道子之外，探顾、陆古意耳。公与伯时想皆期我于度数之表，故特相示耶？有近评吴画百十字，辄封呈，并画纳上。卷五二

答李端叔 二　定州

某启：辱简，承起居佳胜。近读近稿，讽味达晨，辄附小诗，更蒙酬和，益深感叹。朝夕就局中会话也。卷五二

答李端叔 三　以下俱北归

某年六十五矣，体力毛发，正与年相称，或得复与公相见，亦未可知。已前者皆梦，已后者独非梦乎？置之不足道也。所喜者，海南了得《易》《书》《论语传》数十卷，似有益于骨朽后人耳目也。少游遂死于道路，哀哉！痛哉！世岂复有斯人乎？端叔亦老矣。迨云须发已皓然，然颜极丹且渥，仆亦如此尔。各宜闶嗇，庶复相见也。儿侄辈在治下，频与教督之，有一书，幸送与。醉中不成字。不罪不罪！卷五二

答李端叔 四

某启：辱书多矣，无不达者。然终不一答，非独衰病简懒之过，实以罪垢深重，不忍更以无益寒温之问，玷累知交。然竟不免累公，惭负不可言。比日计赴颍昌。伏惟起居佳胜，眷聚各安健。某移永州。过五羊，径渡大庾，至吉出陆，去长沙至永。荷叔静诸人照管，不甚失所。叔静拏舟相送数十里。大浪中作此书，无他祝，惟保爱之外，酌酒与妇饮，尚胜俗侣对。梅二丈诗云尔。卷五二

答李端叔　五

某启：近托孙叔静奉书，远递得达否？比来尊体何如？眷聚各计康胜？某蒙恩复旧职，秩领真祠，世间美事，岂复有过此者乎？伏惟君恩之重，不可量数，遥知朋友为我喜而不寐也。今已到虔州，即往淮浙间居，度多在毗陵也。子由闻已归许，秉烛相对，非梦而何？一书乞便送与。余惟自爱。卷五二

答李端叔　六

子由近得书，度已至岳矣。养炼极有功，可喜可喜！三儿子在此，甚安健，不敢令拜状。黄鲁直、张文潜、晁无咎各得信否？文潜旧疾，必已全愈乎？卷五二

答李端叔　七

朝云者，死于惠久矣。别后学书，颇有楷法。亦学佛，临去，诵《六如偈》以绝。葬之惠州栖禅寺，僧作亭覆之，榜曰"六如亭"。最荷夫人垂顾，故详及之。得此书后，幸作数字寄永递，仍取儿侄辈一书为幸。卷五二

答李端叔　八

某启：承谕，长安君偶患臂痛不能举。某于钱昌武朝议处传得一方，云其初本施渥寺丞者，因寓居京师甜水巷，见一乞儿，两足

拳弯,捺履行。渥常以饮食钱物遗之,凡期年不衰。寻赴任,数年而还。复就蠹居,则乞儿已不见矣。一日见之于相国寺前,行走如风,惊问之,则曰:"遇人传两药方,服一料而能行。"因以其方授渥,以传昌武。昌武本患两臂重痛,举不能过耳,服之立效。其后传数人,皆神妙。但手足上疾皆可服,不拘男子妇人,秘之。其方元只是《王氏博济方》中方,但人不知尔。《博济方》误以虎胫为脑。便请长安君合服,必验。卷五二

答李端叔 九

某启:阔别八年,岂谓复有见日!渐近中原,辱书尤数,喜出望外。比日起居佳胜?某已得舟,决归许,如所教。而长者遽舍去,深以为恨。见报,除辇运,似亦不恶。近日除目,时有如人所料者。则此后端叔必已信眉矣乎?但老境少安,余皆不足道。乍热,万万以时自爱。不宣。卷五二

答李端叔 一〇

某本以囊装罄尽,而子由亦久困无余,故欲就食淮浙。已而深念老境,知有几日,不可复作多处。又得子由书及见教语,尤切至,已决归许下矣。但须至少留仪真,令儿子往宜兴,刮刷变转,往还须月余,约至许下已七月矣。去岁在廉州,托孙叔静寄书及小诗,达否?叔静云:端叔一生坎轲,晚节益牢落。正赖鱼轩贤德,能委曲相顺,适以忘百忧。此岂细事,不尔,人生岂复有佳味乎?叔静姻友,想得其详,故辄以奉庆。忝契,不罪不罪!卷五二

文集卷五十三

与赵德麟 一 以下俱杭州

候吏来，特承书教，礼意兼重，感怍不已。比日起居何如？养疴便郡，得亲宗彦，幸甚。行役迫遽，裁谢草略，想蒙恕察。卷五二

与赵德麟 二

明守一书，托为致之。育王大觉禅师，仁庙旧所礼遇。尝见御笔赐偈颂，其略云"伏睹大觉禅师"，其敬之如此。今闻其困于小人之言，几不安其居，可叹可叹！太守聪明老成，必能安全之。愿公因语款曲一言。正使凡僧，犹当以仁庙之故加礼，而况其人道德文采雅重一时乎？此老今年八十二，若不安全，当使何往？恐朝廷闻之，亦未必喜也。某方与撰《宸奎阁记》，旦夕附去。公若见此老，当为致意。卷五二

与赵德麟 三 以下俱颍州

人来，辱书，伏审履兹畏暑，起居佳胜，为慰。见念之深，正如怀仰之意。不肖独赖晁无咎在此，方忧其去，若果得德麟为代，真天假老拙也。既未欲来此寄居，常令为于高邮寻安下处，续当驰报

也。未间,万万自重。卷五二

与赵德麟　四

别后思仰不可言。窃计起居佳胜? 得舍弟书,奉太夫人久服药,近已康复,伏惟欢庆。到郡两月,公私劳冗,有稽上问,想未深责。会合未期,惟冀侍奉外,千万保重。卷五二

与赵德麟　五

昨日幸接笑语。今日知举挂,闻之后时,不及往慰,悚息悚息! 三日臂痛,今日幸减,录旧诗一篇奉呈。闻公亦欲借示诗稿,幸付去人。上清宫成而有德音,意谓守臣当有贺表,如何如何? 谋之于公,幸略垂示。卷五二

与赵德麟　六

某启:数日不接,思渴之至。冲冒风雪,起居何如? 端居者知愧矣。佛陀波利之虐,一至此耶! 乃知退之排斥,不为无理也。呵呵。酒二壶迎劳,唯加鞭加鞭! 卷五二

与赵德麟　七

《字说》改多,写了纳去。背时两叶,实糊合之,仍用皂绫夹褾纪之。一片皂绫夹之褾两面也。仍请前后各着一空叶。卷五二

与赵德麟 八

某启:钦服下风,为日久矣。迟暮相从,倾盖如故。非独气类自然,抑亦夙昔缘契。人来,辱手教,得闻起居佳胜,堂上康福,感慰深矣。某凡百如昨,又得无咎相切磨之幸。德麟替后,想必有殊命。万一尚未,一来为无咎交承亦佳。又闻欲寄居此间,可先示谕也。万万自重。不宣。卷五二

与赵德麟 九 以下俱赴扬州

惠示二诗,伏读慰抃不可言。某途中及到此,绝少暇,止有数首,不佳。又未有工夫录去,容稍积多,并奉呈也。今且次韵二首,为一笑。卷五二

与赵德麟 一〇

某启:宦游无定,得友君子,又复别去,怅惘可量。数日,窃想起居佳胜? 到寿淮山,渐有佳思。懒不作诗,亦无人唱和也。乍远,万万自重。不宣。卷五二

与赵德麟 一一

淮南夏颇熟,然积欠为害,疾瘵殆未有安理。浙西疲甚,岁事亦未可知。余非书所能尽。德麟孤风超然,愿少贬,以忍济为念。必亮此意。此中有干,幸示及。杭州买物人已回,内中所欠俞君

钱,此有便,当先为寄还之。如遣还之,可速示,免重寄也。滑盏,得钱都正书,已琢磨,兼与钱讫。非久必寄来,即附上。_{卷五二}

与赵德麟 一二

文广狱断赦下,可略示也。李尉推恩有耗否?尹遇案必已上。古人云:雷霆之下,恐难独当。愿挂一名。以今观之,此人真难得也,亦勿深怪之。知颍尾夏田损半,秋有望否?淮南东西秋夏皆大熟,亦一乐土也。狱官不惟庇为前勘,乃是深为不待结案而移司者周虑也。若勘作故出,则指挥移司官不得不问。上下欺罔,不得不令人愤愤,某亦无由入文字。亦有以论之,恐不济事,太息而已。_{卷五二}

与赵德麟 一三 _{以下俱扬州还朝}

某启:鲁直寄书来,甚安,并得少双井,今附纳上。蒙惠奇茗,绝妙。因见太守,为致意。为适病在告,数日未果。奉书,要《临淄堂记》,秋凉稍暇,可作也。月老亦致意。热甚,又多病,未暇作《法施堂铭》。不一一。_{卷五二}

与赵德麟 一四

某启:近承专使手书,为使者云,往西洛还,当取书,故未答。辱教字,具审起居佳胜,感慰兼集。公未即解去,与俗子久处,良不易。然有忍乃济,愿以不见不同无尽待之。某到此半月,无可乐

者。过大礼,即重乞会稽尔。无缘面谢,幸恕草草。_{卷五二}

与赵德麟 一五

累辱手教,感慰无量。比日起居佳胜? 大礼日近,随分冗迫,未得即见贤者,深增怅惘也。乍寒,万万以时自重。_{卷五二}

与赵德麟 一六

纷纷尚未暇往见,思企之极。阴寒,起居佳胜否? 甘酿佳贶,辄践前言,作赋,可转呈安定否? 无事见临,幸甚。_{卷五二}

与赵德麟 一七

辱教,承台候佳胜。拙疾犹未退,尚潮热恶寒也。来日必赴盛会,未得,后日犹恐当谒告也。辱意甚宠,适会如此,非所愿。幸千万加恕。子由固当驰赴也。穆公且喜渐安。卧病,书此不谨。卷五二

与钱济明 一 以下俱赴定州

某启:别后至今,遂不上问,想察其家私忧患也。远辱专使惠书,且审侍奉起居康胜,感慰兼集。老妻奄忽,遂已半年,衰病岂复以此汩缠。但晚景牢落,亦人情之不免。重烦慰谕,铭佩何言! 然公亦自有爱女之戚而不知,奉疏后时,惭负不已。出守中山,谓有

缓带之乐,而边政颓坏,不堪开眼,颇费锄治。近日逃军衰止,盗贼皆出疆矣。幕客得李端叔,极有助。闻两浙连熟,呻吟疮痍,遂一洗矣。何时会合,临书惘惘。惟倍加爱啬,以副所愿。卷五三

与钱济明　二

寄惠洞庭珍苞,穷塞所不识,分饷将吏,并戴佳贶也。无以为报,亲书《松醪》一赋为信,想发一笑也。近得单季隐书云:公有一痛药方,极神奇。某长孙有此疾,多年不痊,可见传否? 如许,望递中示及。卷五三

与钱济明　三

某启:久不奉书,盖无便,亦懒怠之故,未深讶否? 比日起居何如? 某与贱累如昔,曾托施宣德附书及《遗教经》跋尾,必达也。吴江宦况如何? 僚佐有佳士否? 垂虹闻已复旧,信否? 旅寓,不觉岁复尽。江上久居益可乐,但终未有少田,生事漂游无根尔。儿子明年二月赴德兴,人口渐少,当稍息肩。余无可虑。会合何时,万万自爱。不宣。因便往三衢,奉启。卷五三

与钱济明　四　以下俱惠州

某启:专人远辱书,存问加厚,感悚无已。比日郡事余暇,起居何如? 某到贬所,阖门省愆之外,无一事也。瘴乡风土,不问可知,少年或可久居,老者殊畏之。唯绝嗜欲、节饮食,可以不死。此

言已书之绅矣，余则信命而已。近来亲旧书问已绝，理势应尔。济明独加于旧，高义凛然，固出天资。但愧不肖何以得此！会合无期，临纸怆恨，惟祝倍万保重。不宣。 卷五三

与钱济明 五

某启：近在吴子野处领来教，尚稽答谢，悚息之至。远蒙差人，固佩荷契义矣，而卓契顺者，又可奇也。无以答其意，与写数纸，公可取一阅也。寄惠白术，极所欲得也。笺格甚高，想见风裁，回信唯有紫团参一板，疑可以奉亲，故不以微鲜为愧也。两儿子曾拜见否？凡百想有以训之。幼子过相随，甚干事，且不废学。蒙令子惠书，回答简率，一一封内，必不罪也。岭南家家造酒，近得一桂香酒法，酿成不减王晋卿家碧香，亦谪居一喜事也。有一颂，亲作小字录呈。勿示人，千万千万！ 卷五三

与钱济明 六 以下俱北归

某启：去年海南得所寄异士太清中丹一丸，即时服之，下丹田休休焉。数日后，又得迨赍来手书。今又领教诲及近诗数纸，高妙绝俗，想见谪居以来，探道著书，云升川增，可慕可畏，可叹可贺也。及录示训词，诲以所不及，此曾子所谓爱人以德者，敬遵用不敢忘。幸甚幸甚！ 卷五三

与钱济明　七

某启：忽闻公有闺门之戚，悲惋不已。贤淑令人久同忧患，乍失内助，哀痛何堪！人生此苦，十人而九，结发偕老，殆无而仅有也。惟深照痛遣，勿留胸次。令子哀疚难堪，惟当勉为亲庭节哀摧慕。本欲作慰疏，适旅中有少纷冗，灯下倦怠，不能及也。千万恕察。某若居住常，即自与公相聚；若常不可居，亦须到润与程德孺相见。公若枉驾一至金山，又幸也。卷五三

与钱济明　八

某启：人来，领手教及二诗，乃信北归灾退，并获此佳宠，幸甚幸甚！又知诗人穷而后工，然诗语明练，无衰惫气，如季札者听之，亦有以知君之晚节也。比日起居佳胜？某此去不住滞，然风水难必期。公闲居难以远涉，须某到真遣人奉约，与德孺同来金山，乃幸也。所怀未易尽言，并俟面陈。余惟万万自重。卷五三

与钱济明　九

某启：得来书，乃知廖明略复官，参寥落发，张嘉父《春秋》博士，皆一时庆幸。独吾济明尚未，何也？想必在旦夕。因见参寥复服，恨定慧钦老早世，然彼视世梦幻，安以复服为？闻儿子迨道其化于寿州时，甚奇特，想闻其详。乃知小人能坏其衣服尔。至于其不可坏者，乃当缘厄而愈胜也。旧有诗八首寄之，已写付卓契顺，临发，乃取而焚之，盖亦知其必厄于此等也。今录呈济明，可为写

于旧居,亦挂剑徐君之墓也。钦诗乃极佳,寻本未获。有法嗣否?当载之其语录中。契顺又不知安在矣,吾济明刻舟求剑,皆可笑者也。卷五三

与钱济明　一○

某已到虔州,二月十间方离此。此行决往常州居住,不知郡中有屋可僦可典买者否? 如无可居,即欲往真州、舒州,皆可。如闻常之东门外,有裴氏宅出卖,_{虔守霍子侔大夫言。}告公令一干事人与问当,若果可居,为问其直几何,度力所及,即径往议之。俟至金陵,别遣人咨禀也。若遂此事,与公杖屦往来,乐此余年,践《哀词》中始愿也。张嘉父今安在? 想日益不止。涂中闻秦少游奄忽,为天下惜此人物,哀痛至今。闻鲁直、无咎皆起,而公独为猘子所啮,尚栖迟田间。圣主天纵,幽蛰毕照,公岂久废者,惟万万宽中自爱。卷五三

与钱济明　一一

示谕孙君宅子,甚感其厚意,且为多谢上元令佶,行见之矣。王、范二君处,皆当力言也。刘道人若能同济明来会,深所望。未敢奉书,且为致此意。裴家宅子果如何? 卷五三

与钱济明　一二

居常之计,本已定矣,为子由书来,苦劝归许,以此胸中殊未

定。当俟面议决之。卷五三

与钱济明 一三

某启：蒙示谕，昨日所得过矣。思无邪，吾子自有，老拙何为！神药希代之宝，理贯幽明，未敢轻议，少留谛观，俟从者见临，乃面论也。卷五三

与钱济明 一四

妙啜见分，幸甚。所问已得其端，通缓颇否？不倦。日烈，见顾为望。卷五三

与钱济明 一五

家有黄筌画龙，拔起两山间，阴威凛然。旧作郡时，常以祈雨有应，今夕具香烛试祷之。济明虽家居，必不废闵雨意，可来燔一炷香否？旧所藏画，今正曝凉之，只今来闲看否？卷五三

与钱济明 一六

某一夜发热不可言，齿间出血如蚯蚓者无数，迨晓乃止，困惫之甚。细察疾状，专是热毒，根源不浅，当专用清凉药。已令用人参、茯苓、麦门冬三味煮浓汁，渴即少啜之，余药皆罢也。庄生云在宥天下，未闻治天下也，如此不愈，则天也，非吾过矣。杨评事谩与

一来亦佳,到此,诸亲知所饷无一留者,独拜蒸作之馈。切望止此而已。卷五三

答廖明略 一　以下俱北归

远去左右,俯仰十年,相与更此百罹,非复人事。置之,勿污笔墨可也。所幸平安,复见天日。彼数子者何幸,独先朝露,吾侪皆可庆,宁复戚戚于既往哉!公议皎然,荣辱竟安在?其余梦幻去来,何啻蚊虻之过目前也。矧公才学过人远甚,虽欲忘世而世不我忘,晚节功名,直恐不免尔。老朽欲屏归田里,犹或得见。蜂蚁之微,寻已变灭,终不足道。区区爱仰,念有以广公之意者,切欲作启事上答,冗迫不能就,惟深亮之。卷五三

答廖明略 二

衰陋之甚,惟有归田,杜门面壁,更无余事。示谕极过当,读之悚汗。毗陵异政,谣颂蔼然,至今不忘。为民除秽,以至蚕尾,吴越户知之,此非特儿子能言也。圣主明如日月,行遂展庆,众论如此。目昏,不能多书,悚怍不已。卷五三

与陈伯修 一　以下俱杭州

辱书,承孝履如宜。日月如昨,奄换新岁;追慕摧怛,愈远无及,奈何!未缘面慰,伏冀简哀自重。不宣。卷五三

与陈伯修　二

盐官尉以阻节诉灾,致邑民纷然喧讼,不得不问。然已州罚讫,奏知而已。承谕及,幸悉幸悉! 卷五三

与陈伯修　三　以下俱惠州

某启:久不通问,愧仰深矣。远辱专使手书,眷念之重,不减畴昔,幸甚幸甚! 比日履兹暑溽,起居佳胜? 始闻出使畿甸,旋又移守解梁。伯修平生厄滞,得丧毫末,本不足云,但恨材用不展,有孤天授。今兹小试,已恨迟暮,惟勉之,一日千里,副士友之望也。秋热,万万以时保重。不宣。卷五三

与陈伯修　四

某谪居粗遣。筠州时得书,甚安。长子已授仁化令,今挈家来矣。某以买地结茅,为终焉之计,独未葺墓尔,行亦当作。杜门绝念,犹治少饮食,欲于适口。近又丧一庖婢,乃悟此事亦有分定,遂不复择。脱粟连毛,遇辄尽之尔。惠示佳茗,极感厚意,然亦安所施之? 扇子极妙,奉养村陋,凡百不能称也。佩公高义,不忘于心。千里劳人,以致口腹之养,甚非所安也。卷五三

与陈伯修　五

某近日甚能刳心省事,不独省外事也,几于寂然无念矣。所

谓诗文之类,皆不复经心,亦自不能措辞矣。辱示清风堂石刻,幸得荣观,仍传之好事,以为美谈。然竟无一字少答来贶。公见知之深,必识鄙意也。新居在一峰上,父老云,古白鹤观基也。下临大江,见数百里间。柳子厚云:"孰使予乐居夷而忘故土者,非兹丘也欤?"只此便是东坡新文也。谭文之,南方之瑚琏杞梓也,恨老尔,颇相欢否? 毛泽民高文,恨知之者少,公能援达之乎? 徐得之书信已领,当递中答谢也。 卷五三

文集卷五十四

答陈履常 一 以下俱密州

吴中屡得瞻见，时以余弃，洗濯蒙鄙。别来仰伫日深，递中首辱教尺，感服良厚。即日履兹酷暑，起居何如？贵眷令子各佳胜？披奉杳然。临纸怅惘，惟冀为时调护。卷五三

答陈履常 二

远承寄贶诗刻，读之洒然，如闻玉音。何幸获此荣观！不独以见作者之格，且足以知风政之多暇，而高躅之难继也。辄和《光禄庵二绝》，聊以寄钦羡之怀，一笑投之可也。所须接骨丹方，谨录呈。高密连年旱蝗，应副朔方百须，纷然疲苶，日俟汰逐。企仰仙馆，如在云汉矣。因风，不吝诲字。卷五三

与鲜于子骏 一 以下俱密州

久不奉状，方深愧悚。递中伏辱手教，并新文石刻等，疾读，喜快无量。即辰起居佳否？公文学德度，宜在朝廷，久此外远何也？然闻一路蒙被仁政，不尔，吏民皆在倒悬中也。况乡井坟墓在焉，计居之甚以为乐。某到郡正一年，诸况粗遣，岁凶民贫，力所无

如之何者多矣。然在己者，未尝敢行所愧也，如此而已。忝厚眷，故及。未缘瞻奉，惟冀以时自重。不宣。_{卷五三}

与鲜于子骏 二

忝厚眷，不敢用启状，必不深讶。所惠诗文，皆萧然有远古风味。然此风之亡也久矣，欲以求合世俗之耳目，则疏矣。但时独于闲处开看，未尝以示人，盖知爱之者绝少也。所索拙诗，岂敢措手，然不可不作，特未暇耳。近却颇作小词，虽无柳七郎风味，亦自是一家。呵呵。数日前，猎于郊外，所获颇多。作得一阕，令东州壮士抵掌顿足而歌之，吹笛击鼓以为节，颇壮观也。写呈取笑。_{卷五三}

与鲜于子骏 三

故人刘格，字道纯，故友刘恕道原之亲弟。读书强记辨博，文词粲然可观，而立节强鲠，吏事亦健，君实颇知之，余人未识也。欲告子骏与一差遣，收置门下。公若可以踏逐辟召，幸先之，敢保称职也。旦夕归南康军待阙，公若有以处之，他必愿就也。某非私之也，为时惜才也。_{卷五三}

与欧阳仲纯 一 _{以下俱徐州}

去岁城东，屡获陪从，蒙益既多，乐亦无量。既别，日苦贱事，不克驰问，惭负不可言。即日起居何如？见报，除审簿，信否？殊不知即日从者所在，徒有仰咏。某蒙庇粗遣，彭门本无一事，足以藏拙。河水一至，事无不有，中间几殆者数矣，必亦闻之。今方稍安，而夏秋之患未可量，盖命穷所至感召此，何时复得一笑之乐也。近诗数首，聊以破颜。余寒，万万以时自重。卷五三

与欧阳仲纯　二

伯仲、叔弼昆仲，各计安胜？杨掾行速，未及拜书，乞道下恳。子由在南都，时得书，无恙。彭城最处下流，水患甲于东北。奏乞钱与夫为夏秋之备，数章皆不报。曹河若可塞，固大善，不尔，仓卒之间，不免调急夫使系省钱，岂暇复禀命乎？所费必多，而为备不如先事之精也。人微言轻，信命而已。仲纯知我之深者，聊复及之。卷五三

与欧阳仲纯　三

去春寄舍国门，屡辱临顾，喜慰无量。别来逾年，奔走俗状，未尝通问，瞻企徒深。即日履此烦暑，起居何如？眷爱各安否？传闻车马已到宛丘，相去甚近，书问自此可时相及矣。千万顺时珍重。卷五三

与欧阳仲纯　四

崔度者，顷年在陈，与之甚熟。今作过海之行，妻子仍在陈学，幸略与垂顾。卷五三

与欧阳仲纯　五

伯仲兄闻监西岸,已视事未? 叔弼近托孙元忠附书季默,今安在? 因风无惜惠问。宛丘谁与往还,有可与语者否? _{卷五三}

与眉守黎希声　一　以下俱徐州

倾向已久,展奉无由。窃计比日履兹酷暑,起居佳胜? 某占籍部中,不获俯伏门下,一修桑梓之仪,瞻望铃斋,岂胜怀仰! 伏惟顺时为民自爱。_{卷五三}

与眉守黎希声　二

去岁王秀才西归,奉状必达。即日远想起居佳胜? 承朝廷俯徇民欲,有旨借留,虽滞留高步,士论未厌,而乡间之庆,特以自私而已。然山水之秀,园亭之胜,士人之众多,食物之便美,计公亦自乐之忘归也。某久去坟墓,贪禄忘家,念之辄面热,但差使南北,不敢自择尔。何时复得一笑为乐? 尚冀为时自重。_{卷五三}

与眉守黎希声　三

向自密将赴河中,至陈桥,受命改差彭城。便欲赴任,以儿子娶妇,暂留城东景仁园中。旦夕自汴东去,逾远风问,可胜怅然! 坟墓每烦戒敕,惟增感噎。堂兄欲葬祖坟,为诸房众多,某既不敢果决,恐众意难允也。乞知之。_{卷五三}

与张嘉父 一

某启：都下纷纷，不遂款奉，别来思渴深矣。比日起居何如？某凡百粗遣，汝阴僻陋，但一味闲，真衰病所乐也。合会未期，千万保重。不宣。卷五三

与张嘉父 二

某启：今日与嘉父道别，浩然笑仆醉后草书，虽不通他心，信手乱书，亦有祸福也。公少年高才，不患不达，但志于存养，孟子所谓"心勿忘勿助长"者，此当铭之坐右。世人学道，非助长也，则忘而已矣。仆少时曾作《杂说》一首送叔毅，其首云"曷尝观于富人之稼者"是也，愿一阅之。承过听，见语甚重，不敢不尽。卷五三

与张嘉父 三

某启：君为狱吏，人命至重，愿深加意。大寒大暑，囚人求死不获；及病者多，为吏卒所不视，有非病而致死者。仆为郡守，未尝不躬亲按视。若能留意于此，远到之福也。卷五三

与张嘉父 四

某启：君年少气盛，但愿积学，不忧无人知。譬如农夫，是穮是蓑，虽有饥馑，必有丰年。敢以为赠。卷五三

与张嘉父　五

某启：公文章自已得之于心，应之于手矣。譬之百货，自有定价，岂小子区区所能贵贱哉！"潜虽伏矣，亦孔之章"，足下虽欲不闻于人，不可得。愿自信不疑而已。卷五三

与张嘉父　六

某启：借示赋论诸文，遂得厌观，殊发老思。西汉一首尤精确。文帝不诛七国，世未有知其说者，独张安道尝言之于神考，其疏，人亦莫之见也。今公所论，若合符节，非学识至到，不能及此。仰钦仰钦！卷五三

与张嘉父　七　惠州

某启：久不奉书，过辱不遗，远枉教尺，且审起居佳胜，感慰交集。著述想日益富。示谕治《春秋》学，此儒者本务，又何疑焉？然此书自有妙用，学者罕能领会，多求之绳约中，乃近法家者流，苛细缴绕，竟亦何用！惟丘明识其妙用，然不肯尽谈，微见端兆，欲使学者自求之，故仆以为难，未敢轻论也。凡人为文，至老多有所悔。仆尝悔其少作矣。若著成一家之言，则不容有所悔。当且博观而约取，如富人之筑大第，储其材用，既足而后成之，然后为得也。愚意如此，不知是否？夜寒，笔冻眼昏，不罪不罪！春首，惟千万自重。不宣。卷五三

与陈季常 一 以下俱黄州

某启：昨日人还，拜书，想已达。今日见马铺报，公择二十一日入光州界，计今已在光，辄于太守处借人持书约会于岐亭。某决用初一日早离州，初二日晚必造门，此会殆为希有。然第一请公勿杀物命，更与公择一简邀之，尤妙。人速，不尽所怀，恕之。不宣。

卷五三

与陈季常 二

早来宿酒殊昏倦，得佳篇一洗，幸甚。昨日醉中口占，忘之矣。写一首为笑。卷五三

与陈季常 三

近因往螺师店看田，既至境上，潘尉与庞医来相会。因视臂肿，云非风气，乃药石毒也，非针去之，恐作疮乃已。遂相率往麻桥庞家，住数日，针疗。寻如其言，得愈矣。归家，领所惠书及药，并荷忧爱之深至，仍审比来起居佳安。曾青老翁须《传灯录》，皆已领，一一感佩。《五代史》亦收得。所看田乃不甚佳，且罢之。蕲水溪山，乃尔秀邃耶？庞医熟接之，乃奇士。知新屋近撰《本草尔雅》，谓一物而多名也。见刘颂具说，深欲走观。近得公择书，云四月中乃到此。想季常未遽北行，当与之偕往耳。非久，太守处借人遣赍家传去，别细奉书。卷五三

与陈季常　四

柴炭已领,感怍感怍! 东坡昨日立木,殊耽耽也。卷五三

与陈季常　五

王家人力来,及专人,并获二缄及承雄篇赞咏。异梦证成仙果,甚喜幸也。某虽窃食灵芝,而君为国铸造,药力纵在君前,阴功必在君后也。呵呵。但累书听流言以诬平人,不得无折损也。悬弧之日,请一书示谕,当作贺诗。切祝切祝! 比日起居佳否? 何日决可一游郡城? 企望日深矣。临皋虽有一室,可憩从者,但西日可畏;承天极相近,或门前一大舸亦可居。到后相度。未间,万万以时自重。卷五三

与陈季常　六

欲借《易》家文字及《史记索隐》《正义》。如许,告季常为带来。季常未尝为王公屈,今乃特欲为我入州,州中士大夫闻之耸然,使不肖增重矣。不知果能命驾否? 春瓮但不惜,不须更为遗恨也。卷五三

与陈季常　七

郑巡检到,领手教,具审到家,尊履康胜。羁孤结恋之怀,至今未平也。数日前,率然与道源过江,游寒溪西山,奇胜殆过于所

闻。独以坐无狂先生为深憾耳，呵呵。示谕武昌田，曲尽利害，非老成人，吾岂得闻此？送还人诸物已领。《易》义须更半年功夫练之，乃可出。想秋末相见，必得拜呈也。近得李长吉二诗，录去，幸秘之。目疾必已差，茂木清阴，自可愈此。余惟万万顺时自重。卷五三

与陈季常　八

示谕武昌一策，不劳营为，坐减半费，此真上策也。然某所虑，又恐好事君子便加粉饰，云擅去安置所而居于别路；传闻京师，非细事也。虽复往来无常，然多言者何所不至。若大需之后，恩旨稍宽，或可图此。更希为深虑之，仍且密之为上。卷五三

与陈季常　九

稍不奉书，渴仰殊深。辱书，承起居佳胜。新居渐毕工，甚慰想望。数日得君字韵诗，茫然不知醉中拜书道何等语也。老媳妇云"一绝乞秀英君"，大为愧悚，真所谓醉时是醒时语也。蒙不深罪，甚幸。虽知来篇非实语，犹且收执，庶几万一。莫更要写脊记否？呵呵。柳簿云某奉讶者，不知得之于谁，安有此理！来书雄冠之语，亦无人见，但有答柳二书云，陈季常要写脊记，欲与写云。文武寀寮，常居禄位，亦如与季常书作戏耳，何名为讶哉！想公必不以介意，不答最妙。日夜望季常入州，但可惜公择将至，若不争数日，而吾三人者不一相聚剧饮数日，为可惜耳。有人往舒，五七日必回，可见其的。若不来，续以书布闻。茶白更留作样几日。近

者新阕甚多,篇篇皆奇。迟公来此,口以传授。余惟万万自爱。_卷
五三

与陈季常　一〇

叠辱来贶,且喜尊体已全康复。然不受尽言,遂欲闻公,何
也?公养生之效,岁有成绩,今又示病弥月,虽使皋陶听之,未易平
反。公之养生,正如小子之圆觉,可谓"害脚法师鹦鹉禅,五通气
毬黄门妾"也。至祷。_{卷五三}

与陈季常　一一

孙巨源之侄,甚佳士,兼甚仰盛德,云当去请见。某告以季常
不蓄乌巾十余年矣,又不欲便裹帽奉谒,他必自去见公也。镇中得
一好官人,亦非细事。叔宣书已附去。西方多事,此君却了得,莫
遂奋起否?见报,赵二罢相州取勘,他称病乞不下狱,不知为何事,
私甚忧之。公闻其详否?又报舒亶乞郡。闲知之。_{卷五三}

与陈季常　一二

侯马铺行,奉书,未达间,领来诲,具审起居佳胜,至慰至慰!
答京洛书,过当过当!此何足称。先生笃于风义,至自割瘦胫以啖
我,可谓至矣。然以化不为鹭鸶者,则恐未能也。彼不相知者,视
仆之饥饱,如观越人之肥瘠耳,虽象亦未易化也。乡谚有云"缺口
镊子"者,公识之乎?想当拊掌绝倒。知过节入州,甚幸。未间,

万万自重。缺口镊子者,取一毛不拔。恐未常闻,故及。 卷五三

与陈季常 一三

别后凡四辱书,一一领厚意。具审起居佳胜,为慰。又惠新词,句句警拔,诗人之雄,非小词也。但豪放太过,恐造物者不容人如此快活。一枕无碍睡,辄亦得之耳,公无多奈我何。呵呵。所要谢章寄去。闻车马早晚北来,恐此书到日,已在道矣。故不觊缕。 卷五三

与陈季常 一四

置中叠辱手示,并惠果羞,感愧增剧。《酒隐堂诗》,当涂中抒思,不敢草草作。公是大檀越,岂容复换牌也? 一笑。 卷五三

与陈季常 一五 翰林

某局事虽清简,而京辇之下,岂有闲人! 不觉劫劫过日,劳而无补,颜发苍然,见必笑也。子由同省,日夕相对,此为厚幸。公小疾虽平,不可忽。“善言不离口,善药不离手”,此乃古人之要言,可书之座右也。药物有彼中难得,须此干置者,千万不外。如闻公有意入京,不知几时可来,如得一会,何幸如之! 柳一已在此,一访,值出,未见也。傀居在蒲池寺,去此稍远。数日颇有新事:左揆已出陈州,君实代之,塞老知和州,授之庐签,余不能尽报去。刘莘老中丞旦夕授也,黄安中龙直知越州。静庵不管闲事,最妙最妙! 卷五三

与陈季常 一六 惠州

　　轼启：惠兵还，辱得季常手书累幅，审知近日尊候安胜。择、括等三凤毛皆安，为学日益，喜慰无量。轼罪大责薄，圣恩不贷，知幸念咎之外，了无丝发挂心，置之不足复道也。自当涂闻命，便遣骨肉还阳羡，独与幼子过及老云并二老婢共吾过岭。到惠将半年，风土食物不恶，吏民相待甚厚。孔子云："虽蛮貊之邦行矣。"岂欺我哉！自数年来，颇知内外丹要处。冒昧厚禄，负荷重寄，决无成理。自失官后，便觉三山跬步，云汉咫尺，此未易遽言也。所以云云者，欲季常安心家居，勿轻出入。老劣不烦过虑，决须幅巾草屦相从于林下也。亦莫遣人来。彼此须髯如戟，莫作儿女态也。在定日作《松醪赋》一首，今写寄择等，庶以发后生妙思，着鞭一跃，当撞破烟楼也。长子迈作吏颇有父风，二子作诗骚殊胜，咄咄皆有跨灶之兴。想季常读此，捧腹绝倒也。今日游白水佛迹山，山上布水悬三十仞，雷轰电散，未易名状，大略如项羽破章邯时也。自山中归，得来书，灯下裁答，信笔而书，纸尽乃已。托郡中作皮简送去。想黄人见轼书，必不沉坠也。子由在筠极安，处此者，与轼无异也。书云：老躯极健，度去死远在。读之三复，喜可知也。吾侪但断却少年时无状一事，诚是。然他未及。子由近见人说，颜状如四十岁人，信此事不辜负人也。不宣。轼再拜。卷五三

答毛泽民 一 以下翰林

　　轼启：比日酷暑，不审起居何如？顿承示长笺及诗文一轴，日欲裁谢，因循至今，悚息。今时为文者至多，可喜者亦众，然求如足

下闲暇自得、清美可口者,实少也。敬佩厚赐,不敢独飨,当出之知者。世间唯名实不可欺。文章如金玉,各有定价,先后进相汲引,因其言以信于世,则有之矣。至其品目高下,盖付之众口,决非一夫所能抑扬。轼于黄鲁直、张文潜辈数子,特先识之耳。始诵其文,盖疑信者相半,久乃自定,翕然称之。轼岂能为之轻重哉!非独轼如此,虽向之前辈,亦不过如此也。而况外物之进退,此在造物者,非轼事。辱见贶之重,不敢不尽。承不久出都,尚得一见否? 卷五三

答毛泽民　二

再辱示手教,伏审酷热起居清胜。见谕,某何敢当! 徐思之,当不尔。非足下相期之远,某安得闻此言? 感愧深矣。体中微不佳,奉答草草。卷五三

答毛泽民　三　以下俱惠州

某启:公素人来,得书累幅。既闻起居之详,又获新诗一篇,及公素寄示《双石堂记》。居夷久矣,不意复闻《韶》《濩》之余音,喜慰之极,无以云喻。久废笔砚,不敢继和,必识此意。会合无期,临书惘惘。秋暑,万万以时自厚。不宣。卷五三

答毛泽民　四

某寓居粗遣,本带一幼子来。今者长子又授韶州仁化令,冬

中当挈家来。至此,某又已买得数亩地,在白鹤峰上,古白鹤观基也。已令斫木陶瓦,作屋二十间,今冬成。去七十无几,矧未能必至耶,更欲何之! 以此神气粗定,他无足为故人念者。圣主方设科求宏词,傥有意乎? 卷五三

答毛泽民 五

新居在大江上,风云百变,足娱老人也。有一书斋名"思无邪斋",闲知之。卷五三

答毛泽民 六

某启:寄示奇茗,极精而丰,南来未始得也。亦时复有山僧逸民,可与同赏,此外但缄而藏之尔。佩荷厚意,永以为好。卷五三

答毛泽民 七

《秋兴》之作,追配骚人矣,不肖何足以窥其粗。遇不遇固自有定数,向非厄穷无聊,何以发此奇思以自表于世耶? 敬佩来贶,传之知音,感愧之极。数日适苦壅嗽,殆不可堪,强作报,灭裂,死罪死罪! 卷五三

文集卷五十五

与何正通 一

某启：辱书，承起居佳胜。乡校淹留，然使徐之士子识文章瑰伟之气，非小补也。某又复西上，纷纷无补，甚愧朋友矣。乍冷，万万以时自重。不宣。_{卷五三}

与何正通 二

某启：张圣途来，稍闻动止为慰。退之所叹，乃今见之。大匠旁观，愧汗深矣。行役匆匆，不尽区区。_{卷五三}

与何正通 三

某启：忝命假守，出于奖庇，礼当诣谢。以衰病疲曳，不给于力，愧悚而已。乍热，起居佳胜？登舟迫遽，不果造谢，益增仰恋。尚冀顺时为国自厚。谨奉启，不宣。_{卷五三}

答陈传道 一 杭州

某启：久不接奉，思仰不可言。辱专人以书为贶，礼意兼重，捧领惕然。且审比来起居佳胜，少慰驰想。某以衰病，难于供职，故坚乞一闲郡，不谓更得烦剧。然已得请，不敢更有所择，但有废旷不治之忧尔。而来书乃有遇不遇之说，甚非所以安全不肖也。某凡百无取，入为侍从，出为方面。此而不遇，复以何者为遇乎？舟中倦暑无聊，来使立告回，区区百不尽一。乍远，唯千万自爱。不宣。卷五三

答陈传道 二　以下俱扬州

某启：衰朽何所取，而传道昆仲过听，相厚如此。数日前，履常谒告，自徐来宋相别，王八子安偕来。方同舟下，信宿而归。又承传道亦欲至灵壁，以部役沂上，不果。佩荷此意，何时可忘！又承以近诗一册为赐，笔老而思深，薪配古人，非求合于世俗者也。幸甚幸甚！钱唐诗皆率然信笔，一一烦收录，只以暴其短尔。某方病市人逐于利，好刊某拙文，欲毁其板，矧欲更令人刊耶！当俟稍暇，尽取旧诗文，存其不甚恶者，为一集。以公过取其言，当令人录一本奉寄。今所示者，不唯有脱误，其间亦有他人文也。卷五三

答陈传道 三

某启：知日课一诗，甚善。此技虽高才，非甚习不能工也，圣俞昔常如此。某近绝不作诗，盖有以，非面莫究。顷作神道碑、墓志数篇，碑盖被旨作，而志文以景仁丈世契不得辞。欲写呈，又未有暇，闻都下已开板，想即见之也。某顷伴虏使，颇能诵某文字，以知虏中皆有中原文字，故为此碑，谓富公碑也。欲使虏知通好用兵

利害之所在也。昔年在南京，亦尝言此事，故终之。李六丈文集引，得闲当作。向所示集古文留子由处，有书令检送也。卷五三

答陈传道　四

某启：久不上问，愧负深矣！忽枉手讯，劳来勤甚。夙昔之好，不替有加。兼审比来起居佳胜，感慰兼集。诸新旧诗，幸得竟览，不意余生复见斯作。古人日远，俗学衰陋，作者风气，犹存君家伯仲间。见近报，履常作正字，伯仲介特之操，处穷益励，时流孰知之者？用是占之，知公议少伸也耶？传道岂久淹管库者。未由面谈，惟冀厚自爱重而已。卷五三

答陈传道　五　北归

来诗欲和数首，以速发此介，故未暇。闲居亦有少述作，何日得见昆仲，稍出之也。宫观之命，已过忝矣，此外只有归田为急。承见教，想识此怀。履常未及拜书，因家讯道区区。卷五三

答李方叔　一　以下俱黄州

某启：久不奉书问为愧。递中辱手书，劳慰益厚。无状何以致足下拳拳之不忘如此。比日起居何如？今岁暑毒十倍常年，雨昼夜不止者十余日，门外水天相接，今虽已晴，下潦上燠，病夫气息而已。想足下闭门著述，自有乐事。间从诸英唱和谈论，此又可羡也。何时得会合？惟万万自重。不宣。卷五三

答李方叔　二

秋试时，不审已从吉未？若可以下文字，须望鼎甲之捷也。暑中既不饮酒，无缘作字，时有一二，辄为人取去，无以塞好事之意，亦不愿足下如此癖好也。近获一铜镜，如漆色，光明冷彻，背有铭云："汉有善铜出白阳，取为镜，清如明，左龙右虎俌之。"字体杂篆隶，真汉时字也。白阳不知所在，岂南阳白水阳乎？"如"字应作"而"字使耳。"左龙右虎"，皆未甚晓。更闲，为考之。卷五三

答李方叔　三

侄婿王适子立，近过此，往彭城取解，或场屋相见。其人可与讲论，词学德性，皆过人也。其弟名通，字子敏，亦不甚相远。承问及儿子，属令干事，未及奉书。王文甫已与简，令持前所留奉纳矣。卷五三

答李方叔　四

某启：辱书累数百言，反复寻味，词气甚伟，虽不肖，亦已粗识君子志义所在。然仆以愚不闻过，故至黜辱如此。若犹哀怜之，当痛加责让，以感厉其意，庶几改往修来，以尽余年。今乃粉饰刻画，是益其疾也。愧悚愧悚！承持制甚苦，哀慕良深，便欲走诣；而自谪官以来，不复与往还庆吊，杜门省愆而已。谨遣小儿问左右，当以亮察。不宣。卷五三

答李方叔 五 以下俱翰林

某启：承示新文，如子骏行状，丰容隽壮，甚可贵也。有文如此，何忧不达？相知之久，当与朋友共之。至于富贵，则有命矣，非绵力所能必致。姑务安贫守道，使志业益充，自当有获。鄙言拙直，久乃信尔。照察，幸甚。卷五三

答李方叔 六

某启：久别，音问缺然，忽承惠教，愧仰何胜！秋暑未过，起居何如？未由会见，万万顺时珍重。匆匆上谢。不宣。卷五三

答李方叔 七

某启：专人辱启事长书，及手简累幅，意贶甚厚，非所敢当。又蒙教以不逮，非君子直亮，期人之远，何以及此。然衰病之余，岂任此责，愧悚之极。比日起居佳胜？惠示狱皮等物，皆所不敢当，礼曹之传，盖妄也。信笾元不发，却付来人。盖近日亲知所寄惠，一切辞之，非独于左右也。千万恕察。知非久入京见访，幸甚。未间，千万珍重。不宣。卷五三

答李方叔 八

某启：叠辱手教，愧荷不已。雪寒，起居佳胜？示谕，固识孝心深切，然某从来不独不书不作铭、志，但缘子孙欲追述祖考而作

者，皆未尝措手也。近日与温公作行状、书墓志者，独以公尝为先妣墓铭，不可不报尔。其他决不为，所辞者多矣，不可独应命。想必得罪左右，然公度某无他意，意尽于此矣。悚息悚息！ 卷五三

答李方叔　九

某再启：承遂举十丧，哀劳极矣。此古人之事，复见于君，恨不能兼助尔。不易不易！阡表既与墓志异名而同实，固难如教。不罪不罪！某暮归困甚，来人又立行，不复觍缕，悚息悚息！ 卷五三

答李方叔　一〇

某启：昨日辱书，不即答为愧。乍晴，孝履安稳？所示，反复思之，亦欲有以少慰孝子之心，而某所不敢作者，非独铭志而已，至于诗赋赞咏之类，但涉文字者，举不敢下笔也。忧患之余，畏怯弥甚，必望有以亮之。少选，更令儿子去面述。不一一。卷五三

答李方叔　一一

前日所贶高文，极为奇丽，但过相粉饰，深非所望，殆是益其病尔。无由往谢，悚汗不已。卷五三

答李方叔　一二

某启：近者虽获屡见，迫于多故，不尽区区。别来辱书，且喜

体中佳胜。某方杜门请郡,章四上,未允,方更请尔。会见未可期,惟千万顺时自爱。不宣。卷五三

答李方叔 一三

某以虚名过实,士大夫不察,责望逾涯;朽钝不能副其求,复致纷纷。欲自致省静寡过之地,以全余年,不知果得此愿否? 故人见爱以德,不应更虚华粉饰,以重其不幸。承示谕,但有愧汗尔。卷五三

答李方叔 一四

某启:前日辱访,客众,不及款话,两三日又无缘接奉,思念不可言。手教为贶,惭感无量。苦寒,诸况何如? 常日不独以禁令不得瞻奉,又以差馆伴,纷纷殊不暇也。衰病疲曳,欲脱而不可得,可胜叹耶? 人还,不一一。卷五三

答李方叔 一五

某启:连日殿门祗候,不果致问。辱简,承起居佳胜。来日行香罢,又须一吊康公,晚乃归。方叔能枉访夜话为别,甚幸! 余留面尽。卷五三

答李方叔 一六　以下俱北归

比年于稠人中,骤得张、秦、黄、晁及方叔、履常辈,意谓天不

爱宝,其获盖未艾也。比来经涉世故,间关四方,更欲求其似,邈不可得。以此知人决不徒出,不有立于今,必有觉于后,决不碌碌与草木同腐也。迨、过皆不废学,可令参侍几砚。 _{卷五三}

答李方叔 一七

某启:比辱手教,迩来所履如何? 某自恨不以一身塞罪,坐累朋友。如方叔飘然一布衣,亦几不免。纯甫、少游,又安所获罪于天,遂断弃其命? 言之何益,付之清议而已。忧患虽已过,更宜掩口以安晚节也。不讶不讶! _{卷五三}

与刘壮舆 一

某启:久阔,但有怀企,窃惟起居佳胜? 便欲造门,以器之率入山,还当奉谒。谨奉启候问。匆匆,不宣。 _{卷五三}

与刘壮舆 二

某昨夜苦热减衣,晨起得头痛病,故不出见客,然疾亦不甚也。方令小儿研墨为君写数大字,旋得来教及纸,因尽付去。恐墓表小字中亦有题目,则额上恐不当复云墓表,故别写四大字,以备或用也。舍弟所作词,当续写去。人还,匆匆。 _{卷五三}

与刘壮舆 三

旦来枕上读所借文篇,释然遂不知头痛所在。曹公所云,信

非虚语,然陈琳岂能及君耶? 卷五三

与刘壮舆　四　以下俱北归

某启:辱手教,仍以茶簞为贶。契义之重,理无可辞,但北归以来,故人所饷皆辞之。敬受茶一袋以拜意。此陆宣公故事,想不讶也。仍寝来命,幸甚。卷五三

与刘壮舆　五

诗文二卷并纳上,后诗已别写在卷,后检得旧本,改定数字。卷五三

与刘壮舆　六

某疾虽轻,然头痛畏风也。承与李君同见过,不果见,不深讶否? 悚息悚息! 来日若无风,当侵夜发去,更不及走别。一诗,取笑。卷五三

与潘彦明　一　离黄州

别来思念不去心,远想起居佳安? 眷爱各无恙? 不见黄榜,未敢驰贺,想必高捷也。某两曾奉书,达否? 屡梦东坡笑语,觉后惘然也。已买得宜兴一小庄,且乞居彼,遂为常人矣。公必已赴省试。谩发此书,不复缕缕。惟千万保爱。卷五三

与潘彦明 二 以下俱登州还朝

行役无定，久不奉书。至登州，领所惠书，承起居佳胜，甚慰思企。到郡席不暖，复蒙诏追，勉强奔走，愧叹不已。缅怀旧游，殆不胜情。承太夫人尊候如昨。昌言令兄亦蒙惠书，冗甚，未及答。且申意毅甫、兴宗、公颐，各为致区区。余万万自重。卷五三

与潘彦明 三

少事奉闻：吴待制谪居于彼，想不免牢落，望诸君一往见之，诸事与照管。某向者流落，非诸君相伴，何以度日！雪堂如要偃息，且与打揲相伴，使忘迁谪之意，亦诸君风义也。不罪不罪！卷五三

与潘彦明 四

辱书，喜承起居佳胜，眷聚各佳。某老病还朝，不为久计，已乞郡矣。何时扁舟还乡？一过旧栖，溷乱故人，旬日而去，言之怅然。大热，千万保爱。卷五三

与潘彦明 五

久不闻问，方增渴仰，忽领手字，方知丈丈倾逝，闻之，悲怛不可言。比日追慕之余，孝履且支持否？某衰病怀归，梦想江上，又闻耆旧凋丧，可胜凄惋。未由往慰，惟冀节哀自重，以毕后事。卷五三

与潘彦明　六

东坡甚烦葺治，乳媪坟亦蒙留意，感戴不可言。令子各计安？宝儿想见顾然矣。郭兴宗旧疾，必全平愈，酒坊果如意否？韩氏园亭，曾与葺乎？若果有亭榭佳者，可以小图示及，当为作名写牌，然非华事者，则不足名也。张医博计安胜？一场灾患，且喜无事。风颠不少减否？何亲必安，竹园复增葺否？以上诸人，各为再三申意。仆暂出苟禄耳，终不久客尘间。东坡不可令荒芜，终当作主，与诸君游，如昔日也。愿遍致此意。卷五三

与潘彦明　七

近附黄兵书必达。比日孝履何如？刘全父来，颇闻动止，殊慰想念。京尘衮衮无佳思，缅怀昔游，怅惘而已。昌言及诸故人皆未及书，必察其少暇，伸意伸意！乍暄，千万节哀自重。卷五三

与潘彦明　八　杭州

久不奉书，切惟起居佳胜？老拙凡百如旧。出守旧治，颇得湖山之乐。但岁灾伤，拯救劳弊，无复齐安放怀自得之娱也。彦明与故人诸公颇见念否？何时会合？临纸惘惘。新春，万万自重。卷五三

与潘彦明　九

两儿子新妇，各为老乳母任氏作烧化衣服几件。敢烦长者丁

嘱一干人,令剩买纸钱数束,仍厚铺薪苫于坟前,一酹而烧之,勿触动为佳。恃眷念之深,必不罪。干浼,悚息悚息! 卷五三

与潘彦明 一〇 颍州

辱书,感慰无量。比日起居何如? 别来不觉九年,衰病有加,归休何日? 往来纷纷,徒有愧叹。知东坡甚葺治,故人仍复往还其间否? 会合无期,临纸怅惘。卷五三

答庞安常 一 以下俱登州还朝

久不为问,思企日深。过辱存记,远枉书教。具闻起居佳胜,感慰兼集。惠示《伤寒论》,真得古圣贤救人之意,岂独为传世不朽之资,盖已义贯幽明矣! 谨当为作题首一篇寄去。方苦多事,故未能便付去人,然亦不久作也。老倦甚矣,秋初决当求去。未知何日会见,临书惘惘。惟万万以时自爱。卷五三

答庞安常 二

人生浮脆,何者为可恃? 如君能著书传后有几。念此,便当为作数百字,仍欲送杭州开板也。知之。卷五三

答庞安常 三 翰林

端居静念,思五脏皆止一,而肾独有二,盖万物之所终始,生

之所出，死之所入也。故《太玄》："罔、直、蒙、酋、冥。"罔为冬，直为春，蒙为夏，酋为秋，冥复为冬，则此理也。人之四肢九窍，凡两者，皆水属也。两肾、两足、两外肾、两手、两目、两鼻，皆水之所升降出入也。手、足、外肾，旧说固与肾相表里，而鼻与目，皆古未之言也，岂亦有之，而仆观书少，不见耶？以理推之，此两者其液皆咸，非水而何？仆以为不得此理，则内丹不成。此又未易以笔墨究也。古人作明目方，皆先养肾水，而以心火暖之，以脾固之。脾气盛则水不下泄，心气下则水上行，水不下泄而上行，目安得不明哉！孙思邈用磁石为主，而以朱砂、神曲佐之，岂此理也夫？安常博极群书，又善穷物理，当为仆思之。是否？一报。某书。卷五三

与王元直 一 黄州

黄州真在井底，杳不闻乡国信息，不审比日起居何如？郎娘各安否？此中凡百粗遣，江边弄水挑菜，便过一日。每见一邸报，须数人下狱得罪。方朝廷综核名实，虽才者犹不堪其任，况仆顽钝如此，其废弃固宜。但犹有少望，或圣恩许归田里，得款段一仆，与子众丈、杨宗文之流，往来瑞草桥，夜还何村，与君对坐庄门吃瓜子炒豆，不知当复有此日否？存道奄忽，使我至今酸辛，其家亦安在？人还，详示数字。余惟万万保爱。卷五三

与王元直 二 杭州

别久思咏，春深，不审起居佳否？眷爱各康胜？某与二十七娘甚安。小添、寄叔并无恙，新珠必甚长成，诸亲各安。旅宦寡悰，

思归末由,岂胜恨恨。某为权幸所疾久矣,然捃摭无获,徒劳掀搅,取笑四方耳,不烦远忧。未缘会聚,惟冀以时珍卫。_{卷五三}

与王文甫 一 黄州

数日不审尊候何如? 前蒙恩量移汝州,比欲乞依旧黄州住,细思罪大责轻,君恩至厚,不可不奔赴。数日念之,行计决矣。见已射得一舟,不出此月下旬起发,沿流入淮,溯汴至雍丘、陈留间,出陆,至汝。劳费百端,势不得已。本意终老江湖,与公扁舟往来,而事与心违,何胜慨叹! 计公闻之,亦凄然也。甚有事欲面话,治行殊未集,冗迫之甚,公能两三日间特一见访乎? 至望至望! 元弼药并书,乞便与送达。三五日间买得瓷器,更烦差人,得否? _{卷五三}

与王文甫 二 登州还朝

多时不奉书,思仰不去心。比日履兹酷暑,体中佳胜? 数日以伏暑下府,初安乏力,而潘二丈速行,略奉此数字,殊不尽意。《西山》诗一册,当今能文之士,多在其间。并拙诗亲写,与邓圣求诗同纳上。或能为入石安溪,亦佳,不然,写放壁中可也。_{卷五三}

文集卷五十六

与程正辅 一　以下俱惠州

某启：近闻使斾少留番禺，方欲上问，侯长官来，伏承传诲，意旨甚厚，感怍深矣。比日履兹新春，起居佳胜？知车骑不久东按，傥获一见，慰幸可量。未间，伏冀万万以时自重。谨奉手启，不宣。

卷五四

与程正辅 二

某再启：窜逐海上，诸况可知。闻老兄来，颇有佳思。昔人以三十年为一世，今吾老兄弟不相从四十二年矣，念此令人凄断。不知兄果能为弟一来否？然亦有少拜闻。某获谴至重，自到此旬日，便杜门自屏，虽本郡守，亦不往拜其辱。良以近臣得罪，省躬念咎，不得不尔。老兄到此，恐亦不敢出迎。若以骨肉之爱，不责末礼而屈临之，余生之幸，非所敢望也。其余区区，殆非纸墨所能尽。惟千万照悉而已。德孺、懿叔久不闻耗，想频得安问。八郎、九郎亦然。令子几人侍行？若巡按必同行，因得一见，又幸。舍弟近得书，云在湖口见令子新妇，亦具道尊意。感服不可言。卷五四

与程正辅　三

某启：专人至，承赐教累幅，感慰兼极。比日履兹春阳，尊体佳胜？知春夏间方按行此邦，岂胜系望。韶州风物甚美。园亭，德孺所治，殊可喜，但不知有可与为乐者否？未披奉间，更冀若时保练。不宣。卷五四

与程正辅　四

某启：老兄近日酒量如何？弟终日把盏，积计不过五银盏尔。然近得一酿法，绝奇，色香味皆疑于官法矣。使旆来此有期，当预酝也。向在中山创作松醪，有一赋，闲录呈，以发一笑也。卷五四

与程正辅　五

某启：数日闻使旆来此，喜慰不可言。方欲遣人奉状，遽捧手教，感愧兼集。比日涉履风涛，起居佳胜？旦日瞻奉，并陈区区。人还，手状。不宣。卷五四

与程正辅　六

某深欲出迎郊外，业已杜门。知兄知爱之深，必不责此，然愧悚甚矣。专令小儿去舟次也。知十秀才侍行，喜得会见，不及别奉书。轼再启。卷五四

与程正辅　七

某启：昨日辱临，款语倾尽，感慰深矣。经宿起居佳胜？所贶皆珍奇，物意两重，敢不拜赐。少顷面谢。人还，不宣。卷五四

与程正辅　八

某启：谪居穷寂，谁复顾者。兄不惜数舍之劳，以成十日之会，惟此恩意，如何可忘！别后不免数日牢落，窃惟尊怀亦怅然也。但痴望沛泽北归，将复会见尔。到广少留否？比日起居何如？某到家无恙，不烦念及。未参候间，万万若时自重。不宣。卷五四

与程正辅　九

某启：两甥相聚多日，备见孝义之诚，深慰所望。未暇别书，悉之悉之！儿子适令干少事，未及拜状。辄已和得《白水山》诗，录呈为笑。并乱做得《香积》数句，同附上。前本并纳去。"碰"字辄用"椪"字，盖攀例也。呵呵。卷五四

与程正辅　一〇

某启：近检法行奉书，未达间，伏蒙赐教，并寄惠柑子。此中虽有，似此佳者，即不识也。但十有一二坏尔。谨如教略尝，不多啖也。比日还府以来，起居佳胜？某与儿子如昨，不烦念及。大郎、三郎有近耗未？岁暮无缘会合，惟冀若时珍练。区区不宣。卷五四

与程正辅 一一

某启：和示《香积》诗，真得渊明体也。某喜用陶韵作诗，前后盖有四五十首，不知老兄要录何者？稍间，编成一轴附上也，只告不示人尔。卷五四

与程正辅 一二

某启：忽复残腊，会合无缘，不能无天末流离之念也。急足回，辱书，具审尊体康胜。仍示佳句五章，字字新奇，叹咏不已。老嫂奄隔，更此徂岁，想更凄断，然终无益，惟日远日忘为得理也。某近苦痔，殊无聊，杜门谢客兀坐尔。新春，为国自爱。早膺北归殊宠。不宣。卷五四

与程正辅 一三

某睹近事，已绝北归之望，然中心甚安之。未说妙理达观，但譬如元是惠州秀才，累举不第，有何不可？知之免忧。诗屡和，韵崄，又已更老手，殆难措辞也；亦苦痔，无情思尔。惠黄雀，感愧感愧！子由一书，告早入皮筒，幸甚幸甚！卷五四

与程正辅 一四

某启：残腊只数日，感念聚散，不能无异乡之叹。不审兄诸况如何？子舍已到否？新年不获奉觞，惟祝早膺召命。未间，更乞为

时自重。不宣。_{卷五四}

与程正辅 一五

某近以痔疾，发歇不定，亦颇无聊，故未和近诗也。郡中急足有书，并顾掾寄碑文，达否？成都宝月大师孙法舟者，远来相看，过筠，带子由一书来。他由循州行，故不得面达。今附上。轼再拜。
卷五四

与程正辅 一六

某启：人来，辱书，伏承履兹新春，起居佳胜。至孝通直已还左右，感慰良深。且闻有北辕之耗，尤副卑望。咏史诗等高绝，每篇乃是一论，屈滞他作绝句也。前后惠诗皆未和，非敢懒也，盖子由近有书，深戒作诗。其言切至，云当焚砚弃笔，不但作而不出也。不忍违其忧爱之意，故遂不作一字，惟深察。吾兄近诗益工，孟德有言："老而能学，惟吾与袁伯业。"此事不独今人不能，古人亦自少也。未拜命间，频示数字，慰此牢落。余惟万万为时自重。不宣。_{卷五四}

与程正辅 一七

寄贶酥梨、猫笋、五味煎、榴枣等北方珍奇，物意两重，感佩无穷。轼近来眠食颇佳，痔疾亦渐去矣。兄去此后，恐寓行衙，亦非久安之计，意欲结茅水东山上，但未有佳处，当徐择尔。侄孙既丧母,当令长子迈来此指射差遣,因挈小儿子房下来。次子迨,且令试法赴举也。恐欲知之。今有一书与迈,辄已作兄封题,乞令本司邸吏分明付之。迈必已到都下也。不罪不罪!轼再拜。卷五四

与程正辅 一八

某启:本州黄焘推官,实甚廉干,郡中殊赖之。不知今岁举削能及之否?孤进无缘自达,不免僭言,不罪不罪!博罗正月一日夜忽失火,一邑皆为灰烬,公私荡然。林令在式假,高簿权县。飓风猛烈,人力不加,众所知也。百姓千人,皆露宿沙滩,可知可知!盖屋固未能,茅竹皆不可得。一壶千金之时,黄焘擘划得竹三万竿往济之,极可佳。火后事极多,林令有心力,可委。他在式假,自不当坐此。愿兄专牒此子,令修复公宇、仓库之类,及存抚被灾之民,弹压寇贼,则小民受赐矣。又起造物料,若不依实价和买而行科配,则害民又甚于火矣。愿兄严切约束本州,或更关牒漕司,依实支破,或专委黄推官提举点检催促及觉察科配。幸恕僭易。黄焘有一申状,为催促广州检县颖公案,附来人去此文字。盖广州不应副,非本官拖延也。至孝通直蒙惠书,极于感慰,深欲裁答,为连写数书,灯下目昏,容后信也。不罪不罪!六郎亦蒙问及,不殊此意。惟千万节哀自重。幸恕简略。卷五四

与程正辅 一九

正辅要墨竹,固不惜,为近年不画,笔生,往往画不成。候有佳者,当寄上也。卷五四

与程正辅　二○

某启：近因人来，附状必达。比日伏惟尊体佳胜，眷聚各康宁？某凡百如昨，北徙已绝望，作久计矣。宝月师孙法舟来，子由有书并刘朝奉书，今附舟去。宝月已化矣。舟甚佳士，语论通贯，可喜可喜！开岁忽将一月，瞻奉无时，临书惘惘。兄北归，别得近耗否？惟万万自重。冗中奉启，不宣。卷五四

与程正辅　二一

某启：近乡僧法舟行，奉状必达。惠州急足还，辱手教，且审起居佳胜，感慰交集。宠示诗域醉乡二首，格力益清茂。深欲继作，不惟高韵难攀，又子由及诸相识皆有书，痛戒作诗，有说不欲详言。其言甚切，不可不遵用。空被来贶，但惭汗而已。兄欲写陶体诗，不敢奉违，今写在扬州日二十首寄上，亦乞不示人也。未由会合，日听召音而已。余惟万万若时自重。卷五四

与程正辅　二二

某启：承服温胃药，旧疾失去，伏惟庆慰。反复寻究，此至言也。拙恙亦当服温平行气药尔。德孺书信已领，尚未闻所授，岂到阙当留乎？兄亦归觐尔，何用更求外补？惠及佳面，感作。适有河源干菌少许，并香篆一枚，颇大，谩纳去，作笑。有肉苁蓉，因便寄示少许，无即已也。侯晋叔实佳士，颇有文采气节。恐兄不久归阙，此人疑不当遗也，故略为记之。不罪不罪！卷五四

与程正辅 二三

少恳冒闻。向所见海会长老,甚不易得。院子亦渐兴葺,已建法堂,甚宏壮。某亦助三千缗足,令起寝堂,岁终当完备也。院旁有一陂,诘曲群山间,长一里有余。意欲买此陂,属百姓见说数十千可得。稍加葺筑,作一放生池。囊中已竭,辄欲缘化。老兄及子由齐出十五千足,某亦竭力,共成此事。所活鳞介,岁有数万矣。老大没用处,犹欲作少有为功德,不知兄意如何? 如可,便乞附至,不罪不罪! 卷五四

与程正辅 二四

此中湖鱼之利,下塘常为启闭之所,岁终竭泽而取,略无脱者。今若作放生池,但牢筑下塘,永不开口,水涨溢,即听其自在出入,则所活不赀矣。卷五四

与程正辅 二五

某启:往还接奉,其乐无量。既别,甚凄断,亦不可言也。且夕到广,想不留两日。尊候必佳健。十郎侍行不易,六郎甚渴一见也。某到家无恙,乞不赐念。惟万万为时自重。不宣。卷五四

与程正辅 二六

某别时饮过,数日病酒,昏昏如梦中也。且速发此书,不周

谨，恕恕。家酿，尝之微酸，不敢寄去。二诗以发一笑，幸读讫，便毁之也。_{卷五四}

与程正辅 二七

某启：老兄留意浮桥事，公私蒙利，未易遽数。本州申漕司，乞支阜民监买粪土钱，若蒙支与，则邓道士者可以力募缘成之矣。告与一言，某不当僭管。但目见冬有覆溺之忧，太守见祷，故不忍默也。但邓君肯管，其工必坚久也。不罪不罪！仍乞密之，勿云出于老弟也。_{卷五四}

与程正辅 二八

某前日留博罗一日，再见邓道士，所闻别无异者，方欲邀来郡中款问也。续寄丹砂已领，感愧之极。某于大丹未明了，直欲以此砂试煮炼，万一伏火，亦恐成药尔。成否当续布闻。顷得七哥书，递中已附谢也。六郎、十郎各计安？未及别书。所要书字墨竹，固不惜，徐寄去也。外曾祖遗事录呈。不一一。_{卷五四}

与程正辅 二九

某近因宜兴回人卓契顺者奉状，想达视览。即日起居佳胜？老嫂诸侄各计康靖？某与幼子亦如昨。迁居已八日，坐享安便，知愧知愧！非兄巨庇，何以得此？未由面谢，临纸怅仰。乍暄，万万为国自重。不宣。_{卷五四}

与程正辅 三〇

某启：本州近申乞支皇民监粪土钱用修桥，未蒙指挥。告与漕使一言，此桥不成，公私皆病，敢望留意。近又体问得一事，本州诸军多阙营房，多二人共一间，极不聊生。其余即散居市井间，赁屋而已。不惟费耗，军人因此窘急作过。又本都无缘部辖，靡所不为，公私之害，可胜言哉！某得罪居此，岂敢僭管官事，但此事俗吏所忽，莫教生出一事，即悔无及也。兄弟之情不可隐，故具别纸冒闻，千万亮其本心，恕罪幸甚。此数十年积弊，难以责俗吏，非老兄才气常欲追配古人，即劣弟亦不轻发也。然千万密之，若少漏泄，即劣弟居此不安矣。告老兄作一手书，说与二漕，但只云指使蓝生经过廉得，或更以一书与詹守，稍假借之，令尽力为妙。自兄过此，詹亦知惧厉精也。

本州管六头项兵，却一半无营房。其间有营房者，皆两人住一间，颇不聊生。其余只在民间赁屋散住，每月出赁房钱百五十至三百。其间赁官屋者，即于月粮钱内刻。非官中指挥，盖掠房钱者自擅如此。不惟军人缘此贫乏，又都将上下，无缘部辖，饮博逾违，急即逃走作贼，民不安居。又军妻缘此犯奸者众。远方吏不得人，从来如此，非今官吏之过也。问得数十年来如此矣。约度大略，少三百来间好屋。若与擘划，砖瓦官自烧，林木亦可下县采斫。只恐难为足用。又皇民废监亦有木植，此外官买足之。度三百间瓦屋，每间可用三贯省钱，不过千缗，此事可了。愿兄与漕司商量，先行文字下本州作："访闻惠州自来军人阙少营房，多在民间赁居。又广州、泉州、信州三处差来客军，各无营房。本州清化一指挥，虽有营房一二十间，又每年遭水，军人家累，难为存活，深为不便。令本州知州、职官、都监子细勘会，逐一指挥去处及少营房数目，子细画一开具。若干指挥全无营房，见今若干兵士赁屋，各具见今赁屋人数供申。及相度未有营房指挥，合于何处起造营房；及清化指挥年年遭水，合与不合迁移，如合迁移，即今来已废阜民监地位可与不可迁就。仍约度合用砖瓦材料人工钱数，先将本州见有砖瓦材料豁除外，仍更具管下县分有无可以采斫材木去处，兼见差是何人，如何采斫。及相度添置瓦窑，差兵匠烧变。本州皆荒茅地，虽有主，百姓自来不采茅，官若日差兵士数十人，专留充烧瓦之用，于公私并无妨害。此外只具合支官中见钱的确数目供申，仍于本州应系诸般钱物内划支拨，系提转提举司钱物具若干数目供申。"若似此行遣，料得不过支转运司钱四五百贯。

思量此事，若不稍处置，致稍有意外之患，则于监司诸公，岂得为稳便？然此事积弊久矣，非今官吏之过。切告吾兄，勿怪责此中官吏，万告万告！如以卑言为然，及漕司商量得行，即须专差一精干官吏来此，与权都监王约者此子甚勤干。同干之。今且体问得逐营事件如后。

一、本州管澄海两指挥，禁军皆有营房，不外住。然皆是废茅屋，常忧火烛，亦当为瓦屋。又本营逐年多有水患，亦当相度合如何疏理沟渎或筑防，令军人安居。

一、清化指挥见管二百三十人，只有官屋二十间。见有五十五人兵级，在外赁屋住。及年年遭水，及地僻远，并无篱墙，不可不迁。若迁于废阜监，极为稳便。

一、牢城指挥见管二百六十人，只有官屋四十间，二人共一间。外有三十六人兵级，见赁屋住。

一、泉州客军一百五人，并无营房，只有官屋三间，余并赁屋住。

一、信州客军九十六人,见管营房七间。

一、广州客军九十人,元因岑探反后添差,不曾与置营房。此
等客军,多在知州都监及场务地分窠坐,故只于窠坐处宿
食,以此不肯赁屋居住。然体访得客军既无营房,才有病
患,易得失所,是致死损人众,不可不为动心。

江海之间,寇攘渊薮。近日盐贼幸而皆已获,不尔,岂细故
哉!谪居之人,只愿安帖。如惠州兵卫单寡,了无城郭,奸盗所窥;
又若营房不立,军政堕坏,安知无大奸生心乎?此孤旅之人,所以
辄贡缕言也。与指使蓝生语,觉似了了,可令来此与王约者同干
否?不揆僭言,非兄莫能容之。然此本乞一详览,便付火,虽二外
甥,亦勿令见。若人知其自劣弟出,大不可不可。 卷五四

与程正辅 三一

某启:近指使还左右,奉书必已闻达。比日履兹炎燠,尊体佳
胜?某蒙庇如昨。筠州时得信,甚安。暑雨不常,蒸烧可厌,曲江
想少清爽否?何时会合,少解驰结,尚冀保练,姑慰愿言。因何推
官行,奉启上问。不宣。再启:桥钱必不足用,学钱且告老兄留取。
切告切告!前所问者,已得实状,本州必已申去,盖亦只止是矣。
卷五四

与程正辅 三二

某启:近苦痔疾逾旬,牢落可知,今渐安矣,不烦深念。荔枝

正熟,就林恣食,亦一快也,恨不同尝。六郎、十郎昆仲各安? 知六郎已拜恩命,深增庆忭。病倦,未及别启。兼十郎要字,尚未暇写。不讶不讶! 岐下、湖北,想频得信。<small>卷五四</small>

与程正辅　三三

某启:柯推良吏,冠一郡也。兄许一纸,乞济其垂成。他虽细满内太守一削,恐以他年及不使,若非兄特达,谁复成之! 某不合僭言,实见其有风力廉干,可惜其去,故为一言也。切望切望! 若非公论以柯为可举,某亦不敢频烦。乞恕察。<small>卷五四</small>

与程正辅　三四

近酿酒,甚酽白而醇美。或教入大麦蘖,而此中绝无大麦。如韶州有此物,因便人为置数斗。不罪不罪! <small>卷五四</small>

与程正辅　三五

某启:违别忽复数月,思仰日积。递中辱书,伏审尊体佳胜,甚慰驰想。示谕《碧落洞》诗,却未寄觇,必封书时忘之也,窃望寄示。老弟却曾有一诗,今录呈,乞勿示人也。惠贶新茶,极为佳品,感佩之至。未由会见,万万为国自重。<small>卷五四</small>

文集卷五十七

与程正辅 三六

某启：近因柯推行，奉状必达。示谕修桥事，问得才元，行牒已到本州，差官估所费，盖八九百千。除有不系省诸般钱外，犹少四五百千。除有不系省诸般外，于法当提、转分认。见说估得却是的确合用之数，若减省，即做不成，纵成，不坚久矣。体问是实。然老弟以卑见度之，恐不能成。何者？吏暗而孱，胥狡而横，若上司应副，破许多钱，必四六分入公私下头，做成一坐河楼桥也，必矣必矣！才元必欲成之，选一健干吏令来权签判，专了此事。不宜，且勿应副此钱，但令只严切指挥，且令牢系添修竹浮桥也。竹贱易成，创新，不过二十千。一两月修一次，每次不过费三千。惟频修为要。前日指挥使去时，曾拜闻营房事，后来思之，亦与此同，度官吏必了不得也。深不欲言，恐误老兄事，故冒言，千万密之。与才元言，但只作兄意也。至恳至恳！卷五四

与程正辅 三七

某启：伏暑，切惟起居清胜？某凡百如昨。近指使柯推及郡中买药兵士三次奉状，一一达否？十郎递中书未到。新什此篇尤有功，咄咄逼鲍、谢矣。不觉起予，故和一诗，以致钦叹之意，幸勿

广示人也。未由瞻奉，万万以时保练。麾汗，不谨。_{卷五四}

与程正辅　三八

德孺、懿叔近得耗否？子由频得安问，云亦有书至兄处，达否？邓道士州中住两月，已归山。究其所得，亦无他奇，但归根宁极，造次颠倒，心未尝离尔。此士信能力行，又笃信不欺，常欲损己济物，发于至诚也。知之知之！_{卷五四}　.

与程正辅　三九

某启：专人辱书，感慰无量。比日履兹新凉，尊体何如？某一向苦痔疾，发歇未定，殊无聊也。所谕退闲之乐，固终身无厌，但道气未胜，宿疾尚缠，想亦灾数。或言冬深当出厄，傥尔时勿药乎？何时一迓来旆，少解羁困。万万以时自重。不宣。_{卷五四}

与程正辅　四〇

某启：近因蜀使奉状，必达。惠新茶绝品，石耳异味，感荷之极也。扇二十柄，书画殆遍，然终不佳，病倦少思也。《遗事》更少凉写纳。懿叔近得书，甚安。德孺久不闻耗也，令子各计安？未及别书。小儿荷问及，宜兴两儿服阕后欲南来。又赦后痴望量移稍北，不知可望否？兄闻众议如何，有所闻批示也。报言者论寿州配买茶一事已施行，仁圣之意，亦可仰测万一也。_{卷五四}

与程正辅 四一

广倅书报,近日飓风异常,公私屋倒二千余间,大木尽拔。乾明诃子树已倒,此四百年物也。父老云:"生平未见此异。"老兄莫缘此一到南海拊视为佳,惠人亦望使车一到。若早来,民受赐多矣。必察此意。狱事辱老兄按正,远近心服。暗缪之人,亦缘兄免此冤债,当没齿荷戴,乃更恨耶? 好笑好笑! 卷五四

与程正辅 四二

某启:昨日附来使上状,必达。稍凉,起居佳胜? 见严推言,邑君尝服药,寻已平愈,今想益康健。秋色渐佳,惟冀倍加寝膳。不宣。卷五四

与程正辅 四三

某启:严令清约,恤民之心,必蒙顾虑也。有两事托面闻,幸恕草次。卷五四

与程正辅 四四

某启:近奉慰必已达。比日悼念之余,起居如宜? 吾兄学道久矣,必不使无益之悲久留怀抱。但劣弟未克面论,不免悬情。惟深察此理,宽中强饭,不胜区区。再奉手启布闻。不宣。卷五四

与程正辅　四五

某启：知已登舟岁巡连州，切望不惜数日之劳，一游罗浮。家居悒悒，触物增怀，不如且徜徉山水间，散此伊郁也。仍望先令人来约，径去山下伺候也。少事干告，此中太守已借数人白直，仅足使令，欲更告兄，辄借两人。如许，即乞彼中先减两白直，却牒州差两厢军借使也。不罪不罪！卷五四

与程正辅　四六

某启：近两奉状，必相继尘闻。比来切惟尊候康安？闺门之戚，想已平遣。前云过重九启行，计已在涂，罗浮之游，果如约否？不胜颙望。余暑跋涉，惟冀若时自重。不宣。卷五四

与程正辅　四七

某目见之事，恐可以助仁政之万一，故敢僭言。不罪不罪！今来秋大熟，米贱已伤农矣。所纳秋米六万三千余石，而漕府乃令五万以上折纳见钱，余纳正色。虽许下户取便纳钱，然纳米不得过五千硕元科之数，则取便之说，乃空言尔。岭南钱荒久矣，今年又起纳役钱，见今质库皆闭，连车整船，载米入城，掉臂不顾，不知如何了得赋税役钱去！朝廷新行役法，监司宜共将傍人户令易为征催，准条支移折变，委转运司相视收成丰歉，务从民便。据此敕意，即是丰则约米，歉则约钱。今乃反之，岂为稳便？闻范君指挥，非傅同年意也。本州詹守极有恤民之意，闻说申乞第二等以下人户

纳钱与米，并从其便，不知元科米数。此实一州人户众愿，非詹守私意，及非专斗要计会多纳米也。望兄力赐一言，特从其请，及乞提、转共行一条，戒约州县大估米价，以致百姓重困，须得依在市见卖实直。如牒到日，已估价太高者，许依实改正，庶几疲民尽沾实惠。切望兄留意，仍密之，勿令人知自弟出也。千万千万！

问得本州支米，每年不过九千。若五万全纳正色，则有积弊之忧，若以积滞之故，年年多纳钱，少纳米，则农民益困，岭南之大患也。见说广东诸郡，皆患米多支少。请兄与诸公商量，具此利害，共入一奏，乞今后应役人、公人庸钱及重法钱并一半折米，却以见钱还运司，则公私皆便，免得税米积滞，年年抑勒，人户多纳见钱，此大利也。但当立条，常令提举、提刑司常切觉察转运司及州县大估米价及支恶弱米，免亏损役人、公人，则尽善矣。本州申乞桩定第一等丁米二万九千余硕，并须得纳见钱；其余第一等税米及第二等以下丁税米，共约计三万四千余硕，任从民便纳钱纳米。近下零碎者，多愿纳钱，且以少计之，三万四千硕中，必有一万以上硕纳见钱矣，与漕司元科数目不大相悬。而第二等以下户，皆得任便，不拘元科数目，人情必大悦。奈何一年役钱及重法等钱共计支一万三千四百余贯，若一半折支米，即是每年有六千七百贯钱折米，米每斗极贵时，不过折五十，约计折支得一万三千余硕也。

大郎兄弟有来耗未？六郎、十郎侍下孝履如何？不及作书。且乞宽节哀思，强食自爱。宜兴一书，烦为入一皮角递儿子辈。开岁前皆入京授差遣，此书告为便发，庶速得达也。不罪不罪！ 卷五四

与程正辅 四八

某启：自闻尊嫂倾背，三发慰书矣。比日起居何如？怀抱渐开否？倾仰之至。辄有少意，不胜私忧过计之心，故复发此书，必加恕亮，余无异前恳也。不宣。卷五四

与程正辅 四九

某今日伏读赦书，有责降官量移指挥。自惟无状，恐可该此恩命，庶几复得生见岭北江山矣。幸甚！

又见赦文云："访闻诸路转运司，有折科二税过重，致民间输纳倍费，涉于掊克者，令提举司举察，关提、转先次改正，依条折科讫奏。"此一节非常赦语，必是圣主新意。主上自躬听断以来，事从仁恕。如孙载不奏灾伤冲替，庐、寿等州罢配买茶之类，皆非有司所及，乃天衷英发，恤民之深意。恨远不尽闻。然亦得北方故人书，皆云仁圣日跻，兼有昭、裕二陵德美。某虽废弃，曾忝侍从，大恩未报，死不敢忘，闻此美政，不胜踊跃。正辅忠爱之深，想同此意。

然惠州近日科折秋米一事，正违着此赦文，甚可惧也。赦文云："访闻折科二税过重，致民间倍费，涉于掊克者，令觉察改正。"今惠州秋田大熟，米贱伤农，而秋米六万余硕，九分二厘以下纳入户卖米，众人皆云今年米实无价，若官中价钱紧急，人户更不敢惜米，得钱便卖，下稍不过三十文足。二斗已上，方纳得一斗。岂非赦文所谓折科过重，使民倍费者乎？谓之"掊克"，显见圣意疾之甚矣。赦文榜在衢路，读者已有此谤，可不惧乎？

　　谨按《编敕》，支移折变，令转运司相视丰歉，务从民便。详此敕意，专务便民，丰则纳米，歉则纳钱。今乃返之，违条甚矣。某切谓提刑、提举司当依敕文检坐此条，改正施行。

　　昨日惠守詹君，申转运司乞指定第一等丁米二万九千余硕纳钱，其余第一等以下税米及第二等以下米三万余硕，并从民便，任纳米钱。詹欲某与兄一言，时已致书具论矣。此虽少苏疲民，然亦未依得今来敕敕也。如敕敕意，第一等人户岂可令倍费乎？某恃兄洞照，不避僭易，请兄与傅、萧二公面议，共行下一文字云："所有今年折科秋米，并只依见在市卖实直估定。其第五等人户，并听情愿，任纳钱米，更不拘前来元科数目。"如此，方依得今来敕文外编敕指挥，而一路之民遂少纾也。

　　但闻得东路州郡，大率米多支少，故运司常有积滞腐败之忧，不可不为之深虑。若能权利害之轻重，取舍从宜，则拘多补少，固自有术，何至作此违条害民之事乎？昨日书中所陈役人见钱，奏乞一半折米，此公私两利之策也。大凡人户去州县远者，及下户税米零碎者，皆愿纳钱。只为州郡估得价高，大抵官吏皆畏惧上司，但加三以上估价。滑胥俗吏，结为一片，靡不如此。须是上司痛加约束，则此风庶几或可革也。致人户只愿纳米。今运司既患米多支少，归于腐败，所损不小，即须权此利害。不知估价稍低，而常得见钱以救运司阙乏，与空估高价而令人户只愿纳米，积滞腐败，终为粪土者，得失孰多？若能痛加打骂郡中俗吏，令中平估价，则人户必有大半愿纳钱者，岂非运司大利乎？今惠州每年支米不过九千，九千之外，累百巨万，虽未腐败，而无可支遣，与粪土何异？若上等人户，必欲纳又不失高价，则须是州县盲枷瞎棒，以膏血偿填，纵忍为之，奈敕文何！

　　某不避僭易，欲兄专为此一到广州，与傅、萧面议，反覆究竟，权利害。二公皆仁人君子也，必商量得成。即愿三司连衔入一文字，专牒逐州知通，大略云："今年秋熟，恐米贱伤农，所以听从民便，任纳钱米。又缘逐州米多支少，恐有腐败积滞之忧，深虑仓专斗级等，意欲多纳正色，用幸计会司属及行人等高估米价，令人户纳钱倍费，只愿纳米，致将来纳多支少，积滞腐败，不委逐官专切觉察，须管一依见在市卖中价，不得辄有丝毫加抬，仍具结罪保明申上。如牒来到日，已曾高估者，许改正裁减，务令便民，讫申其高估干系人，并与免罪。如经逐官保明后，却察探得知依旧高抬大估，比见卖直价有加分文，致人户不愿纳钱，将来积滞官米，即官吏并须勘奏，乞行朝典。"若蒙采用刍荛，一路生灵受赐也。恃眷知，如此率易，死罪死罪！此事切勿令人知出不肖之言也。切告切告！

卷五四

与程正辅　五○

某启：近四奉状，必一一达。比日起居何似？闻东行已决，但未闻离五羊的日，故未敢往迎。旦夕闻的耗，即轻舟径前也。区区并俟面道。不宣。卷五四

与程正辅　五一

某启：罗浮之游，不知先往而后入州耶？抑俟回日也？弟惟兄马首之视，无不可者。旦日乘舫，径至泊头以来也。匆匆，未能尽意。卷五四

与程正辅　五二

某启：多日不上问，但积驰仰。不审比来尊候何似？眷聚各佳否？德孺、懿叔想时有安问。某蒙庇粗遣，子由亦安。秋凉，使旆出按否？倘又一见，何幸如之！未间，万冀自重。不宣。卷五四

与程正辅　五三

轼旧苦痔疾，盖二十一年矣。近日忽大作，百药不效；虽知不能为甚害，然痛楚无聊两月余，颇亦难当。出于无计，遂欲休粮，以清净胜之，则又未能遽尔。但择其近似者，断酒断肉，断盐酢酱菜，凡有味物皆断，又断粳米饭，惟食淡面一味。其间更食胡麻、伏苓麨少许取饱。胡麻，黑脂麻是也，去皮，九蒸曝白。伏苓去皮，捣罗入少白蜜，为麨，杂胡麻食之，甚美。如此服食已多日，气力不衰，而痔渐退。久不退转，辅以少气术，其效殆未易量也。此事极难忍，方勉力必行之。惟患无好白伏苓，不用赤者，告兄为于韶、英、南雄寻买得十来斤，乃足用，不足且旋致之，亦可。已一面于广州买去。此药时有伪者，柳子云尽老芋是也。若有松根贯之，却是伏神，亦与伏苓同，可用，惟乞辨其伪者。频有干烦，实为老病切要用者，敢望留念。幸甚幸甚！轼再拜。

蜜，此中虽有，亦多伪。如有真者，更求少许。既绝肉五味，只啖此麨及淡面，更不消别药，百病自去。此长年之真诀，但易知而难行尔。弟发得志愿甚坚，恐是因灾致福也。卷五四

与程正辅 五四

　　某再启：承谕，感念至泣下。老弟亦免如此蕴结之怀，非一见，终不能解也。见劝作诗，本亦无固必，自懒作尔。如此候虫时鸣，自鸣而已，何所损益？不必作，不必不作也。吾兄作一两篇见寄，当次韵尔。兼寄佳酿、川芎，大济所用，物意两重，增感激也。问所干，亦别无事，恐三四月间，告求一两般家人至筠及常州，至时，当拜书干扣也。卷五四

与程正辅 五五

　　某近颇好丹药，不惟有意于却老，亦欲玩物之变以自娱也。闻曲江诸场亦有老翁须生银是也。甚贵，难得，兄试为体问，如可求，买得五六两为佳。若费力难求即已，非急用也。不罪不罪！卷五四

与程正辅 五六

　　某慰疏言：不意变故，表嫂寿安县君遽捐馆舍，闻讣悲怛，感涕并怀。切惟恩义深笃，追悼割裂，哀痛难堪，日月流速，奄毕七供，感动逾远，奈何！某限以谪居，莫缘奔诣吊问，愧恨千万。幸冀省节悲悼，强食自重。不胜区区，谨奉疏慰。不次。谨疏。卷五四

与程正辅 五七

　　某启：不谓尊嫂忽罹此祸！惟兄四十年恩好，所谓老身长子

者,此情岂易割舍! 然万般追悼,于亡者了无丝毫之益,而于身有不赀之忧,不即拂除,譬之露电,殆非所望于明哲也。谪地不敢辄舍去,无缘面析此理,愿兄深照痛遣,勿留丝毫胸中也。惟有速作佛事,升济幽明,此不可不信也,惟速为妙。老弟前年悼亡,亦只汲汲于此事,亦不必尽之。佛僧拯贫苦尤佳,但发为亡者意,则俯仰之间,便贯幽显也。忝至眷,必不讶。草次。卷五四

与程正辅 五八

某辄附上绫、刻丝各一匹,用与表嫂斋僧,表区区微意。不罪不罪! 淡面经月,疾不减,却稍肉食,近却颇安。天凉灾退,自然安适。茯苓亦不服食也,承寄遗并蜜已领,极佳。近严推官者,托口陈二事,曾道便人寄书画扇子去,必达。八十哥化去,感念畴昔,为之出涕。史嗣立宅表姊二十一县君亦有事。羁寓岭海,那堪时时闻此! 知兄已出巡,千万勿惮远,一来游罗浮。弟候闻来耗,便去山下奉候。表侄必未到,且请决意一来。恐明年兄必北归,无由来也。卷五四

与程正辅 五九

《遗事》已用澄心纸、廷珪墨写成,纳去。尉掾子孙一句,不须出,彼自不知也。必欲去者,摹刻时落之。并有《江月》五首录呈,为一笑。吾侪老矣,不宜久郁,时以诗酒自娱为佳。亡者俯仰之间,知在何方世界? 而吾方悲恋不已,岂非系风捕影之流哉! 卷五四

与程正辅　六〇

轼启：别后，因本州便人一次上状并《香积》诗，必已达尊览。两辱赐教，具审起居佳胜，甚慰驰仰。轼入冬眠食甚佳，几席之下，澄江碧色，鸥鹭翔集，鱼虾出没，有足乐者。又时走湖上，观作新桥；掩骼之事，亦有条理，皆粗慰人意。盖优哉游哉，聊以卒岁。知之，免忧。药钱亦已如请。比来数事，皆蒙赐左右，此邦老稚共荷戴也。乍寒，万万自重。不宣。轼再拜正辅提刑大夫兄阁下。十一月三日。卷五四

与程正辅　六一

轼启：长至俯迩，不获称觞，祝颂之怀，难以言谕。比日起居增胜？宪掾顾君至，辱手书，感慰倍常。顾君信佳士，伯乐之厩，固无凡足也。老弟凡百如昨，但痔疾不免时作。自至日便杜门不见客，不看书，凡事皆废。但晓夕默坐，作少乘定，虽非至道，亦且休息。平生劳弊，且作少期百日。兄忧爱之深，故白其详，不须语人也。所谓以得为失者，梦幻颠倒，类皆如此尔。未由瞻奉，万万若时自重。不宣。轼再拜正辅提刑大夫兄。十一月十日。卷五四

与程正辅　六二

某启：蒙惠冠簪，甚奇，即日服之，但衰朽不称尔。全面极佳，感怍之至。岑茶已领。杭人送到《表忠观碑》，装背作五大轴，辄送上。老兄请挂之高堂素壁，时一睨之，如与老弟相见也。附顾君

的信,封角草草,不讶不讶! 升卿之问,已答之矣。已白顾君其详。轼再拜。卷五四

与程正辅 六三

轼启:别来三得书教,眷抚愈重,感慰深矣。想已达韶,起居佳胜?《桃花诗》再蒙颁示,诵咏不能释手。"管"字韵拙句,特蒙垂和,句句奇警,谨用降服,幸甚幸甚!《一字》虽戏剧,亦人所不逮也。轼凡百如昨,十九日迁入行衙。再会未期,惟望顺时为国自重。因苏州卓行者奉问。不宣。轼再拜正辅提刑大夫兄执事。三月十七日。卷五四

与程正辅 六四

三诗因感微物,以寄妙理,读之翛然自失。以病未和得,愧怍。执政小简,中近人之病,听不听在他,兄不可不言也。如闻前削监事亦颇行,是否? 寄惠大黄丸等,糟姜、法鱼、麦蘖,并已捧领,感荷感荷! 卷五四

与程正辅 六五

近得柳仲远书,报妹子小二娘四月十九日有事于定州,柳见作定签也。远地闻此,情怀割裂。闲报之尔。卷五四

与程正辅　六六

某启:闻归艎到岸,喜不自胜。辱手教,承起居佳适。值夜乏人,未可前诣。新诗辄次韵,取笑取笑! 前本附纳。匆匆。卷五四

与程正辅　六七

某启:漂泊海上,一笑之乐固不易得,况义兼亲友如公之重者乎? 但治具过厚,惭悚不已。经宿,尊体佳胜? 承即解舟,恨不克追饯。涉履慎重,早还为望。不宣。卷五四

与程正辅　六八

河源事,上下缪悠而已。有一信箧并书,欲附至子由处,辄以上干。然不须专差人,但与寻便附达,或转托洪、吉间相识达之。其中乃是子由生日香合等。他是二月二十日生,得前此到为佳也。不罪不罪! 卷五四

与程正辅　六九

河南兄弟已归左右,想哀慕之极,切希为亲自宽也。近有慰疏,未暇别纸。卷五四

与程正辅 七〇

蜜极佳，荔枝蒙颁赐，谨附谢恳。苏州钱倅差一般家人，又借惠力院一行者契顺，来与宜兴通问。万里劳人，甚愧其意。因令附此书，或略赐照管，幸甚。卒子与借请少许，甚幸甚幸！ _{卷五四}

与程正辅 七一

广州多松脂，闳甫尝买，用桑皮灰炼得甚精，因话告求数斤。仍告正辅与买生者十斤，因便寄示。舶上硫黄如不难得，亦告为买通明者数斤，欲以合药散。铁炉燉，可作时罗夹子者，亦告为致一副中样者。三物皆此中无有也。不罪。 _{卷五四}

文集卷五十八

与程全父 一　以下俱惠州

某启：去岁过治下，幸获接奉，别后有阙上问，过沐存记。远辱手教，且审起居佳安，感慰兼集。长笺见宠，礼意过当，非衰老者所宜承当。伏读，愧汗而已。未由会见，万万以时自重。不宣。卷五五

与程全父 二

某乏人写公状，幸恕简略。示谕固合如命，但罪废闲冷，众所鄙远，决无响应之理。近发书，多不答，未欲频渎也。幸矜察，愧愧。卷五五

与程全父 三

新诗过蒙宠示，格律深妙，非浅学所能仿佛，叹诵不已。老拙无以答厚意，但藏之，永以为好尔。匆匆，不谨。卷五五

与程全父 四

某启：新诗幸得熟览，至于钦诵。老病废学，无以少答重意，

愧怍而已。卷五五

与程全父 五

别纸示喻，具晓所示。田地问得，郡中犹取文字未了，切不可问也。感挂意，悚息悚息！老拙慕道，空能诵《楞严》言语，而实无所得，见贤者得之，便能发明如此。颂语精妙。过辱开示，感怍不已。卷五五

与程全父 六

令子先辈辱访及，客众，不及款语。少事干烦，过河源日，告伸意仙尉差一人押木匠作头王皋暂到郡外，令计料数间屋材，惟速为妙。为家私纷冗，不及写书，千万勿罪勿罪！蒋生所斫木，亦告略督之。江君访别，本欲作书，醉熟手软，不能多书，独遣此纸而已。卷五五

与程全父 七

某启：龙眼晚实愈佳，特蒙分惠，感怍不已。钱数封呈，烦聒，增悚增悚！白鹤峰新居成，当从天侔求数色果木，太大则难活，太小则老人不能待，当酌中者。又须土碨稍大不伤根者为佳。不罪不罪！

柑　橘　柚　荔枝　杨梅　枇杷　松　柏　含笑　栀子

谩写此数品，不必皆有，仍告书记其东西。十二月七日。卷五五

与程全父　八

令子先辈辱书及新诗，感慰弥甚。笔力益进，家有哲匠矣，何复下问乎？老病百事皆废，尤倦写书，故止附此纸尔，不别缄也。不罪不罪！ 卷五五

与程全父　九　以下俱儋耳

某启：别遽逾年，海外穷独，人事断绝，莫由通问。舶到，忽枉教音，喜慰不可言。仍审起居清安，眷爱各佳。某与儿子粗无病，但黎、蜑杂居，无复人理，资养所给，求辄无有。初至，僦官屋数椽，近复遭迫逐，不免买地结茅，仅免露处，而囊为一空。困厄之中，何所不有！置之不足道也，聊为一笑而已。平生交旧，岂复梦见？怀想清游，时诵佳句，以解牢落。此外，万万以时自重。舶回，匆匆布谢。 卷五五

与程全父　一〇

某再启：阁下才气秀发，当为时用久矣。遐荒安可淹驻，想益辅以学以昌其诗乎？仆焚笔砚已五年，尚寄味此学。随行有《陶渊明集》。陶写伊郁，正赖此尔。有新作，递中示数首，乃珍惠也。山川风气能清佳否，孰与惠州比？此间海气郁蒸，不可言，引领素秋，以日为岁也。寄贶佳酒，岂惟海南所无，殆二广未尝见也。副以糖冰精面等物，一一铭佩。非眷存至厚，何以得此？悚怍之至。此间纸不堪覆瓿，携来者已竭。有便，可寄百十枚否？不必甚佳

者。不罪不罪！_{卷五五}

与程全父 一一

某启：便舟来，辱书问讯既厚矣，又惠近诗一轴，为赐尤重。流转海外，如逃空谷，既无与晤语者，又书籍举无有，惟陶渊明一集、柳子厚诗文数策，常置左右，目为二友。今又辱来贶，清深温丽，与陶、柳真为三友矣！此道比来几熄，海北亦岂有语此者耶？新春，伏想起居佳胜？某与小儿亦粗遣，困穷日甚，亲友皆疏绝矣，公独收恤加旧。此古人所难也，感怍不可言。惟万万以时自爱为祝。舶回奉启，布谢万一。不宣。_{卷五五}

与程全父 一二

某启：久不得毗陵信，如闻浙中去岁不甚熟，曾得家信否？彼土出药否？有易致者，不拘名物，为寄少许。此间举无有，得者即为希奇也。间或有粗药，以授病者，入口如神，盖未尝识尔。_{卷五五}

与程秀才 一 以下俱儋耳

某启：去岁僧舍屡会，当时不知为乐，今者海外，岂复梦见？聚散忧乐，如反覆手，幸而此身尚健。得来讯，喜侍下清安。知有爱子之戚，襁褓泡幻，不须深留恋也。仆离惠州后，大儿房下亦失一男孙，亦悲怆久之，今则已矣。此间食无肉，病无药，居无室，出无友，冬无炭，夏无寒泉。然亦未易悉数，大率皆无耳。惟有一幸，无甚瘴也。近与小儿子结茅数椽居之，仅庇风雨，然劳费已不赀矣。赖十数学生助工作，躬泥水之役，愧之不可言也。尚有此身，付与造物，听其运转，流行坎止，无不可者。故人知之，免忧。乍热，万万自爱。不宣。 _{卷五五}

与程秀才 二

近得吴子野书，甚安。陆道士竟以疾不起，葬于河源矣，前会岂非梦耶？仆既病倦不出，出亦无与往还者，阖门面壁而已。新居在军城南，极湫隘，粗有竹树，烟雨濛晦，真蜒坞獠洞也。惠酒佳绝。旧在惠州，以梅酝为冠，此又远过之。牢落中得一醉之适，非小补也。 _{卷五五}

与程秀才 三

儿子到此，抄得《唐书》一部，又借得《前汉》欲抄。若了此二书，便是穷儿暴富也。呵呵。老拙亦欲为此，而目昏心疲，不能自苦，故乐以此告壮者尔。纸、茗佳惠，感怍感怍！丈丈惠药、米、酱、姜、糖等，皆已拜赐矣。江君先辱书，深欲裁谢，连写数书，倦甚，且为多谢不敏也。 _{卷五五}

与林天和 一 _{以下俱惠州}

某启：近辱手书，冗中，不果即答，悚息。春寒，想体中佳胜？火后，凡百劳神，勤民之意，计不倦也。未由披奉，万万自重。不

宣。_{卷五五}

与林天和 二

某启：专人辱书，具审起居佳胜，为慰。春物益妍，时复寻赏否？想亦以少雨轸怀也。未由往见，万万若时爱摄。不宣。_{卷五五}

与林天和 三

某启：多日不奉书，思仰之至。伏暑，尊候何如？惠贶荔子极佳，郡中极少得，与数客同食，幸甚幸甚！未由会合，万万以时自重。_{卷五五}

与林天和 四

某启：近数奉书，想皆达。雨后晴和，起居佳胜？花木悉佳品，又根拨不伤，遂成幽居之趣。荷雅意无穷，未即面谢为愧。人还，匆匆，不宣。_{卷五五}

与林天和 五

花木栽，感留意。惠贶鹿肉，尤增惭荷。某又上。_{卷五五}

与林天和　六

某启：昨日辱访问，尤荷厚眷。老病龙钟，不果诣送，愧负多矣。经夕起居何如？果成行未？忘己为民，谁如君者。愿益进此道，譬如农夫不以水旱而废穮蓘也。此外，万万自重。卷五五

与林天和　七

某启：辱教，承微恙已平，起居轻安，甚慰驰仰。暑雨不常，官事疲勚，摄卫为艰。惟加意节调，以时休息为佳也。匆匆，不宣。

卷五五

与林天和　八

某启：近辱过访，病中恨不款奉。人来，枉手教，具审起居佳胜，至慰至慰！旦夕中秋，想复佳风月，莫由陪接，但增怅仰也。乍凉，千万自重。卷五五

与林天和　九

某启：从者往还见过，皆不款奉，愧仰可胜！辱书，承起居佳胜。闻还邑以来，老稚鼓舞，数日调治，想复清暇矣。岁暮，万万自重。卷五五

与林天和 一〇

小儿往循已数月矣,贱累闰月初可到此。新居旦夕毕工,承问及,感感。领书及惠笋蕨,益用愧感。闻相度移邑,果否? _{卷五五}

与林天和 一一

某启:辱手教,伏承起居佳胜,甚慰驰仰。承问贱累,正月末已到赣上矣,闰月上旬必到此也。考室劳费,乃老业也,旦夕迁入。未由会面,万万以时自重。 _{卷五五}

与林天和 一二

某启:辱书,承起居佳胜。示谕幼累已到,诚流寓中一喜事。然老稚纷纷,口众食贫,向之孤寂,未必不佳也。可以一笑。蒸郁未解,万万自重。 _{卷五五}

与林天和 一三

骨肉远至,重为左右费。羊、面、鲈鱼,已拜赐矣,感怍之至。
_{卷五五}

与林天和 一四

某启:辱手教,承起居佳胜。久以冗率,有阙驰问,愧念深矣。

承惠龙眼、牙蕉,皆郡中所乏,感怍之至。未由瞻奉,万万自重。_卷
五五

与林天和 一五

高君一卧遂不救,深可伤念,其家不失所否?瘴疫横流,僵仆
者不可胜计,奈何奈何!某亦旬浃之间丧两女使。况味牢落,又有
此狼狈,想闻之亦为怃然也。_{卷五五}

与林天和 一六

某启:人来,辱书,具审比日尊候佳胜,甚慰所望。加减秧马,
曲尽其用,非抚字究心,何以得此!已具白太守矣。乍热,万以时
加啬。不宣。_{卷五五}

与林天和 一七

某启:人来,辱手教,具审起居佳胜。吏民畏爱,谣颂布闻,甚
慰所望。秧马聊助美政万一尔,何足云乎?承示喻,愧悚之至。僧
磨已成,秋凉当往观也。毒热,万万为民自爱。不宣。_{卷五五}

与林天和 一八

某启:比日蒸热,体中佳否?承惠杨梅,感佩之至。闻山姜花
欲出,录梦得诗去,庶致此馈也。呵呵。丰乐桥数木匠请假暂归,

多日不至,敢烦指挥勾押送来为幸。卷五五

与林天和 一九

某启:近日辱书,伏承别后起居佳胜,甚慰驰仰。数夕月色清绝,恨不对酌,想亦顾影独饮而已。未即披奉,万万自重。不宣。卷五五

与林天和 二〇

某启:人还,奉书必达。即候渐凉,起居佳否?叠烦颐旨,感怍交深。未缘面谢,惟祝若时自重。不宣。卷五五

与林天和 二一

某启:秋高气爽,伏计尊候清胜?公宇已就,想日有佳思。未缘披奉,万万以时珍啬。不宣。卷五五

与林天和 二二

某启:前日人回,裁谢必达。比日履兹薄冷,起居佳否?未缘展奉,但有翘想。尚冀保卫,区区之至。不宣。卷五五

与林天和 二三

某启:近奉状,知入山未还。即日想已还治,起居佳否?往来

冲冒,然胜游计不为劳也。未瞻奉间,更乞若时自重。不宣。卷
五五

与林天和 二四

某启:昨日江干邂逅,未尽所怀。来日欲奉屈早膳,庶少款
曲。阙人,不获躬诣。不罪。卷五五

文集卷五十九

与冯祖仁 一 以下俱北归

某慰疏言：承艰疚，退居久矣。日月逾迈，哀痛理极，未尝获陈区区，少解思慕万一。实以漂寓穷荒，人事断绝，非敢慢也。比辱手疏，且审孝履支持，廓然逾远，追诲何及！伏冀俯顺变礼，宽中强食。谨奉启疏上慰，不次。卷五五

与冯祖仁 二

某启：蒙示长笺，粲然累幅，光彩下烛，衰朽增华。但以未拜告命，不敢具启答谢，感怍不可云喻。老瘁不复畴昔，但偶未死耳。水道间关寸进，更二十日，方至曲江，首当诣宇下。区区非面不既，乏人写大状，不罪。手拙简略。不次。卷五五

与冯祖仁 三

某启：昨日辱远迓，喜慰难名。客散已夜，不能造门。早来又闻已走松楸，未敢上谒。领手教，愧悚无地。至节，想惟孝思难堪，奈何奈何！来晚当往慰。不宣。卷五五

与冯祖仁　四

节辰蒙惠羊边、酒壶。仁者之馈，谨以荐先，感佩不可言也。
卷五五

与冯祖仁　五

某启：辱手教，承晚来起居佳胜。惠示珠榄，顷所未见，非独下视沙糖矣。想当一笑。匆匆，不宣。卷五五

与冯祖仁　六

某启：前日辱下顾，尚未果走谢，悚息不已。捧手教，承起居佳胜。卑体尚未甚清快，坐阻谈对，为怅惘也。惠示妙剂，获之喜甚，从此衰疾有瘳矣！人还，不宣。卷五五

与冯祖仁　七

某启：辱手教，具审尊体佳胜，甚慰驰仰。拙疾亦渐平矣。来日当出诣。番烧羊蒙珍惠，下逮童稚矣。谨奉启谢，不宣。卷五五

与冯祖仁　八

两日冗迫，不果诣见。伏计孝履如宜？欲告借前日盛会时作包子厨人一日，告白朝散，绝早遣至。不罪不罪！家人辈欲游南

山,祖仁若无事,可能同到彼闲行否? 卷五五

与冯祖仁 九

辱回教,及蒙以岩砚、法醅、嘉蔬、珍果等为饷,已捧领讫,顾无以当之。适苦嗽,昏倦。裁谢草草。 卷五五

与冯祖仁 一〇

昨日奉辞,瞻恋殊甚。且来孝履佳否? 先什辄已题跋。鹤、鹿、马三轴,迫行不暇题,谨同纳上。祖仁方在疚,更不烦远出,昨所云金山之行可罢也。乍远,保重。 卷五五

与冯祖仁 ——

某启:辱笺教累幅,文义粲然,礼意兼重,非老朽所敢当,藏之巾笥,以为光宠。幸甚! 比日孝履何如? 到韶累日,疲于人事,又苦河鱼之疾,少留调理乃行。益远,极瞻系也。岁暮,更惟节哀自重。 卷五五

与章质夫 一 以下俱黄州

某启:承喻慎静以处忧患,非心爱我之深,何以及此! 谨置之座右也。柳花词妙绝,使来者何以措词? 本不敢继作,又思公正柳花飞时出巡按,坐想四子闭门愁断,故写其意,次韵一首寄去,亦告

不以示人也。七夕词亦录呈。药方付徐令去，惟细辨。覆盆子若不真，即无效。前者路傍摘者，此土人谓之"插秧莓"，三四月花，五六月熟，其子酸甜可食，当阴干其子用之。今市人卖者乃是花鸦莓，九月熟，与《本草》所说不同，不可妄用。想箧子已寄君猷矣。

卷五五

与章质夫　二

某启：伏承被召，移漕六路，舆论所期，虽未厌满，而脱屣炎州，归觐阙庭，兹可庆也。比日启途之暇，起居佳胜？某谪籍所拘，未由攀饯，北望旌驭，此怀可知。伏冀若时为国保重而已。谨奉手启代违，不宣。卷五五

与章质夫　三　惠州

某启：近承手书，以侍者化去，曲垂开喻，感佩深矣。比来皆已忘去。凡百粗遣，但方营新居，费用百端，独力干办，尤为疲勚，冬末乃毕工。尔时遂杜门默坐，虽邻不觌。荷公忧爱之深，恐欲知其略也。万一有南来便人，为致人参、干枣数斤，朝夕所须也。不罪不罪！卷五五

与章子厚　一　以下俱黄州

某启：仆居东坡，作陂种稻，有田五十亩，身耕妻蚕，聊以卒岁。昨日一牛病几死，牛医不识其状，而老妻识之，曰："此牛发豆斑疮

也,法当以青蒿粥啖之。"用其言而效。勿谓仆谪居之后,一向便作村舍翁,老妻犹解接黑牡丹也。言此,发公千里一笑。卷五五

与章子厚 二

某启:闲居无人写得公状及圆封,又且不便于邮筒,不以为简慢也。丈丈尊候,闻愈康健,不敢拜书。江淮间岁丰物贱,百须易致,但贫窭所迫,营干自费力耳。舍弟自南都来,挈贱累缭绕江淮,百日至此,相聚旬日,即赴任到筠。不数日,丧一女,情怀可知。碎累满眼,比某尤为贫困也。荷公忧念,聊复及之耳。其余非尺书所能尽也。卷五五

与章子平 一 以下俱杭州

某启:咫尺不时上问,特枉手书,愧汗不已。比日起居何如?某老病日增,殊厌繁剧,方艰食中,未敢乞闲郡,日俟谴逐尔。未由面言,临纸惘惘。千万为国自爱。不宣。卷五五

与章子平 二

某启:久阔,幸经过一见,殊慰瞻仰。违去未几,复深驰系。比日伏惟起居佳胜?到官数月,公私衮衮,殆非衰病所堪。然湖山风物依然,足慰迟暮也。未由接奉,千万为国自重。不宣。卷五五

与章子平　三

　　某启：稍疏上问，伏惟台候万福。积雨不少，害稼否？想极忧劳。杭虽多高原，已厌水矣。未缘瞻奉，惟剧思仰。毒暑，万万自重。挥汗，恕不谨。　_{卷五五}

与章子平　四

　　某启：杨同年至，出所教赐，且审比日起居佳胜，感慰兼极。某百凡如昨。秋暑向衰，官事亦渐简，差有可乐。湖山之胜，恨不与老兄共之也。金鱼池上，数寺亦洁雅，未宜嫌弃，余非书所能究。
卷五五

与章子平　五

　　某再启：前日曲蒙厚待，感怍兼至，辄有小恳拜闻。本州於潜县柳豫，极有文行，近丁忧，贫甚，食口至众，无所归，可代曾君管秀学否？闻曾君不久服阕入京，如未有人，幸留此阙也。此人词学甚富，而内行过人，诚可以表帅学者。率易干闻，必不深讶。可否？略示谕。　_{卷五五}

与章子平　六

　　某少事试干闻。京口有陈辅之秀才，学行甚高，诗文皆过人，与王荆公最雅素。荆公用事，他绝不自通；及公退居金陵，日与之唱和。孤介寡合，不娶不仕，近古独行。然贫甚，薪水不给。窃恐贵郡未有学官，可请此人否，如何？乞示及。月给几何，度其可足，即当发书邀之。如已有人，或别有所碍，即已。哀其孤高穷苦，故谩为之一言。不罪不罪！卷五五

与章子平　七

某再启：叠蒙示谕，但得吾兄不见罪，幸矣，岂复有他哉！某自是平生坎坷，动致烦言者，吾兄不复云尔，读之不觉绝倒也。舍弟孤拙，岂堪居此官？但力辞不得免尔。承谕及，感怍感怍！船子甚荷留念，已差人咨请。知之。卷五五

与章子平　八

葑荷初无用，近以湖心叠出一路，长八百八十丈，阔五丈，颇消散此物。相次开路西葑田，想有余可为田者，当如教揭榜示之。
卷五五

与章子平　九

某疏拙多忤，吾兄知之旧矣。然中实无他，久亦自信。示谕别纸，读之甚惶恐。某接契末非一日，岂复以人上浮言为事，而况无有耶？此必告者过也。当路纷纷，易得瞋喜，愿彼此一切勿听而已。余非面不究。令子辱访，不尽款曲。悚息悚息！卷五五

与章子平 一〇

　　某启：公见劝开西湖，今已下手成伦理矣，想不惜见助。赃罚船子，告为尽数划刷，多多益佳，约用四百只也。仍告差人驾来。本州诸般全，然阙兵也。至恳至恳！ 卷五五

与章子平 一一

　　某启：昨日远烦从者，感愧之极。辱书，承起居佳胜。渡江非今晚即来晨，岂可再烦枉顾？觊鹅肉，极济所乏，遂与安国、幾先同飧。乍远，千万保爱。不宣。 卷五五

与章子平 一二

　　某启：久别，复此邂逅为喜。病疮，不果往见。只今解去，岂胜怅惘。子由寄今年赐茗，辄分一团，愧微少也。二陈恨不一见之，且为致区区。乍远，千万自爱。 卷五五

与章致平 一　以下俱北归

　　某顿首致平学士：某自仪真得暑毒，困卧如昏醉中。到京口，自太守以下皆不能见，茫然不知致平在此。得书，乃渐醒悟。伏读来教，感叹不已。某与丞相定交四十余年，虽中间出处稍异，交情固无所增损也。闻其高年，寄迹海隅，此怀可知。但以往者更说何益，惟论其未然者而已。主上至仁至信，草木豚鱼所知也。建中靖

国之意，可恃以安。又海康风土不甚恶，寒热皆适中。舶到时，四方物多有。若昆仲先于闽客川广舟中准备，备家常要用药百千去，自治之余，亦可以及邻里乡党。又丞相知养内外丹久矣，所以未成者，正坐大用故也。今兹闲放，正宜成此。然只可自内养丹，切不可服外物也。舒州李惟熙丹，化铁成金，可谓至矣，服之皆生胎发，然卒为痈疽大患。皆耳目所接，戒之戒之！某在海外，曾作《续养生论》一首，甚欲写寄，病困未能。到毗陵，定叠检获，当录呈也。所云穆卜，反覆究绎，必是误听。纷纷见及已多矣，得安此行，为幸为幸！更徐听其审。又见今病状，死生未可必。自半月来，日食米不半合，见食却饱。今且速归毗陵，聊自憩。此我里，庶几且少休，不即死。书至此，困惫放笔，太息而已。某顿首再拜致平学士阁下，六月十四日。卷五五

与章致平 二

《续养生论》乃有遇而作，论即是方，非如中散泛论也。白术一味，舒州买者，每两二百足，细碎而有两丝。舒人亦珍之。然其膏润肥厚，远不及宣、湖所出。每裹二斤，五六百足，极肥美，当用此耳。若世所谓茅术，不可用。细捣为末，余筋滓难捣者弃之。或留作香，其细末曝日中，时以井花水洒润之，则膏液自上，谨视其和合，即入木臼杵数千下，便丸如梧桐子大。不入一物。此必是仙方。日以井花水咽百丸，渐加至三百丸，益多尤佳。此非有仙骨者不传。《续养生论》尤为异书，然要以口授其详也。卷五五

与人一首

某再启：比来道气如何？用新术有验否？何生写真，逮十分矣，非公与子中指摘，亦不至是也。感服感服！所云观音验已久，公何知之晚？丘诵之久矣。一笑一笑！令侄节推甚安，幕中极烦他也。<small>卷五五</small>

与蹇授之　一　<small>以下俱黄州</small>

某慰疏言：不意变故，令阁盛年遽至倾殒，闻问悲愕，如何可言！窃惟感悼之深，触物增恸；日月逝矣，追想无及。奈何奈何！未缘诣慰，但增哽塞。谨奉启少布区区，不宣。<small>卷五五</small>

与蹇授之　二

某启：得季常书，知公有闺门之戚。内外积庆，淑德著闻，乃遽尔耶？公去亲远，动以贻忧为念，千万摩遣，无令生疾。此区区至意，惟聪明察之。季常悲恨甚矣，亦常以书痛解之。适苦目疾，上问极草草，不罪不罪！舍弟每有书来，甚荷德庇。尊丈待制，必频得信，因家书为道区区。<small>卷五五</small>

与蹇授之　三

某欲一奉见，岂徒然哉？深有所欲陈者，而竟不遂，可胜叹耶！子由在部下，甚幸，但去替不远耳。辄有一书及少信，烦从吏，

甚不当尔。恃眷故，必不深责。季常可劝之一起，深欲图其见坐处也。一噱。卷五五

与謇授之　四

某启：前日已奉书。昨日食后，垂欲上马赴约，忽儿妇眩倒，不省人者久之，救疗至今，虽稍愈，尚昏昏也。小儿辈未更事，义难舍之远去，遂成失言。想仁心必恕其不得已也，然愧负深矣。乍暖，起居何如？闲废之人，径往一见，谓必得之，乃尔龃龉，人事真不可必也。后会何可复期，惟万万为国自重。谨奉手启，不宣。卷五五

与謇授之　五

不得一见而别，私意甚不足。人常蔽于安逸而达于忧患，愿深照此理。况美材令问，岂久弃者耶？卷五五

与謇授之　六

某启：江上一别，今几年矣，不谓尚蒙存记。手书见及，感愧不可言。冲涉薄寒，起居佳安，甚慰所望。承奉使江表，乡闾之末，亦窃以为宠，但罪废之余，不敢复自比数故旧。书词过重，只益惶悚。旦夕恐遂一见，惟冀顺候自重。谨奉启，不宣。卷五五

与张君子　一　以下俱杭州

某启：别后公私纷冗，有阙上问，敢谓存记，远枉书教。奖与隆重，足为衰朽之光。比日履兹寒凝，起居佳胜？某凡百粗遣，但杭之烦剧，非抱病守拙者所堪。行丐闲散，以避纷纷耳。湖山虽胜游，而浙民饥歉，公帑窘迫，到郡但闭阁清坐而已，甚不为过往所悦。然老倦谋退，岂复以毁誉为怀？公知照之深，聊复及此。未由展会，尚冀为国自爱。不宣。卷五五

与张君子　二

某春来多病，时复谒告，乞宣城或一宫观差遣。盖拙者虽在远外，尚忝剧郡，故不为用事者所容。近者言陈师道，因复见及。又去年黥二凶人，一路为之肃然，今乃为其所讼，盖必有使之者。不然，顽民不知为此也。以此，不得不为求闲散以避其锋。素荷知照，聊复及之。亦恐都下相识不知其由，以为无故复求退，欲公粗知其心耳。卷五五

与张君子　三

某承欲令写先茔神道碑，如公家世，不肖以得附托为宠，更复何辞？但从来不写，除诏旨外，只写景仁一《志》，以尽先人研席之旧。义均兄弟，故不得免，其余皆辞之矣。今若为公家写，则见罪者必众，唯深察。悚息：不肖为俗所憎，独公相视亲厚，岂复惜一运笔！但业已辞他人，嫌若有所择耳。千万见恕。惠贶小团佳酝，物

意两重,捧领惭荷。 _{卷五五}

与张君子 四

某守郡粗遣,去国稍久,矧怀家弟,老病岂不念归? 但闻以眷知之深,颇为当路所忌。纵复归觐,不免侧目,忧患愈深,不若在外之安也。蒙念最深,故及此,幸密之。 _{卷五五}

与张君子 五

某启:别纸示喻,爱念之深,欲其归阙。某之思念家弟,怀仰亲友,岂无归意? 但在内实无丝毫补报,而为郡粗可及民。又自顾衰老,岂能复与人计较长短是非,招怒取谤耶? 若缄口随众,又非平生本意。计之熟矣,以此不如且在外也。子由想亦不久须出,则归亦谁从? 浙西灾伤殊甚,不减熙宁,然备御之方亦粗设矣。俟到夏,流殍不大作,则别乞一小僻郡,少安衰拙也。蒙知照之深,故觑缕。因见晋卿道此,亦佳。冗懒殊甚,不别拜书,想不罪也。惠贶团茗御香,皆所难得,感佩之至。 _{卷五五}

文集卷六十

与杨元素 一 <small>以下俱黄州</small>

某启：忽闻舟驭至鄂，喜不自胜，想见笑语，发于癯瘵。寻遣人驰书，未达间，令弟庆基来，闻已往安州，怅然失望，至今情况不佳。想公爱我之深，亦自悔之也。比日起居佳胜？与元法相聚之乐，独不得与樽俎之间，想孜孜见说而已。然领手教累幅，及见和新词，差以喜慰。乍寒冲涉，保练为祷。不宣。<small>卷五五</small>

与杨元素 二

轼启：近两辱手教，以多病不即裁谢，愧悚殊深。比日伏惟履兹溽暑，台候清胜？轼病后百事灰心，虽无复世乐，然内外廓然，稍获轻安。何时瞻奉，略道所以然者。未间，伏惟为时自重。谨奉手启，不宣。轼顿首再拜元素内翰老兄执事，六月三日。<small>卷五五</small>

与杨元素 三

涉暑疲倦，书问稍缺，愧仰无量。比日起居胜常？近领手诲，承小疾尽去，体力加健，此大庆也。更望倍加保啬，侧听严召，以慰舆谕。<small>卷五五</small>

与杨元素　四

　　承令弟见访,岸下无泊处,又苦风雨,匆匆解去,至今不足。示谕田事,方忧见罪,乃蒙留念如此,感幸不可言。某都不知彼中事,但公意所可,无不便者。军屯之东三百石者,便为下状,甚佳。李教授之兄又云:"官务相近有一庄,大佳。"此彭寺丞见报。亦闲与问看。今日章质夫之子过此,已托于舟中载二百千省上纳。到,乞与留下。果蒙公见念,令有归老之资,异日公为苍生复起,当却为公葺治田园,以报今日之赐也。适新旧守到、发,冗甚,不一一。

卷五五

与杨元素　五

　　示谕秀才唐君许为留念,兼令干人久远干之,幸甚幸甚!某未能去,此间更无人可以往干,必须至奉烦唐君也。未尝相识,便蒙开许,必以元素之故也。深欲作书为谢,适冗甚,非久,别附问,且乞道区区。天觉、彭寺丞,皆蒙书示,亦未及奉启,乞致下恳。卷五五

与杨元素　六

　　轼启:递中领手教,伏审台候佳胜,为慰。轼凡百如旧,近又大需,庶几得归农乎?公决起典郡,无疑也。近嘉州魏秀才兄弟行,附手问,不审得达否?岁行尽,伏惟顺时为人自重。不宣。轼再拜元素内翰尊兄。十二月十五日。卷五五

与杨元素　七

笔冻,写不成字,不罪不罪!舍弟近得书,无恙。不知相去几里,但递中书须半月乃至也。奇方承录示,感戴不可言,固当珍秘也。近一相识录得明公所编《本事曲子》,足广奇闻,以为闲居之鼓吹也。然切谓宜更广之,但嘱知识间令各记所闻,即所载日益广矣。辄献三事,更乞拣择。传到百四十许曲,不知传得足否? 卷五五

与杨元素　八

近于城中葺一荒园,手种菜果以自娱。陈季常者,近在州界百四十里住,时复来往。伯诚亲弟,近问之,云不曾参拜。其人甚奇伟,得其一词,以助《本事》。 卷五五

与杨元素　九

承示谕,定襄胡家田,公与唐彦议之,必无遗策。小子坐享成熟,知幸知幸!近答唐君书,并和红字韵诗,必皆达矣。胡田先佃后买,所谓"抱桥澡浴,把揽放船"也。呵呵。凡事既不免干渎左右,乞一面裁之,不须问某也。尚有二百千省,若须使,乞示谕,求便附去。见陈季常愊,云京师见任郎中其孚之子,欲卖荆南头湖庄子,去府五六十里,有田五百来石,厥直六百千,先只要二百来千,余可迤逦还,不知信否? 又见乐宣德,言此田甚好,但税稍重。告为问看。彭寺丞之流,近日更不敢托他也。浼乱尊听,负荆不了

也。卷五五

与杨元素 一〇 赴登州

专人至,辱长笺为贶,礼意两过。契故不浅,乃尔见疏,悚息悚息!比日起居何如?登州谢章未上,不敢致启事,近所传盖非实也。未由合并,千万顺时保爱。人还,适在瓜洲道中。裁谢不如礼。卷五五

与杨元素 一一 以下俱登州还朝

陈主簿人还,领手教。伏承比日台候万福,深慰驰仰。人物丰盛,池馆清丽,足供啸咏之乐。数日来,人皆云公移徐州;虽未是实语,然理当如此,惟汲汲行复迁擢矣。某本欲秋间往见,而汝州之行,度不可免。见治装舟行,自洛阳出陆,百八十里至汝,虽缭绕遭回,然久困,资用殆尽,决不能陆行耳。无缘诣别,惟望顺时为国自重。卷五五

与杨元素 一二

城南有亚父冢,然非也,冢在居巢。城北有刘子政墓,昔欲为起一祠堂,以水大不果。公若有余力,为成之,亦佳。城西有楚元王墓,曾出猎至其下。石佛山亦佳观。卷五五

与杨元素 一三

奉别忽将二载，未尝定居。到阙以来，人事衮衮，不皇上问，愧仰深矣。比日切想起居佳胜？近闻小人辄黩左右，此何品类也，乃敢如此！信知困中无种不有。想以道眼观之，何啻蚊虻？一笑可也。知故旧皆已还朝，坐念老兄独在江湖，未免慨叹也。更冀顺时为国自重。冗迫，不详及。卷五五

与杨元素 一四

忝命过分，皆出素奖，碌碌无补，日忧愧耳。舍弟适患赤目，未能上状。又适得乡信，堂兄承议名不疑。丧亡，悲痛中，不能尽区区，恕之恕之！都下有干，示及。卷五五

与杨元素 一五

陈金主簿，闻公已荐之，感戴之怀，如亲受赐也。幸为始终成之。此人实无他肠，可保信也。不罪。卷五五

与杨元素 一六 以下俱翰林

向驰贺缄，及因李教授行附问，各已达否？比日履兹微凉，台候何似？某蒙庇粗遣，如闻公欲一谒元老，果否？不若遂游庐阜。况职当按行，他日世事，一复奉诿，欲为此行，岂可得哉？余惟万万为人自重。卷五五

与杨元素　一七

　　某近数章请郡，未允。数日来，杜门待命，期于必得耳。公必闻其略，盖为台谏所不容也。昔之君子，惟荆是师；今之君子，惟温是随。所随不同，其为随一也。老弟与温相知至深，始终无间，然多不随耳。致此烦言，盖始于此。然进退得丧，齐之久矣，皆不足道。老兄相知之深，恐愿闻之，不须为人言也。令子必得信，计安。卷五五

与林子中　一　<small>以下俱扬州</small>

　　某启：近遣人奉书，必达。乍暖，台候佳胜？某被命维扬，差复相近，颇以为喜。召命过我，当为十日留也。未间，万万自重。不宣。卷五五

与林子中　二

　　某启：以病在告，不与朝会，莫克望见，瞻企之极。前日辱手教，不即答，悚息悚息！比来起居何如？二图奇妙绝世，辄作二绝句其后答去。幸批一二字，要知达也。匆匆，不宣。卷五五

与林子中　三

　　某启：惠贶二团，领意至厚，感怍无已。所要鸡肠草，未有生者。此有一惑炉火人，收得少许，纳去。老兄亦有此惑故耶？邦直耽此极深。仆有一方，遂为取去，可就问传取也。奇绝奇绝！消砌，

雌相伏者。写书至此，忽见报，当使高丽。方喜得人，又见辞免，何也？不知得请否？此本劣弟差遣，遂为老兄所挽。然比公之还，仆亦不患贫矣。呵呵。且寄数字，贵知此行果决如何。若不能免，遂浮沧海观日出，使绝域知有林夫子，亦人生一段美事也。卷五五

与林子中　四

某启：承别纸示喻，知大事虽已毕，而聚族至众，费用不赀。吾兄平时仅足衣食，况经此变故，窘迫可知。闻之但办得空忧，可量愧叹。昆仲才行，岂久困者？天下何尝有饥寒官人耶？惟宽怀顺变而已。故人勉强一慰，此乃世俗之常悲，何知之晚耶！所要元素方，本非亲授于元素。盖往岁得之于一道人，后以与单骧，骧以传与可。与可云试之有验，仍云元素，即此方也。某即不曾验。今纳元初传本去，恐未能有益，而先奉糜垂竭之囊也。又初传者，若非绝世隐沦之人为之，恐有灾患。不敢不纳去，又不敢不奉闻，慎之慎之！某在京师，已断作诗，近日又却时复为之，盖无以遣怀耳。固未尝留本，今蒙见索，容少暇也。卷五五

与林子中　五

某启：子中既忧居，情味可知，又加以贫乏而值此时，百事难碍，奈何！近得正仲书，亦如此。此乃吾曹分限，殆不可逃也。某始到此，俸亦粗给，为欲聘一外生，亦忙窘。此事亦不足言，要亦不至饥寒。近日逐出数讲僧，别请长老，此亦小事，系何休戚？而文移问难如织。今差人请瑞光本师，见说已有人向道此僧不赴。是

何闲事，但欲沮此公耳。请子中缓颊，力为致之。有一别纸，或可示本也。其余非面不悉。_{卷五五}

与晁美叔 一　以下俱徐州

某启：自别，两辱存问，荷眷契之厚，无以为喻。日欲裁谢，而拙钝懒放，因循至今。计明哲雅量，不深谴过，而自讼亦久矣。即日不审尊履何如？某此无恙，但奉行新政，多不如法。勘劾相寻，日俟汰遣耳。若得放归，过淮必遂候见。未间，为国自重。谨奉手启居。不宣。_{卷五五}

与晁美叔 二

某再拜：向承出按淮甸，不即具贺幅者，以吾兄素性亮直，而此职多有可愧者，计非所乐耳。然仁者于此时力行宽大之政，少纾吏民于网罗中，亦所益不少。此中常赋之外，征敛杂出，而盐禁繁密，急于兵火。民既无告，吏亦仅且免罪，益苟简矣。向闻吾兄议论，颇与时辈不合，今兹躬履其事，必有可观者矣。令兄佳士，久淹，诸兄自亦知之。_{卷五五}

与杨康功 一　黄州

某启：浙右之别，遂失上问至今，想必察其情也。特枉书问，感愧兼集。比日起居何如？众论翕然，知忠信之可恃，名实之相副也。雅故之末，欣慰可量。未缘趋奉，惟冀顺时为国自重。不宣。

卷五五

与杨康功　二　离黄州

　　某启：自闻国恤，哀慕摧殒，不知所措。惟公忠孝体国，想同此情。某无状，自取大戾，非先帝哀矜，岂有今日矣！谁复知我者？公知之深，故及此耳。嗣皇继圣，圣化日新，勉就功业，遂康斯民，知识之望也。卷五五

与杨康功　三　赴登州

　　两日大风，孤舟掀舞雪浪中，但阖户拥衾，瞑目块坐耳。杨次公惠酝一壶，少酌径醉。醉中与公作得《醉道士石诗》，托楚守寄去，一笑。某有三儿，其次者十六岁矣，颇知作诗，今日忽吟《淮口遇风》一篇，粗可观，戏为和之，并以奉呈。子由过彼，可出示之，令发一笑也。卷五五

与李昭玘　黄州

　　某启：无便，久不奉书。王子中来，且出所惠书，益知动止之详，为慰无量。比日尊体何如？既拜赐雪堂新诗，又获观负日轩诸诗文，耳目眩骇，不能窥其浅深矣。老病废学已久，而此心犹在，观足下新制，及鲁直、无咎、明略等诸人唱和，于拙者便可阁笔，不复措词。近有李豸者，阳翟人，虽狂气未除，而笔势澜翻，已有漂砂走石之势，常识之否？子中殊长进，皆左右之赐也。何时一笑？未

间,惟万万自重。徐人还,匆匆奉启。不宣。卷五五

答刘元忠 一　以下俱杭州

专人辱书,承昆仲远寄诗文,读之喜慰,殆不可言,喜谏议公之有子也。比日雪寒,起居佳否? 诗文皆大佳,然法曹君所制尤佳也。为之不已,何所不至! 辄出一诗为谢,取笑取笑! 未由披奉,千万节哀自重。卷五五

答刘元忠 二

闻爱弟倾逝,手足之痛,如何可言,奈何奈何! 盛德之后,何乃止此? 寿夭默定,非追悼所及,千万宽中自爱而已。无由面慰,临纸哽塞。卷五五

答刘元忠 三

先公传久欲作,以官事衮衮未暇,成,当即寄去也。所要"白云居士"字,不知足下自谓耶,抑为他人求也? 既不识其人,不欲便写;若乃是自谓,则未愿足下为此名号也。必亮此言。黄素却写一绝句纳去。不讶。卷五五

答刘元忠 四　儋耳

某启:近别,伏惟起居安胜? 短笺不尽意,察之。柳伯通因

会,为致区区。欧阳秀才真谈道其妙,可与闲游。怀思文忠公,爱其屋上乌,况族子弟之佳者乎! 余惟万万若时自重。不宣。卷五五

与蔡景繁 一　以下俱黄州

自闻车马出使,私幸得托迹部中。欲少布区区,又念以重罪废斥,不敢复自比数于士友间,但愧缩而已。岂意仁人矜闵,尚赐记录,手书存问,不替畴昔,感悚不可言也。比日履兹烦暑,尊体何如? 无缘少奉教诲,临书怅惘。尚冀以时保颐,少慰拳拳。卷五五

与蔡景繁 二

近奉书,想必达。比日不审履兹隆暑,尊体何如? 某卧病半年,终未清快;近复以风毒攻右目,几至失明。信是罪重责轻,召灾未已。杜门僧斋,百想灰灭,登览游从之适,一切罢矣! 知爱之深,辄以布闻。何日少获瞻望前尘? 惟万万为时自重。卷五五

与蔡景繁 三

某谪居幽陋,每辱存问。漂落之余,恃以少安。今者又遂一见,慰幸多矣。冲涉薄寒,起居何如? 区区之素,即获面既。卷五五

与蔡景繁 四

颁示新词,此古人长短句诗也。得之惊喜,试勉继之,晚即面

呈。卷五五

与蔡景繁 五

违阔数日，凄恋不去心。切惟顾爱之厚，想时亦反顾也。比来跋履之暇，起居何如？某蒙庇如昨，度公能复来，当在明年秋矣。某杜门谢客，以寂嘿为乐耳。乍远，万乞为国自重。卷五五

与蔡景繁 六

凡百如常。至后杜门壁观，虽妻子无几见，况他人乎？然云蓝小袖者，近辄生一子，想闻之，一拊掌也。惠及人参，感感。海上奇观，恨不与公同游。东海县一帆可到，闻益奇伟，曩恨不一往也。公尝往否？大篇或可追赋，果寄示，幸甚幸甚！卷五五

与蔡景繁 七

前日亲见许少张暴卒，数日间，又闻董义夫化去。人命脆促，真在呼吸间耶？益令人厌薄世故也。少张徒步奔丧，死之日，橐橐罄然，殆无以敛。其弟麻城令尤贫，云无寸垄可归。想公闻之凄恻也，料朝廷亦怜之。如公言重，可为一言否？辄此僭言，不深谴否？卷五五

与蔡景繁 八

特承寄惠奇篇，伏读惊耸。李白自言"名章俊语，络绎间起"，

正如此耳。谨已和一首，并藏笥中，为不肖光宠，异日当奉呈也。坐废已来，不惟人嫌，私亦自鄙，不谓公顾待如此，当何以为报！冬至后，便杜门谢客，斋居小室，气味深美。坐念公行役之劳，以增永叹。春间行部若果至此，当有少要事面闻。近见一僧甚异，其所得深远矣，非书所能一一。卷五五

与蔡景繁　九

承爱女微疾，今必已全安矣。某病咳，逾月不已，虽无可忧之状，而无惮甚矣。临皋南畔竟添却屋三间，极虚敞便夏，蒙赐不浅。胸山临海石室，信如所谕。前某尝携家一游，时家有胡琴婢，就室中作《濩索凉州》，凛然有冰车铁马之声。婢去久矣，因公复起一念。果若游此，当有新篇。果尔者，亦当破戒奉和也。呵呵。卷五五

与蔡景繁　一〇

近专人还，奉状必达。忽复中夏，永日杜门，无如思渴仰何！不审履兹薄热，起居何似？尚须画扇，比已绝笔。昨日忽饮数酌，醉甚，正如公传舍中见饮时状也，不觉书画十扇皆遍。笔迹粗略，大不佳，真坏却也。适会人便，寄去，为一笑耳。卷五五

与蔡景繁　一一

黄陂新令李籲到未几，其声蔼然；与之语，格韵殊高。比来所见，纵小有才，多俗吏，侪辈如此人，殆难得。公好人物，故辄不自

外耳。近葺小屋,强名南堂,暑月少舒,蒙德殊厚。小诗五绝,乞不示人。 卷五五

与蔡景繁 一二

辱书,伏承尊体佳胜。惊闻爱女遽弃左右,切惟悲悼之切,痛割难堪,奈何奈何!情爱著人,如黐胶油腻,急手解雪,尚为沾染,若又反覆寻绎,便缠绕人矣。区区愿公深照,一付维摩、庄周,令处置为佳也。劣弟久病,终未甚清快。或传已物故,故人皆有书惊问,真尔犹不恤,况谩传耶?无由面谈,为耿耿耳。何时当复迎谒?未间,惟万万为国自重。 卷五五

与蔡景繁 一三

近来颇佳健。一病半年,无所不有,今又一时失去,无分毫在者。足明忧喜浮幻,举非真实,因此颇知卫生之经。平日妄念杂好,扫地尽矣。公比来诸况何如?划刷之来,不少劳乎?思渴之至,非笔墨所能尽也。 卷五五

与蔡景繁 一四

西阁诗不敢不作,然未敢便写板上也。阁名亦思之,未有佳者。蔡谟、蔡廓,名父子也,晋宋间第一流,辄以仰比公家,不知可否?徐秀才前曾面闻,留此书,令请见。此人有心胆,重气义,试收录之,异日或有用也。公许密石砚,若有余者可辍,即付徐可也。 卷五五

文集卷六十一

与刘器之 一 黄州

辱书，极论内外丹事，劣弟初不及此，受赐多矣。辄拜呈《方丈铭》一首，更告与敲琢。看唐彦道处亦有一赞，并为看过。因家兄龟年行，奉启。半醉中，书字不谨。卷五六

与刘器之 二 北归

志仲本以乌丝栏求某录杂诗耳，某自出意，欲与写《广成子解篇》。舟中热倦，遂忘之。然此意终在也，今岂可食言哉！病不能作志仲书，乞封此纸去。卷五六

答杨君素 一 以下俱杭倅

久不奉书，递中领来教，欣承起居佳胜，眷爱各无恙。奉别忽四年，薄廪维绊，归计未成，怀想亲旧，可胜怅叹。吾丈优游自得，心恬体舒，必享龟鹤之寿。劣倅与时龃龉，终当舍去，相从林下也。卷五六

答杨君素 二

奉别忽二十年，思仰日深，书问不继，每以为愧。比日动止何似？子侄十九兄弟远来，得闻尊体康健异常，不胜庆慰。知骑驴出入，步履如飞，能登木自采荔枝，此希世奇事也。虽寿考自天，亦是身心空闲，自然得道也。某衰倦早白，日夜怀归，会见之期，想亦不远。更望顺时自重，少慰区区。因孙宣德归，附手启上问。卷五六

答杨君素 三 登州还朝

某去乡二十一年，里中尊宿，零落殆尽，惟公龟鹤不老，松柏益茂，此大庆也。无以表意，辄送暖脚铜缶一枚。每夜热汤注满，密塞其口，仍以布单裹之，可以达旦不冷也。道气想不假此，聊致区区之意而已。令子三七秀才及外甥十一郎，各计安。卷五六

与周开祖 一 以下俱密州

某忝命皆出奖借，寻自杭至吴兴见公择，而元素、子野、孝叔、令举皆在湖，燕集甚盛，深以开祖不在坐为恨。别后，每到佳山水处，未尝不怀想谈笑。出京北去，风俗既椎鲁，而游从诗酒如开祖者，岂可复得？乃知向者之乐，不可得而继也。令举特来钱塘相别，遂见送至湖。久在吴中，别去，真作数日恶。然诗人不在，大家省得三五十首唱酬，亦非细事。卷五六

与周开祖　二

递中辱书教累幅，如接笑语。即日，远想起居佳胜？某此无恙，已被旨移河中府，候替人，十二月上旬中行，相去益远矣。往日相从湖山之景，何缘复有！别后百事纷纷，皆不足道。惟令举逝去，令人不复有意于兹世。细思此公所以不寿者而不可得，不免为之出涕。读所示祭文纪述，略尽其美，甚善。其家能入石否？亦欲作一首哀词，未暇也，当作寄去。开祖笔力颇长，魏武所谓"老而能学，惟予与袁伯业"，真难得也。寄示山图，欲寻善本而不可得者。新诗清绝，辄和两首，取笑。浩然亭欲续和寄去。今日大雪，与客饮于玉山堂。适遣人往舍弟处，遂作此书。手冷，殊不成字。惟冀自重而已。卷五六

与周开祖　三　以下俱湖州

久别思渴，不言可知。一路候问来耗。忽辱教，喜慰良深。乍寒，起居佳胜？承脱湖北之行而得乐清，正如舍鱼而取熊掌，甚可贺也。某忝命，甚便其私，即遂面话，此不尽怀。卷五六

与周开祖　四

长篇奇妙无状，每蒙存录如此之厚，但赐多而报寡，故人知其惭拙，必不罪也。今辄和一首，少谢不敏，且资一笑。惠及海味，珍感。来人遽还，未有以报，但愧怍无穷。到郡不见令举，此恨何极！尝奠其殡，不觉一恸。有刻石，必见之，更不录呈。有干，一一

示及。李无悔近见访，留此旬余，亦许秋凉再过也。卷五六

答舒尧文 一 湖州

轼顿首。轼天资懒慢，自少年筋力有余时，已不喜应接人事。其于酬酢往反，盖尝和矣，而未尝敢倡也。近日加之衰病，向所谓和者，又不能给，虽知其势必为人所怪怒，但弛废之心，不能自克。闻足下之贤久矣，又知守官不甚相远，加之往来者具道足下，虽未相识，而相与之意甚厚。亦欲作一书相闻，然操笔复止者数矣。因与贾君饮，出足下送行一绝句，其语有见及者，醉中率尔和答，醒后不复记忆其中道何等语也。忽辱手示，乃知有"公沙"之语，惘然如梦中事，愧赧不已。足下文章之美，固已超轶世俗而追配古人矣。岂仆荒唐无实横得声名者所得眩乎，何其称述之过也！其词则信美矣，岂效邹衍、相如高谈驰骛，不顾其实，苟欲托仆以发其宏丽新语耶？欧阳公，天人也。恐未易过，非独不肖所不敢当也。天之生斯人，意其甚难，非且使之休息千百年，恐未能复生斯人也。世人或自以为似之，或至以为过之，非狂则愚而已。何缘会面一笑为乐。朱支使行，匆遽裁谢，草草。卷五六

答舒尧文 二 黄州

轼启：午睡昏昏，使者及门，授教及诗，振衣起观，顿尔醒快，若清风之来得当之也。大抵词律庄重，叙事精致，要非嚣浮之作。昔先零侵汉西疆，而赵充国请行；吐谷浑不贡于唐，而文皇临朝叹息，思起李靖为将，乃知老将自不同也。晋师一胜城濮，则屹然而

霸，虽齐、陈大国，莫不服焉。今日鲁直之于诗是已。公自于彼乞盟可也，奈何欲为两属之国，则牺牲玉帛焉得而给诸？不敢当！不敢当！即承来命，少资喅噱。卷五六

答毕仲举 — 黄州

轼启：奉别忽十余年，愚瞽顿仆，不复自比于朋友，不谓故人尚尔记录。远枉手教，存问甚厚，且审比来起居佳胜，感慰不可言。罗山素号善地，不应有瘴疠，岂岁时适尔？既无所失亡，而有得于齐宠辱、忘得丧者，是天相子也。仆既以任意直前，不用长者所教以触罪罟，然祸福要不可推避，初不论巧拙也。黄州滨江带山，既适耳目之好，而生事百须，亦不难致，早寝晚起，又不知所谓祸福果安在哉？偶读《战国策》，见处士颜蠋之语“晚食以当肉”，欣然而笑。若蠋者，可谓巧于居贫者也。菜羹菽黍，差饥而食，其味与八珍等；而既饱之余，刍豢满前，惟恐其不持去也。美恶在我，何与于物？所云读佛书及合药救人二事，以为闲居之赐甚厚。佛书旧亦尝看，但暗塞不能通其妙，独时取其粗浅假说以自洗濯，若农夫之去草，旋去旋生，虽若无益，然终愈于不去也。若世之君子，所谓超然玄悟者，仆不识也。往时陈述古好论禅，自以为至矣，而鄙仆所言为浅陋。仆尝语述古：“公之所谈，譬之饮食龙肉也，而仆之所学，猪肉也。猪之与龙，则有间矣，然公终日说龙肉，不如仆之食猪肉实美而真饱也。”不知君所得于佛书者果何耶？为出生死，超三乘，遂作佛乎？抑尚与仆辈俯仰也？学佛老者，本期于静而达，静似懒，达似放，学者或未至其所期，而先得其所似，不为无害。仆常以此自疑，故亦以为献。来书云，处世得安稳无病，粗衣饱饭，不造

冤业,乃为至足。三复斯言,感叹无穷。世人所作,举足动念,无非是业,不必刑杀无罪,取非其有,然后为冤业也。无缘面论,以当一笑而已。_{卷五六}

答毕仲举 二 北归

适辱从者临贶书教,礼意兼重,殆非不肖所堪。书词高妙,伏读增叹。病不能冠带,遂不果见,愧悚无地。_{卷五六}

与杜子师 一 黄州

某启:辱书,承晚来起居佳胜。示及画图,览之愧汗,不惟犯孟子、柳宗元之禁,又使多言者得造风波,甚非相爱之道也。谨却封纳。从者已多日离亲侧,唯以早还为宜。进道外,千万倍加爱养。入夜,草草。不宣。_{卷五六}

与杜子师 二 扬州

某启:辱书,因循不即裁谢。专人惠简,只增愧悚。比日起居佳胜?某今晚到泗州,来日随早晚行,不出十六七日到扬。如欲相见,可少留相待,或附客舟沿路邂逅也。若已由天长路奔还,即不及矣。惟千万保爱,更进学术,以就远业。不宣。_{卷五六}

与杜子师 三 惠州

某启：贬窜皆愚暗自取，罪大罚轻，感恩念咎之外，略不置胸中也。得丧常理，正如子师及第落解尔。如别纸所谕，甚非见爱之道。此等语切冀默之。余非面莫悉。卷五六

与杜子师 四 北归

某启：泗上为别，忽已八年，思企深矣。专人辱手书，承起居佳福，至慰。某已到仪真少干，当留旬日。舍弟欲同居颍昌，月末遂北上矣。非久会面，欣惬之极。人还，谨奉启，不宣。卷五六

与郑靖老 一 以下儋耳

某启：近舶人回，奉状必达。比日起居佳胜？贵眷令子各安？某与过亦幸如昨。初赁官屋数间居之，既不可住，又不欲与官员相交涉。近买地起屋五间，一龟头在南污池之侧，茂木之下，亦萧然可以杜门面壁少休也。但劳费窘迫尔。此中枯寂，殆非人世，然居之甚安。诸史满前，甚有与语者也。借书，则日与小儿编排整齐之，以须异日归之左右也。小客王介石者，有士君子之趣。起屋一行，介石躬其劳辱，甚于家隶，然无丝发之求也。愿公念之，有可照庇之者，幸不惜也。死罪死罪！柯仲常有旧契，因见道区区。余万万顺候自重。卷五六

与郑靖老 二

　　迈后来相见否？久不得其书。闻过房下卧病，正月尚未得耗，亦忧之。公为取一书，附琼州海舶或来人之便，封题与琼州倅黄宣义托转达，幸甚也。见说琼州不论时节有人船便也。《众妙堂记》一本，寄上。本不欲作，适有此梦，梦中语皆有妙理，皆实云尔，仆不更一字也。不欲隐没之，又皆养生事，无可酝酿者，故出之也。卷五六

与郑靖老 三 北归

　　某启：到雷见张君俞，首获公手书累幅，欣慰之极，不可云谕。到廉，廉守乃云公已离邕去矣。方怅然，欲求问从者所在，少通区区，忽得来教，释然，又得新诗，皆秀杰语，幸甚幸甚！别来百罹，不可胜言，置之不足道也。《志林》竟未成，但草得《书传》十三卷，甚赖公两借书籍检阅也。向不知公所存，又不敢带行，封作一笼，寄迈处，令访寻归纳。如未有便，且寄广州何道士处，已深嘱之，必不散坠。某留此过中秋，或至月末乃行。至北流，作竹筏，下水历容、藤至梧。与迈约，令般家至梧相会。中子迨，亦至惠矣。却雇舟溯贺江而上，水陆数节，方至永。老业可奈何！奈何！未会间，以时自重。不宣。卷五六

与郑靖老 四 北归

　　某见张君俞，乃始知公中间亦为小人所捃摭，令史以下，固不

知退之《讳辨》也，而卿贰等亦尔耶！进退有命，岂此辈所能制？知公奇伟，必不经怀也。某须发皆白，然体力元不减旧，或不即死，圣恩汪洋，更一赦，或许归农，则带月之锄，可以对秉也。本意专欲归蜀，不知能遂此计否。蜀若不归，即以杭州为佳。朱邑有言："子孙奉祀我，不如桐乡之民。"不肖亦云。然外物不可必，当更临时随宜，但不即死，归田可必也。公欲相从于溪山间，想是真诚之愿，水到渠成，亦不须预虑也。此生真同露电，岂通把玩耶！卷五六

与程怀立 一 黄州

某启：昨日辱访，感怍不已。经宿起居佳胜？蒙借示子明传神，笔势精妙，仿佛莫辨。恐更有别本，愿得一轴，使观者动心骇目也。专此致叙，灭裂。不一。卷五六

与程怀立 二 以下俱北归

某启：昨日辱顾，夙昔之好，不替有加，感叹深矣。属饮药汗后，不可以风，未即诣谢。又枉使旌，重增悚灼。捧手教，且审尊体佳胜。旦夕告谒，以究所怀。卷五六

与程怀立 三

某启：已别，瞻企不去心。辱手教，且审起居佳胜，感慰之极。早来风起，舟师不敢解，故复少留，来约净慧与惠州三道人语尔。无缘重诣，临纸惋怅。卷五六

与程怀立 四

某启:去德弥日,思渴萦怀。比日窃惟履兹新阳,起居佳胜?江路无阻,至英方再宿尔。少留数日。此去尤艰关,借舟未知能达韶否?流行坎止,辄复随缘,不烦深念也。后会未卜,万万为国自重。人行,匆遽。不宣。卷五六

与程怀立 五

某启:令子重承访及,不暇往别,为愧深矣。珍惠菜膳,增感怍也。河凉藤已领,衰疾有可恃矣。眉山人有巢谷者,字元修,名毂,后改名谷。曾举进士、武举,皆无成。笃有风义。年七十余矣,闻某谪海南,徒步万里相劳问,至新州病亡。官为藁葬,录其遗物于官库。元修有子蒙,在里中,某已使人呼蒙来迎丧,颇助其路费,仍约过永而南,当更资之。但未到间,其旅殡无人照管,或毁坏暴露,愿公愍其不幸。因巡检至新,特为一言于彼守令,得稍为修治其殡,常戒主者谨护之,以须其子之至,则恩及存没矣。公若不往新,则告一言于进叔,尤幸。亦曾恳此,恐忘之尔。死罪死罪! 卷五六

与程怀立 六

某启:岭海阔绝,不谓生还,复得瞻奉,慰幸之极。比日履兹秋凉,起居佳胜?少选到岸,即遂伏谒,以尽区区。不宣。卷五六

与谢民师 一 以下俱北归

　　某启：衰病枯槁，百念已忘，缁衣之心，尚余此尔。蒙不鄙弃，赠以瑰伟，藏之巾笥，永以为好。今日遂行，不果走别，愧负千万。卷五六

与谢民师 二

　　某启：蒙录示近报，若果然得免湖外之行，衰羸之幸，可胜道哉！此去不住许下，则归阳羡。民师还朝受任，或相近，得再见，又幸矣。儿子辈并沐宠问，及览所赐过诗，何以克当！然句法有以启发小子矣。感荷感荷！旅况不尽区区。卷五六

与孙志同 一 以下俱北归

　　某启：衰朽困穷，故人不遗，远辱临访，旅泊两月，勤厚至矣。明旦决行，料公必欲追钱。古语云："千里远送，归于一别。"而吾辈学道人，不欲有所留恋，况公去家往返已千里矣，慎勿更至前路，舟次执手足矣。惟万万自重。不宣。卷五六

与孙志同 二

　　僧监大师行解高明，得数月相从，殊慰所怀。已曾告别，更不再诣，与志举为舟次执别，慎勿前去。浮屠不三宿桑下，尤忌牵联也。卷五六

与孙志同 三

煮菜羹已熟，奉待同啜了，往道场烧香，供小团，可速来。诗改一联，补两字，重写纳去，却示旧本。卷五六

与孙志康 一 以下俱惠州

某慰言：不意变故，尊丈节推遽捐馆舍，士友悲恸，有识叹惋，奈何奈何！伏惟至孝志康节推，纯诚笃至，罹此凶酷，哀慕摧裂，何以堪处。日月有时，已讫襄事，攀号逾远，触物增怆，孝思罔极，奈何奈何！某以窜逐海上，莫由赴吊，临纸哽噎，言莫能谕。尚冀宽中，以继志为大，以时节哀强食，庶全生理。谨奉疏，不次。卷五六

与孙志康 二

某启：自春末闻讣，悲愕不已。自惟不肖，得交公父子间有年矣。即欲奉疏，少道哀诚，不独海上无便，又闻志康往西路迎护，莫知往还之耗，故因循至今。遂辱专使，手书累幅，愧荷深矣。窃承已毕大事，营干勤苦，何以堪任。即日孝履支持，粗慰所望。志文实录，读之感噎。自闻变故，即欲撰一哀词，以表契义之万一，患不知爵里之详。今获观此文，旦夕即当下笔，然不敢传出，虽志康亦不相示。藏之家笥，须不肖启手足日乃出之也。自惟无状，百无所益于故友，惟文字庶几不与草木同腐，故决意为之，然决不以相示也。志康必识此意，千万勿来索看。师是此文甚奇，斯人亦可人也。

　　某谪居已逾年，诸况粗遣。祸福苦乐，念念迁逝，无足留胸中者。又自省罪戾久积，理应如此，实甘乐之。今北归无日，因遂自谓惠人，渐作久居计。正使终焉，亦有何不可？志康闻此，可以不深念也。玑瑁合见遗，乃吾介夫遗意，谨炷香拜受。志康所惠布蜜药果等，一一捧领，感怍无量。海上穷陋，又谪居贫病，无一物报谢，惭负无量。见戒勿轻与人诗文，谨佩至言。如见报出都日所闻，虚实不可知，慎勿以告人也。舍弟筠州甚安，时时得书。儿侄辈或在陈，或在许，两儿子在宜兴，某独与幼子过此。明年，长子迈当挈他一房来此指射差遣，因般过房下来。见忧之深，恐欲知其详。示谕开岁来此相见，虽为厚幸，然窜逐中，惟欲亲故谢绝为孤寂可怜者，则孤危犹可粗安。若如志康，人所指目者，而乃不远千里相求，此重增某罪戾也。千万寝之，切告切告！

　　李泰伯前辈不相交往，然敬爱其人，欲为作集引，然亦终不传出也。承谕乃世旧，可为集其前后文集，异日示及，当与志康商议，少加删定，乃传世也。斯人既无后，吾辈当与留意。李文叔书已领，会见无期，千万节哀自重。诸儿子为学颇长进，迨自是兴寄诗来，文采甚可观。此等辱交游最旧，故辄以奉闻，然不敢令拜状，无益，徒烦报答也。某所答书，乞勿示人。切祝切祝！卷五六

文集卷六十二

与张元明 一 以下俱翰林

数日，起居佳否？有一诠秘大师者，与之久故。患痢后，肠滑，甚困，欲烦一往视疗之，可否？在兴国寺戒坛院，此一高行僧也。便同作福田。呵呵。卷五六

与张元明 二

数日起居佳胜？适在院中，得王郎简帖如此。今封呈。切告辍忙一往，他必不敢苟留。且请周念，副此人友爱急难之心。切望切望！卷五六

与张元明 三 以下俱南迁

前日承追饯南都，又送子由至筠，风义之厚，益增感慨。比日，具审起居佳胜。万里之别，后会杳未有期。伏乞善加保练。卷五六

与张元明 四

远辱专人惠书，辅以药物，极济所乏，衰疾有赖矣。感刻感

刻！不知何时还蜀中，自此音问遂隔，曷胜惘惘。卷五六

与孙子思 一　以下俱湖州

奉别未几，思企已深，比日起居佳胜？闻轩从及境，即遂披对，岂胜慰喜！卷五六

与孙子思 二

事冗，有疏上谒，思企之深。不审起居佳否？来日辄邀从者同宪车议少事。本欲躬诣，为公择见访，不果。幸赐临顾。卷五六

与孙子思 三

屡辱垂访，尚稽走谒，经宿起居佳否？借示诸刻，一清心目，又足见雅尚之不凡也。谨却驰纳。卷五六

与孙子思 四

过辱枉顾，知事务冗迫，不敢久留语。纸轴纳去，余空纸两幅，留与五百年后人跋尾也。呵呵。耘叟诗亦佳。卷五六

与孙子思 五

叠辱车骑，往谢甚疏，惟故人深照，不以为谴也。经宿尊候佳

胜？书四纸，并药方驰上，须面授其秘也。并砚。不一一。卷五六

与孙子思 六

近辱轩从，虽屡接奉，既别，思仰无穷。人事衮衮，未遑上问，先枉宠讯。伏审起居佳胜，感慰兼深。仲通来，知在府中，计与子由辈游从甚乐。未缘再会，惟万万以时自重。卷五六

与孙子思 七

比来新诗必多，无缘借观，岂胜渴仰！示谕诸公处，敢不出力，但恐言轻不能有益耳。卷五六

与孙子发 一 以下俱赴定州

专人来辱书，承近日尊体佳胜。蒙许就辟，慰浣深矣。奏检附呈已发讫。某行期不过九月半间，会见不远，更祈顺时自重。卷五六

与孙子发 二

贵眷各计安胜？公宇已令粗葺，什物粗陋，然亦粗足。更有干，示喻。途中幸不滞留，早到慰勤迟，幸也。卷五六

与孙子发　三

人还，辱教，具审别后起居佳胜，贵眷各康宁，至慰至慰！某到邢甚健。忝乡且亲，平时不为不知公，因此行，观公举措，方恨前此知公未尽，勉进此道为朋友光宠。余惟万万以时自爱。_{卷五六}

与孙子发　四

子发以古人自期，信道深笃，虽穷达在天，未可前定，然必有闻于时而传于后也。幸益自爱重，以究远业。临行，不尽区区。_{卷五六}

与孙子发　五　以下俱南迁

轼启：别来思念不可言。比日尊体何如？某蒙庇粗遣，旦夕离南都，如闻言者尚纷纷，英州之命，未保无改也。凡百委顺而已。幸不深虑。愈远，万万以时自重。□□不谨。轼再拜子发通直□足下。_{卷五六}

与孙子发　六

郡中诸公未能一一奉状，因见，各为致意。过真定，见杨采朝议。此人有实学隐德，河朔似此老以一二数矣。其子迪简亦善吏，轼已举之矣。欲告提刑大夫来年一京削，敢烦子发为道此恳，或持此简呈宪使，又幸。不罪不罪！轼再启。_{卷五六}

与孙子发　七

一起写书十六七封，不能复谨，勿罪勿罪！ 卷五六

与程德孺　一　儋耳

在定辱书，未裁答间，仓猝南来，遂以至今。比日窃惟起居佳胜？老兄罪大责薄，未塞公议，再有此命，兄弟俱窜，家属流离，污辱亲旧。然业已如此，但随缘委命而已。任德翁同行月余，具见老兄处忧患，次第可具问，更不详书也。懿叔赴阙今何在？因书道区区。后会无期，临书惘惘。余热，万万以时珍重。 卷五六

与程德孺　二　以下俱北归

近蒙专使至虔，远致时服寝衣之馈，寻附启布谢，必达。比日起居佳胜？眷爱各康健？某候水过赣，今方达南康军，约程四月末间到真州。当遣儿子迈往宜兴取行李，某当泊船瓜洲以待之。不知德孺可因巡按至常、润，相约同游金山否？患难之余，老兄弟复一相聚，旷世奇事也。可不略喻及。余万万自重。 卷五六

与程德孺　三

某此行本欲居淮、浙间，近得子由书，苦劝来颍昌相聚，不忍违之，已决从此计，溯汴至陈留出陆也。今有一状，干漕司一坐船，乞早为差下，令且在常州岸下，候迈到彼乘来。切望留意，早早得

之，免滞留为幸。懿叔必常得信，令子新先辈必已赴任。未及书，因家信道区区。卷五六

与程德孺　四

告为买杭州程奕笔百枝及越州纸二千幅，常使及展手者各半，不罪不罪！正辅知已到京，非久上状次。乞因信致恳。卷五六

与康公操都管　一　以下俱杭倅

某稔闻才业之美，尚淹擢用。向承非罪被移，众论可怪，贤者处之，想恬适也。希声久不得书，承示谕，方知得蜀州，应甚慰意。二浙处处佳山水，守官殊可乐。乡人之至此者绝少，举目无亲故，而杭又多事，时投余隙，辄出访览，亦自可卒岁也。东阳自昔胜处，见刘梦得有"三伏生秋"之句，此境犹在否？未知会晤之日，但有企咏。卷五六

与康公操都管　二

所索诗，非敢以浅陋为辞，但希世绝境，众贤所共咏叹，不敢草草为寄也。幸恕察。卷五六

与康公操都管　三

向辱教，久欲裁谢，值出入纷纷无定，因循至今。即日履兹春

和,起居佳适？向承寄示图记及诗,实深慰仰。此真得贤者之乐,虽鄙拙,亦欲勉作歌诗,庶几附托高人绝境,以传永久。适会纷纷未暇,更旬日当寄上也。卷五六

与王敏仲 一 以下俱惠州

某启:春候清穆,窃惟按驭多暇,起居百福,甘雨应期,远迩滋洽,助喜慰也。某凡百粗遣,适迁过新居,已浃旬日,小窗疏篱,颇有幽趣。贱累亦不久到矣。未期瞻奉,万万为国自重。不宣。卷五六

与王敏仲 二

某启:两蒙赐教,慰感深至。曾因周循州行奉状,伏想已尘清览。即日台候何似？越人事嬉游,盛于春时,高怀俯就,想复与众同之。天色澄穆,亦惟此时也。莫缘陪后乘,西望增慨。尚冀保练,慰此区区。不宣。卷五六

与王敏仲 三

某启:久以病倦,阙于上问。窃惟镇抚多暇,起居万福。春来雨旸调适,必善岁也,想慰勤恤之怀。莫由瞻奉,惟冀若时为国保练。不宣。卷五六

与王敏仲　四

某启：辱手教，荷戴深矣。仍审比日台候康胜，至慰至慰！某凡百如昨。新屋旦夕毕工，即迁入。长子迈自浙中般挈，由循州径路来，闰月可至此。渐似无事，却可以扫室安居矣。新政恺悌，已穆然岭海间矣。更蒙下访，粗识仁人之用心也。欣慰之剧，未缘面尽，临书菀结。渐暖，万万为人自重。卷五六

与王敏仲　五

某启：浮玉遂化去，殊不知异事，可闻其略乎？其母今安在？谤者之言，何足信也。丹元事亦告录示，决不示人也。起居之语未晓，亦告指示。近颇觉养生事绝不用求新奇，惟老生常谈，便是妙诀，咽津纳息，真是丹头。仍须用寻常所闻般运溯流法，令积久透彻乃效也。孟子曰："事在易而求诸难，道在迩而求诸远。"董生云："尊其所闻则高明，行其所知则光大。"不刊之语也。卷五六

与王敏仲　六

某启：自幼累到后，诸孙病患，纷纷少暇，不若向时之阒然也。小儿授仁化，又碍新制不得赴，盖惠、韶亦邻州也。食口猥多，不知所为计。数日，又见自五羊来者，录得近报，舍弟复贬西容州，诸公皆有命，本州亦报近贬黜者，料皆是实也。闻之，忧恐不已，必得其详，敢乞尽以示下。不知某犹得久安此乎否？若知之，可密录示，得作打叠擘划也。忧患之来，想皆前定，犹欲早知，少免狼狈。非

公风义，岂敢控告？不罪不罪！人回，乞数字。卷五六

与王敏仲 七

某启：比闻政誉甚美，仁明之外，济之以勤，想日有及物之益。许录示丹元近事，幸早寄贶。此月十四日迁入新居。江山之观，杭、越胜处，但莫作万里外意，则真是，非独似也。又长子迈将家来，已到虔，近遣幼子过往循迎之，闰月初可到此。老幼复得相见，又一幸事也。迈到后，当遣入府参候。余非书所能究，不宣。卷五六

与王敏仲 八

某虑患不周，向者竭囊起一小宅子。今者起揭，并无一物，狼狈前去，惟待折支变卖得二百余千，不知已请得未？告公一言，傅同年必蒙相哀也。如已请得，即告令许节推或监仓郑殿直，皆可为干卖。缘某过治下，亦不敢久留也。猥末干冒，恃仁者恕其途穷尔。死罪死罪！卷五六

与王敏仲 九

某再启：承谕津遣孤孀，救药疾疠，政无急于此者矣。非敏仲莫能行之，幸甚幸甚！广州商旅所聚，疾疫之作，客先僵仆，因薰染居者，事与杭相类。莫可擘划一病院，要须有岁入课利供之，乃长久之利，试留意。来谕以此等为仕宦快意事，美哉此言，谁肯然者。

循州周守，治状过人，议论甚可听，想蒙顾眄也。卷五六

与王敏仲 一〇

某启：得郡既谢即辞，不敢久留，故人事百不周一。方欲奉启告别，遽辱惠问，且审起居佳胜。宠谕过实，深荷奖借。旦夕遂行。益远，万万以时自重。人还，匆匆，不宣。卷五六

与王敏仲 一一

某启：罗浮山道士邓守安，字道立。山野拙讷，然道行过人，广、惠间敬爱之，好为勤身济物之事。尝与某言，广州一城人，好饮咸苦水，春夏疾疫时，所损多矣。惟官员及有力者得饮刘王山井水，贫丁何由得。惟蒲涧山有滴水岩，水所从来高，可引入城，盖二十里以下尔。若于岩下作大石槽，以五管大竹续处，以麻缠之，漆涂之，随地高下，直入城中。又为一大石槽以受之，又以五管分引，散流城中，为小石槽以便汲者。不过用大竹万余竿，及二十里间，用葵茅苦盖，大约不过费数百千可成。然须于循州置少良田，令岁可得租课五七千者，令岁买大筋竹万竿，作筏下广州，以备不住抽换。又须于广州城中置少房钱，可以日掠二百，以备抽换之费。专差兵匠数人，巡觑修葺，则一城贫富同饮甘凉，其利便不在言也。自有广州以来，以此为患，若人户知有此作，其欣愿可知。喜舍之心，料非复塔庙之比矣。然非道士至诚不欺，精力勤干，不能成也。敏仲见访及物之事，敢以此献，兼乞裁度。如可作，告差人持折简招之，可详陈也。此人洁廉，修行苦行，直望仙尔，世间贪爱无丝毫

也,可以无疑。从来帅漕诸公,亦多请与语。某喜公济物之意,故密以告,可否更在熟筹,慎勿令人知出于不肖也。 _{卷五六}

与王敏仲 一二

某启:有二事,殊冗,未尝以干告,恃厚眷也。某为起宅子,用六七百千,囊为一空,旦夕之忧也。有一折支券,在市舶许节推处,托勘请。自前年五月请,不得,至今云未有折支物。此在漕司一指挥尔,告为一言于志康也。又有医人林忠彦者,技颇精,一郡赖之,欲得一博士助教名目,而本州无阙,不知经略司有阙可补否? 如得之,皆谪居幸事也。不罪不罪! _{卷五六}

与王敏仲 一三

某再启:林医遂蒙补授。于旅泊处衰病,非小补也。又攻小儿、产科,幼累将至,且留调理。渠欲往谢,未令去也,乞不罪。治瘴止用姜、葱、豉三物,浓煮热呷,无不效者,而土人不知作豉。又此州无黑豆,闻五羊颇有之,便乞为致三硕,得为作豉,散饮疾者。不罪不罪! _{卷五六}

与王敏仲 一四

《富公碑》词,甚愧不工。公更加粉饰,岂至是哉! 舟中病暑,疲倦不谨。恕罪恕罪! _{卷五六}

与王敏仲 一五

闻遂作管引蒲涧水,甚善。每竿上,须钻一小眼,如菉豆大,以小竹针塞之,以验通塞。道远日久,无不塞之理。若无以验之,则一竿之塞,辄累百竿矣。仍愿公擘画少钱,令岁入五千余竿竹,不住抽换,永不废。僭言,必不讶也。卷五六

与王敏仲 一六

某垂老投荒,无复生还之望,昨与长子迈诀,已处置后事矣。今到海南,首当作棺,次便作墓,仍留手疏与诸子,死则葬于海外,庶几延陵季子嬴博之义,父既可施之子,子独不可施之父乎?生不挈棺,死不扶柩,此亦东坡之家风也。此外宴坐寂照而已。所云途中邂逅,意谓不如其已所欲言者,岂有过此者乎?故觑缕此纸,以代面别尔。卷五六

与王敏仲 一七

某启:儿子乏人,亦不相辞令嗣也。不罪不罪!又有少恳,见人说舍弟赴容州,路自英、韶间,舟行由端、康等州而往,公能与监司诸公言,辍一舟与之否?今又有一家书,欲告差人赍往岭上与之。罪大罚轻,数年行遣不已,屡当患祸,老矣,何以堪此!恃公旧眷,必能兴哀。恐悚恐悚! 卷五六

与王敏仲 一八

　　某启：儿子还，辱手书，具审起居佳胜，感慰兼剧。舟行至扶胥，急足示问，乃知有袁州之命，叹惋不已。行止孰非天者，复何言哉！道眼所照，知已平适，但治行迫遽，亦少劳神矣。不宣。 _{卷五六}

文集卷六十三

与陈公密 一 <small>以下俱北归</small>

途中喜见令子，得闻动止之详。继领专使手书，且审即日尊体清胜，感慰无量。差借白直兜乘担索，一一仰烦神用。孤旅获济，荷德之心，未易云喻。来日晚方达蒙里，即如所教，出陆至南华。南华留半日，即造宇下，一吐区区，预深欣跃。<small>卷五六</small>

与陈公密 二

行役艰羁，托庇以济。分贶丹剂，拯其衰疾，此意岂可忘哉！其余言谢莫尽。令子昆仲，比辱书示，未暇修答，悚息悚息！曹三班廉干非常，远送，愧感。二绝句发一笑。<small>卷五六</small>

与陈公密 三

穷途栖屑，获见君子，开怀抵掌，为乐未央。公既王事靡宁，某亦归心所薄，匆遽就列，如何可言。别后亟辱惠书，词旨增重，具审起居佳胜，感慰深矣。某已度岭，已无问鹏之忧，行有见蝎之喜。但远德谊，未忘鄙情。新春保练，以需驿召。<small>卷五六</small>

与陈大夫 一 以下俱黄州

某启：秋暑尚尔，不敢造门。伏想起居清胜？借示丞相手简，又承弥勒偈，笔势峻秀，实为奇观。手简谨却驰纳，偈必有别本，辄留箱箧之珍。且欲诵味以洗从来罪垢业障，幸甚幸甚！旦夕当得造谢。人还，不一一。卷五六

与陈大夫 二

某启：辱简，伏承起居清胜。召往山间陪清游，夙昔所愿也。但晚来儿妇病颇加，须且留家中与斟酌药饵。小儿辈不历事，未可委付。不免有违尊命，当蒙仁者情恕也。匆匆布谢，不一一。卷五六

与陈大夫 三

某启：递中奉状，不审已达否？比日起居何如？奉违如宿昔尔，遂两改岁。浮幻变化，念念异观，闲居静照，想已超然。某蒙庇粗遣，遂为黄人矣。何时握手一笑？临书怅然，惟万万珍重。因周宣德行，奉状上问。周令行速，殊草略，乞恕之。比虽不作诗，小词不碍，辄作一首，今录呈，为一笑。九郎不及奉启。卷五六

与陈大夫 四

某启：闲居阙人修写，每用手简通问，甚为率易，想不深责。

见报，公遂乞还事，不知信否？然不待引手，脱屣世路，此固烈丈夫之事，回视鄙懦，增愧叹也。园宅日益葺，子孙满前，此乐岂易得哉！唐守常相见否？九郎淹滞，盖其举术之未精富尔。卷五六

与陈大夫　五

某启：近人从南丰来，获手教累幅。存念之厚，不替夙昔，感服深矣。比日伏惟履兹隆暑，起居胜常？某凡百如昨，贱累俱无恙。子由亦时得安讯，皆托余庇也。公微疢，闻已除，且当指射湖外一郡，胡为遂入宫观也？未缘瞻奉，万万以时自重。谨奉启上问，不宣。卷五六

与陈大夫　六

某启：闲居阙人写启，必以情恕。公去愈久矣，贫羸之民，思公益深，真古人在官无赫赫之誉者也。九郎别来计安？今岁科诏，当就何处下文字？明伟已被恩命，欣贺殊深。日望渠过此，不闻来耗，何也？儿子蒙问及，无事，不敢令拜状，恐烦清览。知生事渐缉，仍用画叉藏瓶之法否？此法至要妙，非其人不可妄传，非复戏言，乃真实语也。卷五六

与陈大夫　七

某启：蒙惠竹簟、剪刀等，仰服眷厚。欧阳文忠公云"凉竹簟之暑风"，遂得此味。近日尤复省事少出。去岁冬至，斋居四十九

日，息命归根，似有所得。且夕复夏至，当复闭关却扫。古人云："化国之日舒以长。"妄想既绝，颓然如葛天氏之民，道家所谓延年却老者，殆谓此乎？若终日汲汲随物上下者，虽享耄期之寿，忽然如白驹之过隙尔。不敢独享此福，辄用分献，想当领纳也。呵呵。

卷五六

与陈大夫　八

某启：多日不获请见，伏惟尊候康胜？借示绣佛，奇妙之极，当由天工神俊，非特寻常女工之精丽者也。凡目瞻礼，一洗尘障，幸矣。谨却驰纳，少暇诣谢次。谨奉启，不宣。　卷五六

与范梦得　一　以下俱杭倅

久以事牵，不遑奉书，深以为愧。中间安上处及递中捧来教，具审起居佳胜。某旅宦粗遣，春夏间殊少事。近日并觉冗坌，盗贼狱讼常满，盖新法方行故也。疲苶无状。馆中清佚，至为福地。然知平日交游皆不在，何以为乐？某旬日来，被差本州监试，得闲二十余日。日在中和堂、望海楼闲坐，渐觉快适。有诗数首寄去，以发一笑。　卷五六

与范梦得　二

久不奉书，愧负不可言。不审比辰起居佳否？某此粗遣，但亲友疏阔，旅怀牢落尔。屡得蜀公书，知佳健。二家兄书云，每去

辄留食，食倍于我辈，此大庆也。频得潞公手笔，皆详悉精好。富公必时见之，闻其似四十许人，信否？君实固甚清。安得此数公无恙，差慰人意。无缘言面，惟顺时自爱。卷五六

与范梦得　三　以下俱翰林

某启：辱教字，审起居佳胜。郊外路远，不当更烦临屈，可且寝罢，有事以书垂谕可也。界纸望示及。来日自不出，只在舟中静坐。惠贶凤团，感意眷之厚。热甚，不谨。卷五六

与范梦得　四

某启：辱教，承台候康胜，为慰。得请知幸，以未谢尚稽谒见，悚息悚息！子功复旧物，甚慰众望。来日方往浴室也。人还，匆匆，不宣。卷五六

与范梦得　五

某启：不肖所得寡薄，惟公爱念，以道义相期，眷予无穷。既别，感恋不可言。乍寒，不审起居安否？某已次陈桥，瞻望益远。惟万万以时自重。不宣。卷五六

与范梦得　六

某启：今日谒告，不克往见。辱教，伏承尊体佳胜。杨君举家

服其药多效，亦觉其稳审。然近见王定国云，张安道书云，曾下疏药，数日不能食，又谢之，不满意，颇云云。然不知果尔否。有闻，不敢不尽。卷五六

与范梦得 七

某启：辱简，且审起居佳胜，为慰。和篇高绝，木与种者皆被光华矣。甚幸甚幸！旧句奇伟，试当强勉继作。匆匆，不宣。卷五六

与范梦得 八

某启：违远二年，瞻仰为劳。辱书，承起居佳胜，慰喜可量。觐罢，当往造门，并道区区。不宣。卷五六

与范梦得 九

某启：昨日方叔处领手诲，今又辱书，备增感慰。乍冷，台候胜常？未由诣见，但有钦仰。匆匆上启。卷五六

与范梦得 一〇 南迁

某启：一别俯仰十五年，所喜君子渐用，足为吾道之庆。比日起居何如？某旦夕南迁，后会无期，不能无怅惘也。过扬，见东平公极安，行复见之矣。新著必多，无缘借观，为耿耿尔。乍暄，惟顺

候自重。因李豸秀才行，附启上问。不宣。卷五六

与江惇礼　一　以下俱黄州

罪废屏居，忽辱示问，累幅粲然，览之茫然自失。比日侍奉外，起居无恙？仆虽晚生，犹及见君之王父也。追想一时风流贤达，岂可复梦见哉！得所惠书，词章温雅，指趣近道，庶几昔人，三复喜甚。独恨所称道过当，举非其实，想由相爱之深，不觉云耳。自是可略之也。久不得贡父翁书，因家信略为道意。无缘面言，临纸惘惘。卷五六

与江惇礼　二

向示《非国语》之论，鄙意素不然之，但未暇为书尔。所示甚善。柳子之学，大率以礼乐为虚器，以天人为不相知云云。虽多，皆此类耳。此所谓小人无忌惮者，君正之大善。至于《时令》《断刑》《贞符》《四维》之类皆非是，前书论之稍详。今冗迫，粗陈其略，须面见乃尽言。然迂学违世，不敢自是，因君意合，偶复云尔。
卷五六

与江惇礼　三

所示徐君，为朝中知之者益众。不肖固尝爱仰，然老朽无状，岂能为之增重。向者亦或从诸公之后，时挂一名，以发扬遗士，而近者不许连名，此事便不继。然所示亦当在心，有问焉固当以此告

也。卷五六

与江惇礼　四

叠辱临顾,感怍无量。录示神告,得闻前人伟迹,固后生之幸。然事体不小,未敢辄作文字,非面莫究也。卷五六

与江惇礼　五

十论、十二说已一再读矣,不独叹文辞之美,亦以见尽诚求道之至也。科举数不利,想各有时。穮蓘不废,三年可必也。曾过江游寒溪西山否? 见邑人王文甫兄弟,为致意。近有书,必达矣。卷五六

与韩昭文

某启:违远旌棨,忽已数月。改岁,缅惟台候胜常? 边徼往还,从者殊劳,日望马首。但迂拙动成罪戾,恐不能及见公之还而去尔。余寒,伏冀为国自重。因任秘校行,谨奉启参候,不宣。卷五七

与胡深父　一　以下俱杭州

某启:自闻下车,日欲作书,纷冗衰病,因循至今。叠辱书诲,感愧交集。比日起居佳胜? 未缘瞻奉,伏冀以时保练。卷五七

与胡深父　二

　　某启：乍到整葺，想劳神用。自浙西数郡，例被霪雨飓风之患，而秀之官吏独以为无灾，以故纷纷至此。想公下车，倍加抚绥，不惜优价广籴，以为嗣岁之备。宪司移文，欲收糙米，此最良策，而攃户专斗所不乐，故妄造言语，聪明所照，必不摇也。病中，手字不谨。卷五七

与胡深父　三

　　某久与周知录兄弟游，其文行才气，实有过人，不幸遭丧，生计索然，未能东归九江。托迹治下，窃惟仁明必有以安之，不在多言。余托柳令咨白。冗中，不尽区区。卷五七

与胡深父　四

　　彦霖之政，光绝前后，君复为僚，可喜。船暂辍借，知之。卷五七

与胡深父　五

　　某以衰病纷冗，裁书不谨，惟恕察。王京兆因会，幸致区区。久不发都下朋旧书，必不罪也。卷五七

与幾道宣义　黄州

某启：久放江湖，务自屏远，书问之废，无足深讶。比日侍奉之暇，起居何如？某凡百如旧。向者以公择在舒，时蒙相过，既去，索然无复往还。每思槛泉之游，宛在目前。闻河决阳武，历下得无有曩日之患乎？得暇，遣数字慰此穷独。乍冷，万万保爱。不宣。卷五七

与任德翁　一　黄州

自蒲老行后，一向冗懒，不作书。子侄来，领手教，感愧无量。仍审尊体佳胜为慰。昆仲首捷，闻之欣快，起我衰病矣。当遂冠天下士，蔡州未足云也。陈季常归，又得动止之详。小四乃能尔，师中不死矣。此间凡事可问小大，更不饫缕。未期会晤，万万自爱。卷五七

与任德翁　二　赴登州

某启：半月不面，思仰深剧。辱书，承孝履如宜。金陵虽久驻，奉伺不至，知亦滞留如此。某在慈湖夹阻风已累日，今日风亦苦不顺，且寸进前去，恐亦未能远也。不知德翁今晚能到此否？倾渴之至。谨遣人上问。不宣。卷五七

与鲁元翰　一

某启：元翰少卿，宠惠谷帘一器、龙团二枚，仍以新诗为贶，叹咏不已，次韵奉谢："岩垂匹练千丝落，雷起双龙万物春。此水此茶

俱第一,共成三绝鉴中人。"通前共三篇矣,可与一碗豉汤吃。呵呵。卷五七

与鲁元翰　二

公昔遗予以暖肚饼,其直万钱;我今报公,亦以暖肚饼,其价不可言。中空而无眼,故不漏;上直而无耳,故不悬。以活泼泼为内,非汤非水;以赤历历为外,非铜非铅;以念念不忘为项,非解非缚;以了了常知为腹,不方不圆。到希领取,如不肯承当,却以见还。卷五七

与监丞事

示谕赵宗有化去久矣,为一怅然。终南昔尝久居,往来鄠、虢、二曲,三邑山川草木,可以坐而默数也。当时李庠彭年监官,与之往还甚熟,斯人今亦不可得也。关中后来豪俊为谁乎?某日夜念归蜀尔,终当一过岐、雍间,徜徉少留,以偿宿昔之意也。君自名臣子,才美渐著,岂复久浮沉里中,宜及今为乐。异时一为世故所縻,求此闲适,岂可复得耶?偶记旧与彭年一诗,彭年读之,盖泪下也。斯人有才而病废,故多感慨,可念可念!聊复录此奉呈,想亦为之惘然也。卷五七

与陈朝请　一　_{以下俱黄州}

某启:钱塘一别,如梦中事。尔后契阔,何所不有?置之不足

道也。独中间述古捐馆，有识相吊，矧故人僚吏相爱之深者。然终无一字以解左右，盖罪废穷奇，动辄累人，故往还杜绝。至今思之，惭负无量。昨远辱书问，便欲裁谢，而春夏以来，卧病几百日，今尚苦目疾。再枉手教，喜知尊体康胜，贵眷各佳安。罪废屏居，交游皆断绝，纵复通问，不过相劳愍而已，孰能如公远发药石以振吾过者哉？已往者布出，不可复掩矣，期于不复作而已。无缘一见，临纸耿耿。万万以时自重。不宣。 卷五七

与陈朝请 二

某启：每辱不遗，时枉书问，感怍深矣。比日起居佳胜？某自窜逐以来，不复作诗与文字。所谕四望起废，固宿志所愿，但多难畏人，遂不敢尔。其中虽无所云，而好事者巧以酝酿，便生出无穷事也。切望怜察。示谕学琴，足以自娱，私亦欲尔，但老懒不能复劳心尔。有庐山崔闲者，极能此，远来见客，且留之，时令作一弄也。江倅递中辱书，此人回，深欲裁谢。适寒，苦嗽，而此人又告去甚急，故未果，且为道此。其子文格甚高，议论与世俗异矣。可畏。刘宗古近过此，甚安健，绝无迁谪意。江之亲亦可与言过。 卷五七

文集卷六十四

与石幼安 黄州

某启：近日连得书札，具审起居佳胜。春夏服药，且喜平复。某近缘多病，遂获警戒持养之方，今极精健。而刚强无病者，或有不测之患。乃知羸疾，未必非长生之本也，惟在多方调适。病后须不少白乎？形体外物，何足计较，但勿令打坏《画苑记》尔。呵呵。因王承制行，奉启。不宣。卷五七

与赵晦之 一 以下俱黄州

某性喜写字，而怕作书，亲知书问，动盈箧笥，而终岁不答，对之太息而已。乃知剖符南徼，贤者处之，固不择远近剧易，矧风土旧谙习。而兵兴多事，适足以发明利器。但恨愚暗，何时复得攀接尔。卷五七

与赵晦之 二

南事方殷，计贵郡亦非静处，长者固自有以处之矣。闻庙略必欲郡县荒服，就使必克，正是添一熙河，屯守馈饷，中原无复宁岁。况其不然，忧患未易言也。履险涉难，可以济者，其惟迈德寡

怨之君子乎? 卷五七

与赵晦之　三

示谕,处患难不戚戚,只是愚人无心肝尔,与鹿豕木石何异!所谓道者,何曾梦见? 旧收得蜀人蒲永昇山水四轴,亦近岁名笔,其人已亡矣。聊致斋阁,不罪浼渎。藤既美风土,又少诉讼,优游卒岁,又复何求? 某谪居既久,安土忘怀,一如本是黄州人,元不出仕而已。王定国近得书,亦甚泰然,今有一书与之,告早为转达。张安道近得书,无恙。只是丧却儿妇,亦稍烦恼。公后来已有子未? 因书略示及。卷五七

与赵晦之　四

久不奉状,懒慢之过。远辱信使,惭愧交怀。比日履兹余热,尊体何如? 承被命再任,远徼不足久留贤者,然彼人受赐多矣。晦之风绩素闻,使者交章,亻闻进擢,以为交游故人宠光。未期会见,万万以时自重。不宣。卷五七

与袁真州　一　以下俱离黄州

某罪废流落,不复自比数缙绅间。公盛德雅望,乃肯屈赐书问,愧感不可言也。比日履兹新凉,尊体佳胜? 某更三五日离此,瞻望不远,踊跃于怀。更乞以时保练,区区之祷。人还,布谢。不宣。卷五七

与袁真州 二

　　某到金陵一月矣，以贱累更卧病，竟卒一乳母。劳苦悲恼，殆不堪怀。渴见风采，恨不飞去。公仁厚愍恻，劳问加等，无状何以获此，悚息悚息！无人写谢书，裁谢多不如礼。惟加察。卷五七

与袁真州 三

　　某启：叠辱手教，具审比来起居佳胜，感慰兼怀。某虽已达长芦，然江流湍驶，犹当相风而行。瞻奉不远，欣抃可量。人还，复谢。不宣。卷五七

与袁真州 四

　　某再启：承示谕，胜之少驻，恨不飞驰，然须风熟乃敢行尔。太虚书已领，却有一书，乞送与太虚，不在金山，即在润州也。不罪。频烦不一。卷五七

与上官彝 一 以下俱黄州

　　某启：专人至，辱书及诗文二册。捧领惊喜，莫知所从得。伏观书辞，博雅纯健，有味其言；次观古律诗，用意深妙，有意于古作者；卒读《庄子论》，笔势浩然，所寄深矣，非浅学所能到。自惟无状，罪戾汩没，不缘半面，获此三贶，幸甚幸甚！老谬荒废，不近笔砚，忽已数年，顾视索然，无以为报，但藏之巾笥，永以为好而已。

适病中，人还，草率奉谢。不宣。卷五七

与上官彝 二

某再启：闻名久矣，谪居幸获相近，而不相通问。先辱教诲，感愧不可言。比来起居佳否？足下雄文妙论，当与作者并驱。过求不肖，莫晓所谓，凡所称道，举不敢当，悚息不已。闲居，阙人修写，又病中，亲书不周谨，望一一恕之。卷五七

与上官彝 三

某启：诗篇多写洞庭君山景物，读之超然神往于彼矣。见教作诗，既才思拙陋，又多难畏人，不作一字者，已三年矣。所居临大江，望武昌诸山咫尺，时复叶舟纵游其间，风雨雪月，阴晴早暮，态状千万，恨无一语略写其仿佛耳。会面未由，惟千万以时珍重。何时得美解，当一过我耶？卷五七

与王子高 一

某启：多懒少便，久不奉状。儿子自北还，辱手书，且审起居佳安，为慰。游刃一邑，风谣之美，即自闻上，翘俟殊擢，以塞众望。会合未涯，伏冀倍万自爱。区区之祷。不宣。卷五七

与王子高　二

某惊闻大郎监簿遽弃左右，伏惟悲悼痛裂，酸苦难堪，奈何奈何！逝者已矣，空复追念，痛苦何益，但有损尔。窃望以明识照之，纵不能无念，随念随拂，勿使久留胸中。子高高才雅度，此去当一日千里，以发久滞。愿深自爱，以慰亲友之望。无由面慰，临书哽塞。不一一。卷五七

与王子高　三

率尔乱道，何足上石，有书可劝令罢也。若更刻却二红饭一帖，遂传作一世界笑矣。卷五七

与段约之

某启：辱书累幅，教以所不及，为赐大矣。某平生与公不相识，一见便能数责其过，此人与此语，岂可多得也。蜀江湍悍，卒夫牵挽，最为劳苦。若一一以钱与之，则力不能给，故不免少为此尔。事有疑似，人言良可畏，得公一言则已。无缘亲拜厚意，谨奉手启上谢，不宣。卷五七

答刁景纯　一　以下俱黄州

因循不奉书，不觉岁月乃尔久耶？过辱不遗，远赐存问，感激不可言也。比日，窃惟镇抚多暇，起居胜常。吴兴风物，梦想见之，

啸咏之乐,恨不得相陪,但闻风谣蔼然,足慰所望。夏暄,万万自重。卷五七

答刁景纯 二

旧诗过烦镌刻,及墨竹桥字,并蒙寄惠,感愧兼集。吴兴自晋以来,贤守风流相望,而不肖独以罪去,垢累溪山。景纯相爱之深,特与洗饰,此意何可忘耶?在郡虽不久,亦作诗数十首,久皆忘之。独忆四首,录呈,为一笑。耘老病而贫,必赐清顾,幸甚。卷五七

与王佐才 一 以下俱黄州

某启:前日蒙惠雄文,伏读钦耸,且使为诗,固愿托附。近来绝不作文,如忏赞引、藏经碑,皆专为佛教,以为无嫌,故偶作之,其他无一字也。君辞力益老,字画益精,老拙亦自不敢出手也。今复枉专人辱书,并新诗小篆石画,览味欣然,忘疾之在体。示谕《维摩题跋》,无害。偶患一疮,腿上甚痛,行坐皆废,强起写赞,已揭然疲苶,以是未果。奉书亦不复觇缕。严寒,万万自重。不宣。卷五七

与王佐才 二

某启:自岁初附书及《维摩赞》,尔后不领音耗,不知达否?今蒙遣人惠书,并不言及,料必中间曾赐教,不达也。卷五七

与黄元翁

某启：垂老投荒，众所鄙远，见孙提点言，独有存恤孤旅之意，感激不已。到治下当作陆行，必留数日款见也。卷五七

与蔡朝奉　一　以下俱扬州

某启：寄示士民所投牒，与韩公庙图，此古人贤守，留意于教化，非簿书俗吏所及也。顾不肖何以托此。公意既尔，众复过听，亦不敢固辞。但迫冗未暇成之，幸稍宽假，途中寄上也。子野诚有过人，公能礼之，甚善。自蒙寄惠高文，钦味不已，但老懒废学，无以塞盛意，愧怍不已。卷五七

与蔡朝奉　二

某启：示谕《韩公庙记》，辍忙为了之，已付来人。来人日饭之，以需此文。其一乃遁去。足下书中云，王守六月替，此二人乃云二月替，不知果如何？ 若万一已得替，即请足下与勾当摹刻，已于太守书中细言矣。初到扬州，冗迫，书不尽所怀。卷五七

与知监宣义　北归

某启：流落生还，得见君子，喜老成典刑，凛然不坠，幸甚。既不往谢，又枉手教，契好益厚。且审起居佳胜，感慰兼集。风便解去，瞻恋莫及。惟万万以时自重。匆匆，不宣。卷五七

与毅父宣德 一 <small>以下俱扬州</small>

某启：递中复辱手教，感悚。比日起居佳安？明日便重九，每缘相对，耿耿也。来书推予过重，公欲避文人相轻之病，而不度不肖所不能任，甚无谓也。以皦日之誓，故复不自隐，想当一笑也。近倅婿曹君行，曾奉状，必达。乍冷，惟万万自重。不一一。<small>卷五七</small>

与毅父宣德 二

子由信笼敢烦求便附与。内有系婿一带，乞指挥去人，勿令置润湿处也。烦渎，至悚至悚！祖守便行否？因书，示谕。中前曾托购一碑石，不知得否？因见，乞试问看。<small>卷五七</small>

与毅父宣德 三

到扬吏事清暇，而人事十倍于杭，甚非老拙所堪也。熟观所历数路，民皆积欠，为大患。仁圣抚养八年，而民未苏者，正坐此事耳。方欲出力理会，谁肯少助我者乎？此间去公咫尺耳，而过往妄造言语者，或云公欲括田而招兵，近闻得皆虚，想出于欲邀功赏而不愿公来者乎？事之济否，皆天也，君子尽心而已。无由面见，临纸惘惘。<small>卷五七</small>

与毅父宣德 四

到此得所赐书，即于递中上谢，岂不达耶？续蒙示谕《王景寻文集》，某犹及从其人游，当依所教。然近日士大夫以某不作铭志，故变文为集引耳。已屡辞之，今恐未可遽作也。不罪不罪！前日得舍弟书报，志公婢偶伤火汤，初甚惊惋，连得书，已全安无痕矣。恐要知。在京数日，见其慧利长进，无病，后母抚之如己出也。除夜纷纷，奉启不谨。卷五七

与毅父宣德　五　<small>以下俱北归</small>

久不通问，计识其无他。北归所过，皆公之旧迹，或见清诗以增感叹。忽辱手书及子由家讯，穷途一笑，岂易得哉！比日起居佳安？眷聚各康宁？仙舟想非久到阙，某当老江淮间矣。会合未期，万万自重。卷五七

与毅父宣德　六

中间常父倾逝，不能一奉慰疏，但荒徼一慨而已。惭负至今。承谕，子由不甚觉老。闻公亦蔚然如昔，不肖虽皤然，亦无苦恙。刘器之乃是铁人。但逝者数子，百身莫赎，奈何奈何！江上微雨，饮酒薄醉，书不能谨。卷五七

与毅父宣德　七

日至阳长，仁者履之，百顺萃止。病发掩关，负暄独坐，醺然自得，恨不同此佳味也。呵呵。诲谕过重，乏人修写，乃以手简为谢。悚息。卷五七

与程懿叔　一

某启:长至,不获展庆。伏惟顺履初阳,百福来集。知浙中人事简静,颇得山溪之乐,但有仰羡。全翁已得文字,吏民甚惜其去,江潮未应,速去无益,不如少留也。问及儿子,感怍,不敢令拜状。不宣。卷五七

与程懿叔　二

某启:叠辱车骑,皇悚不可言。晚来起居佳胜?公诗清拔,范老奇雅,真一段佳事也。盛制必自有本,辄留范诗纳上。风色未稳,来日必未成行。不一一。卷五七

与程懿叔　三

发勾承议,数日欲往谒,泥冻方甚,寸步艰阻,思企无量。辱教,且喜起居佳胜。子由省中试人锁宿,初一日方出,户侍之命,必辞免也。卷五七

与程懿叔　四　翰林

人来,辱书,喜知起居佳胜,眷爱各万福。郡政清暇,稍有乐事,处以无心,强梗自服,甚善甚善!所望于吾弟也。某凡百如昨,但碎累各病,医人不离门,劳费百端,日有外补之兴。行先尚未到,亦不闻远近之耗。未缘会合,新春保练,别膺殊渥。卷五七

与程懿叔 五 杭州

稍不闻问,思企增剧。比日起居何如? 贵眷各安胜? 广东近亦得书,甚安。子由使虏亦还矣。某近忽苦腰痛,在假数日。今虽强出视事,尚未全健,已乞宣城或宫观去。此虽暂病,亦欲渐为退休之计耳。吾弟治绩远闻,当即召用,少慰公议。卷五七

与程懿叔 六 杭州

承拜命,移漕巴峡,薄慰众望。方欲奉书,使至,辱教字,且审起居清胜。懿叔才地治状,当召还清近,此何足道。得一省坟墓,仍见亲知,为可贺耳。衰病疲厌,何时北趋归路,仰羡而已。知在江上,咫尺莫缘一见,临纸惘惘。卷五七

与徐得之 一 以下俱黄州

某启:始谪黄州,举目无亲。君猷一见,相待如骨肉,此意岂可忘哉! 恨谪籍所縻,不克千里会葬。诸令侄皆少年,未甚更事。得之既手足之爱,事事处置令合宜,若有分毫不如法者,人不责之诸子,而责得之也。幸深留意,切不可惜人情,顾形迹,而有所不尽也。十三、十四皆可,俊性,不宜令失学。闻其舅仲谟户部君之雅望久矣,但未相见,不敢致书。欲望得之致恳。若候葬毕,迎君猷阁中,与其三子置之左右,而教以学,则君猷为不死矣。士契之深,不避僭易,悚息之至。卷五七

与徐得之 二

某启：不意君猷文止于此，伤痛不可言。丧过此，行路挥涕，况于亲知如仆与君者。见其诸子，益复伤心，然其弟六秀才，虽骤面，颇似佳士。郡人赙之百余千，已附秀才收掌，专用办葬事也。志文已是杨元素许作，专为干致次，公仪必来会葬，幸与六秀才者商议，令如法也。既葬之后，邑君与十三、十四等，可暂归张家，为长策，幸更与详议。闲人不当僭管，但平昔蒙君猷相待如骨肉，不可不尽所怀。书不可尽谈，想深照此意也。不一一。<small>卷五七</small>

与徐得之 三

某启：适辱手简，且审起居佳胜。知尚留雪堂，所须文字，得款曲为之也。兴国书附去，可便遣人，适已遣人，来简必达。要记昨日事，适会沐浴，困甚，信笔无伦次。<small>卷五七</small>

与徐得之 四

某启：数日得相从，遽别，情怅惘然。晚来起居佳胜？后会未可期。惟万万顺时自重。<small>卷五七</small>

与徐得之 五

十一郎昆仲不及再别，惟节哀慎重为祷。葬期不远，想途中不复滞留，凡事禀议大阮为佳也。<small>卷五七</small>

与徐得之　六

作此书讫，得二月二十八日所惠书，知仙舟靠阁滞留，不易不易！即日想已离岸。天色稍旱，江水殊未甚长，奈何！更冀勉力。李乐道篆字等不来，恐妨使，且纳志文去，可就近别求也。_{卷五七}

与徐得之　七

得之晚得子，闻之，喜慰可知。不敢以俗物为贺，所用石砚一枚，送上，须是学书时与之。似太早计，然俯仰间，便自见其成立，但催迫吾侪，日益潦倒尔。恐得之惜别，又复前去，家中阙人抱孩儿，深为不皇。呵呵。_{卷五七}

与徐得之　八

定省之下，稍葺闲轩，箪瓢鸡黍，有以自娱，想无所慕于外也。闽中多异人，隐屠钓，得之不为簪组所縻，倘得见斯人乎？仆亦衰老，强颜少留，如传舍尔。因风，时惠问。_{卷五七}

与徐得之　九

某启：昨日已别，情怅惘然。辱教，且审起居佳胜。风雨如此，淮浪如山，舟中摇撼，不可存济，亦无由上岸，但阖户拥衾尔。想来日未能行，若再访，幸甚。_{卷五七}

与徐得之 一○

某启：逾年相从，情均骨肉，乍此远别，怅恋可知。辱书，承起居佳胜，为慰。来日离此，水甚悭涩，不知趁得十五日上否？得之亦宜早发，勉此岁月间，早遂定居为佳也。余万万自重。卷五七

与徐得之 一一

某启：承舟御不远数百里相从，风义之重，感慰何极！经宿起居何如？郡中虽留数日，竟少暇陪接，又不得一候馆舍，遂尔远别，可量怅惘。卷五七

与徐得之 一二 离黄州

某启：别后所辱手书，一一皆领。罕遇信便，不克裁谢，甚愧负也。再到旧游，不见故人，深为惘惘。然喜久客牢落，得遂归计也。比日已还，侍下起居佳胜？会合何时？临书怅然。惟千万自爱。卷五七

与徐得之 一三 以下俱离惠州

某启：张君来，辱书存问周至，感激不已。即日哀慕之余，孝履如宜。某到惠已半年，凡百粗遣。既习其水土风气，绝欲息念之外，浩然无疑，殊觉安健也。儿子过颇了事，寝食之余，百不知管，亦颇力学长进也。子由频得书，甚安。一家今作四处，住惠、筠、

许、常也,然皆无恙。得之见爱之深,故详及之,不须语人也。瞻企邈然,临书悯悯。乍热,惟万万节哀顺变,自重,千万千万! 卷五七

与徐得之 一四

詹使君,仁厚君子也。极蒙他照管,仍不辍携具来相就。极与君猷相善,每言及,相对凄然。君猷诸子得耗否? 十四郎后来修学如何? 卷五七

文集卷六十五

答贾耘老 一 以下俱离黄州

久不奉书，尚蒙记录。远枉手教，且闻比日动止佳胜，感慰兼集。寄示石刻，足见故人风气之深，且与世异趣也。新诗不蒙录示数篇，何也？贫固诗人之常，齿落目昏，当是为两荷叶所困，未可专咎诗也。某发少加白耳，余如故。末由一见，万万自重。卷五七

答贾耘老 二

仆已买田阳羡，当告圣主哀怜余生，许于此安置。幸而许者，遂筑室于荆溪之上而老矣。仆当闭户不出，公当扁舟过我也。醉甚，不成字，不罪。见滕公，且告为卑末送相子来扬州。卷五七

答贾耘老 三

久放江湖，不见伟人。前在金山，滕元发乘小舟破巨浪来相见。出船，巍然使人神耸。好个没兴底张镐相公。见时，且为我致意，别后酒狂甚长进也。老杜云："张公一生江海客，身长九尺须眉苍。"谓张镐也。萧嵩荐之云："用之则为帝王师，不用则穷谷一病叟耳。"卷五七

答贾耘老　四

今日舟中无他事，十指如悬槌，适有人致嘉酒，遂独饮一杯，醺然径醉。念贾处士贫甚，无以慰其意，乃为作怪石古木一纸，每遇饥时，辄一开看，还能饱人否？若吴兴有好事者，能为君月致米三石酒三斗终君之世者，便以赠之。不尔者，可令双荷叶收掌，须添丁长，以付之也。卷五七

与陈辅之　北归

某启：昨日承访及，病重，不及起见，愧仰深矣。热甚，起居何如？某万里海表不死，归宿田里，得疾，遂有不起之忧，岂非命耶？若得少驻，复与故人一笑，此又出望外也。力疾书此数字。卷五七

与李通叔　一　以下俱黄州

某启：向承宠访，教语甚厚，因循未获裁谢。复枉专使辱书累幅，意愈勤重。且获所著《通言》二篇，及新诗碑刻，废学之人，徒知爱其文之工妙，而不能究极其意之所未至，钦味反覆，不能释手，幸甚幸甚！比日起居何如？窃恐著书讲道，驰骋百氏，而游于艺学，有以自娱，忘其穷约也。未由面言，万万以时自重。人还，奉启。不宣。卷五七

与李通叔　二

某启：《通言》略获披味，所发明者多矣。谨且借留，得为究

观。他日成书，尽以见借，尤幸。篆书《心经》，字小而体完，尤为奇妙。君为亲书，岂敢辄留？他日别为小字，写百十字见惠，不必《心经》，乃大赐也。要跋尾，谩写数字，不称妙笔。愧愧。卷五七

与李通叔 三

某启：叠辱从者，推与甚厚，患难多畏，又废笔砚，无以少答来贶，愧恨深矣。颁示篆字，笔势茂美，深得二李本意。虽已捧领，当为箧笥之华。无缘诣谢。惟万万慎夏自爱。匆匆，不宣。卷五七

与李通叔 四

某启：久不奉书，为愧。春物妍丽，奉思无穷。比日起居佳否？中间蒙寄示雪堂篆字，笔势茂美，足为郊薮之光。不即裁谢，未见罪否？会合未由，万万以时自重。不宣。卷五七

与徐仲车 一 以下俱南迁

某启：三辱手教，极荷忧念，孔子所谓"忠焉能勿诲乎"，当书诸绅，寝食不忘也。名方良药，亦已拜赐，幸甚幸甚！来日，舟人借请或小留，但不敢往谒尔。占望怅惋。卷五七

与徐仲车 二

某启：昨日既蒙言赠，今日又荷心送，盎然有得，载之而南矣。

复启。不宣。 _{卷五七}

与徐仲车 三

某启：伏辱奇篇，伏读惊叹，愧何以当之，以太守会上，不即裁谢。继枉手教，益深感怍。晚来起居佳胜。公穷约至老，居甚卑而节独高。某忝冒过分，实内自愧，相见不免踧踖，来示何谦损之过也。迫行，不再诣，惟厚自爱。入夜，不宣。 _{卷五七}

与彦正判官 _{黄州}

古琴当与响泉韵磬，并为当世之宝，而铿金瑟瑟，遂蒙辍惠，拜赐之间，赧汗不已，又不敢远逆来意，谨当传示子孙，永以为好也。然某素不解弹，适纪老枉道见过，令其侍者快作数曲，拂历铿然，正如若人之语也。试以一偈问之："若言琴上有琴声，放在匣中何不鸣？若言声在指头上，何不于君指上听？"录以奉呈，以发千里一笑也。寄惠佳纸、名莼，重烦厚意，一一捧领讫，感怍不已。适有少冗，书不周谨。 _{卷五七}

与黄洞秀才 一 _{以下俱登州还朝}

某启：寄示石刻，感愧雅意。求书字固不惜，但寻常因事点笔，随即为人取去。今却于此中相识处觅得三纸付去。蓬仙因降，为致区区之意。 _{卷五七}

与黄洞秀才 二

某启：经过，幸一再见。人来，辱书，甚荷存记，兼审比来起居佳胜，为慰。未由款奉，千万保啬。卷五七

与黄敷言 一 以下俱北归

某启：叠辱宠访，感慰兼集。晚来起居佳胜。承来晨启行，以衰疾畏寒，不果往别，悚怍深矣。冲涉雨霰，万万保练。谨令儿子候违。不宣。卷五七

与黄敷言 二

少事干烦，一书与惠州李念四秀才，告为到广州日专遣人达之，不罪。交代民师，且为再三致意。某再拜。不宣。卷五七

与陈承务 一 以下俱北归

某启：倾盖一笑，慰喜殊深。奉违信宿，怀想不已。辱手教，且审起居佳胜。已到蒙里，承丈丈差借人轿，孤旅获济，感激不可言。愈远，万万若时自爱。卷五七

与陈承务 二

孤拙困踣，言无足取，足下独悦之。少年敏锐，所存如此，实

增钦叹。然此事以临利害不变为难也。_{卷五七}

与吴将秀才 一　以下俱黄州

某启:某少时在册府,尚及接奉先侍讲下风,死生契阔,俯仰一世。与君相遇江湖,感叹不已。辱访山中,愧不能款。数日,起居佳否? 以拙疾畏风,不果上谒。解去渐远,万万自重。_{卷五七}

与吴将秀才 二

令子秀才,辱长笺之赐,辞旨清婉,家法凛凛,钦味不已。老拙何以为谢,但有愧负。_{卷五七}

答苏子平先辈 一　以下俱黄州

某启:违别滋久,思咏不忘。中间累辱书教,久不答,知罪。远烦专使手书劳问,且审比日起居安佳,感慰殊甚。书词华润,字法精美,以见穷居笃学,日有得也。某凡百粗遣,厄困既久,遂能安之。昔时浮念杂好,扫地尽矣。何时会合,慰此惘惘。未间,惟万万自重。不宣。_{卷五七}

答苏子平先辈 二

远烦遣仆手书足矣,更蒙厚惠,足下困约中何力致此? 愧灼不可言已。一一依数领讫,感怍而已。儿子令往荆南干少事,未还，还即令答教也。所要先丈哀词，去岁因梦见，作一篇，无便寄去。今以奉呈，无令不相知者见。若入石，则切不可也。至祝。卷五七

与杨耆秀才醵钱帖

杨耆秀才，谋学未成，行橐已竭，欲率昌宗、兴宗、公颐及何、韩二君，各赠五百，如何？ 卷五七

与文叔先辈 一　以下俱黄州

某启：叠辱顾访，皆未及款语。辱教，且审尊候佳胜。新诗绝佳，足认标裁，但恐竹不如肉，如何？ 所示前议更不移，十五日当与得之同往也。卷五七

与文叔先辈 二

某启：闻公数日不安，既为忧悬，又恐甲嫂见骂，牵率冲冒之过，闻已渐安，不胜喜慰。得之亦安矣。大黄丸方录去，可常服也。惠示子鹅，感服厚意，惭悚不已。入夜，草草，不宣。卷五七

与李先辈 黄州

某启：辱示，感怍。此石一经题目，遂恐为世用，便有戕山竭泽之忧，为石谋之，殆非所乐也。愿密勿语。世所少者，岂此石

哉！临行匆匆，不果奉别，幸自爱。卷五七

与徐十二　黄州

今日食荠极美。念君卧病，面、酒、醋皆不可近，唯有天然之珍，虽不甘于五味，而有味外之美。《本草》：荠和肝气，明目。凡人，夜则血归于肝，肝为宿血之脏，过三更不睡，则朝旦面色黄燥，意思荒浪，以血不得归故也。若肝气和，则血脉通流，津液畅润，疮疥于何有。君今患疮，故宜食荠。其法，取荠一二升许，净择，入淘了米三合，冷水三升，生姜不去皮，捶两指大，同入釜中，浇生油一蚬壳多于羹面上，不得触，触则生油气，不可食，不得入盐、醋。君若知此味，则陆海八珍，皆可鄙厌也。天生此物，以为幽人山居之禄，辄以奉传，不可忽也。朝奉公昨奉状，且为致意。区区遣此，不一一。羹以物覆则易熟，而羹极烂乃佳也。卷五七

与姚君　一　以下俱登州

某启：过苏，首辱垂访，到官，又枉教字，皆未克陈谢。又烦专使惠问，勤厚如此，可量感愧。比日起居何如？寄示诗编石刻，良为珍玩，足见好事之深笃也。溽暑未解，万万以时珍重。人还，草草奉谢，不宣。卷五七

与姚君　二

昨惠及千文，荷雅意之厚，法书固人所共好，而某方欲省缘，除

长物旧有者,犹欲去之,又况复收耶! 谨却封纳,不讶不讶! _{卷五七}

与姚君 三

近专人还,奉书必达。入秋差凉,体中佳否? 咫尺披奉无由,尚冀保练,慰此想念。_{卷五七}

答吴子野 一 以下俱黄州

济南境上为别,便至今矣。其间何所不有,置之不足道也。专人来,忽得手书,且喜居乡安稳,尊体康健。某到黄已一年半,处穷约,故是夙昔所能,比来又加便习。自惟罪大罚轻,余生所得,君父之赐也。躬耕渔樵,真有余乐。承故人千里问讯,忧恤之深,故详言之。何时会合,临纸惘惘。_{卷五七}

答吴子野 二

承三年庐墓,葬事周尽,又以余力葺治园沼,教养子弟,此皆古人之事,仆素所望于子野也。复览诸公诗文,益增慨叹。介夫素不识,其笔力乃尔奇逸耶? 仆所恨近日不复作诗文,无缘少述高致,但梦想其处而已。子由不住得书,无恙。所问数人,亦不甚得其详。冯在河阳,滕在安州,沈在延州,王在京。寄示墓铭及诸刻,珍感珍感! 虞直讲一帖,不类近世笔迹,可爱可爱! 近日始解畏口慎事,虽已迟,犹胜不悛也。奉寄书简,且告勿入石,至恳至恳! 某再拜。_{卷五七}

答吴子野 三

寄惠建茗数品，皆佳绝。彼土自难得茶。更蒙辍惠，惭悚惭悚！沙鱼、赤鲤皆珍物，感怍不可言。扶劣膏不识其为何物，但珍藏之，莫测所用，因书幸详示谕也。近有李明者，画山水，新有名，颇用墨不俗。辄求得一横卷，甚长，可用大床上绕屏，附来人纳上。江郡乃无一物为回信，惭悚之至。儿子无恙，承问及。　卷五七

答吴子野 四

每念李六丈之死，使人不复有处世意。复一览其诗，为涕下也。黄州风物可乐，供家之物亦易致。所居江上，俯临断岸，几席之下，风涛掀天，对岸即武昌诸山，时时扁舟独往。若子野北行，能迂路一两程，即可相见也。　卷五七

答吴子野 五 扬州

《文公庙碑》，近已寄去。潮州自文公未到，则已有文行之士如赵德者，盖风俗之美，久矣。先伯父与陈文惠公相知，公在政府，未尝一日忘潮也，云潮人虽小民，亦知礼义，信如子野言也，碑中已具论矣。然谓瓦屋始于文公者，则恐不然。尝见文惠公与伯父书云：岭外瓦屋始于宋广平，自尔延及支郡，而潮尤盛。鱼鳞鸟翼，信如张燕公之言也。以文惠书考之，则文公前已有瓦屋矣。传莫若实，故碑中不欲书此也。察之。　卷五七

文集卷六十六

与吴秀才 一 黄州

某启：相闻久矣，独未得披写相尽，常若有所负。罪废沦落，屏迹郊野，初不意舟从便道，有失修敬。不谓过予，冲冒大热，间关榛莽，曲赐临顾，一见洒然，遂若平生之欢。典刑所钟，既深叹仰，而大篇璀璨，健论抑扬，盖自去中州，未始得此胜侣也。钦佩不已，俯求衰晚，何以为对。送别堤下，恍然如梦，觉陈迹具存，岂有所遇而然耶？留示珠玉，正快如九鼎之珍，徒咀嚼一脔，宛转而不忍下咽也。未知舟从定作几日计。早晚过金陵，当得款奉。卷五七

与吴秀才 二 以下俱惠州

轼启：远辱专人惠教，具审比来起居佳胜，感慰之至。与子野先生游，几二十年矣。始以李六丈待制师中之言，知其为人。李公，人豪也，于世少所屈伏，独与子野书云："白云在天，引领何及。"而子野一见仆，便谕出世间法，以长生不死为余事，而以练气服药为土苴也。仆虽未能行，然喜诵其言，尝作《论养生》一篇，为子野出也。近者南迁，过真、扬间，见子野，无一语及得丧休戚事，独谓仆曰："邯郸之梦，犹足以破妄而归真，子今目见而身履之，亦可以

少悟矣。"夫南方虽号为瘴疠地，然死生有命，初不由南北也，且许过我而归。自到此，日夜望之。忽得来教，乃知子野尚在北，不远当来赴约也。幸甚幸甚！长书称道过实，读之赧然。所论孟、杨、申、韩诸子，皆有理，词气翛然，又以喜子野之有佳子弟也。然昆仲以子野之故，虽未识面，悬相喜者，则附递一书足矣，何至使人茧足远来，又致酒、面、海物、荔子等，仆岂以口腹之故，千里劳人哉！感愧厚意，无以云喻。过广州，买得檀香数斤，定居之后，杜门烧香，闭目清坐，深念五十九年之非耳。今分一半，非以为往复之礼，但欲昆仲知仆汛扫身心，澡瀹神气，兀然灰槁之大略也。有书与子野，更督其南归，相过少留，为仆印可其所已得，而诃策其所未至也。此外，万万自爱。卷五七

与吴秀才 三

人来，领书，且喜尊体佳胜。并示《归凤赋》，兴寄远妙，词亦清丽，玩味爽然。然仆方杜门念咎，不愿相知过有粉饰，以重其罪。此赋自别有所寄则善，不肖决不敢当，幸察之！幸察之！卷五七

与姜唐佐秀才 一 以下俱儋耳

某启：特辱远贶，意甚勤重。衰朽废放，何以获此，悚荷不已。经宿起居佳胜。长笺词义兼美，穷陋增光。病卧，不能裁答，聊奉手启。卷五七

与姜唐佐秀才 二

某启:昨日辱夜话,甚慰孤寂。示字,承起居安胜。奇荈佳惠,感服至意,当同啜也。适睡,不即答,悚息。某顿首。 _{卷五七}

与姜唐佐秀才 三

今日雨霁,尤可喜。食已,当取天庆观乳泉泼建茶之精者,念非君莫与共之。然早来市中无肉,当共啖菜饭耳。不嫌,可只今相过。某启上。 _{卷五七}

与姜唐佐秀才 四

适写此简,得来示,知巡检有会,更不敢邀请。会若散早,可来啜茗否? 酒、面等承佳惠,感愧感愧! 来早饭必如诺。十月十五日白。 _{卷五七}

与姜唐佐秀才 五

某启:别来数辱问讯,感怍至意。毒暑,具喜起居佳胜。堂上嘉庆,甚慰所望也。知非久适五羊,益广学问以卒远业,区区之祷。此外,万万自重。不宣。 _{卷五七}

与姜唐佐秀才 六

某已得合浦文字，见治装，不过六月初离此。只从石排或澄迈渡海，无缘更到琼会见也。此怀甚惘惘。因见贰车，略道下恳。有一书到儿子迈处，从者往五羊时，幸为带去，转托何崇道附达，为幸。儿子治装冗甚，不及奉启。所借《烟萝子》两卷、《吴志》四册、《会要》两册，并驰纳。卷五七

答苏伯固 一 以下俱北归

辱书，劳问愈厚，实增感慨。兼审尊体佳胜。今日到金山寺下，虽极艰涩，然尚可寸进，则且乘大舟以便幼累，必不可前，则固不可辞小艇也。余生未知所归宿，且一切信任，乘流得坎，行止非我也。离英州日，已得玉局敕，感恩之外，实荷余庇。得来示，又知少游乃至如此。某全躯得还，非天幸而何，但益痛少游无穷已也。同贬死去太半，最可惜者，范纯父及少游，当为天下惜之，奈何奈何！子由想已在巴陵，得宫观指挥，计便沿流还颍昌。某行无缘追及。昨在途中，风闻公下痢，想安复矣。卷五七

答苏伯固 二

人至，辱书，承别后起居佳胜，感慰深矣。念亲怀归之心，何事可以易此！顾未有以为计，当且少安之。神明知公心如此，当自有感应。非久见师是，当谋之。某留虔州已四十日，虽得舟，犹在赣外，更五七日，乃乘小舫往即之。劳费百端，又到此。长少卧病，

幸而皆愈,仆卒死者六人,可骇。住处非舒则常,老病唯退为上策。子由闻已归至颍昌矣。会合何日,万万保啬。卷五七

答苏伯固　三

某凡百如昨,但抚视《易》《书》《论语》三书,即觉此生不虚过。如来书所谕,其他何足道。三复诲语,钦诵不已。寄惠钟乳及檀香,大济要用,乳已足剩,不烦更寄也。感愧之至。江晦叔已到。霍子侔往太和听命。三儿子皆促装登舟,未暇上状。《清晖亭记》,亦以忙未暇作,少间当为作也。令子疾,知减退,可喜可喜!卷五七

答苏伯固　四

住计龙舒为多,大盆如命取去,为暑中浮瓜沉李之一快也。《论语说》,得暇当录呈。源、修二老行当见之,并道所谕也。至虔州日,往诸刹游览,如见中原气象,泰然不肉而肥矣。何时得与公久聚,尽发所蕴相分付耶!龙舒闻有一官庄可买,已托人问之。若遂,则一生足食杜门矣。灯下倦书,不尽所怀。卷五七

与黄师是　一　以下俱北还

行计屡改。近者幼累舟中皆伏暑,自愍一年在道路矣,不堪复入汴出陆。又闻子由亦窘用,不忍更以三百指累之,已决意旦夕渡江过毗陵矣。荷忧爱至深,故及之。子由一书,政为报此事,乞蚤与达之。尘埃风叶满室,随扫随有,然终不可废扫,以为贤于不

扫也。若知本无一物,又何加焉。有诗录呈:"帘卷窗穿户不扃,隙尘风叶任纵横。幽人睡足谁呼觉,欹枕床前有月明。"一笑一笑!某再拜。卷五七

与黄师是　二

比归江淮间,蒙四遣人坠教,且致家信,非眷念特深,何以及此。比日履兹畏暑,起居清胜。少御之除,未满公论,但朝廷正欲君子在内耳。行别展庆,未间,万万若时自重。卷五七

与黄师是　三

子厚得雷,闻之惊叹弥日。海康地虽远,无瘴疠,舍弟居之一年,甚安稳。望以此开譬太夫人也。卷五七

与黄师是　四

人来,两捧教赐,具审起居康胜。仲子之戚,惟当日远日忘,想痛割肠,何所及。中年以后出涕,能令目暗,此最可惜,用鄙言,慎勿出一滴也。儿子之爱虽深,比之自爱其目,岂不有间,幸深念之。余惟万万为国自重。卷五七

与黄师是　五

某已决意北行,从子由居。但须令儿子往宜兴干事,舣舟东

海亭下，以待其归，乃行矣。行期约在六月上旬，不知其时，使舟已到真否？或犹得一见于扬、楚间尔。穷途百事坎坷，望公一救之，亦参差如此，信有命也。犹欲仰干一事，为绝少挽舟人。四舟行淮汴间，每舟须添五人，乃济。公能为致此二十人否？乞裁之。可否，幸早示谕。此间亦可求五七人，公若致得十五人，亦足用。恃眷干挠，死罪死罪！子由一书，乞便送与。舟中热甚，修问草略。不谨。卷五七

与沈睿达　一　以下俱黄州

某启：近辱书，伏承退居安隐，尊候康健，甚慰所望。某去岁不记日月，递中奉书，并封公择小简去，谓必达。今承示谕，岂浮沉耶？某今年一春卧病，近又得时疾，逾月方安。浮念灰灭无余，颓然闭户，又非复相见时意思矣。临纸惘惘，乍热，惟万万自重。不宣。卷五八

与沈睿达　二

某启：公所须拙文记云巢，向书中具道矣，恐不达，故再云云。某自得罪，不复作诗文，公所知也。不惟笔砚荒废，实以多难畏人，虽知无所寄意，然好事者不肯见置，开口得罪，不如且已。不惟自守如此，亦愿公已之。百种巧辨，均是绮语，如去尘垢，勿复措意为佳也。令子今在何许？渐就迁擢，足慰迟暮。小儿亦授德兴尉，且令分房减口而已。孙运判行，病起乏力，未能详尽。卷五八

与李知县 _{北归}

某启：近奉状，必达。比日，伏计起居佳胜？旱势如此，抚字之怀，想极焦劳。旧见《太平广记》云，以虎头骨缒之有龙湫潭中，能致雨，仍须以长缏系之，雨足乃取出，不尔雨不止。在徐与黄试之，皆验，敢以告。不罪不罪！某家在仪真，轻骑到此数日，却还般挈，须水通乃能至邑中拜见。倾企之甚。毒热，千万为民自爱。不宣。_{卷五八}

与翟东玉 _{惠州}

马，火也。故将火而梦马。火就燥，燥而不已则穷，故膏油所以为无穷也。药之膏油者，莫如地黄，以啖老马，皆复为驹。乐天《赠采地黄者》诗云："与君啖肥马，可使照地光。"今人不复知此法。吾晚觉血气衰耗如老马矣，欲多食生地黄而不可常致。近见人言，循州兴宁令欧阳叔向于县圃中，多种此药。意欲作书干求而未敢，君与叔向故人，可为致此意否？此药以二八月采者良。如许以此时寄惠，为幸，欲烹以为煎也。不罪不罪！_{卷五八}

与孙运勾

某启：脾能母养余藏，故养生家谓之黄婆。司马子微著《天隐子》，独教人存黄气入泥丸，能致长生。太仓公言安谷过期，不安谷不及期。以此知脾胃宁固，百疾不生。近见江南老人，年七十二，状貌气力如四五十人。问其所得，初无异术，但云平生习不饮汤水尔。常人日饮数升,吾日减一合,今但沾唇而已。脾胃恶湿,饮少,胃强气盛,液行自然不湿。虽冒暑远行,亦不念水,此可谓至言不繁。闻曼叔比得肿疾,皆以利水药去之。中年以后,一利一衰,岂可数乎?当及今无病时,力养胃气。若土能制水,病何由生?向陈彦升云,少时得此病,服商陆、防己之类,皆不效,服金液丹,灸脐下,乃愈。此亦固胃助阳之意也。但火力外物,不如江南老人之术尔。姜桂辣药,例能胀肺,多为肿媒,不可服。有书以告之为佳也。

卷五八

与引伴高丽练承议 一　以下俱杭州

某启:辱回教,感服不已。数日极寒,徒御良苦,切惟起居佳胜。早潮不知应否?想不出今晚必渡,引领饥渴。专遣人候问。不宣。卷五八

与引伴高丽练承议 二

来日若晚渡,酒五行已夜矣。本州旧例,虽夜已深,人使犹秉烛复谒。当夜下书,请次日大排,不知如何?又二十日正是国忌,若待二十一日大排,又过三日敕限,不知可打散不坐否?乞一一示谕,得以预备也。卷五八

与引伴高丽练承议 三

某启:中使已到三十里,若高丽使只今来辞,酒罢却可迎中

使。老业未尽，有如此仓忙，望公慈造一言，得只今上马为幸。_卷
_{五八}

与杭守

某启：近有自浙中来者，颇能道杭人之语。数年饥馑，若非
公，尽为鱼鳖蝼蚁矣。比公之去，涕慕殆不可胜，公何施而及此，钦
仰钦仰！闻俞主簿者，附少信物，如果为带得来，乞尽底送与范子
礼正字。偶索得此冷债，信天养穷人也。呵呵。不知信物果带得
来？此中已打破瓮也。一噱一噱！_{卷五八}

与傅质

某启：再辱示手教，伏审酷热，起居清胜。见谕，某何敢当，徐
思之，当不尔。然非足下相期之远，某安得闻此言，感愧深矣。体
中微不佳，奉答草草。_{卷五八}

与吴君采　一　　_{俱黄州}

惠花已领，影灯未尝见。与其见此，何如一阅《三国志》耶？
_{卷五八}

与吴君采　二

近日黄州捕私酒甚急，犯者门户，立木以表之。临皋之东有

犯者,独不立木,怪之,以问酒友,曰:"为贤者讳。"吾何尝为此,但作蜜酒尔。卷五八

与高梦得一首 黄州

某启:人来,领教,开谕累幅,足见相属之厚。然称述过当,皆非所敢当。仆举动疏谬,龃龉于世,既忝相知,惟当教语其所不逮,反更称誉如此,是重不肖之罪也。悚息悚息!新阕尤增咏叹,然《柏舟》之讽,何敢当此诸事?幸且慎默于事,既无补,益增嫉尔。卷五八

文集卷六十七

与孟亨之 <small>黄州</small>

某启：今日斋素，食麦饭笋脯有余味，意谓不减刍豢。念非吾亨之，莫识此味，故饷一合，并建茶两片，食已，可与道媪对啜也。<small>卷五八</small>

与程彝仲 一 <small>以下俱密州</small>

某启：奉别积年，因循不修书问，每以为愧。递中辱手书，问劳勤厚，感戴不可言也。承以科诏入都，跋履之余，起居佳否？老兄循习既久，文行愈粹，决无终否不振之理。更少贬以就绳墨，即当俯拾也。未缘披奉，惟冀以时自重。不宣。谨因乡人李君行，奉启布问。<small>卷五八</small>

与程彝仲 二

得圣此行，得失必且西归，计无缘过我。而东武任满，当在来岁冬杪，亦无缘及见于京师矣。此任满日，舍弟亦解罢，当求乡里一任，与之西还。近制既得连任蜀中，遂可归老守死坟墓矣。心貌衰老，不复往日，惟念斗酒只鸡，与亲旧相从尔。星桥别业，比来更增葺否？因便，无惜一二字。<small>卷五八</small>

与程彝仲 三　以下俱湖州

近省榜到郡,首承高过,欢慰可量。沉困累年,行业充富,乡曲荣耀,交游喜快,甚休甚休! 春气暄和,奉计即日起居安胜。御试必更在高等。盘桓都下,为况何如,惟顺时珍爱。卷五八

与程彝仲 四

某去秋因乡人自高密过此,托致手书,不知达否? 奉违累岁,无缘一接谈笑,倾仰殊甚。榜中乡人,所识惟吾兄一人,其余岂尽新俊耶! 车马必稍留都下,因风,无惜惠问。卷五八

与程彝仲 五　黄州

某启:阔别永久,多难流落,百事废弛,不复通问。独吾兄不忘畴昔,时枉远书,感怍不可言。仍审比来起居佳胜。又读别纸所记园亭山水之胜,废卷闭目,如到其间,幸甚幸甚! 吾兄潜德晚遇,当遂光大。惟厚自爱,慰朋友之望。谨附手启上谢,不宣。卷五八

与程彝仲 六

轼与幼累皆安。子由频得书无恙。元修去已久矣,今必还家。所要亭记,岂敢于吾兄有所惜,但多难畏人,不复作文字,惟时作僧佛语耳。千万体察,非推辞也。远书不欲尽言。所示自是一篇高文,大似把饭叫饥,聊发千里一笑。会合无期,临书凄然也。

轼上。卷五八

与孙正孺　一

数日前，因来人奉书必达。比日，伏想履兹余热，起居佳胜？某已八上章乞郡，旦夕必有指麾。且辍忙为公作得送行诗跋尾，以先祖讳故，不欲作冠篇也。未由会合，千万保爱。卷五八

与孙正孺　二

某顽健稍胜昔。老兄眠食不衰否？阔远无他嘱，惟倍万保啬而已。勿将作泛泛常语过耳也，千万千万！入石时，莫用边花栏界之类。古碑惟石上有书字耳，少着花草栏界，便俗状也。不罪不罪！偶与子由饮半盏酒，便大醉，不成字。卷五八

与李端伯宝文　一　　以下俱杭州还朝

自附启河朔，尔后纷纷，不获继问左右。比日，伏审镇抚之暇，台候万福。蜀中本易治，而或者扰之，公既深识民情，而民亦素服公政。切想下车以来，谈笑无事，行春之乐，无由托后乘陪宾客之末，但深想望。舍弟锁宿殿庐，未及奉状。卷五八

与李端伯宝文　二

张君房助教，陵井人。本治儒学，已而为医，有过人者。识病

通变,而性极厚,恐欲知之。某宠禄过分,碌碌无补,久以为愧。近屡请郡,未获,若得归扫坟墓,遂得望见,岂胜厚幸。但恐政成,促召在旦暮尔。冗中,不尽区区。卷五八

与李端伯宝文　三

邑子每来,稔闻岂弟之政,西南泰然,不肖与受赐多矣。幸甚幸甚! 小侄千之初官,得在麾下,想蒙教诲成就也。曾拜闻眉士程遵诲者,文词气节,皆有可取。不知曾请见否? 卷五八

与欧阳知晦　一　以下俱惠州

某启:近日屡获教音。及林增城至,又得闻动止之详,并深感慰。桃、荔、米、醋诸信皆达矣,荷佩厚眷,难以言喻。今岁荔子不熟,土产早者,既酸且少,而增城晚者绝不至,方有空寓岭海之叹。忽信使至,坐有五客,人食百枚,饱外又以归遗。皆云其香如陈家紫,但差小尔。二广未有此,异哉异哉! 又使人健行,八百枚无一损者,此尤异也。林令奇士,幸此少留,公所与者,故自不凡也。蒸暑异常,万万以时珍啬。不宣。卷五八

与欧阳知晦　二

合药须鹅梨,岭外固无有,但得凡梨稍佳者,亦可用。此亦绝无。治下或有,为致数枚,无即已。栗子或蒙惠少许,亦幸。卷五八

与欧阳知晦　三

闻公服何首乌,是否? 此药温厚无毒,李习之传正尔,啖之。无炮制,今人用枣或黑豆之类蒸熟,皆损其力。仆亦服此,但采得阴乾,便杵罗为末,枣肉或炼蜜和入木臼中,万杵乃丸。服,极有力,无毒。恐未得此法,故以奉白。卷五八

与欧阳知晦　四

某乏人写先状,不罪不罪! 去思之声,喧于两郡,古人之事,复见于今矣。贵眷各惟安胜。卷五八

与欧阳晦夫　一　黄州

某启:辱答教,感服。风月之约,敢不敬诺。庾公南楼所谓老子于此兴复不浅,便当携被往也。卷五八

与欧阳晦夫　二　北归

愁霖终日,坐企谈晤,不审尊候佳否?《地狱变相》已跋其后,可详味之,似有补于世者。并字数纸,纳去。某所苦已平,无忧。闻少游恶耗,两日为之食不下,然来卒说得灭裂,未足全信。非久,唐簿必有书来言。旦夕话别次,仁人之馈,固当捧领。但以离海南,儋人争致赡遗,受之则若饕餮然,所以一路俱不受。若至此独拜宠赐,则见罪者必众。谨令驰纳。千万恕察,仍寝来耗,幸甚幸

甚！卷五八

与欧阳元老　北归

秋暑，不审起居佳否？某与儿子八月二十九日离廉，九月六日到郁林，七日遂行。初约留书欧阳晦夫处，忽闻秦少游凶问，留书不可不言，欲言又恐不的，故不忍下笔。今行至白州，见容守之犹子陆斋郎云，少游过容留多日，饮酒赋诗如平常，容守遣骰家二卒送归衡州。至藤，伤暑困卧，至八月十二日，启手足于江亭上。徐守甚照管其丧，仍遣人报范承务。范先去，已至梧州。范自梧州赴其丧。此二卒申知陆守者，止于如此，其他莫知其详也。然其死则的矣，哀哉痛哉，何复可言！当今文人第一流，岂可复得！此人在，必大用于世，不用，必有所论著以晓后人。前此所著，已足不朽，然未尽也，哀哉哀哉！其子甚奇俊，有父风，惟此一事，差慰吾辈意。某不过旬日到藤，可以知其详，续奉报次。尚热，惟万万自重。无聊中奉启，不谨。某再拜元老长官足下。九月六日。卷五八

与杜道源　一　以下俱黄州

某启：谪寄穷陋，首见故人，释然无复有流落之叹。衰病迂拙，所向累人，自非卓然独见，不以进退为意者，谁肯辱与往还。每惟此意，何时可忘。别来又复初夏，思企不可言。远想，即日尊候佳胜。两辱手书，懒不即答，计已获罪左右，然惟故人能知其性气，盖懒作书者有素矣。中实无他也，更望宽之。知到官，又复对换，想高怀处之，无适而不可。江令竟不肯少留，健决非庸人所及也。

无由面言,以时自重。谨奉启,不宣。卷五八

与杜道源　二

某无人写得启状,即用手简,甚属简慢,想恕其不逮也。令子孟坚,必已得县。向者小累,固知无事,然非君相之明,不照其情也。可贺可贺！九郎兄弟为学益精,犹复记老朽否？爱孙想亦长进,每想三人旅进折旋俯仰之状,未尝不怅然独笑也。此中凡事如昨,其详,托江令口陈。必须作数日聚会于京口,奉羡奉羡！儿子蒙批问,感感。江令处甚有竹石可取,看比旧何如。卷五八

与俞奉议

某启:回教,拜示先志,得见前人遗烈,幸甚幸甚！又蒙分遗珍食,以荐冥福。在家出家,古有成言,有发无发,俱是佛子。公能均施凡陋,如斋佛僧,只此功德,已无边际。但恨檀越未送衬钱,是故老僧只转半藏。人还,聊此一噱。卷五八

与杜孟坚　一　以下俱黄州

某启:前日方欲饮茶道话,少顷,忽然疾作,殊不可堪忍。欲勉强出见,竟不能而止,惭悚不可言。辱手教,重增反侧。稍凉,起居何如？承明日解舟,病躯尚未能走别,非久当渡江奉见也。不一一。卷五八

与杜孟坚　二

某乏人写大状，必不深罪。郡中凡百如旧，每见同僚及游从题壁处，未尝不怅然怀想也。侍下无事，必多著述，无缘请观，为恨尔。今岁亲知相过，人事纷纷，殊不如去年块处闲寂也。_{卷五八}

与杜孟坚　三

朱守饷笋，云潭州来，岂所谓猫头之稚者乎？留之，必为庖僧所坏，尽致之左右。馔成，分一盘足矣。_{卷五八}

与岩老　_{黄州}

船中弯卧一日，便言闷杀，不知如何净瓶里澡洗去。某在东坡，深欲一往。示疾未瘳，聊致一问而已。法鱼一瓶，恐欲下饭。_{卷五八}

与陆秘校　_{扬州}

某再启：颍州人回，曲蒙书示，感怍不已。窃惟才美过人，晚乃少达，勿致毁灭，以就显扬之报，区区之祷也。_{卷五八}

与杜幾先　_{黄州}

某启：奉别逾年，思企不忘。不审比日起居佳否？去岁八月初,就逮过扬,路由天长,过平山堂下,隔墙见君家纸窗竹屋依然,想见君黄冠草屦,在药垆棋局间,而鄙夫方在缧绁,未知死生,慨然羡慕,何止霄汉。既蒙圣恩宽贷,处之善地,杜门省愆之外,萧然无一事,恍然酒醒梦觉也。子由特蒙手书累幅,劳问至厚。即欲裁谢,为一老乳母病亡,而舍弟亦丧一女子,悼念未衰,复闻堂兄之丧,忧哀相仍,致此稽缓,想未讶也。承六月中官满赴阙,不知今安在? 托子骏求便达此书尔。未由会面,万万以时自重。不宣。卷五八

与周文之 一 惠州

某启:近蒙寄示画图及新堂面势,仍求榜铭。岭南无大寒甚暑,秋冬之交,勾萌盗发,春夏之际,柯叶潜改,四时之运默化,而人不知。民居其间,衣食之奉,终岁一律,寡求而易安,有足乐者。若吏治不烦,即其所安而与之俱化,岂非牧养之妙手乎? 文之治循,似用此道,故以"默化"名此堂,如何? 可用,便请题榜也。卷五八

与周文之 二 以下俱儋耳

某启:昨暮已别,回策凄断,谨令小儿候违。来年春末,求般家二卒,送少信至子由,乞为选有家而愿者,至时当别奉书也。喧聒为愧,不罪。卷五八

与周文之 三

惠栗极佳,梨,无则已,不烦远致也。惠米五硕,可得醇酒三

十斗,日饮一胜,并旧有者,已足年计。既免东篱之叹,又无北海之忧,感怍可知也。食米已领足,今附纳二十千省还宅库足外,余缗尽用致此物,幸甚。来年食口稍众,又免在陈,不惟软饱,遂可硬饱矣。浙中谓饮酒为软饱。仆有诗云:"三杯软饱后,一枕黑甜余。"以代相对一笑。卷五八

与周文之　四

郑君知其俊敏笃学,向观所为诗文,非止科场手段也。人去,忙作书,不及相见,且致此意。李公弼亦再三传语,承许远访,何幸如之! 海州穷独,见人即喜,况君佳士乎? 林行婆当健,有香与之,到日告便送去也。八郎房下不幸,伤悼。卷五八

与李亮工　一　以下俱北归

某启:特沐专使手书,具审起居佳胜,甚慰驰仰。江路滩涩,寸进而已,更半月乃可造谒。未间,乞保卫。人还,布谢草草,不宣。卷五八

与李亮工　二

某乏人修状,手启为答,幸望宽恕。见孙叔静言,伯时顷者微嗽,不知得近信否? 已全安未? 余非面莫究。卷五八

与李亮工　三

　　某启：近别，起居佳胜。向者匆匆，不一诣违，至今为恨。旌旆之还，想已新岁，伏冀尊重以迎多福。临行冗迫，不宣。卷五八

与李亮工　四

　　某启：近辱书，承比日起居佳胜。仍示和诗，词指高妙，有起衰疲，幸甚幸甚！某更旬日乃行，逾远，怅望！意决往龙舒，遂见伯时为善也，余惟万万以时自重。不宣。卷五八

与李亮工　五

　　伯固必频见，告致恳南华师，亦略道意。行役未休，疲厌甚矣，何时复见一洗濯耶？或转示此纸，幸甚幸甚！卷五八

与李亮工　六

　　曾见伯固言，欲炼钟乳，果然否？告求少许，或只寄生者亦可。为两儿妇病，皆饵此得效也。陈公密来时，可附致否？卷五八

文集卷六十八

与游嗣立 一 以下俱惠州

某启：谪居瞻望不远，屡欲上问，不敢。忽辱手教，劳慰周厚，感仰深矣。比日履兹初凉，起居佳胜？某蒙庇粗遣，未缘披奉，惟冀若时自重。谨奉手启布谢，不宣。卷五八

与游嗣立 二

某启：使人久留海丰，裁谢稽缓，想不深责。舍弟谪居部中，尤荷存庇。家书已领，并增感怍。余非笔墨可究。卷五八

与张景温 一 以下俱儋耳

某启：久不上问，倾仰增剧。比日窃惟按抚多暇，起居佳胜？某罪大责薄，复窜海南，知舟御在此，以病不果上谒，愧负深矣。谨奉手启，布谢万一，不宣。卷五八

与张景温 二

某垂老投荒，岂有复见之期，深欲一拜左右。自以罪废之余，

当自屏远,故不敢扶病造前,伏冀垂察。_{卷五八}

与冯大钧 一 以下俱南迁

某启:经由烦溷,铃下佩荷深矣。比惟起居佳胜? 某来早发去,自是岭海阔绝,怅然。所冀以时自重。谨奉手启布谢,不宣。
_{卷五八}

与冯大钧 二

某有广州市舶李殿直书一封,烦附递前去,复不沉没,为荷。勿讶浼渎。_{卷五八}

与庄希仲 一 以下俱南迁

某启:山阳恨不得再见,留书告别。重烦遣人答教,具审弭节已还,起居佳胜。某少留仪真,旦夕出江,瞻企逾邈,怅焉永慨。尚冀顺时为国自重。不宣。_{卷五八}

与庄希仲 二

某辄有少烦,方深愧悚,遽承差借三卒,大济旅途风水之虞,感戴高谊,无以云谕。书信已领,人回日,别上状。适暑毒,不佳,布谢不详谨,悚息悚息! 仲光承非远赴阙,是否? 因会,乞致区区。
_{卷五八}

与庄希仲 三

某启：甬上奉违，忽已累月，思咏可量。比日窃惟履兹秋暑，起居佳胜？罪废之迹，曲荷存眷。差人津送，感愧无已。未期瞻奉，伏冀以时为国自重。不宣。卷五八

与庄希仲 四

某启：罪大责薄，重罹窜逐，迁去海上，益远左右，但深依恋。涂次，裁谢草草，恕悉，幸甚。卷五八

与张逢 一 以下俱儋耳

某启：兄弟流落，同造治下，蒙不鄙遗，眷待有加。感服高义，悚息不已。别来未几，思仰日深。比日起居何如？某已到琼，过海无虞，皆托余庇。旦夕西去，回望逾远。后会未涯，惟万万若时自重，慰此区区。途次裁谢，草草，不宣。卷五八

与张逢 二

某启：海南风气，与治下略相似，至于食物人烟，萧条之甚，去海康远矣。到后，杜门默坐，喧寂一致也。蒙差人津送，极得力，感感。舍弟居止处，若早得成，令渠获一定居。遗物离人，而立于独，乃公之厚赐也。儿子干事，未暇上状。卷五八

与张逢　三

　　某启：久不上状，想察其衰疾多畏，非敢慢也。新军使来，辱教字，具审比日起居佳胜，感慰兼集。某到此数卧疾，今幸少间。久逃空谷，日就灰槁而已。因书瞻望，又复怅然。尚冀若时自厚，区区之余意也。不宣。_{卷五八}

与张逢　四

　　某再启：闻已有诏命，甚慰舆议，想旦夕登途也，当别具贺幅。某阙人写启状，止用手尺，乞加恕。_{卷五八}

与张逢　五

　　某启：子由荷存庇深矣，不易一一言谢也。新春，海上啸咏之余，有足乐者，此岛中孤寂，春色所不到也。_{卷五八}

与张逢　六

　　某启：新酿四壶，开尝如宿昔，香味醇冽，有京洛之风。逐客何幸得此！但举杯属影而已。一笑一笑！海错亦珍绝。此虽岛外，人不收此，得之又一段奇事也。眷意之厚，感怍无已。_{卷五八}

与朱振 一　以下俱惠州

某启：前日蒙示所藏诸书，使末学稍窥家传之秘，幸甚幸甚！恕先所训，尤为近古。某方治此书，得之，颇有所开益，拜赐之重，如获珠贝。又重烦令子运笔，益深愧感。老拙不揆，辄立训传，尚未毕工，异日当以奉呈也。新说方炽，古学崩坏，言之伤心。区区所欲陈，未易究也。临纸慨然，不一一。卷五八

与朱振 二

公于《春秋》发明固多矣，舍弟颇治此学，异日相见，当出其书互相考也。然此书近遭废锢，尚未蒙牵复，公尚敢言及耶？想当一笑。卷五八

与萧世京 一　以下俱惠州

某启：春和，窃惟起居佳胜。某罪遣，得托迹麾下，幸甚。到惠即欲上问，杜门省咎，人事几废，以故后时，想不深讶。未缘瞻奉，伏冀为时自重。谨奉手启布闻，不宣。卷五八

与萧世京 二

某再启：伏审使旆巡按至惠，得遂际见，何幸如之！某始寓僧舍，凡百不便。近因正辅至郡，许假馆行衙，不及面禀，辄已迁入，悚仄不已。想仁念顾恤，不深讶也。卷五八

与萧朝奉 惠州

近得见令兄提举,稍闻动止之详,为慰。少事辄冒闻,幸恕率易。儿子迈般挈数房贱累,自虔易小舟,由龙南江至方口出陆至循州,下水到惠。贱官重累,敢望矜恤。特为于郡中诸公,醵借白直数十人送至方口,计未远出州界,切望垂念。已于循州擘画得数十人至方口迎之也。流落困苦,想加愍察。卷五八

与罗秘校 一 以下俱惠州

某启:专人至,承不鄙罪废,长笺见及,援证古今,陈义甚高,伏读感愧。仍审比来起居佳胜,至慰至慰! 守局海徼,屈淹才美,然仕无高下,但能随事及物,中无所愧,即为达也。伏暑,万万自重。卷五八

与罗秘校 二

某启:衰病,裁答草草,不讶不讶! 知不久美解,即获会见,至喜至喜! 掩骼之事,知甚留意。且夕再遣冯、何二士去面禀,亦有少钱在二士处。此不觍缕。增城荔子一篮,附去人驰上。不罪不罪! 卷五八

与罗秘校 三 以下俱儋耳

某启:远蒙惠书,非眷念之厚,何以及此。仍审比来起居佳

胜,感慰兼集。老病之余,复此穷独,岂有再见之期,尚冀勉进学问,以究远业。卷五八

与罗秘校 四

某启:官事有暇,得为学不辍否? 有可与往还者乎? 此间百事不类海北,但杜门面壁而已。彼中有粗药可治病者,为致少许。此间如苍术、橘皮之类,皆不可得,但不论粗贱,为相度致数品。不罪不罪! 卷五八

与朱行中 一 以下俱北归

某启:真阳一见,大慰宿昔,匆遽就别,怅惘可知。行役纷纷,且未有便,尚稽驰问。特辱专使手书,具审下车以来台候康胜,感慰兼集。某承庇如昨,更五六日离韶。已远左右,伏冀为国自重。人还,匆匆,不宣。卷五八

与朱行中 二

某前承借示新诗,久矣不见斯作也。然世俗识真者少,独唱无和。帐勾谢民师,公若不以位貌为间,亦庶几班斤郢斫也。老拙百念灰寂,独一觞一咏,亦不能忘。陋句数首,录呈,以为一笑。手启上问,恃知照不深责也。卷五八

与朱行中　三

　　某启：违阔滋久，向往徒勤。比日履兹寒凝，起居佳胜？承旌驭已至，即欲走谒，谨先奉手启上问。卷五八

与朱行中　四

　　某屏居岁久，未尝冠帻，比日又苦小疖，不能巾裹。欲服帽请见，先令咨禀，如许，乃敢前诣。幸不深责。卷五八

与朱行中　五

　　某启：近因还使上状，必已闻达。连雨凝阴，远想台候康胜？某蒙庇粗遣，已达虔州，少留，须水度赣，更半月行也。南海静治，有足乐者。想有妙唱，自南而北也。后会未期，万万自重。不宣。卷五八

与朱行中　六

　　某启：别后两奉状，想一一闻达。比日履兹春和，台候胜常？某滞留赣上，以待春水至，此月末乃发。瞻望怅惋。南海虽远，然雅量固有以处之矣。诗酒之乐，恨不日陪接也。更冀若时保练。不宣。卷五八

与朱行中　七

般家人蒙辍借，行计遂办，非眷念特达，何以及此。言谢不尽，悚怍而已。卷五八

与朱行中　八

某启：蒙眷厚借搬行李人，感愧不在言也。但节级朱立者无状，侵渔不已，又遂窜去。林聪者，又殴平人几死。见禁，幸所殴者渐安，决不死矣。此中人多言于法有碍，不可带去，故辄牒虔州，云得明公书，令某遣还，多难畏事，想必识此心也。买公用人于法无碍，故仍旧带去。此二十余人，皆得力不作过，望不赐罪。穷途作事皆类此，惭悚不可言。已得二座船，不失所矣。幸不贻念。陋句数首，端欲发一笑耳。卷五八

与朱行中　九

少事不当上烦，东莞资福长老祖堂者，建五百罗汉阁，极宏丽，营之十年，今成矣。某近为作记，公必见之矣。途中为告文安国，篆得阁额，甚妙。今封付去人。公若欲观，拆开不妨，却乞差一小心人赍送祖堂者。不罪不罪！卷五八

与朱行中　一〇

某已得两舟，尚在赣石之下，若月末不至，当乘小舟往就之。

买公用人以节级持所赍钱窜去，又以疫气多死亡者，以此求还。官舟无用多人，故悉遣回。皆以指挥严切，甚得力，乞知之。适少冗，驰问不尽区区。 卷五八

与曹子方 一 以下俱惠州

某启：奉别忽三年，奔走南北，不暇奉书。中间子由转附到天门冬煎，故人于我至矣。日夜服食，期月遂尽之。到惠州，又递中领手书，懒废益放，不即裁谢。死罪死罪！ 卷五八

与曹子方 二

某启：专人至，教赐累幅，慰抚周尽。且审比来起居佳胜，感慰兼集。某得罪几二年矣，愚陋贪生。辄缘圣主宽贷之慈，灰心槁形，以尽天年，即目殊健也。公别后，微疾尽去，想今亦康佳。养生亦无他术，独寝无念，神气自复。知吕公读《华严经》有得，固所望于斯人也。居闲偶念一事，非吾子方莫可告者。故崇仪陈侯，忠勇绝世，死非其罪；庙食西路，威灵肃然。愿公与程之邵议之，或同一削，乞载祀典，使此侯英魄，少伸眉于地下。如何如何！然慎勿令人知不肖有言也。陈侯有一子，在高邮，白身，颇知书。蒙惠奇茗、丹砂、乌药，敬饵之矣。西路洞丁，足制交人，而近岁绥驭少方，殆不可用，愿为朝廷熟讲之。此外，万万保重。 卷五八

与曹子方 三

某启：公劝仆不作诗，又却索近作。闲中习气不除，时有一二，然未尝传出也。今录三首奉呈，览毕便毁之，切祝切祝！惠州风土差善，山水秀邃，食物粗有，但少药尔。近报有永不叙复指挥，正坐稳处，亦且任运也。子由频得书，甚安。某惟少子随侍，余皆在宜兴。见今全是一行脚僧，但吃些酒肉尔。此书此诗，只可令之邵一阅，余人勿示也。卷五八

与曹子方 四

某启：专人辱书，仰服眷厚。仍审比来起居佳胜，至慰至慰！长子未得的耗，小儿数日前暂往河源，独干筑室，极为劳冗。承惠芽蕉数品，有未尝识者。幸得遍尝，感愧不已。匆匆奉谢。卷五八

与曹子方 五

某启：数日，稍稍清冷，伏惟起居佳胜？构架之劳，殊少休暇，思企清论，日积滞念，尚冀保卫。区区之至。因吴子野行，附启。不宣。卷五八

与孙叔静 一 以下俱北归

辱手教，具审尊体佳胜，甚慰驰仰。拙疾亦渐平矣，明日当出诣见。烧羊蒙珍惠，下逮童孺矣。卷五八

与孙叔静　二

某启：累岁阔别，不意相逢海上，握手一笑，岂偶然哉。亟辱专使教墨，具审起居佳胜，感慰兼集。玉局之除，已有训词，似不妄也。得免湖外之行，余生厚幸。至英，当求人至永请告敕。遂渡岭过赣归阳羡，或归颍昌，老兄弟相守，过此生矣。幸甚幸甚！乍远，万万为国自重。匆匆，不宣。 _{卷五八}

与孙叔静　三

某启：久留治下，辱眷待之厚，既过重矣。而爱念之意，拳拳不已，更勤从者远至今刹。自惟衰朽，何以获此！比来数日，思渴不已。长至俯迩，不克展庆，此心南骛矣。令子烦远饯，不及别状。伏惟侍外珍爱。

江知言附此恳兼记于许、李、欧阳、林、莫诸先辈处，略道不暇作书之意。 _{卷五八}

文集卷六十九

与米元章 一　登州还朝

某启：人至，辱书累幅，承孝履无恙，甚慰想念。某自登赴都，已达青社，衰病之余，乃始入闸，忧畏而已。复思东坡相从之适，何可复得！适人事百冗，裁谢极草草。惟千万节哀自重。卷五八

与米元章 二　以下俱翰林

某启：示及数诗，皆超然奇逸，笔迹称是。置之怀袖，不能释手。异日为宝，今未尔者，特以公在尔。呵呵。临古帖尤奇，获之甚幸。灯下昏花，不复成字，谨已降矣。余未能尽，俟少暇也。卷五八

与米元章 三

书牌额用公名，岂不足耶？而必欲得仆名。此老阙败不小，可以此答之也。卷五八

与米元章 四

自承至京，欲一见。每遇休沐，人客沓至，辄不敢出，公又不

肯见过,思仰不可言。二小诗甚奇妙,稍闲,当和谢。三本皆妙迹,且暂留一两日,题跋了奉还。偶与客饮数杯,薄醉,书不成字,悚息悚息! 卷五八

与米元章 五

元章想旦夕还县,竟不得一款话。某累请终不允,信湖山非有分者不能得也。卷五八

与米元章 六

某恐不久出都,马梦得亦然。旦夕间一来相见否? 乞为道区区。惠示殿堂二铭,词翰皆妙,叹玩不已。新著不惜频借示。卷五八

与米元章 七

马髯且为道意,未及答书,十千修屋缗,更旬日寄去也。非久得郡,或当走寓邑中待水也。卷五八

与米元章 八

昨日诗发一笑尔,慎勿刻石。太师雄篇已领,纸轴亦且留下。卷五八

与米元章 九 以下俱赴杭州

某以疾请郡,遂得余杭。荣宠过分,方深愧恐,重辱新诗为送,词韵高雅,行色增光,感服不可言也。无缘面谢,益用悚息。卷五八

与米元章 一〇

某启:示法书一轴,已作两诗跋尾封纳,请批一二字,贵知达也。诗皆戏语,不讶。卷五八

与米元章 一一

某启:昨日远烦追饯,此意之厚,如何可忘。冒热还城,且喜尊体佳胜。玳簪甚奇,岂公子宾客之遗物耶?佳篇辱贶,以不作诗故,无由攀和。山研奇甚,便当割新得之好为润笔也。呵呵。今晚不渡江,即来辰当济。益远,惟万万保爱。卷五八

与米元章 一二 以下俱扬州还朝

某启:前在扬州领所惠书,当路日不暇给,不即裁答。人至,复枉手教,荷存记之厚,且审起居佳胜,感慰交集。梦得来谈新政不容口,甚慰所望。万万自重。卷五八

与米元章 一三

笺启过礼,深愧相疏。外人回速,未暇占词奉贺,不罪不罪!

卷五八

与米元章 一四

某启:辱书,承佳胜,甚慰想望。衰倦本欲远引,因得会见,竟未遂此心。何时到府,因复少款。未间,万万保重。不宣。卷五八

与米元章 一五　以下俱赴定州

某启:过治下得款奉,辱主礼之厚,愧幸兼极。出都纷冗,不即裁谢。辱书感怍,仍审起居佳胜,为慰。邑政日清简,想有以为适。新诗文寄示,幸甚。惟万万保练。不宣。卷五八

与米元章 一六

某启:辱临访,欲往谢,又蒙惠诗,欲和答,竟无顷刻暇,愧负可量。雨冷,起居佳胜?只今出城,无缘走谢,想公难得人仆,亦不烦出。千万保重,非远,北行矣。匆匆,不宣。卷五八

与米元章 一七

某启:辱简,承存慰至厚,哀感不已。平生不知家事,老境乃

有此苦。蒙仁者矜愍垂诲,奈何奈何! 入夜目昏,不谨。_{卷五八}

与米元章　一八

出城固不烦到,复得一见,幸矣。微疾想不为患,余非面莫究。_{卷五八}

与米元章　一九

某启:辱教,且审起居佳胜,并惠新诗,足为衰朽光荣,感慰之极。途中宾客纷然,裁答未能详谨,千万恕察。_{卷五八}

与米元章　二〇　以下俱北归

傅守会已罢而归矣。风止江平,可来夜话。德孺同此恳。_{卷五八}

与米元章　二一

某启:两日来,疾有增无减。虽迁闸外,风气稍清,但虚乏不能食,口殆不能言也。儿子于何处得《宝月观赋》,琅然诵之,老夫卧听之未半,跃然而起。恨二十年相从,知元章不尽,若此赋,当过古人,不论今世也。天下岂常如我辈愦愦耶! 公不久当自有大名,不劳我辈说也。愿欲与公谈,则实未能,想当更后数日耶? _{卷五八}

与米元章　二二

某昨日归卧,遂夜,海外久无此热,殆不堪怀。柳子厚所谓意象非中国人也。宗伯遂弃世,当为天下惜。余非面莫尽。_{卷五八}

与米元章　二三

某两日病不能动,口亦不欲言,但困卧尔。承示太宗草圣及谢帖,皆不敢于病中草草题跋,谨具驰纳,俟少愈也。河水污浊不流,熏蒸成病,今日当迁过通济亭泊。虽不当远去左右,只就活水快风,一洗病滞,稍健当奉谈笑也。_{卷五八}

与米元章　二四

某食则胀,不食则羸甚,昨夜通旦不交睫,端坐饷蚊子尔。不知今夕如何度。示及古文,幸甚。谢帖既未可轻跋,欲书数句,了无意思,正坐老谬耳。眠食皆未佳。无缘遂东,当续拜简。_{卷五八}

与米元章　二五

某启:岭海八年,亲友旷绝,亦未尝关念。独念吾元章迈往凌云之气,清雄绝俗之文,超妙入神之字,何时见之,以洗我积年瘴毒耶! 今真见之矣,余无足言者。不一一。_{卷五八}

与米元章 二六

某昨日饮冷过度,夜暴下,且复疲甚。食黄蓍粥甚美。卧阅四印奇古,失病所在。明日会食乞且罢,需稍健,或雨过翛然时也。印却纳上。 _{卷五八}

与米元章 二七

某启:数日不闻来音,谓不我顾,复渡江矣。辱教,即承起居佳胜,慰感倍常。匆匆布谢。 _{卷五八}

与米元章 二八

某一病几不相见,今始觉有丝毫之减,然未能作书也。跋尾在下怀。 _{卷五八}

与朱康叔 一 以下俱黄州

某启:武昌传到手教,继辱专使坠简,感服并深。比日尊体佳胜?节物清和,江山秀美,府事整办,日有胜游,恨不得陪从耳。双壶珍贶,一洗旅愁,甚幸甚幸!佳果收藏有法,可爱可爱!拙疾,乍到不谙风土所致,今已复常矣。子由尚未到真,寸步千里也。未由展奉,尚冀以时自重。 _{卷五九}

与朱康叔　二

令子归侍左右，日有庭闱之乐，恨未际见，不敢辄奉书。近见提举司荐章，稍慰舆议，可喜可喜！作墨竹人，近为少闲暇，俟宛转求得，当续致之。呵呵。酒极醇美，必是故人特遣下厅也。某再拜。卷五九

与朱康叔　三

某启：专使至，复领手教，契爱愈厚，可量感服。仍审比日起居休胜，为慰。舍弟已部贱累到此，平安，皆出余庇，不烦念及。珍惠双壶，遂与子由屡醉，公之德也。隆暑，万万以时自重，行膺殊用。人还，上谢。卷五九

与朱康叔　四

某再拜：近奉书并舍弟书，想必达。胡掾至，领手教，具审起居佳胜。兼承以舍弟及贱累至，特有厚贶，羊、面、酒、果，一一捧领讫，但有惭怍。舍弟离此数日，来教寻附洪州递与之。卷五九

与朱康叔　五

已迁居江上临皋亭，甚清旷。风晨月夕，杖履野步，酌江水饮之，皆公恩庇之余波，想味风义，以慰孤寂。寻得去年六月所写诗一轴寄去，以为一笑。酷暑，万乞保练。卷五九

与朱康叔　六

某启：暑毒不可过，百事堕废，稍疏上问，想不深讶。比日伏想尊履佳胜。别乘过郡，承赐教及惠新酒。到此，如新出瓮，极为珍奇，感愧不可言。因与二三佳士会饮，同感德也。秋热，更望保练，行膺峻陟。卷五九

与朱康叔　七

胡掾与语，如公之言，佳士佳士！渠方寄家齐安，时得与之相见也。令子必且盘桓侍下。中前示谕姻亲事，可留示年月日，恐求亲者欲知之。造次造次！卷五九

与朱康叔　八

某启：因循，稍疏上问，不审近日尊候何如？某蒙庇如昨。秋色益佳，郡事稀少。有以为乐耶？无缘展奉，但积思仰。乍冷，万冀以时自重。

郭寺丞一书，乞指挥送与。其人甚有文雅，必蒙青顾也。闻其坠马伤手，不至甚乎？卷五九

与朱康叔　九

某启：近附黄冈县递拜书，必达。专人过此，领手教，具审起居佳胜，勿复凄冷。此岁行尽，会合何时，以增怅然，唯祈善保。卷

五九

与朱康叔　一〇

敷文，他计此月末方离陈。南河浅涩，想五六月间方到此。荷公忧恤之深，其家固贫甚，然乡中亦有一小庄子，且随分过也。归老之说，恐未能如雅志。又闻理积弊，已就伦次，监司朝廷，岂有遽令放闲耶？问及物食，天渐热，难久停，恐空烦费也。海味亦不苦食。既忝雅契，自当一一奉白。卷五九

与朱康叔　一一

示谕亲事，专在下怀。然此中殊少士族，若有所得，当立上闻也。要字，俟少闲，续上纳。墨竹如可尊意，当取次致左右。画者在此不远，必可求也。呵呵。卷五九

与朱康叔　一二

某启：近王察推至，辱书，承起居佳胜。方欲裁谢，又枉教墨，益增感愧。数日来，偶伤风，百事皆废。今日微减，尚未有力，区区之怀，未能详尽也。乍暄，惟冀以时珍摄。稍健，当上问次。卷五九

与朱康叔　一三

阁名久思，未获佳者，更乞详示阁之所向及侧近故事故迹，为幸。董义夫相聚多日，甚欢，未尝一日不谈公美也。旧好诵陶潜

《归去来》，常患其不入音律。近辄微加增损，作《般涉调哨遍》，虽微改其词，而不改其意。请以《文选》及本传考之，方知字字皆非创入也。谨作小楷一本寄上，却求为书，抛砖之谓也。亦请录一本与郭元弼，为病倦，不及别作书也。数日前，饮醉后作得顽石乱筱一纸，私甚惜之。念公笃好，故以奉献，幸检至。卷五九

与朱康叔 一四

令子必在左右，计安胜，不敢奉书。舍弟已到官。闻筠州大水，城内丈余，不知虚的也。屏赞、砚铭，无用之物，公好事之过，不敢不写，装成送去，乞一览。少事不免上干：闻有潘原秀才，以买扑事被禁。是潘正名买扑。某与其兄潘丙解元至熟，最有文行。原自是佳士，有举业，望赐全庇，暑月得早出。为此人父母皆笃老，闻之，忧恐万端。公以仁孝名世，必能哀之。恃旧干渎，不敢逃罪。天觉出蓝之作，本以为公家宝，而公乃轻以与人，谨收藏以镇箧笥。然寻常不揆辄以乱道尘献，想公亦随手将与人耳，呵呵。卷五九

与朱康叔 一五

与可船旦夕到此，为之泫然，想公亦尔也。子由到此，须留他住五七日，恐知之。前曾录《国史补》一纸，不知到否？因书略示谕。蒙寄惠生煮酒四器，正济所乏，极为珍感。生酒，暑中不易调停，极佳。然闵仲叔不以口腹累人。某每蒙公眷念，远致珍物，劳人重费，岂不肖所安耶！所问菱翠，至今虚位，云乃权发遣耳，何足挂齿牙！呵呵。冯君方想如所谕，极烦留念。又蒙传示秘诀，何以

当此。寒月得暇，当试之。天觉亦不得书。此君信意简率，乃其常态，未可以疏数为厚薄也。酒法，是用菉豆为曲者耶？亦曾见说来，不曾录得方。如果佳，录示为幸。鲟鲊极珍极珍！卷五九

与朱康叔　一六

叠蒙寄惠酒、醋、面等，一一收检，愧荷不可言。不得即时裁谢，想仁明必能恕察。老媳妇得疾，初不轻，今已安矣，不烦留念。食隔已纳武昌吴尉处矣。适少冗，不敢稽留来使。少间，别奉状次。卷五九

与朱康叔　一七

见元章书中言，当世之兄冯君处，有一学服朱砂法，甚奇。惟康叔可以得之，不知曾得未？若果得，不知能见传否？想于不肖不惜也。卷五九

与朱康叔　一八

今日偶读国史，见杜羔一事，颇与公相类。嗟叹不足，故书以奉寄。然幸勿示人，恐有嫌者。江令乃尔，深可罪，然犹望公怜其才短不逮而已。屡有干渎，蒙不怪，幸甚幸甚！章宪今日恐到此，知之。

杜羔有至性，其父河北一尉而卒。母非嫡，经乱不知所之。会堂兄兼为泽潞判官，尝鞫狱于私第。有老妇辩对，见羔出入，窃

语人曰:"此少年状类吾夫。"讯之,乃羔母也。自此迎侍而归。又往访先人之墓,邑中故老已尽,不知所在。馆于佛寺,日夜悲泣。忽视屋柱煤烟之下,见数行字,拂而视之,乃父遗迹云:"我子孙若求吾墓,当于某村家问之。"羔哭而往。果有老父八十余,指其丘陇,因得归葬。羔官至工部尚书,致仕。此出唐李肇《国史补》。近偶观书,叹其事颇与朱康叔相似,因书以遗之。元丰三年九月二十五日记。卷五九

与朱康叔　一九

近日随例纷冗,有疏上问,不审起居何如? 两日来武昌,如闻公在告,何也? 岂尊候小不佳乎? 无由躬问左右,但有驰系。冬深寒涩,尤宜慎护。卷五九

与朱康叔　二〇

章质夫求琵琶歌词,不敢不寄呈。安行言,有一既济鼎样在公处,若铸造时,幸一见,为作一枚,不用甚大者,不罪不罪! 前日人还,曾附古木丛竹两纸,必已到。今已写得经藏碑附上。令子推官侍下计安胜,何时赴任,未敢拜书也。卷五九

文集卷七十

答虔倅俞括

　　轼顿首，资深使君阁下：前日辱访，宠示长笺及诗文一编，伏读数日，废卷抚掌，有起予之叹。孔子曰："辞达而已矣。"物固有是理，患不知之。知之。患不能达之于口与手。所谓文者，能达是而已。文人之盛，莫如近世，然私所敬慕者，独陆宣公一人。家有公奏议善本，顷侍讲读，尝缮写进御。区区之忠，自谓庶几于孟轲之敬主。且欲推此学于天下，使家藏此方，人挟此药，以待世之病者，岂非仁人君子之至情也哉！今观所示议论，自东汉以下十篇，皆欲酌古以驭今，有意于济世之实用，而不志于耳目之观美，此正平生所望于朋友与凡学道之君子也。然去岁在都下，见一医工，颇艺而穷，慨然谓仆曰："人所以服药，端为病耳。若欲以适口，则莫如刍豢，何以药为？今孙氏、刘氏皆以药显，孙氏期于治病，不择甘苦，而刘氏专务适口，病者宜安所去取？而刘氏富倍孙氏，此何理也？"使君斯文，恐未必售于世。然售不售，岂吾侪所当挂口哉！聊以发一笑耳。进宣公奏议，有一表，辄录呈，不须示人也。余俟面谢，不宣。卷五九

答范景山

　　自离东武，不复拜书，疏怠之罪，宜获谴于左右矣。两辱手

教,存抚愈厚,感愧不可言。即日起居佳胜。知局事劳冗殊甚。景山虽去轩冕,避津要,所欲闲耳,而不可得,乃知吾道艰难之际,仁人君子舍众人所弃,犹不可得,然忧喜劳逸,无非命者,出办此身,与之浮沉,则亦安往而不适也。轼始到彭城,幸甚无事,而河水一至,遂有为鱼之忧。近日虽已减耗,而来岁之患,方未可知。法令周密,公私匮乏,举动尤难,直俟逐去耳。久不闻余论,顽鄙无所镌发,恐遂汩没于流俗矣。子由在南都,亦多苦事。近诗一轴拜呈,冗迫,无佳意思,但堪公笑耳。近斋居内观,于养生术似有所得。子由尤为造入。景山有异书秘诀,倘可见教乎? 余非面莫尽,惟乞万万自重。卷五九

与陆固朝奉　杭倅

某启:久留属疾,不敢造请,负愧已深。兹者启行,又不往别,悚怍之至。谨奉手启代违。卷五九

与李无悔

某启:久留浙中,过辱存顾,最为亲厚。既去,又承追饯最远。自惟衰拙,众所鄙弃,自非风义之笃,何以至此。既别,但有思咏。两辱书教,具审起居佳胜。今岁科举,闻且就乡里。承示喻,进取之意甚倦。盛时美才,何遽如此? 且勉之,决取为望。新文不惜见寄。未缘集会,惟万万自重。不宣。卷五九

答汉卿

某启:辱教,承起居佳胜为慰。知不久入城,遂当一见,何幸如之。地黄煎已领,感怍。适自局中还,热甚,懑塞。奉书。地黄煎蒙寄惠,极佳。姜蜜之剂,甚适宜也。仰烦神用,愧感不可言①。卷五九

与何浩然

人还,辱书,且喜起居佳胜。写真奇妙,见者皆言十分形神,甚夺真也。非故人倍常用意,何以及此。感服之至。所要诗,稍暇作写去。双幅已令蜀中织造,至便寄纳。未即会见,千万珍重。卷五九

答李秀才元　以下俱徐州

热甚,竟不再别,怅仰殊深。辱教,承起居佳胜。宠惠皆奇笔雅制,刻荷无已。仁者之惠,诚足慰彼黎庶。然不知者,以为见教,以是摇之。呵呵。安道、舍弟,当具道盛意。乍远,万乞保重。即复显用,以慰士望。卷五九

答晁君成

苦寒,审尊履佳胜。新文极为精妙,久不见之,其慰喜。《庄

---

① 自"奉书"以下二十七字,疑为另一则尺牍。

子》"用志不分，乃疑于神"，古语以"疑"为似耳。如《易》"阴疑于阳"，世俗不知，乃改作"凝"，不敢不告。人还，草草。<small>卷五九</small>

答吕熙道 一 <small>以下俱湖州</small>

平时企咏贤者，独恨隔阂耳。既至治下，谓当朝夕继见，而病与人事夺之，又迫于行，匆遽舍去，可胜叹耶。别来方欲上问，先辱手教，益增悚怍。比日起居何如？后会不可期，惟万万以时自重。<small>卷五九</small>

答吕熙道 二

南都住半月，恍然如一梦耳。思企德义，每以怅然，舍弟朴讷寡徒，非长者轻势重道，谁肯相厚者。湖州江山风物，不类人间，加以事少睡足，真拙者之庆。有干，不外。<small>卷五九</small>

与道甫

昨日特蒙不外鄙拙，袖出盛文相示，辞赡格老，览之令人亹亹忘倦。非大手笔未易至此，受教良多。不敢擅为巾笥之藏，谨令人归纳文府。伏乞视至。未审从人何日成行，亦须示谕。<small>卷五九</small>

答君瑞殿直 <small>以下俱黄州</small>

春来未尝一日闲，欲去奉谒，遂成食言，愧愧。辱书，承起居

佳胜，为慰。君猷知四月末乃行，犹可一见否？乍暄，惟万万自重。卷五九

与景倩

昨日辱访，大慰久渴。经宿起居佳胜？食已，本欲奉谒，适陈季常来，故且已。众客颇怀公高论，可能只今一访否？礼不当尔，意公期我于度外也。卷五九

与赵仲修　一

疮病不往见，而仁人敦旧，屡承车马，感愧不可言。雨凉，切惟起居佳胜？旦夕当获面谢。卷五九

与赵仲修　二

公清贫，更烦辍惠羊边，谨以拜赐，使我有数日之饱。公亦乃无浃旬蔬食耶？一噱。卷五九

与何圣可

辱示朱先生所著书诗，词义深矣，浅学曾不足以窥其万一。结发求道，笃老不衰，世间有几人，而匏系于此，不得一望其履幕，慨叹不已。久废笔砚，无以报此嘉贶，益增愧报。卷五九

与毛维瞻

岁行尽矣，风雨凄然。纸窗竹屋，灯火青荧。时于此间，得少佳趣。无由持献，独享为愧。想当一笑也。卷五九

与运判应之 登州还朝

多日不接奉，渴仰殊深。大热，伏想起居佳胜？承旦夕启行，无缘往别。乡里何幸，被蒙岂弟之政，但贤者远去，有识所叹也。冲犯酷暑，千万自爱。卷五九

与张正己

特承访别，愧企良深。晴寒，起居安胜？宝月书信并念二侄一书，烦从者附行，不讶不讶！正寒冲冒，千万加爱。卷五九

答吕元钧 一 以下俱翰林

适辱教，值局中，不即答，悚息悚息！热甚，尊体佳安？隆暑冲冒，何不少待秋凉。必亮此意，非面莫尽。香不欲附去，恐损其人之高节。纷纷之议，未闻其详，可否示谕？余俟朝中可既。卷五九

答吕元钧 二

中间承进职，虽少慰人望，然公当在庙堂，此岂足贺也。此间

语言纷纷,比来尤甚。士大夫相顾避罪而已,何暇及中外利害大计乎? 示谕,但闵然而已。非久,季常人行,当尽区区。卷五九

答吕元钧 三

屡与令子语,钦爱才美,但尚屈大官,未厌公论耳。季常近得书,亦见黄州人言体气颇安壮,但口眼微动耳。来求药物,已寄去。余具令子口白。卷五九

答史彦明主簿 一

别后冗懒相因,不果上问,愧企增剧。远辱书教,感服深矣。比日起居何如? 衰病怀归,请郡未得。何时展奉,少道菀结。岁晚厚爱,少慰区区。卷五九

答史彦明主簿 二

新宁想未赴上前所欲发书,至时可示谕也。程懿叔去后,旅思牢落,闻已到郡矣。寄惠秋石,极感留意。新春,龙鹤菜根有味,举筯想复见忆耶? 卷五九

与家复礼

前日辱访别,怅恋不已。阴寒,起居佳否? 送行诗别写得一本,都胜前日书者,复纳去。远道,万万自重。卷五九

答王圣美　杭州还朝

昨日庭中望见，喜慰久渴。辱教，伏承尊体佳胜。无缘造门，尚冀邂逅，复少须臾。人还，布谢草草。卷五九

与王正夫朝奉　一

递中辱书，人至，复枉手示，并增感慰。即日起居如宜。襄事薄遽，哀苦至矣。无由助执绋，临纸怆叹。尚冀宽中毋毁，以就远业。卷五九

与王正夫朝奉　二

大年哀词，恨拙讷不尽盛德，聊塞孝心万一。何日西行？倾想之极。曹子方因会，致区区。卷五九

与王正夫朝奉　三

惠示志文，伏读感叹。拙词何足刻石，愧愧。子方见过，闻动止为慰。余非面莫究。卷五九

答杨礼先　一

新岁，日欲往见，纷纷未由。辱简，承尊体已安复，感慰兼集。厚贶狨皮、石砚、蜡烛，物意两重，不敢违命，但有愧灼。卷五九

答杨礼先 二

话别草草,惘然不已。信宿起居佳胜,明日果成行否? 拙诗聊发一笑。卷五九

答杨礼先 三

久阔暂聚,喜慰不可言。但苦都下纷纷,不尽款意。别来思仰增剧。亟辱手教,承已到郡,起居康福,眷爱各无恙。寄示石刻,暴扬鄙拙,极为悚怍。衰病怀归,又复岁暮,牢落可知。切想坐颍之余,日与知旧往还,此乐可羡也。卷五九

与潮守王朝请涤 一

承寄示士民所投牒及韩公庙图,此古之贤守留意于教化者所为,非簿书俗吏之所及也。顾不肖何足以记此。公意既尔,众复过听,亦不敢固辞。但迫行冗甚,未暇成之,愿稍宽假,递中附往也。子野诚有过人,公能礼之,甚善。向蒙宠惠高文,钦味不已,但老懒废学,无以塞盛意,悚怍而已。卷五九

与潮守王朝请涤 二

承谕欲撰韩公庙碑,万里远意,不敢复以浅陋为词。谨以撰成,付来价,其一已先遁矣。卷中者,乃某手书碑样,止令书史录去,请依碑样,止模刻手书。碑首既有大书十字,碑中不用再写题

目,及碑中既有太守姓名,碑后更不用写诸官衔位。此古碑制度,不须徇流俗之意也。但一切依此样,仍不用周回及碑首花草栏界之类,只于净石上模字,不着一物为佳也。若公已替,即告封此简与吴道人勾当也。_{卷五九}

与汪道济 一　以下俱颍州

专使至,辱书,感服存记。且审比来起居佳胜,甚慰驰仰。未卜会见,惟祈保练。_{卷五九}

与汪道济 二

某见报移汶上,而敕未下,老病不堪寄任,方欲力辞,未知得免否。令子日夕相见,甚安,知之。_{卷五九}

与明父权府提刑

到官半岁,依庇德宇,获遂解去,感服深矣。临行宠饯再三,益愧眷厚。别后,切想起居佳胜?某已达泗上,迎送人等谨遣还府。今日留一饭,晚遂发去。逾远左右,回望怅然。尚冀保练,以须显拜。_{卷五九}

与鞠持正 一　以下俱扬州

两日薄有秋气,伏想起居佳胜?蜀人蒲永昇临孙知微《水图》

四面,颇为雄爽。杜子美所谓"白波吹素壁"者,愿挂公斋中,真可以一洗残暑也。近晚,上谒次。卷五九

与鞠持正　二

知腹疾微作,想即平愈。文登虽稍远,百事可乐。岛中出一药名白石芝者,香味初若嚼茶,久之甚美,闻甚益人,不可不白公知也。白石芝状如石耳,而有香味,惟此为辨,秘之秘之! 卷五九

答刘无言　南迁

此行但有感恩知罪,省分绝欲。守此四言,行之终身,庶保余年,得还田亩,但未知有无后命尔。卷五九

与林济甫　一　以下俱儋耳

眉兵至,承惠书,具审尊体佳胜,眷爱各安。某与幼子过南来,余皆留惠州。生事狼狈,劳苦万状,然胸中亦自有翛然处也。今日到海岸,地名递角场,明日顺风即过琼矣。回望乡国,真在天末,留书为别。未间,远惟以时自重。卷五九

与林济甫　二

某兄弟不善处世,并遭远窜,坟墓单外,念之感涕。惟济甫以久要之契,始终留意,死生不忘厚德。卷五九

与钱志仲 一 　以下俱北归

两日不见，渴仰兼怀。窃惟起居佳胜？昨日水东寻幽访古，颇有所得，恐欲知之。药方已领，感感。 卷五九

与钱志仲 二

流落晚途，始获瞻奉，顾遇之重，有过平生。幸甚幸甚！别来，伏惟起居佳胜？涨水遂失赣险，不觉到吉，皆德庇所及，其余未易一一道谢也。日远，后会未期，岂免怅恋。 卷五九

与钱志仲 三

某去此，不复滞留。至安居处，当缕细驰问，不敢外，辄用手启，恃深眷也。乌丝当用写道书一篇，非久纳上。恶诗不足录也。事简客稀，高堂清风，有足乐者。想时复见念耶？吉州幕柳致，与之久故，知其吏干过人，不能和众，多获嫌忌，然其实无他也。憔悴将老矣，念非大度盛德，孰能收而用之？试以众难，必有可观者。药有毒，乃能已疾；马不蹄啮，多拙于行。惟深念才难，勿责全也。若公遂成就之，此子极有可采，必为门下用。恃明照僭言。死罪死罪！ 卷五九

文集卷七十一

答王庄叔 一

远辱教书，具道三十年前都下与先人往还，伏读感涕。仁人念旧，手简见及足矣！书辞累幅，礼意庄重，此何过也。伏审斩焉在疚，哀慕之余，起居如宜？某罪废远屏，有玷知识，重蒙奖饰，衰朽增光。会合未期，尚冀节哀自重。_{卷五九}

答王庄叔 二

某多病杜门，人事都绝，懒习已成，笔砚殆废。承长笺宠贶，裁谢苟简，愧负深矣。黄茅海瘴，正坐于秋；蒸暑麾汗，不能尽意。恕之。_{卷五九}

与宋汉杰 一

某初仕，即佐先公。蒙顾遇之厚，何时可忘？流落阔远，不闻昆仲息耗，每以惋叹。辱书累幅，话及畴昔，良复慨然。三十余年矣，如隔晨耳！而前人凋丧略尽，仆亦仅能生还。人世一大梦，俯仰百变，无足怪者。唐辅令兄今复何在？未及奉书，因信略道区区。某只候水来，即行矣。余留面尽。_{卷五九}

与宋汉杰 二

前日裁谢草略，重烦问讯，眷意愈厚，感愧不已。仍审起居佳胜。宠赐新诗，词格甚美，伏读慰喜。但恨衰晚，无以当此嘉贶也。卷五九

答虔人王正彦

辱信，承起居佳胜。沐馈遗，重增感灼。茗布领抹皆珍物，已捧领讫。今日与家人辈游东禅及景德。如相访，就彼亦可。卷五九

答王幼安 一

索居八年，未尝一通问，每以惭负。屡得许下儿侄书，云比来亲族或断往来，唯幼安昆仲待遇加厚。闻之感激。人来，辱书累幅，陈义慨然，如接古人语。信王谢风气，传之有自也。老病强答，不复成语。不罪不罪！卷五九

答王幼安 二

某初欲就食宜兴，今得子由书，苦劝归颍昌，已决意从之矣。舟已至庐山下，不久当获造谒。未间，冀若时保啬。不宣。卷五九

答王幼安 三

蒙示谕过重，虽爱念如此，然忧患之余未忘忧畏，朋友当思有

以保全之者。过实之誉,愿为掩讳之也。许暂假大第,幸甚幸甚!非所敢望也。得托庇偏庑,谨不敢薰污。稍定,当求数亩荒隙,结茅而老焉。若未即填沟壑,及见伯仲功成而归,为乡里房舍客,伏腊相劳问,何乐如之! 余非面莫究。卷五九

与寇君

经宿雨凉,起居佳胜? 昨辱迁顾,稍闻余论,退想忠愍之英烈,有概乎中。衰病不出,无缘上谒。少选解去。惟万万自重。卷五九

与杨济甫 一　京师

为别忽已半岁,倾想之怀,远而益甚。即日起居何如? 贵眷各安吉? 自离家至荆南,数次奉书,计并闻达。前月半已至京,一行无恙。得腊月中所惠书,甚慰远意。见在西冈赁一宅子居住,恐要知悉。春暄,未缘会见。千万珍重! 珍重! 卷五九

与杨济甫 二　以下俱凤翔

奉别三更岁律,思渴日深。即日履此新春,起居多胜,贵聚各嘉安? 某前月十四日到凤翔,十五日已交割讫。人事纷纷,久稽裁问,想自尊君襄事,后来渐获闲静,营干诸事,必且济办。某比与贱累如常。今因范元归,奉书露闻。气候渐和,更希珍重。卷五九

与杨济甫 三

冬寒,远想起居佳胜? 此去替不两月,更不能归乡,且入京去逾远,依黯。近得王道矩书,云朝夕一来此相看。告便,如递中惠一书,贵知道矩几日起发。此干告早及,某只十二月十七八间离岐下也。卷五九

与杨济甫 四　以下俱除丧还朝

某近领腊下教墨,感服眷厚,兼审起居佳胜。某此与贱累如常。舍弟差入贡院,更半月可出。都下春色已盛,但块然独处,无与为乐。所居厅前有小花圃,课童种菜,亦有少佳趣。傍宜秋门,皆高槐古柳,一似山居,颇便野性也。渐暖,惟千万珍重。卷五九

与杨济甫 五

递中屡得数书,知尊体佳胜,贵眷各安。示及发递引目,契勘得并到,但乡亲书皆五六十日,不独济甫也。府推之命,只是暂权发遣,更月余正官到,即仍旧管官诰院也。府中冗绊,非拙者所乐。恐知。都下所须,示及。卷五九

与杨济甫 六

近领来书,喜知眠食佳安。某此与贱累皆安。陈州舍弟并安,不烦念及。久客都下,桂玉所迫,囊装并竭。今冬积雪四五尺,

傲居弊陋，殊无聊，惟日望一差遣出去耳。未由披奉，千万珍重。

卷五九

与杨济甫 七　杭倅

久不奉书，亦少领来信，思念不去心。不审即日起居佳否？眷爱各无恙？某此安健。官满本欲还乡，又为舍弟在京东，不忍连年与之远别，已乞得密州。风土事体皆佳，又得与齐州相近，可以时得沿牒相见，私愿甚便之。但归期又须更数年。瞻望坟墓，怀想亲旧，不觉潸然。未缘会面，惟冀顺时自重。卷五九

与杨济甫 八　颍州还朝

久以私挠不作书，累蒙惠问，且审起居佳胜，为慰。衰年责咎，移殃家室，此月一日以疾不起。痛悼之深，非老人所堪，奈何奈何！又以受命出帅定武，累辞不获，须至勉强北行。家事寥落，怀抱可知。因见青神王十六秀才，亦为道此。会合何时，临书凄断。惟千万顺时自爱。卷五九

与杨济甫 九　以下俱儋耳

宝月师孙来，得所惠书，喜知尊体佳胜，眷聚各清安。至慰至慰！某凡百粗遣，北归未有期，信命且过，不烦念之。惟闻坟墓安靖，非济甫风义之笃，何以得此！感荷不可言。舟师云当一到眉。此中诸事，可问其详也。远祝。惟若时珍重而已。卷五九

与杨济甫 一〇

远蒙厚惠蜀纸药物等，一一如数领讫，感怍之至。人行速，无佳物充信，谩寄腰带一条。俗物增愧，不罪不罪！ 卷五九

与杨子微 一　以下俱北归

某与尊公济甫，半生阔别，彼此发须雪白，而相见无期，言之凄断。尊公乃令阁下万里远来海外，访其生死，此乃古人难事，闻之感叹不已。辱书，具审起居佳安，尊公已下各得安胜，至慰之极。某七月中必达颍昌矣。回驭少留，一须款见。余祝若时自重。 卷五九

与杨子微 二

某与舍弟流落天涯，坟墓免于樵牧者，尊公之赐也。承示谕，感愧不可言。闻井水尝竭而复溢，信否？见今如何？因见，细喻。
卷五九

与王庆源 一　以下俱密州

陵州递中辱书及诗，如接风论，忽不知万里之远也。即日履兹秋暑，尊候何似？某此粗遣。虽有江山风物之美，而新法严密，风波险恶，况味殊不佳。退之所谓"居闲食不足，从官力难任。两事皆害性，一生常苦心"，正此谓矣。知叔丈年来颇窘，此事有定分，但只以安健无事、多子孙为乐，亦可自遣。何时归休，得相从田里？但言

此，心已驰于瑞草桥之西南矣。秋暑，更冀以时珍重。卷五九

与王庆源　二

高密风土食物稍佳。但省租公库减削，索然贫俭。始至，值岁饥，人豪剽劫无虚日。凡督捕奸凶五七十人，近始肃然，斗讼颇简。稍葺治园亭，居之，亦粗可乐。但时登高，西南引领，即怅然终日。近稍能饮酒，终日可饮十五银盏。他日粗可奉陪，于瑞草桥路上放歌倒载也。卷五九

与王庆源　三　徐州

久以官冗，不暇奉问。忽辱手讯，喜知车从已达辇下，起居佳胜。即日南宫必榜出矣。沦屈已久，必遂了当，欣贺良深。来书谦抑过当。四方赴者甚众，岂独吾叔？元昆劝驾，良合事宜。恨此拘系，无缘于东华门外奉接。京师一别二十余年，岂惟吾侪衰老可叹，至于都城风物事体，索然无复往时矣。东南守官极可乐，而民间蹙迫不聊生，怀抱殊不佳。深愿庆源了当后，千万一来，相从数月，少慰平生。幸勿以他事为辞，至恳至恳！卷五九

与王庆源　四　黄州

穷僻少便，久不上状。窃惟退居以来，尊体胜常？黑头谢事，古今所共贤。二疏师傅，渊明县令，均为高退，昔人初不为优劣也。谨以此为贺。二子学术成就，瑞草桥果木成阴，卧想数年出仕，无

一可愧者,此又有余味矣。除却虚名外物,不知文太师何以加此!想当一笑也。某蒙恩量移汝州。回念坟墓,心目断绝!方作舟行,何时得到汝? 到后又须营办生事。此身漂然,奉羡何及。乍热,惟万万顺候自重。卷五九

与王庆源 五 黄州

窜逐以来,日欲作书为问。旧既懒惰,加以闲废,百事不举,但惭怍而已。即日体中何如? 眷爱各佳? 某幼累并安。但初到此,丧一老乳母,七十二矣,悼念久之,近亦不复置怀。寓居官亭,俯迫大江,几席之下,云涛接天,扁舟草履,放浪山水间。客至,多辞以不在,往来书疏如山,不复答也。此味甚佳,生来未尝有此适。知之,免忧。近文郎行,寄纸笔与丛郎,到甚迟也。未缘面会,惟万万自爱。卷五九

与王庆源 六 以下俱登州还朝

近辱书,并寄新诗,伏读感慰不已。属多事,未及继和。不审比来尊体何如? 贵眷各均安? 某凡百如昨。梦想归路,如痿人之不忘起也。溽暑向隆,万乞以时保啬。卷五九

与王庆源 七

令子两先辈,必大富学术,非久腾踔矣。五五哥、五七哥及十六郎,临行冗迫,不果拜书。因见,道意。登州下临涨海,枕簟之

下，天水相连，蓬莱三山，仿佛可见。春夏间常见海市，状如烟云，为楼观人物之象。数日前偶见之，有一诗录呈为笑也。史三儒长老近蒙惠书，冗中未及答，因见，乞道区区。《海市》诗可转呈也。京师有干，乞示下。卷五九

与王庆源　八

久不奉状，愧仰增积。即日，远想起居佳胜？叔丈脱屣缙绅，放怀田里，绝人远矣。某罪废流落，今复强颜周行，有愧而已。若圣恩怜其老钝，年岁间，乞与一乡郡，归陪杖屦，复讲昔日江上携壶藕草之乐，只是不得拽脚相送，先发遣酒壶归瑞草桥，于义俭矣。记得否？呵呵。何幸如之！未间，惟望厚自颐养，以享无疆之寿。卷五九

与王庆源　九

远沐寄示，老手高风，咏叹不已。甚欲和谢，公私纷纷少暇，竟未果，悚悚。七八两秀才，各计安？为学想日益，早奋场屋，慰亲意也。知宅酝甚奇，日与蔡子华、杨君素聚会，每念此，即致仕之兴愈浓也。示谕要画，酒后信手，岂能复佳？寄一扇一小轴去，作笑耳。卷五九

与王庆源　一〇　以下俱翰林

久不奉状，愧仰增积。即日退居多暇，尊体胜常？某进职北扉，皆出奖庇。自顷流落江湖，日欲还乡，追陪杖屦，为江路藕草之

游,梦想见之。今日国恩深重,忧责殊大,报塞愈难,退归何日? 西望惋怅,殆不胜怀。想叔丈与丈人及诸侄,岁时相遇,乐不可名,虽清贫难堪,然熬波之余,必及鸰原,应不甚寂寞也。岁晚苦寒,伏乞保重。 卷五九

与王庆源 一一

近奉慰疏,必达。比日尊体何如? 某与幼弱,凡百粗遣。人生悲乐,过眼如梦幻,不足追,惟以时自娱为上策也。某名位过分,日负忧责,惟得幅巾还乡,平生之愿足矣。幸公千万保爱,得为江边携壶藉草之游,乐如之何! 卷五九

与王庆源 一二

向要红带,今寄一条去。却是小儿子辈,闻翁要此,颇尽功勾当钉造,不知称尊意否? 拙诗一首,并黄、秦二君,皆当今以诗文名世者,各赋一首。写作《黄素经》一卷,并托孙子发宣德寄上。京师有所须,但请示及。 卷五九

与王庆源 一三 杭州

久不奉书,愧仰兼极。令侄元直远访,首出教字,感慰之怀,未易尽陈。比日履兹春和,尊体何如? 某为郡粗遣,衰病怀归,日欲致仕。既忝侍从,理难骤去,须自藩镇乞小郡,自小郡乞宫观,然后可得也。自数年日夜营此。近已乞越,虽未可知,而经营不已,

会当得之。致仕有期,则拜见不远矣。惟望倍加保啬,庶归乡日犹能陪侍杖屦上下山谷间也。楮冠、玳簪,聊表远意。玳簪已七八十年物,阅数名公矣,幸服用之。_{卷五九}

与王庆源子 <small>颖州</small>

某自去岁闻宣义叔丈倾逝,寻递中奉慰疏,必已闻达。尔后纷冗少暇,继以行役不定,久阙书问,愧悚不已。叔丈平昔以文行著称乡间,于场屋晚乃少遂,终不振显。惟望昆仲力学砥砺,以显扬不坠为心,乃末戚区区之望也。因信,惠一二字。<small>卷五九</small>

与蒲诚之 一 <small>以下俱京师</small>

某启:闻轩马已至多时,而性懒作书,不因使赉手教来,虽有倾渴之心,终不能致一字左右也。悚愧悚愧! 盛热殊不可过,承起居佳裕,甚善甚善! 某此并无恙,京师得信亦安。但近得山南书,报伯母于六月十日倾背。伯父之丧未及一年,而灾祸仍重如此,何以为心! 家兄惟三哥在左右,大哥、二哥必取次一人归山南,谋扶护还乡也。人生患难,至有如此极者,烦恼烦恼! 知郡事颇简,足以寻绎旧学也。同僚中有可与相处而乐者否? 新牧、倅皆在此,常相见。恐知悉。残暑,更冀顺时珍重。<small>卷五九</small>

与蒲诚之 二

近闻员秘丞言,闻于诚之,韩益州欲令诚之替某。若得请,固所喜幸也。然某尽今岁,方及二年,不知朝廷肯令某成资解去否? 若必俟三考,则于诚之为太淹缓,安用也? 向经由时,甚恨不款曲,今若因此得从容接奉,何喜如之。陈丈日日见,甚安。卷五九

与蒲诚之　三

近递中辱书,方欲附问,人来,又承手教,审闻起居佳胜,差慰瞻望。新命必已下,伏增欣庆。苟相知,岂必为交代? 但奉见稍远耳。承又须归觐,奔波良不易也。秋凉,千万保爱。卷五九

与蒲诚之　四

闻车骑已在二曲,即见风采,喜慰可知。冒寒,行李不易。久此僻左,获奉清游,幸甚也。卷五九

与蒲诚之　五

某启:比欲更接清话少顷,而人事纷纷,至今不得暂息。欲奉谒次,闻府官尽出,接张省篏,须至旦出城。恐讶不来,走此闻达。卷五九

与蒲诚之　六

长安之别,忽然改岁。伏计履兹新春,起居增庆? 某明日至府谒见,预增欣抃,然不免有少事干聒。为本府带得接新戍兵士数

十人,比谓到京,却中途逢本官行李颇阙事,欲告于贵府,添差防护厢军十余人。昨本有防护二十人,为华州减却十人,但只依元数,亦差较也。告早为擘画。某更不住,后日绝早发去也。恃眷契,喋喋喧黩,幸为留念。卷五九

文集卷七十二

与蒲廷渊 _{徐州}

河中永洛出枣,道家所贵,事见《真诰》。唐有道士侯道华,尝得无核者三,食之后,竟窃邓太主药上升。君到彼,试求之,但恐得之不偶然,非力求所能致耳。_{卷六〇}

与蒲传正 _{以下俱黄州}

千乘侄屡言大舅全不作活计,多买书画奇物,常典钱使,欲老弟苦劝公。卑意亦深以为然。归老之计,不可不及今办治。退居之后,决不能食淡衣粗,杜门绝客;贫亲知相干,决不能不应副。此数事岂可无备,不可但言我有好儿子,不消与营产业也。书画奇物,老弟近年视之,不啻如粪土也。纵不以鄙言为然,且看公亡甥面,少留意也。_{卷六〇}

与巢元修

日日望归,今日得文甫书,乃云昨日始与君瑞成行。东坡荒废,春笋渐老,饼餤已入末限。闻此,当俟驾耶? 老兄别后想健。某五七日来,苦壅,嗽殊甚,饮食语言殆废,矧有乐事! 今日渐佳。

近日牢城失火，烧荡十九，雪堂亦危，潘家皆奔避，堂中飞焰已燎檐矣。幸而先生两瓢无恙，四柏亦吐芽矣。卷六〇

与王庠　一

轼启：二卒远来，承手书累幅，问劳教诲，忧爱备尽。仍审侍奉多暇，起居万福，感慰深矣。轼罪责至重，上不忍诛，止窜岭海，感恩念咎之外，不知其他。来书开说过当，非亲朋相爱保全之道。悚息悚息！寄示高文新诗，词气比旧益见奇伟，粲然如珠贝溢目。非独乡闾世不乏人为喜，又幸珍材异产，近出姻戚，数日读不释手。每执以告人曰："此吾家王郎之文也。"老朽废学久矣，近日尤不近笔砚，见少时所作文，如隔世事、他人文也。足下犹欲使议论其间，是顾千里于伏枥也。轼少时本欲逃窜山林，父兄不许，迫以婚宦，故汩没至今。南迁以来，便自处置生事，萧然无一物，大略似行脚僧也。近日又苦痔疾，呻吟几百日，缘此断荤血盐酪，日食淡面一斤而已。非独以愈疾，实务自枯槁，以求寂灭之乐耳。初欲独赴贬所，儿女辈涕泣求行，故与幼子过一人来，余分寓许下、浙中，散就衣食。既不在目前，便与之相忘，如本无有也。足下过相爱，乃遣万里相问。无状自取，既为亲友忧及，又使此两人者蒙犯瘴雾，崎岖往来，吾罪大矣。寄遗药物并方，皆此中无有，苄尤奇味，得日食以御瘴也。轼为旧患痔，今颇发作，外无他故，不烦深念。会晤无期，惟万万以时保练。卷六〇

与王庠　二

轼启：前后所寄高文，无不达。日每见增叹，但恨老拙无以少

答来贶。又流落海隅，不能少助声名于当时。然格力自天，要自有公论，虽欲不显扬，不可得也。程夫子尚困场屋，王贤良屈为州县，皆造物有不可晓者。海隅风土不甚恶，亦有佳山水，而无佳寺院，无士人，无医药；杜门食淡，不饮酒，亦粗有味也。目昏倦，作书，又此信发书极多，不能详尽，察之察之！ 卷六〇

与王庠 三

承欲往黔南见黄鲁直。此古人所难，若果尔，真一段奇事也。然足下久违亲庭远适，更请熟虑。今谩写一书，若果行，即携去也。卷六〇

与王庠 四

念七娘远书，且喜侍奉外无恙。自十九郎迁逝，家门无空岁，三叔翁、大嫂继往，近日又闻柳家小姑凶讣，流落海隅，日有哀恸，此怀可知。兄与六郎却且安健，幸勿忧也。因侍立阿家，略与道恳，不敢拜状也。卷六〇

与王庠 五

别纸累幅，过当。老病废忘，岂堪英俊如此责望耶？少年应科目时，记录名数沿革及题目等，大略与近岁应举者同尔。亦有少节目，文字才尘忝后，便被举主取去。今日皆无有，然亦无用也，实无捷径必得之术。但如君高材强力，积学数年，自有可得之道，而

其实皆命也。但卑意欲少年为学者，每一书，皆作数过尽之。书富如入海，百货皆有之，人之精力，不能兼收尽取，但得其所欲求者耳。故愿学者，每次作一意求之。如欲求古人兴亡治乱圣贤作用，但作此意求之，勿生余念。又别作一次求事迹故实典章文物之类，亦如之。他皆仿此。此虽迂钝，而他日学成，八面受敌，与涉猎者不可同日而语也。甚非速化之术，可笑可笑！ 卷六〇

与王序

某启：忝姻戚之末，未尝修问左右，又方得罪屏居，敢望存记及之。专人远来，辱笺教累幅，称述过重，慰劳加等，幸甚。即日履兹秋暑，尊体何似？某仕不知止，临老窜逐，罪垢增积，玷污亲友。足下昆仲，曲敦风义，万里遣人问安否，此意何可忘。书词雅健，陈义甚高，但非不肖所当也。蜀、粤相望天末，何时会合，临书惘惘。未审授任何地。来岁科诏，伫闻峻擢，以慰愿望。未间，更乞若时自重。人还奉启，少谢万一。不宣。 卷六〇

谢吕龙图 — 以下俱京师

龙图阁老执事：某西蜀之鄙人，幼承家训，长知义方，粗识名教，遂坚晚节。两登进士举，一中茂才科，故当世名公巨卿，亦尝赐其提挈爱怜之意。故欧公引之于其始，韩公荐之于其中，今又阁下举之于其后。自惟末学，辱大贤者之知，出自天幸。然君子之心，以公而取士；某小人之志，终荷恩以归心。但空省循，何由论报。比者止于片言只字，谢德于门下，而其诚之所加，意有所不能尽，意

之所至,言有所不能宣。故其见于笔舌者,止此而已。惟高明有以容而亮之。 _{卷六〇}

谢吕龙图 二

前以拙讷,上尘听览,方惧获罪于门下,而无以容其诛。又辱答教,言辞款密,礼遇优隆,而褒扬之句,有加于前日,此不肖所以且喜且惧而莫知所措也。珍函已捧受讫,谨藏之于家,以为子孙之美观。蔀屋之陋,复生光彩;陈根之朽,再出英华,乃阁下暖然之春,有以妪育成就之故也。择日斋沐,再诣阁下。临纸涩讷,情不能宣。伏惟恕其愚。 _{卷六〇}

谢吕龙图 三

某久以局事汩没,殊不获觏止。窃惟应得疏绝之罪于左右,不意宽仁含垢,察其俗状之常情,恕其简略之小过。光降书辞,曲加劳问,拜贶之际,益增厚颜。旦夕诣宾次。盛暑,伏惟为朝廷自爱,上副注倚之心,下慰舆人之望。 _{卷六〇}

答王龙图

辱简,承孝履如宜。新诗宠行,甚幸。但称道太过,非所以安不肖也。余所谕,谨在意。 _{卷六〇}

答张主簿 密州

改岁，无缘展庆。伏惟履兹新春，百福来集。旬日前辱教，感服眷厚，不即驰答，悚怍悚怍！向日披奉，但有驰仰。余寒，冀以时自重。卷六〇

答宋寺丞 徐州

轼自假守彭城，即欲为一书以问左右，久苦多事，竟为足下所先，惭悚不可言也。来书称道过当，皆非无状所能仿佛。自少小为学，不过以记诵篆刻追世俗之好，真所谓寡见浅闻者也。年大以来，虽所谓寡浅者，亦复废忘，至于吏道法令民事簿书期会，尤非所长，素又不喜从事于此。以不喜之心，强其所不长，其荒唐缪悠可知也。而彭城自汉以来，号为重地，朝廷过采其虚名，不知其实无有也，而轻以畀之。自到郡以来，夏旱秋潦，继之以横流之灾，扎瘥之余，百役毛起，公私骚然未已也。计其不治之声，闻于左右者多矣。仁人君子，不指其过，教其所不逮，而更誉之，何也？孔子曰："居是邦也，事其大夫之贤者，友其士之仁者。"自今与足下往来相闻，知不徒为好而已。当有以告我者，不胜大愿。适会夫役起，无顷刻闲暇，书不能尽意，惟深察之。卷六〇

与乐推官 以下俱黄州

叠辱临访，欲少款奉，多事因循，继以卧病，愧负深矣。数日起居佳否？知明日启行，无缘面别。尚冀保练，慰此区区。卷六〇

答李寺丞 一

久别渴咏。递中辱书,且审起居清胜,至慰至慰! 某谪居粗遣,废弃之人,每自嫌鄙,况于他人! 君独收恤,有加平素,风义之厚,足以愧激颓靡也。未缘会见,万万以时自爱。卷六〇

答李寺丞 二

远蒙分辍清俸二千,极愧厚意。然长者清贫,仆所知也。此不敢请,又重违至意,辄请至年终,来春,即纳上,感愧不可言也。仆虽遭忧患狼狈,然譬如当初不及第,即诸事易了。荷忧念之深,故以解悬虑。卷六〇

与徐司封

适辱车骑宠存,感怍无穷。晚来尊体佳胜? 某与陈君略出至安国,遂觉拙疾稍作,欲告明日少休。后日恭与盛集,可否? 无状惭负多矣。幸甚。卷六〇

与周主簿

罪废衰朽,过辱临顾,增愧汗也。晚来起居佳胜? 甚欲诣谢,巾褐草野,不敢造门。幸加矜恕。卷六〇

与李廷评　离黄州

某启：经由特辱枉访，适以卧病数日，及连日会集，殊无少暇。治行匆遽，不及诣谢，明日解维，遂尔违阔，岂胜愧负！谨奉手启布谢，伏惟恕察。不宣。 _{卷六〇}

与知县　一　以下俱翰林

纷冗，久疏上问，辱书感愧。比日履兹春温，起居何如？未由展奉，徒深渴仰。尚冀保练，以慰区区。 _{卷六〇}

与知县　二

近屡辱书，数裁谢，但苦冗中不尽意耳。比日起居何如？惠笋已拜赐，新味之味，远能分惠，感愧无已。 _{卷六〇}

与知县　三

频示诲，感服勤眷。乍暄，伏计尊体佳胜？前去当入府，果尔否？ _{卷六〇}

与知县　四

近者叠辱临访，纷冗中不尽所怀。枉手教，具审起居佳胜，感慰兼集。何日复入城，得少款聚？未间，万万自重。 _{卷六〇}

与知县　五

　　近辱回教，感慰深矣。比日履兹伏暑，起居清胜？咫尺莫由会遇，引领来尘，庶几少尽区区。未间，万万自重。_{卷六〇}

与知县　六

　　人来，辱手教。承比日起居佳胜。思企高义，未缘款奉，临书怅惘。示谕书醉公石固佳，但目昏罢倦，每书过百十字，辄意阑，恐旦夕少暇耳。毒热，万万以时自重。_{卷六〇}

与知县　七

　　近日虽获一再见，终不尽区区。辱书告别，又不即裁答，可量愧悚。宿昔稍凉，起居胜常。景物渐嘉，邑事多暇，想有以为乐？此外，万万自重。_{卷六〇}

与知县　八

　　叠辱手教，感慰兼集。邑事清简，起居胜常？小儿蒙不鄙外，荷德殊深矣。未由接奉，千万以时自重。_{卷六〇}

与知县　九

　　儿子遂获托庇，知幸。鲁钝多不及事，惟痛与督励也。切祝

切祝！晋卿相见殿门外，惘然如梦中人也。人世何者非梦耶！亦不足多谈，但喜其容貌蔚然如故。非有过人，能如是耶？ 卷六〇

与知县 一〇

昨日辱示佳篇，词韵高绝，非此句无以发扬醉公也。雨冷，起居佳否？二碑纳上。 卷六〇

答青州张秘校 杭州还朝

承携长笺下访，不克迎奉为愧。经宿，伏惟尊履佳胜？示谕，乃宰物者之事，非不肖所能致也。幸赐深亮。 卷六〇

与王贤良 扬州还朝

近辱临访，连日纷冗，不及款奉。窃惟起居佳胜？宠示新作，感服至意。 卷六〇

与惠州都监 惠州

君南来，清节干誉，为有识所称，皆曰："此东坡弟子由门下客也。"两汉之士，多起于游徼卒史，至公卿者多矣。愿君益广问学，以期远对。 卷六〇

与子安兄 一 黄州

近于城中得荒地十数亩,躬耕其中。作草屋数间,谓之东坡雪堂。种蔬接果,聊以忘老。有一大曲寄呈,为一笑。为书角大,远路,恐被拆,更不作四小哥、二哥及诸亲知书,各为致下悃。巢三见在东坡安下,依旧似虎,风节愈坚。师授某两小儿极严。常亲自煮猪头,灌血腊,作姜豉菜羹,宛有太安滋味。此书到日,相次,岁猪鸣矣。老兄嫂团坐火炉头,环列儿女,坟墓咫尺,亲眷满目,便是人间第一等好事。更何所羡! 可转此纸呈子明也。近购获先伯父亲写《谢蒋希鲁及第启》一通,躬亲褾背题跋,寄与念二,令寄还二哥。因书问取。 卷六〇

与子安兄 二 以下登州还朝

拜违十八年,终未有省侍之期。岁行尽,但有怀仰。即日履兹寒凝,尊体康胜? 侄男女各长成? 东茔每烦照管,感涕不可言。某到不旬日,又有起居舍人之命。方力辞免。年岁间,当请一乡郡归去,渐谋退省耳。未即瞻奉,万乞以时自重。 卷六〇

与子安兄 三

子由亦有司谏之命,想不久到京。东茔芟松,甚烦照管。如更合芟,间告兄与杨五哥略往觑,当分明点数根槎,交付佃户,免致接便偷砍也。不然,与出榜立赏,召人告偷斫者,亦佳。一切告留意相度。阿胶半斤,真阿井水煮者。青州贡枣五斤,充信而已。京

师有干,乞示及。卷六〇

与子安兄　四　以下俱扬州还朝

十九郎兄弟远至,特蒙手诲,恭审比来尊体佳胜,甚慰系望。骨肉久别,乍聚,问讯亲旧,但有感叹。知兄杜门守道,为乡里推爱。弟久客倦游,情怀常不佳。日望归扫坟墓,陪侍左右耳。方暑,敢冀以时自重。卷六〇

与子安兄　五

往蒙示先伯父事迹,但有感涕,专在卑怀。重承诲谕,惶悚之至。正冗迫中,不敢久留来使。未暇写诸亲知书,乞为致意。非久遍发也。卷六〇

与子安兄　六

墓表又于行状外寻访得好事,皆参验的实。石上除字外,幸不用花草及栏界之类。才著栏界,便不古,花草尤俗状也。唐以前碑文皆无。告照管模刻仔细为佳。不罪不罪！卷六〇

与子安兄　七

每闻乡人言,四九、五九两侄,为学勤谨,事举业尤有功,审如此,吾兄不亡矣。惟深念负荷之重,益自修饬,乃是颜、闵之孝,贤

于毁顿远矣。此间五郎、六郎乍失母,毁痛难堪,亦以此戒之矣。吾兄清贫,遭此固不易处。某亦为一年两丧,困于医药殡敛,未有以相助。且只令杨济甫送二千为一奠,余俟少暇也。<small>卷六○</small>

与子明兄　<small>黄州</small>

兄才气何适不可,而数滞留蜀中。此回必免冲替。何似一人来,寄家荆南,单骑入京,因带少物来,遂谋江淮一住计,亦是一策。试思之,他日子孙应举宦游,皆便也。弟亦欲如是,但先人坟墓无人照管,又不忍与子由作两处。兄自有三哥一房乡居,莫可作此策否? 又只恐亦不忍与三哥作两处也。吾兄弟俱老矣,当以时自娱。世事万端,皆不足介意。所谓自娱者,亦非世俗之乐,但胸中廓然无一物,即天壤之内,山川草木虫鱼之类,皆是供吾家乐事也。如何如何! 记得应举时,见兄能讴歌,甚妙。弟虽不会,然常令人唱,为作词。近作得《归去来引》一首寄呈,请歌之。送长安君一盏,呵呵。醉中,不罪。<small>卷六○</small>

与史氏太君嫂　<small>惠州</small>

某谪海南,狼狈广州,知时侄及第,流落中尤以为庆。乃知三哥平生孝义廉静自守,嫂贤明教诲有方,天不虚报也。明日当渡大海,聊致此书,嫂知意而已。<small>卷六○</small>

与圣用弟 一 　以下俱扬州还朝

圣用小二秀才弟：别后冗迫，不即奉书，想未讶也。比日体中佳安？今日榜出，且喜小十捷解，喜慰之极。此郎君为学勤至，文词成就，来春必殊等也。前贺无疑。向闻弟当复入来，想必成行也。小十甚安健，日夕相见，不用忧。未相会间，千万保爱。子由为朝陵去，未及奉书。卷六〇

与圣用弟 二

十郎司理不及别作书。初官，但事事遵禀小二叔教诲。官事勿苟简，公勤静恕，勿急求举主，曹事办集，上官必不汝遗。刘漕行父，叔与之契旧，因见，但道此意。俟到定州款曲作书也。余惟侍奉外多爱。夜中，目昏不成字。勿讶勿讶！卷六〇

与圣用弟 三

方叔兄未及拜书，且为致意。子安三哥近有书，未及再上状，因见，亦为致恳。卷六〇

文集卷七十三

与子由弟　一　以下俱黄州

或为予言，草木之长，常在昧明间。早起伺之，乃见其拔起数寸，竹笋尤甚。夏秋之交，稻方含秀，黄昏月出，露珠起于其根，累累然忽自腾上，若推之者，或缀于茎心，或缀于叶端，稻乃秀实，验之信然。此二事，与子由养生之说契，故以此为寄。卷六〇

与子由弟　二

子由为人，心不异口，口不异心，心即是口，口即是心。近日忽作禅语，岂世之自欺者耶？欲移之于老兄而不可得。如人饮水，冷暖自知。死生可以相代，祸福可以相共，惟此一事，对面相分付不得。珍重珍重！卷六〇

与子由弟　三

任性逍遥，随缘放旷，但尽凡心，无别胜解。以我观之，凡心尽处，胜解卓然。但此胜解，不属有无，不通言语。故祖师教人，到此便住。如眼翳尽，眼自有明，医只有除翳药，何曾有求明方？明若可求，即还是翳。固不可于翳中求明，即不可言翳外无明。而世

之昧者,便将颓然无知,认作佛地。若如此是佛,猫儿狗子,得饱熟睡,腹摇鼻息,与土木同,当恁麽时,可谓无一毫思念。岂可谓猫儿狗子已入佛地? 故凡学者,但当观心除爱,自粗及细,念念不忘,会作一日,得无所除,弟以教我者是如此否? 因见二偈警策,孔君不觉悚然,更以问之。书至此,墙外有悍妇与夫相殴,詈声飞灰火,如猪嘶狗嗥。因念他一点圆明,正在猪嘶狗嗥里面。譬如江河鉴物之性,长在飞沙走石之中。寻常静中推求,常患不见。今日闹里忽捉得些子,如何如何! 元丰六年三月二十五日夜,已封书讫,复以此寄子由。卷六〇

与子由弟 四

某近绝少过从,宾客知其衰懒,不能与人为轻重,见顾者渐少,殊可自幸。昨旦偶见子华,叹老弟之远外久之。蒙见嘱,闻过必相告。近者举刘太守一事,体面极生,不免有议论。吾弟大节过人,而小事或不经意,正如作诗,高处可以追配古人,而失处或受嗤于拙目。薄俗正好点检人,小疵,不可不留意也。卷六〇

与子由弟 五 杭州

明日,兄之生日。昨夜梦与弟同自眉入京,行利州峡,路见二僧。其一僧,须发皆深青。与同行,问其向去灾福,答云:"向去甚好,无灾。"问其京师所须,"要好朱砂五六钱。"又手擎一小卵塔,云:"中有舍利。"兄接得,卵塔自开,其中舍利粲然如花。兄与弟请吞之。僧遂分为三分,僧先吞,兄与弟继吞之。各一两掬,细大

不等,皆明莹而白,亦有飞迸空中者。僧言:"本欲起塔,却吃了。"弟云:"吾三人肩各置一小塔便了。"兄言:"吾等三人,便是三所无缝塔。"僧笑,遂觉。觉后,胸中噎噎然,微似含物。梦中甚明,故闲报为笑耳。卷六○

与子由弟　六　赴定州

某为迫行事冗,不及作孙子发书,乞为致意。近者奏辟,吏部胥子初妄执,言本官系合入远人,碍辟举条。及反覆诘之,乃始伏,云若今年九月二十七日本官成资后别无遗阙,即不该入远,可以奏辟。某寻有公文申部,乞会问本州,即见得成资已前有无遗阙。凡争数日,乃肯据状会问。请与孙子发言,略说与本州官员,言早与果决分明,回一成资无遗阙文字来,免为猾胥妄生枝节。或更孙宣德与一愿就及本州官员及所填替非有服亲一状,尤佳。京师,大抵官不事事而吏横也。卷六○

与子由弟　七　惠州

惠州市井寥落,然犹日杀一羊,不敢与仕者争买,时嘱屠者买其脊骨耳。骨间亦有微肉,熟煮热漉出,不乘热出,则抱水不干。渍酒中,点薄盐炙微燋食之。终日抉剔,得铢两于肯綮之间,意甚喜之。如食蟹螯,率数日辄一食,甚觉有补。子由三年食堂庖,所食刍豢,没齿而不得骨,岂复知此味乎?戏书此纸遗之,虽戏语,实可施用也。然此说行,则众狗不悦矣!卷六○

与子由弟　八　以下俱北归

子由弟:得黄师是遣人赍来二月二十二日书,喜知近日安胜。兄在真州,与一家亦健。行计南北,凡几变矣。遭值如此,可叹可笑。兄近已决计从弟之言,同居颍昌,行有日矣。适值程德孺过金山,往会之,并一二亲故皆在坐。颇闻北方事,有决不可往颍昌近地居者。事皆可信,人所报,大抵相忌安排攻击者众。北行渐近,决不静耳。今已决计居常州,借得一孙家宅,极佳。浙人相喜,决不失所也。更留真十数日,便渡江往常。逾年行役,且此休息。恨不得老境兄弟相聚,此天也,吾其如天何! 然亦不知天果于兄弟终不相聚乎? 士君子作事,但只于省力处行,此行不遂相聚,非本意,甚省力避害也。候到定叠一两月,方遣迈去注官,迨去般家,过则不离左右也。葬地,弟请一面果决。八郎妇可用,吾无不可用也。更破千缗买地,何如? 留作葬事,千万勿徇俗也。林子中病伤寒,十余日便卒,所获几何,遗恨无穷,哀哉哀哉! 兄万一有稍起之命,便具所苦疾状力辞之,与迨、过闭户治田养性而已。千万勿相念,保爱保爱! 今托师是致此书。卷六〇

与子由弟　九

程德孺兄弟出银二百星相借,兄度手下尚未须如此,已辞之矣。德孺兄弟意极佳,感他感他! 数日热甚,舟中挥汗写此,不及作诸侄书,且伸意。夫人晚年,更且慎护,勿令少有疾,副子孙意。五郎妇,更与照管慰安之,便令五郎往般挈也。八郎续亲极好,但吾侪难自言,可托人与说。今师是已除太仆卿,恐遂北行,兄不能

见。又恐其来省母苏州。若见，当令人探其意也。少留真，欲茸房缯，令整齐也。五娘、七娘近皆得书，与孙皆安。胡郎亦有书来，甚安，行见之矣。文九作书写字精好，无劳问讯。伯翁可喜，符亦卓卓，报二姊知。卷六○

与子由弟 一○^①

吾兄弟俱老矣，当以时自娱，此外万端皆不足介怀。所谓自娱者，亦非世俗之乐，但胸中廓然无一物，即天壤之内，山川草木虫鱼之类，皆吾作乐事也。卷六○

与千乘侄 黄州

念二秀才。别来又复春深，相念不去心。迈自北还，得手书，及见数诗，慰喜不可言。日月不居，奄已除服，哀念忽忽，如何可言！久不得乡书，想诸叔已下各安，子明微累想免矣。因书略报。大舅书中甚相称，更在勉力副尊长意。家门凋落，逝者不可复，如老叔固已无望，而子明、子由亦已潦倒头颅，可知正望侄辈振起耳。念此，不可不加意。末由会合，千万自爱。卷六○

与千之侄 一 离黄州

必强侄近在泗州，得书，喜知安乐。房眷子孙各无恙。秋试

---

①此首即前卷《与子明兄》一首中"吾兄弟"至"乐事也"一段。姑留以俟考。

又不利，老叔甚失望。然慎勿动心，益务积学而已。人苟知道，无适而不可，初不计得失也。闻侄欲暂还乡，信否？叔舟行几一年，近于阳羡买得少田，意欲老焉。寻奏乞居常，见邸报，已许。文字必在南都。此行略到彼葬却老奶二姨。子由干妳也。住二十来日，却乘舟还阳羡。侄能来南都一相见否？叔甚欲一往见传正，自惟罪废之余，动辄累人，故不果尔。甚有欲与侄言者，非面莫尽，想不惮数舍之远也。寒暖不定，惟万万自爱。卷六〇

与千之侄 二

独立不惧者，惟司马君实与叔兄弟耳。万事委命，直道而行，纵以此窜逐，所获多矣。因风寄书。此外勤学自爱。近来史学凋废，去岁作试官，问史传中事，无一两人详者。可读史书，为益不少也。卷六〇

付迈 以下俱惠州

古人有言，"有若无，实若虚"，况汝实无而虚者耶？使人谓汝庸人，实无所能，闻于吾者，乃吾之望也。慎言语，节饮食，晏寝早起，务安其形骸为善也。临书以是告汝。付迈。四月十五日。卷六〇

付过

砚细而不退墨，纸滑而字易燥，皆尤物也。吾平生无嗜好，独好佳笔墨。既得罪谪海南，凡养生具十无八九，佳纸墨行且尽，至

用此等,将何以自娱,为之慨然。书付子过。 卷六〇

与侄孙元老 一 以下俱儋耳

侄孙元老秀才:久不闻问,不识即日体中佳否? 蜀中骨肉,想不住得安讯? 老人住海外如昨,但近来多病瘦瘁,不复如往日,不知余年复得相见否? 循、惠不得书久矣。旅况牢落,不言可知。又海南连岁不熟,饮食百物艰难,及泉、广海舶绝不至,药物鲊酱等皆无,厄穷至此,委命而已。老人与过子相对,如两苦行僧尔。然胸中亦超然自得,不改其度。知之,免忧。所要志文,但数年不死便作,不食言也。侄孙既是东坡骨肉,人所觊看。住京,凡百加关防,切祝切祝! 今有一书与许下诸子,又恐陈浩秀才不过许,只令送与侄孙,切速为求便寄达。余惟万万自重。不一一。 卷六〇

与侄孙元老 二

侄孙近来为学何如? 想不免趋时。然亦须多读史,务令文字华实相副,期于适用乃佳;勿令得一第后,所学便为弃物也。海外亦粗有书籍,六郎亦不废学,虽不解对义,然作文极峻壮,有家法。二郎、五郎见说亦长进,曾见他文字否? 侄孙宜熟看前、后《汉史》及韩、柳文。有便,寄近文一两首来,慰海外老人意也。 卷六〇

与侄孙元老 三

元老侄孙秀才:屡得书,感慰。十九郎墓表,本是老人欲作,

今岂推辞！向者犹作宝月志文，况此文，义当作。但以日近忧畏愈深，饮食语默，百虑而后动，想喻此意也。若不死，终当作尔。近来须鬓雪白，加瘦，但健及咳嗽如故尔。相见无期，惟望勉力进道，起门户为亲荣。老人僵仆海外，亦不恨也。卷六〇

与侄孙元老　四

赵先辈儋人，此中凡百可问而知也。乡里出百药煎，如收得，可寄二三斤。赵还时可附也。无即已。卷六〇

与胡郎仁修　一　以下俱北归

某启：得彭城书，知太夫人捐馆，闻问，哀痛不已。行役无便，未由奉疏。人至，忽辱手书。伏审攀慕之余，孝履粗遣，至慰至慰！某本欲居常，得舍弟书，促归许下甚力。今已决计溯汴至陈留，陆行归许矣。旦夕到仪真，暂留，令迈一到常州款见矣。未间，惟节哀自重。不宣。卷六〇

与胡郎仁修　二

某慰疏言：不意变故，奄罹艰疚。伏惟孝诚深笃，追慕痛裂，荼毒难堪，奈何奈何！比日攀号愈远，摧毁何及！伏惟顺变从礼，以全纯孝。某未获躬诣灵帷，临书哽咽。谨奉疏慰，不次。卷六〇

与胡郎仁修 三

小二娘知持服不易，且得无恙，伯翁一行并健？得翁翁二月书及三月内许州相识书，皆言一宅康安。亦得九郎书，二子极长进。今已到太平州，相次须一到润州金山寺，但无由至常州看小二娘。有所干所阙，一一早道来。余万万自爱。卷六〇

与外生柳闳 以下俱北归

展如外生：人来得书，知奉太夫人康宁，新妇外孙各无恙。北归万里，无足言者，独不见我令妹、贤妹夫，此心如割。介夫何负，亦早世，念之痛不去心。数年岂贤隽厄会耶？相见，当一恸以写之。兹不一一。卷六〇

密州与人 一

违去门下已八年，愚鲁罢殆，人事废绝，书疏缺然。怠慢之罪，宜在谴绝。比承柄用，又不以时随众修贺。盖疏懒愧缩，日复一日，不知复怜恕之否？即日履兹寒凝，台候万福？某去替止数月，而贫困难以赴阙，相次乞江浙一郡。若幸得之，拜见未可期。惟冀为国自重。谨因人便，奉手状起居，不宣。卷六〇

密州与人 二

浙右之别，遂不上问至今，想必察其情也。特枉书问，感慰兼

集。比日起居何如？涉海恬然，继以题擢，众论翕然，知忠信之可恃，名实之相副也。雅故之末，忻慰可量。 _{卷六〇}

密州与人　三

前日使车道由郡下，虽展接颜表，殊慰瞻俵之怀。惟是礼劳不腆，实深愧悚。逮兹违间，吏役绊撄，未皇奉书，以伸倦倦之情。特蒙高明，远贶珍牍，披绎数四，感仰交怀。初暑微热，切承跋履之余，动止佳胜。未缘会集，临纸增慨。 _{卷六〇}

徐州与人

州人张天骥，隐居求志，上不违亲，下不绝俗，有足嘉者。近卜居云龙山下，凭高远览，想尽一州之胜。当与君一醉，他日慎勿匆匆去也。 _{卷六〇}

湖州与人

托庇邻封，每荷存记，特辱荣讯，愧汗可量。即日履兹霜候，起居佳胜？未缘参见，惟日瞻企。尚冀以时珍卫。区区。 _{卷六〇}

黄州与人　一

辱书，承起居佳胜。奇墨吾侪共宝，并蒙辍惠，惭悚之甚，敬佩厚意也。 _{卷六〇}

黄州与人　二

示喻《燕子楼记》。某于公契义如此,岂复有所惜。况得托附老兄与此胜境,岂非不肖之幸。但困踬之甚,出口落笔,为见憎者所笺注。儿子自京师归,言之详矣,意谓不如牢闭口,莫把笔,庶几免矣。虽托云向前所作,好事者岂论前后? 即异日稍出灾厄,不甚为人所憎,当为公作耳。千万哀察。卷六〇

黄州与人　三

两日疮痛殊甚,不果见。辱简,且喜起居佳胜。二诗高妙,读之喜慰,幸甚。病中,裁谢草草。卷六〇

黄州与人　四

两日疮痛不出,思渴思渴! 今犹楚痛未已。钟乳丸更求数服,吐血者复作也。不罪不罪! 卷六〇

黄州与人　五

久不奉书,叠承枉教字,慰感良深。比日起居佳胜? 汝郡务简,儒师清闲,于此相从,岂非甚幸。区区,非面莫究。令兄不敢别状,乞道恳。卷六〇

与乡人　以下俱登州还朝

某去乡十八年，老人半去，后生皆不识面，坟墓手种木已径尺矣。此心岂尝一日忘归哉！久放山泽，乍入朝市，张皇失次，触目非所好也。但久与子由别，乍得一处，不无喜幸。然此郎君乃作谏官，岂敢望久留者？相知之深，故详及一二。卷六〇

与人　一

辱教，伏承尊体康胜。某以拘文，不克造请，初不知微恙，今闻已安愈，甚慰驰仰。然犹当倍加保爱也。卷六〇

与人　二

违阔忽复周岁，思仰日深。冲涉薄冷，起居清胜？即获瞻奉，下情欣跃。区区。并遂面尽。卷六〇

与黄州故人　翰林

某宠禄过分，忧责至重，颜衰鬓秃，不复江上形容也。屡乞郡未得，但怀想曩游，发于梦想也。洗眼、揩牙药，得之甚幸，切望挂意。覆盆子必已采得，望多寄也。都下有干，示及。十二、十三两先辈，各致区区。忙甚，未及书。艾清臣亦然。京师冗迫，殊不款曲也。卷六〇

与人 一 以下俱扬州

钦服下风,为日久矣;迟暮相从,倾盖如故。非气类自然,抑宿昔缘契也。人来,辱手教,得闻起居胜常,堂上康福,感慰深矣。某凡百如故,又得无咎切磨,知幸。<small>卷六〇</small>

与人 二

久别,思咏日深。衰疾多故,人事弛废,过蒙手书存录,益用愧负。比日起居佳胜? 如闻已有召命,想即超用,以慰公论。未间,万万为国自重。<small>卷六〇</small>

与人 三

出守幸获相聚,每得见,翛然忘怀,为益多矣。别来起居何如? 到扬,人事纷纷,坐想清游,可复得哉! 乍热,千万保重。<small>卷六〇</small>

与人 一 以下俱扬州还朝

吏役往还,得见风采,为幸已多;重承存录,延顾极厚,感佩无量。自别来,一向冗迫,不即裁谢,惭负可知。令子斋郎至,领手教,且审起居佳胜。乍此暌隔,翘想日深。尚冀珍调,少慰鄙愿。<small>卷六〇</small>

与人　二

　　辱示长笺，词旨过重。适少冗迫，来使不敢久稽，未及占词为答，想知照未甚讶也。惶恐惶恐！叠蒙惠长松以扶老病，感佩不可言。天觉临别时，亦许寄来，因到彼，可为督之。药名品，方状精详之极，非故人留意之深，何以及此。未有以答厚意，但积悲感。都下委示及。余面究。卷六〇

与人　三

　　叠辱临访，欲少款奉，多事因循，继以卧病，负愧深矣。知明日启行，无缘面别，尚冀保练。卷六〇

与袁彦方

　　累日欲上谒，竟未暇。辱教，承足疾未平，不胜驰系。足疾惟葳灵仙、牛膝二味为末，蜜丸，空心服，必效之药也。但葳灵仙难得真者，俗医所用，多藁本之细者尔。其验以味极苦，而色紫黑，如胡黄连状，且脆而不韧，折之，有细尘起，向明示之，断处有黑白晕，俗谓之有鸲鹆眼。此数者备，然后为真，服之有奇验。肿痛拘挛皆可已，久乃有走及奔马之效。二物当等分，或视脏气虚实，加减牛膝，酒及熟水皆可下，独忌茶耳。犯之，不复有效。若常服此，即每岁收檼皂荚芽之极嫩者，如造草茶法，贮之，以代茗饮。此效屡尝目击，知君疾苦，故详以奉白。元素书已作。稍暇，诣见。轼白彦方足下。卷六〇

文集卷七十四

与人 一　以下俱北归

远枉书教，存问甚厚，兼审比来起居佳胜，慰感兼集。寄示石刻，仰佩至意。何时会合，少发所怀。临书但有慨叹。卷六〇

与人 二

某疲病加乏，使令辄用手启通问。恃公雅度，阔略细谨耳，然亦皇恐不可言也。卷六〇

与富道人 一　杭倅

某白道人富君：辱书，且喜体中安适。比谓再相见，今既被命，遂当北行。乍远，诸事宽中保重。卷六〇

与富道人 二　密州

承录示秘方及寄遗药，具感厚意。然此事本林下无以遣日，聊用适意可也。若恃以为生，则为造物者所恶矣。仆方苟禄出仕，岂暇为此。谨却驰纳，且寄之左右，或异日归田却咨请。感愧之

至，千万悉之。不一一。卷六○

与胡道师 一　黄州

庞安常为医，不志于利，得法书古画，辄喜不自胜。九江胡道士，颇得其术，与余用药，无以酬之，为作行草数纸而已。且告之曰："此安常故事，不可废也。"参寥子病，求医于胡，自度无钱，且不善书画，求余甚急。余戏之曰："子粲、可、皎、彻之徒，何不与下转语作两首诗乎？"庞二安常与吾辈游，不日索我于枯鱼之肆矣。卷六○

与胡道师 二　以下俱离黄州

昨日起离，中途逆风，吹往北岸，几葬鱼腹。知之。二诗录寄。到后，幸一两字附递至池州，贵知达。玉芝善守护，无为有力者所取。余惟保爱。卷六○

与胡道师 三

乍别，远枉专使手书，且审已还旧隐，起居胜常。明日解舟，愈远，万万以时自重。卷六○

与胡道师 四

某启：再过庐阜，俯仰十有八年，陵谷草木，皆失故态，栖贤、开先之胜，殆亡其半。幻景虚妄，理固当尔，独山中道友契好如昔。

道在世外，良非虚语。道师又不远数百里负笈相从，秉烛相对，恍如梦寐。秋声宿云，了然在吾目前矣。幸甚幸甚！ 卷六〇

与陆子厚 以下俱惠州

某启：别来岁月，乃尔许也。涉世不已，再罹忧患，但知自哂尔。感君不遗，手书殷勤如此，且审道体安休，喜慰之极。惠州百凡不恶，杜门养疴，所获多矣。念君弃家求道二十余年，不见异人，当得异书。见许今春相访，果能践言，何喜如之。旧过庐山，见蜀道士马希言，似有所知。今为何在，曾与之言否？黄君高人，与世相忘者，如某与舍弟，何足以致之。若得他一见子由，砑错其所未至，则某可以并受赐矣。因足下致恳，可得否？韩朴处士，多从傅同年游。近傅得广东漕幕，遂带得来此否？因见，亦道意。罗浮有邓道士名守安，专静有守，皆世外良友也。世外之道，金丹为上，仪邻次之，服食草木又次之，而胎息三住为本。殆无出此者。嵇中散云："守之以一，养之以和，和理日济，同乎大顺，然后蒸以灵芝，润以醴泉，晞以朝阳，绥以五弦。"仆今除五弦不用外，其他举以中散为师矣。适饮桂酒一杯，醺然径醉。作书奉答，真不勒字数矣。桂酒，乃仙方也，酿桂而成，盎然玉色，非人间物也。足下端为此酒一来，有何不可？但恐足下拘戒录，不饮尔。道家少饮和神，非破戒也。余惟善爱。不宣。 卷六〇

与邓安道 一

某启：郡中久留鹤驭，时蒙道话，多所开益，幸甚幸甚！到山，

窃想尊体佳胜？未即款会，但深渴仰。伏暑，万万自重。不宣。卷六〇

与邓安道　二

有人托寻一刘根道人者，本抚州秀才，今复安在？如知得去处，且速一报，切切。山中芥蓝种子，寄少许种之也。卷六〇

与邓安道　三

某启：近奉言笑，甚慰怀企。别来道体何如？桥，想益督工，何日讫事？船桥尤不可缓，不知已呼得斫船人与商量未？惟早定却为妙。此事不当上烦物外高人，但君以济物为心，必不罪煎迫也。太守再三托致意，不敢不达也。未相会间，万万若时自重。不宣。卷六〇

与邓安道　四

某启：一别便数月，思渴不可言。迩来道体何如？痔疾至今未除，亦且放任，不复服药，但却荤血、薄滋味而已。宝积行，无以为寄，潮州酒一瓶，建茶少许。不罪浼渎。乍凉，万万保练。不知鹤驭何时可以复来郡城，慰此士民渴仰之意？达观久，一喧静，何必拳拳山中也。八月内，且记为多采何首乌，雌雄相等为妙。卷六〇

与何德顺 一

某白道士何君足下：辱书，并抱朴子小神丹方，极感真意。此不难修制，当即服饵。然此终是外物，惟更加功静观也。何苓之更长进。后会无期，惟万万自重。不宣。 卷六〇

与何德顺 二

邓先生闻入山后回，如见，为致意。独往真长策也。惟早决计。 卷六〇

与辩才禅师 一 以下俱翰林

久不奉书，愧仰增深。比日切惟法履佳休？某忝冒过分，碌碌无补，日望东南一郡，庶几临老复闻法音。尚冀以时为众自爱。 卷六一

与辩才禅师 二

某向与儿子竺僧名迨于观音前剃落，权寄缁褐，去岁明堂恩，已奏授承务郎，谨与买得度牒一道，以赎此子。今附赵君赍纳，取老师意，剃度一人，仍告于观音前，略祝愿过，悚息悚息！ 卷六一

与辩才禅师 三

某有少微愿，须至仰烦，切料慈照必不见罪。某与舍弟某舍

绢一百匹，奉为先君霸州文安县主簿累赠中大夫、先妣武昌郡太君程氏，造地藏菩萨一尊并座，及侍者二人。菩萨身之大小，如中形人，所费尽以此绢而已。若钱少，即省镂刻之工可也。乞为指挥，选匠便造。造成示及，专求便船迎取，欲京师寺中供养也。烦劳神用，愧悚不已。卷六一

与辩才禅师 四　杭州还朝

某启：法孙至，领手教累幅。伏承道体安康，以慰下情。前此所惠书信皆领。无状每荷存记，感怍亡已。真赞更烦刻石，甚愧不称维摩赞。近杜介刻，脱却数字，好笑好笑！唯金山石本乃是也。信口妄语，便蒙印可，罪过罪过！闻老师益健，更乞倍加爱重，且为东南道俗归依也。某衰病，不复有功名意。此去且勉岁月，才得个退缩方便，即归常州住也。更告法师，为祷诸圣，令早得归为幸。此是真切之意，勿令人知，将为虚伪。迫行，冗中。不宣。卷六一

与辩才禅师 五　以下俱颍州

某启：别来思仰日深，比来道体何如？某幸于闹中抽头，得此闲郡，虽未能超然远引，亦退老之渐也。思企吴越诸道友及江山之胜，不去心。或更送老，请会稽一次。老师必能为此一郡道俗少留山中，勿便归安养，不肖更得少接清游，何幸如之。惟千万保重。不宣。卷六一

与辩才禅师 六

近日百事懒废,寝食之外,颓然而已。写此数纸书,一似小儿逃学。来人催迫,日推一日,相知惠书,皆不能答。如相怪,且为道此意:老病不足责也。卷六一

与参寥子 一　徐州

某启:别来思企不可言,每至逍遥堂,未尝不怅然也。为书勤勤不忘如此,仍审比来法体康佳,感服兼至。三诗皆清妙,读之不释手,且和一篇为答。所要真赞,尚未作,来人又不敢久留,甚愧甚愧!知且伴太虚为汤泉之游,甚善甚善!某开春乞江浙一郡,候见去处,当以书奉约也。要墨,纳两笏,皆佳品也。余惟为法自重。适有数客远来相看,陪接少暇,奉启不尽意。卷六一

与参寥子 二　以下俱黄州

某启:去岁仓卒离湖,亦以不一别太虚、参寥为恨。留语与僧官,不识能道否? 到黄已半年,朋游稀少,思念二公不忘心。懒且无便,故不奉书。远承差人致问,殷勤累幅,所以开谕奖勉者至矣。仆罪大责轻,谪居以来,杜门念咎而已。虽平生亲识,亦断往还,理故宜尔。而释、老数公,乃复千里致问,情义之厚,有加于平日。以此知道德高风,果在世外也。见寄数诗及近编诗集,详味,洒然如接清颜听软语也。比已焚笔砚,断作诗,故无缘属和,然时复一开,以慰孤疾。幸甚幸甚! 笔力愈老健清熟,过于向之所见,此于至

道,殊不相妨,何为废之耶? 当更磨揉,以追配彭泽。未间,惟万万自爱。不宣。卷六一

与参寥子　三

知非久往四明,琏老且为致区区。欲写一书,为来人告还,写书多,故懒倦,容后便也。仆有舍罗汉一堂在育王山,禅月笔也,可一观。卷六一

与参寥子　四

聪师相别五六年,不谓便尔长进。诗语笔踪皆可畏,遂为名僧法足,非特巧慧而已。又闻今年剃度,可喜。太虚只在高邮,近舍弟过彼相见,亦有书来。题名绝奇,辩才要书其后,复寄一纸去,然不须入石也。黄州绝无所产,又窘乏殊甚,好便不能寄信物去,只有布一匹作卧单。怀悚怀悚! 卷六一

与参寥子　五

览太虚《题名》,皆予昔日游行处。闭目想之,了然可数。始予与辩才别五年,乃自徐州迁于湖。至高邮,见太虚、参寥,遂载与俱。辩才闻予至,欲扁舟相过,以结夏未果。太虚、参寥又相与适越,云秋尽当还。而予仓卒去郡,遂不复见。明年,予谪居黄州,辩才、参寥遣人致问,且以《题名》相示。时去中秋不十日,秋潦方涨,水面千里,月出房、心间,风露浩然。所居去江无十步,独与儿

子迈棹小舟至赤壁。西望武昌，山谷乔木苍然，云涛际天。因录以寄参寥，使以示辩才。有便至高邮，亦可录以寄太虚也。_{卷六一}

与参寥子　六　以下俱颍州

两得手书，具审法体佳胜。辩才遂化去。虽来去本无，而情钟我辈，不免凄怆也。今有奠文一首，并银二两，托为致茶果一奠之。颍师得书，且喜进道。纸尾待得闲写去。余惟万万自重。_{卷六一}

与参寥子　七

某在颍，一味适其自得也。承惠家园新茗，珍感之至。紫衣脚色已付钱，今冬必得。已托王晋卿收，附递至智果也。四公子亭他辈非斋，但近日人言尤可畏，薄恶之甚，故未可也。必深悉此。颍上人道业必进，托为传语，聪公病懒不写书，不讶不讶！迈已赴河间，来书续附去次。少游近致一场闹，皆群小忌其超拔也。今且无事，闲知之。_{卷六一}

与参寥子　八　赴定州

某启：吴子野至，出颍沙弥行草书，萧然有尘外意，决知不日颍脱而出，不可复没矣。可喜可喜！近递中附吕丞相所奏妙总师号牒去，必已披受讫。即日起居何如？某来日出城赴定州，南北当又暌隔。然请会稽之意，终未已也，更当俟年岁间耳。未会见间，

千万善爱。卷六一

与参寥子　九

又启：吴子野至，辱书，今又遣人示问，并增感佩。畏暑，伏惟法履清胜。惊闻上足素座主奄化，为之出涕。窃惟教育成就，义均天属，割慈忍爱，如何可言，奈何奈何！追念此道人茹苦含辛，崎岖奉事，岂有他哉！求道故也。虽寡文，而守节疾邪，得师之一二，欲更求此，岂易得耶？又干蛊乏人，目前纷纷，便及老师。两日念此，为废饮食，奈何奈何！达观之人，固有以处此。更望为道宽中自爱。不宣。卷六一

与参寥子　一〇　定州

某启：纷纷，久不奉书，窃惟起居佳胜。吕丞相为公奏得妙总师号，见托，寄上。此公着意人物，至于山水世外之士，亦欲成就，使之显闻，近奏王子直处士之类。公虽无用，不可不领其意。初不相识而能相荐，此又古人之事也。秦少游作史官，亦稍见公议，亦吕公荐也。未由会合，千万自重。卷六一

与参寥子　一一　以下俱南迁

弥陀像甚圆满，非妙总留意，安能及此？存没感荷也。公欲留施，如何不便留下？今既赍至此，长大，难得人肯附去。辄已带行，欲作一赞题记，舍庐山一大刹尔。卷六一

与参寥子 一二

颖上人知学道长进,甚善甚善!锺和尚奄忽,哀苦不易,不别书奉慰,惟节哀勉力,宽老和尚心。宜兴儿子处支米十石,请用锺和尚念佛追福也。卷六一

与参寥子 一三

某垂老再被严谴,皆愚自取,无足言者。事皆已往,譬之坠甑,无可追。计从来奉养陋薄,廪入虽微,亦可供粗粝。及子由分俸七千,迈将家大半就食宜兴,既不失所外,何复挂心,实翛然此行也。已达江上,耳目清快,幸不深念。知识中有忧我者,以是语之。纱裹肚鞋各一,致区区而已。英州南北物皆有,某一饱之外,亦无所须。承问所干,感惧而已。卷六一

与参寥子 一四

某启:辱书,感慰之极。目病已平复。某虽衰老远徙,亦且凡百如昨,不烦深念。但借誉过当,非所安全不肖者,勿遣异人闻此语也。呵呵。卷六一

与参寥子 一五

参寥失锺师,如失左右手,不至大段烦恼否?且多方解之,仍众与善处院门事也。后会何日,千万自爱。写书多,不谨。卷六一

与参寥子 一六　以下俱惠州

海月真赞,许他二十余年矣,因循不作。因来谕,辄为之。不及作慧净书,幸付与此本也。《表忠观记》及辩才塔铭,后来不见入石,必是仆与舍弟得罪,人未敢便刻也。此真赞更请参寥相度,如未可,且与藏公处也。卷六一

与参寥子 一七

某启:专人远来,辱手书,并示近诗,如获一笑之乐,数日慰喜忘味也。某到贬所半年,凡百粗遣。更不能细说,大略只似灵隐天竺和尚退院后,却住一个小村院子,折足铛中,罨糙米饭便吃,便过一生也得。其余,瘴疠病人。北方何尝不病,是病皆死得人,何必瘴气。但苦无医药。京师国医手里死汉尤多。参寥闻此一笑,当不复忧我也。故人相知者,即以此语之,余人不足与道也。未会合间,千万为道自爱。卷六一

与参寥子 一八

颖沙弥书迹巉耸可畏,他日真妙总门下龙象也,老夫不复止以诗句字画期之矣。老师年纪不小,尚留情句画间为儿戏事耶?然此回示诗,超然真游戏三昧也。居闲,不免时时弄笔。见索书字要楷法,辄往数篇,终不甚楷也。只一读了,付颖师收,勿示余人也。雪浪斋诗尤奇玮,感激感激! 转海相访,一段奇事。但闻海舶遇风,如在高山上坠深谷中,非愚无知与至人,皆不可处。胥靡遗

生,恐吾辈不可学。若是至人无一事,冒此险做甚么? 千万勿萌此意。颖师喜于得预乘桴之游耳。所谓无所取材者,其言不可听,切切! 相知之深,不可不尽道其实尔。自揣余生,必须相见,公但记此言,非妄语也。轼再拜。<small>卷六一</small>

与参寥子 一九

慧净琳老及诸僧知:因见致恳,知为默祷于佛,令亟还中州,甚荷至意。自揣省事以来,亦粗为知道者。但道心屡起,数为世务所移夺,恐是诸佛知其难化,故以万里之行相调伏尔。少游不忧其不了此境,但得他老儿不动怀,则余不足云也。俞承务知为少游展力,此人不凡,可喜可喜! 今有一书与之,告专一人与转达。仍已有书,令儿子辈准备信物,令送去俞处,托求稳当舶主,附与黄州何道士也。见说自有斤重脚钱,数目体例甚熟。<small>卷六一</small>

与参寥子 二〇

惠州近城数小山,类蜀道。春,与进士许毅野步,会意处饮之且醉,作诗以纪。适参寥使使欲归,使持此以示西湖之上诸友,庶使知余未尝一日忘湖山也。<small>卷六一</small>

与参寥子 二一 <small>北归</small>

某病甚,几不相见,两日乃微有生意。书中旨意一一领,但不能多书历答也。见知识中病甚垂死因致仕而得活者,俗情不免效之。果若有应,其他不恤也。遗表千万勿刻,无补有害也。<small>卷六一</small>

文集卷七十五

与佛印 一 以下俱黄州

归宗化主来,辱书,方欲裁谢,栖贤迁师处又领手字,眷与益勤,感怍无量。数日大热,缅想山间方适清和,法体安稳。云居事迹已领,冠世绝境,大士所庐,已难下笔,而龙君笔势,已自超然,老拙何以加之?幸少宽假,使得款曲抒思也。昔人一涉世事,便为山灵勒回俗驾,今仆蒙犯尘垢,垂三十年,困而后知返,岂敢便点浼名山!而山中高人皆未相识,而迎许之,何以得此,岂非宿缘也哉。向热,顺时自爱。卷六一

与佛印 二

收得美石数百枚,戏作《怪石供》一篇,以发一笑。开却此例,山中斋粥今后何忧,想复大笑也。更有野人于墓中得铜盆一枚,买得以盛怪石,并送上结缘也。卷六一

与佛印 三 以下俱离黄州

辱书,伏承道体安佳,甚慰驰仰。见约游山,固所愿也。方迫往筠州,未即走见。还日如约,匆匆布谢。卷六一

与佛印　四

专人来，辱书累幅，劳问备至，感怍不已。腊雪应时，山中苦寒，法体清康。一水之隔，无缘躬诣道场，少闻謦欬，但深驰仰。卷六一

与佛印　五

梦想高风，忽复披奉，欣慰可知。但累日烦扰为愧耳。重承人船相送，益用感怍。别来法体何如？后会不远，万万保练。卷六一

与佛印　六

专人来，复书教并偈，捧读慰喜。且审比日法体安稳，幸甚幸甚！今闻秀老赴召，为众望，公来长芦，如何如何！某方议买刘氏田，成否未可知。须更留数日，携家入山，决矣。殇子之戚，亦不复经营，惟感觉老忧爱之深也。太虚已去，知之。卷六一

与佛印　七　以下俱翰林

经年不闻法音，径术荒涩，无与锄治。忽领手教累幅，稍觉洒然。仍审比来起居佳胜。行役二年，水陆万里，近方弛担，老病不复往日，而都下人事，十倍于外。吁，可畏也。复欲如去年相对溪上，闻八万四千偈，岂可得哉！南望山门，临书凄断。苦寒，为众珍重。卷六一

与佛印　八

阻阔，忽复岁暮。忽枉教翰，具审法履佳胜。久不至京，只衰疾倦于游从，无有会晤之日，惟冀良食自爱。烦置台挂，甚愧厚意。赐茶五角，聊以将意。余冀倍万保练。卷六一

与佛印　九

人至，承诲示，知俶装取道，会见不远，岂胜欣慰。向冷，跋涉自爱。卷六一

与佛印　一〇

治行草草，不复上问，忽奉手笔，旷若发蒙。且审比日戒体轻安，又承退席云卧，尤仰高风也。未缘展晤，引跂尤剧。卷六一

与佛印　一一

久不奉书，忽辱惠教，具审徂暑，戒体轻安。承有金山之召，应便领徒东来。丛林法席，得公临之，与长芦对峙，名压淮右，岂不盛哉！渴闻至论，当复咨叩。惟早趣装，途中善爱。卷六一

与佛印　一二

尘劳衮衮，忽得来书，读之，如蓬蒿藜藋之径而闻謦欬之音，可

胜慰悦。且审即日法履轻安，又重以慰也。某蒙恩擢置词林，进陪经
幄，是为儒者之极荣，实出禅师之善祷也。余热，千万自重。卷六一

与南华辩老 一　以下俱惠州

某启：窜逐流离，愧见方外人之旧。达观一视，延馆加厚，洗
心归依，得见祖师。幸甚幸甚！人来，辱书，具审法体佳胜，感慰兼
集。某到惠已百日，杜门养疴，凡百粗遣，不烦留念。蒙致子由往
来书信，异乡隔绝，得闻近耗，皆法慈垂恤，知幸知幸！未由面谢，
惟冀千万为众保练。不宣。卷六一

与南华辩老 二

筠州书信已领足，兼蒙惠面粉、瓜、姜、汤茶等，物意兼重，感
怍不已。柳碑、庵铭，并佳贶也，《卓锡泉铭》已写得，并碑样并附
去。钟铭，子由莫终当作，待更以书问之。紫菜、石发少许，聊为芹
献。陋邦乃无一物，愧怍。却有书一角，信筚三枚、竹筒一枚，封
全，并寄子由。不免再烦差人送达，惭悚之至。卷六一

与南华辩老 三

某启：正月人还，曾上问，必达。比日法履何如？某到贬所已
半年，凡百随缘，不失所也，毋虑毋虑！何时会合，怅仰不已。乍
暄，万万为众自重。不宣。卷六一

与南华辩老　四

程宪近过此,往来皆款见。程六、程七皆得书,甚安。子由亦时得书,无恙。又迁居行衙,极安稳。有楼临大江,极轩豁也。知之。<small>卷六一</small>

与南华辩老　五

某顿首。净人来,辱书,具审法体胜常,深慰驰仰。至此二年,再涉寒暑,粗免甚病。但行馆僧舍,皆非久居之地,已置圃筑室,为苟完之计。方斫木陶瓦,其成当在冬中也。九月中,儿子般挈南来,当一礼祖师,遂获瞻仰为幸也。伏暑中,万万为众自重。不宣。<small>卷六一</small>

与南华辩老　六

远承差人寄示诸物等,一一荷厚意也。儿子被仁化,今想与南华相近也。谪居穷陋,无可为报,益不遑矣。<small>卷六一</small>

与南华辩老　七

某启:人至,辱书,具审法履清胜,至慰至慰! 忽复岁尽,会合无期,自非道力深重,不能无异乡之感也。新春,惟冀若时自重。<small>卷六一</small>

与南华辩老　八

　　某近苦痔疾,极无聊,看书笔砚之类,殆皆废也。所要写王维、刘禹锡碑,未有意思下笔。又观此二碑格力浅陋,非子厚之比也。张惠蒙到惠,几不救,近却又安矣。不烦留念。寄拄杖,甚荷雅意。此木体用本自足,何用更点缀也。呵呵。适会人客,书不尽所怀,续奉状也。正辅提刑书,告便差人达之,内有子由书也。 _{卷六一}

与南华辩老　九

　　某启:久不闻问,忽辱专使手书,具审比来法体佳胜。生日之饷,礼意兼重。庶缘道力,少安晚境乎? 铭佩之意,非笔舌可究。披晤未期,惟万万为法自爱。不宣。 _{卷六一}

与南华辩老　一〇

　　某再启:所要写柳碑,大是。山中阙典,不可不立石。已辍忙,挥汗写出,仍作一小记。成此一事,小生结缘于祖师不浅矣。荒州无一物可寄,只有桃榔杖一枚,木韧而坚,似可采,勿笑勿笑! 舍弟及聪师等书信领足。此自有去人,已发书矣。张惠蒙去岁为看船,不得礼拜祖师及衣钵,甚不足。今因来人,令相照管一往。不讶,喧聒。此子多病,来时告令一得力庄客送回也。留住五七日可矣。 _{卷六一}

与南华辩老　一一

　　学佛者张惠蒙，从予南迁。予游南华，使惠蒙守船。明年六月，南华禅师使人于惠。惠蒙曰："去岁不得一礼祖师，参辩公，乃可恨。"欲与是人俱往，请留十日而还。予嘉其意，许之，且令持此请教诲于辩公，可痛与提耳也。绍圣二年六月十一日。卷六一

与南华辩老　一二

　　近日营一居止，苟完而已，盖不欲久留。占行衙，法不得久居，民间又无可僦赁，故须至作此。久忝侍从，囊中薄有余赀，深恐书生薄福，难蓄此物。到此已来，收葬暴骨，助修两桥，施药造屋，务散此物，以消尘障。今则索然，仅存朝暮，渐觉此身轻安矣。示谕，恐传者之过，材料工钱，皆分外供给，无毫发干挠官私者。知之免忧。此言非道友相爱，谁肯出此，感服之至。岁尽，会合何日，临纸怅惘。卷六一

与南华辩老　一三

　　专人远来，获手教累幅，具审法履佳胜，感慰兼集。又蒙远致筠州书信，流落羁寓，每烦净众，愧佩深矣。承惠及罂粟咸豉等，益荷厚意。银铭模刻甚精。某在此凡百如宜，不烦念及。未由瞻谒，怀想不已。热甚，惟万万为众自爱。卷六一

与通长老 一　以下俱密州

某启：近过苏台，不得一见而别，深为耿耿。专人来，辱书，且喜法履清胜。某到此旬日，郡僻事少，足养衰拙。然城中无山水，寺宇朴陋，僧皆粗野，复求苏、杭湖山之游，无复仿佛矣。何日会集，慰此牢落。唯万万自重。人还，布谢。卷六一

与通长老 二

《三瑞堂诗》已作了，纳去。然恶诗竟何用，是家求之如此其切，不敢不作也。惠及温柑甚奇，此中所未尝识。枣子两笕，不足为报，但此中所有止此尔。单君贶必常相见，路中屡有书去。久望来书，且请附"密州递寄"数字，告为速达此意。卷六一

与通长老 三

某启：别后一向忙冗，有疏奉问。叠辱手字，愧悚良深。仍审履兹初凉，法体增胜，为慰。承开堂未几，学者日增，吾师久安闲独，迫于众意，无乃少劳，然以济物为心，应不计劳逸也。未缘奉谒，千万珍重。人还，布谢。卷六一

与通长老 四

姚君笃善好事，其意极可佳，然不须以物见惠也。惠香八十罐，却托还之。已领其厚意，与收留无异，实为他相识所惠皆不留

故也。切为多多致此恳，千万。勿讶勿讶！ 卷六一

与通长老　五

且说与姚君勿疑讶，只为自来不受非亲旧之馈，恐他人却见怪也。元伯昆仲，各为致恳。乍到，未及奉书。卷六一

与通长老　六　以下俱杭州还朝

人至，辱手书，感佩至意，且审比来法候佳胜。衰病，归兴日深。昨日忽召还禁林，殊异所怀，已辞免乞郡，然须至起发前路听命也。劳生纷纷，未知所归宿，临书慨叹。会合无时，千万为众自爱。迫行纷然，幸恕不谨。卷六一

与通长老　七

示谕，石刻，浙中好事者多为之，老人亦尔耶？呵呵。惠茶，感刻，仓卒中未有以报。此方有所须，可示及也。大觉正月一日迁化，必已闻之，同增怅悼。某却与作得《宸奎阁记》，此老亦及见之。事忙，未及录本寄去，想非久必自传到也。卷六一

与通长老　八

某启：此来浙中逾年，不一展奉，岂胜怅惘。辱书，具审法履佳胜，感慰兼集。衰病日侵，百念灰冷，勉强岁月间，归安林下矣。

闻老师住持安稳,遂可送老,甚喜甚喜!会合无时,临书慨然。惟千万为众自爱。不宣。 卷六一

与通长老 九

惠茶极为精品,感抃之至。长松近出五台,治风甚效。俗云文殊指示一僧,乃始识之。今纳少许,并人参四两,可以此二物相对入少甘草,不可多。并脑子作汤点,佳。送去御香五两,不讶浼渎。 卷六一

与大觉禅师 一 杭倅

某启:人至,辱书,伏承法候安裕,倾向倾向!昨奉闻欲舍禅月罗汉,非有他也。先君爱此画,私心以为舍施,莫如舍所甚爱;而先君所与厚善者莫如公;又此画颇似灵异,累有所觉于梦寐。不欲尽谈,嫌涉怪尔,以此,亦不欲于俗家收藏。意止如此,而来书乃见疑欲换金水罗汉,开书不觉失笑。近世士风薄恶,动有可疑,不谓世外之人犹复尔也。请勿复谈此。某比乏人可令赍去,兵卒之类,又不足分付,告吾师差一谨干小师赍笼杖来迎取。并古佛一轴,亦同舍也。钱塘景物,乐之忘归。舍弟今在陈州,得替,当授东南幕官,冬初恐到此,亦未甚的。诗笔计益老健,或借得数首一观,良幸。到此,亦有拙恶百十首,闲暇当录上。 卷六一

与大觉禅师　二　以下俱杭州

某启：奉别二十五年，几一世矣，会见无时，此怀可知。到此日欲奉书，因循至今。辱书，具审起居安稳。南方耆旧凋落，惟明有老师，杭有辩才，道俗所共依仰，盖一时盛事。比来时得从辩才游，老病昏塞，颇有所警发。恨不得一见老师，更与钻磨也。岁暮，山中苦寒，千万为众自重。不宣。轼再拜大觉器之禅师侍者。十二月二十日。卷六一

与大觉禅师　三

要作《宸奎阁碑》，谨以撰成。衰朽废学，不知堪上石否？见参寥说，禅师出京日，英庙赐手诏，其略云"任性住持"者，不知果有否？如有，却请录示全文，欲添入此一节，切望仔细录到，即便添入。仍大字写一本付侍者赍归上石也。惟速为妙。碑上别作一碑首，如唐以前制度。刻字额十五字，仍刻二龙夹之。碑身上更不写题，古制如此。最后方写年月撰人衔位姓名，更不用著立石人及在任人名衔。此乃近世俗气，极不典也。下为龟趺承之。请令知事僧依此。卷六一

与宝觉禅老　一　以下俱密州

某启：去岁赴官，迫于程限，不能叙舟。一别中流，纵望云山，杳然有不可及之叹。既渡江，遂蒙轻舟见饯，复得笑语一饷之乐。惭荷之怀，殆不可胜言。别来因循，未及奉书。专人至，辱教累幅，慰论反

复,读之爽然,如对妙论。仍审比来法履佳胜。某此粗遣,但未有会见之期。临书惘然,惟万万自重。《至游堂记》,即当下笔,递中寄去。近有《后杞菊赋》一首,写寄,以当一笑。人还,草草,不宣。卷六一

与宝觉禅老　二

圆通不及别书,无异此意。告转求此纸。东州僧无可与言者,况欲闻二大士之謦欬,何可复得耶?此语合吃几拄杖?刁丈计自太平归安胜,屡有书去,不知达否?因见,道下恳。焦山纶老,亦为呼名。卷六一

与净慈明老　一　以下俱杭州

某启:近辱临访,纷冗不遂款接,愧企无量。比日道体何如?法涌赴阙,道俗一意,皆欲公嗣此道场。缘契已定,想便临屈,副此诚仰。余非面莫究。不宣。卷六一

与净慈明老　二

某启:人还,承书,蒙峻拒,不识道眼有何拣择,深所未谕也。众意甚坚,虽百却不已。幸早戒途。比日起居何如?即见,不复觊缕。卷六一

与净慈明老　三

众诣漕台敦请,已许为行下。相次新太守过此,当力求之,想亦必劝行。吾师岂能尽违之耶？至时,不免来此,不如今日赴衰病之请,却非世情也。卷六一

与净慈明老　四

法涌始者甚不欲赴法云,而张尉之请既坚,遂不能违。亦云缘契在彼,非力辞之可免。法涌既不得免,则吾师今者亦必无缘辞避。幸便副众心,毋烦再三也。钦企钦企！卷六一

与净慈明老　五

某启:适辱书,知不违众,愿即当西渡,喜慰之至。比日法履康胜？某虽被旨去郡,犹能少留,及见升堂闻第一义也。谨奉手启攀迎,不宣。卷六一

与遵老　一　以下俱杭州

某启:前日壁间一见新偈,便向泥土上识君。今日复蒙古藤奇句,益知前言之不妄也。幸甚幸甚！然既传之诸祖师,何不自家留使。既已倒持,辄当逆化。呵呵。人还,匆匆,不一一。卷六一

与遵老 二

某启：叠辱手教，具审法体佳胜。扇子妙句，开发良多，本欲攀和，恐久立大众。呵呵。人还，匆匆复谢。不宣。 _{卷六一}

与遵老 三

某启：前日辱临屈，既已不出，无缘造谢。信宿，想惟法体佳胜。筠州茶少许，谩纳上，并利心肺药方呈。范医昨呼与语，本学之外，又通历算，甚可佳也。谨具手启。不宣。 _{卷六一}

文集卷七十六

与径山维琳 一 以下俱北归

某卧病五十日,日以增剧,已颓然待尽矣。两日始微有生意,亦未可必也。适睡觉,忽见刺字,惊叹久之。暑毒如此,岂耆年者出山旅次时耶?不审比来眠食何似?某扶行不过数步,亦不能久坐,老师能相对卧谈少顷否?晚凉,更一访。悤甚,不谨。卷六一

与径山维琳 二

某岭海万里不死,而归宿田里,遂有不起之忧,岂非命也夫!然死生亦细故尔,无足道者,惟为佛为法为众生自重。卷六一

与圆通禅师 一 以下俱黄州

某闻名已久,而得公之详,莫如鲁直,亦如所谕也。自惟潦倒迟暮,年垂五十,终不闻道。区区持其所有,欲以求合于世,具不可得,而况世外之人,想望而不之见者耶?不谓远枉音问,推誉过当,岂非医门多疾,息黥补劓,恃有良药乎?未脱罪籍,身非我有,无缘顶谒山门。异日圣恩或许归田,当毕此意也。卷六一

与圆通禅师　二

屏居亦久，亲识断绝，故人不弃，眷予加厚。每辱书问，感愧不可胜言。仆凡百如旧，学道无所得，但觉从前却是错尔。如何如何！ 卷六一

与圆通禅师　三

某启：别后蒙五惠书，三遣化人，不肖何以当此。热毒殊甚，且喜素履清胜。某尚以少事留城中数日，然度不能往见矣。瞻望山门，临纸惋怅。惟千万为道自重而已。挥汗走谢，幸恕不谨。 卷六一

与圆通禅师　四

某启：谪居穷僻，懒且无便，书问旷绝。故人不遗，两辱手教，具审比来法体甚轻安，感慰深至。仆晚闻道，照物不明，陷于吏议，愧我道友。所幸圣恩宽大，不即诛殛，想亦大善知识法力冥助也。自绝禄廪，因而布衣蔬食，于穷苦寂淡之中，却粗有所得，未必不是晚节微福。两书开谕周至，当置坐右也。未缘展谒，万万以时自重。因便人还，附启起居。 卷六一

与祖印禅师

某启：昨夜清风明月，过蒙法施，今又惠及幽泉，珍感珍感！木汤法豉，恐浊却妙供，谨以回纳。不一一。 卷六一

与闻复师 <small>杭州</small>

某启：辱书并诗，诵味不释手，感慰之极。比日起居何如？示谕欲以高文发明儒释，固所望于左右也。某数日病在告，今日颇快，来日欲出视事，然尚少力。粗和得来诗，未能尽意。花甆不难得，但去人已负重，后信当致也。诗中似欲之，故及。未相见间，万万自爱。<small>卷六一</small>

与宝月大师 <small>一</small>　<small>以下俱杭倅</small>

某启：久不奉书，盖冗惰相因，必未讶也。史厚秀才及蔡子华处领来书，喜知法体佳胜，此中并安。请补外，蒙恩除杭倅，旦夕出京，且往陈州相聚，至九月初方行。愈远乡里，曷胜依黯。累示及瑜、隆紫衣师号，近为干得王诜驸马奏瑜为海慧大师文字，更旬日方出。《圆觉经》云："法界海慧，照了诸相。"文潞公亦许奏隆紫衣，然须俟来年，遇圣节方可奏。已差祠部吏人到王驸马宅，计会与瑜师文字，才得即入递次，莫更一两月，方得救出。此事自难得，偶成此二事也。临行草草，不尽所怀，惟千万珍重。<small>卷六一</small>

与宝月大师 <small>二</small>

屡蒙寄纸糖，一一愧荷。驸马都尉王晋卿画山水寒林，冠绝一时，非画工所能仿佛。得一古松帐子奉寄，非吾兄，别识不寄去也。幸秘藏之，亦使蜀中工者见长意思也。他甚自珍惜，不妄与人画。知之。<small>卷六一</small>

与宝月大师 三 以下俱黄州

某启：近递中两奉书，必达。新岁，远想法体康胜。无缘会集，怅望可量。屡要经藏碑，本以近日断作文字，不欲作。既来书丁宁，又悟清日夜煎督，遂与作得寄去。如不嫌罪废，即请入石。碑额见令悟清持书往安州干滕元发大字，不知得否？其碑不用花草栏界，只镌书字一味，已有大字额，向下小字，但直写文词，更不须写大藏经碑一行及书撰人写人姓名，即古雅不俗。切祝切祝！又有小字行书一本，若有工夫，更入一小横石，亦佳。黄州无一物可为信。建茶一角子，勿讶尘浼。余惟万万保练。适冗中，清师行，奉启草草。卷六一

与宝月大师 四

此间诸事，请问清师即详也。清久游外方，练事多能，可喜可喜！海惠及隆大师，各惟安胜？每念乡舍，神爽飞去，然近来颇常斋居养气，自觉神凝身轻，他日天恩放停，幅巾杖屦，尚可放浪于岷峨间也。知吾兄亦清健，发不白，更请自爱，晚岁为道侣也。余附清师口陈，此不觊缕。卷六一

与宝月大师 五

某有吴道子绢上画释迦佛一轴，虽颇损烂，然妙迹如生。意欲送院中供养。如欲得之，请示一书，即为作记，并求的便附去。可装在板子上，仍作一龛子。此画与前来菩萨天王无异，但人物小

而多尔。卷六一

与南华明老 一　以下俱北归

某启：衰病复过南华，深欲一别祖师，因见仁者。遽辱专使惠手书，何慰如之！即日履此薄寒，法体佳胜？且夕离英，但江路颇寸进。不即会见，企望之极。惟万万为众自重。不宣。卷六一

与南华明老 二

某流浪臭浊久矣，道眼多可，倾盖如旧，清游累日，一洗无余。幸甚幸甚！专使惠手书，具闻别后法体安稳，为慰多矣。久留赣上待水，犹更旬浃。南望山门，驰神杳霭。更希若时为众保练。不宣。卷六一

与南华明老 三

某以促装登舟，冗甚，作书极草草。宠示四偈，可谓奇特，聊答四句，想大笑也。石刻已领，感感。潘生果作墨否？如成，寄一丸。伯固念亲怀归甚矣，道话解之。卷六一

与东林广惠禅师 一　以下俱翰林

示谕，臂痛，示与众生同病尔。然俗眼未免悬情，更望倍加保练。《王氏博济方》中有一虎骨散及威灵仙丸，此仙方也。仆屡用

治臂病，其效如神，切望合吃。元用虎胫骨，误写作脑骨。千万相信，便合服必效。自余都下有干，望示及。惠及名茗，已奉领，感刻感刻！东林寺碑，既获结缘三宝，业障稍除，可得托名大士，皆所深愿。但自别后，公私百冗，又无顷刻闲，不敢草草下笔。专在下怀，惟少宽限也。卷六一

与东林广惠禅师　二

古人字体，残缺处多，美恶真伪，全在模刻之妙。根寻气脉之通，形势之所宜，然后运笔，亏者补之，余者削之，隐者明之，断者引之。秋毫之地，失其所体，遂无可观者。昔王朗文采、梁鹄书、锺繇镌，谓之三绝。要必能书然后刻，况复摹哉！三者常相为利害，则吾文犹有望焉尔。卷六一

与灵隐知和尚　密州

某启：久留钱塘，寝食湖山间，时陪道论，多所开发。至于灵山道人，似有前缘。既别经岁，寤寐见之，盖心境已熟，不能遽忘也。及余簿来，并天竺处，得道俗手书近百余通，皆有勤勤相念之意。又皆云杭民亦未见忘。无状何以致此，盖缘业未断故耶？会当求湖、明一郡，留连数月，以尽平生之怀。即日法履何似？尚縻僧职，虽不惬素尚，然勉为法众，何处不可作佛事。某到此粗遣，已百余日，吏民渐相信，盗贼狱讼颇衰，且不烦念及。未间，慎爱为祷。不宣。卷六一

与泉老　惠州

某启：今日忽有老人来访，姓徐名中，须发如雪，云七十六岁矣。示两颂，虽非奇特，亦有可观。孑然一身，寄食江湖间，自伤身世，潸然出涕，不知当死谁手？老夫自是白首流落之人，何暇哀生，然亦为之出涕也。和尚慈悲普救，何妨辍丛林一席之地，日与破一分粥饭，养此天穷之士，尽其天年，使不僵仆道路，岂非教法之本意乎？请相度一报如何？即令人制衣物去。此人虽不审其性行，然决是读书应举之人。垂死穷途之士，百念灰冷，必无为恶之理。幸望慈悯摄受。不罪不罪！卷六一

与言上人　黄州

去岁吴兴仓卒为别，至今耿耿。谴居穷陋，往还断尽。远辱不遗，尺书见及，感怍殊深。比日法体佳胜？札翰愈精健，诗必称是，不蒙见示，何也？雪斋清境，发于梦想，此间但有荒山大江，修竹古木。每饮村酒，醉后曳杖放脚，不知远近，亦旷然天真，与武林旧游未易议优劣也。何时会合一笑，惟万万自爱。卷六一

答蜀僧幾演　翰林

幾演大士：蒙惠《蟠龙集》，向已尽读数册，乃诗乃文，笔力奇健，深增叹服。仆尝观贯休、齐己诗，尤多凡陋，而遇知得名，赫奕如此。盖时文凋弊，故使此二僧为雄强。今吾师老于吟咏，精敏豪放，而汩没流俗，岂亦有幸不幸耶？然此道固亦澹泊寂寞，非以

蕲人知而鼓誉也,但鸣一代之风雅而已。既承厚贶,聊奉广耳。卷六一

答开元明座主 一 以下俱黄州

久别,思企不忘。辱书,具审法履安胜,为慰。贤上人前年来此,寻往金山,多时不得消息,不知今安在也?石桥用工,初不灭裂,云何一水,便尔败坏?无乃亦是不肖穷蹇所累耶?何时复相见,千万保爱。卷六一

答开元明座主 二

开元大殿,非吾师学行,人神响应,安能便成?可喜可喜!此书附圣传,途中更不封。勿讶勿讶!卷六一

答开元明座主 三 以下俱离黄州

奉别累年,舟过境上,怀想不忘。遣人惠书,具知法体安稳,感慰兼集。咫尺无由往见,惟万万自爱。卷六一

答开元明座主 四

石桥之坏,每为怅然。吾师经营,非不坚尽,当由穷蹇之人,所向无成,累此桥耶?知尚未有涯,但勿废此志,岁丰人纾,会当成耳。仆已得请居常州,暂至南京,即还南也。知之。卷六一

答开元明座主　五

中前经过，幸闻清论，深欲还日再上谒，以数相知约在栖贤，且自德安径赴之，遂成食言，悚息不已。比日法体何如？拙诗一首，聊以记一时之事耳。不须示人。切祝切祝！ 卷六一

答开元明座主　六

久复一见，甚以为慰。泥雨远烦瓶锡，不克款语，但有感怍。乍远，千万保爱。 卷六一

答开元明座主　七

近过南都，见致政太保张公。公以所藏禅月罗汉十六轴见授，云："衰老无复玩好，而私家畜画像，乏香灯供养，可择名蓝高僧施之。"今吾师远来相别，岂此罗汉契缘在彼乎？敬以奉赠。亦太保公之本意也。 卷六一

答开元明座主　八　以下俱赴定州

辱简，并惠扇碑，及借示木石等，皆佳妙。但去长物为陆行计，无所置之。谨留笔一束，以领雅意。余回纳。不讶不讶！ 卷六一

答开元明座主 九

辱书,具审法履佳胜。且知从者尝至符离见待久之,感愧深矣。借示跋尾石刻,足见存诚笃至,却附来人纳上元本。未会集间,千万珍重。卷六一

与无择老师 以下俱黄州

吾师要写大字,特为饮酒数杯,只用寻常小笔作二额,八字者可入石,六字可上碑,两旁刻年月日及官位姓名。字小,不称大伽蓝。示及大笔,皆市人用者,不足使也。惠及奇菽,感服之至。卷六一

与清隐老师 一

黄长生人来,辱书,承起居佳胜为慰。示及黄君佳篇及山中图刻,欲令有所记述。结缘净境,此宿所愿也。但多病久废笔砚,里中故人,屡有求诗文者,皆未能副其请也。千万勿讶。卷六一

与清隐老师 二

净因之会,茫然如隔生矣。名言绝境,寤寐不忘。何日得脱缨绊,一闻笑语?思渴思渴! 卷六一

与浴室用公 翰林

去乡久,不复相闻知。得来示及退翁书,乃审公正信法子,而吾先友史彦辅十三丈之甥也。又承寄示正信偈颂塔铭,感叹不可言。比日法体胜常?知长讲《起信》,自讲入禅,把缆放船,甚善甚善!辄题数句塔铭后,以补阙逸。未即相见,千万为法自重。大雪后,手冻不复成字。卷六一

与大别才老 一 以下俱黄州

专人来,辱书,伏承法体清胜,甚慰想望。山门虚寂,长夏安隐,燕坐湛然,得无所得?无缘面话,惟万万自重。卷六一

与大别才老 二

昨日辱访,冗迫未遑诣谢。领手教,具审法履胜常,为慰。语录蒙借,开发蒙鄙,为惠甚厚。卷六一

与大别才老 三

衰疾无状,众所鄙远。禅师超然绝俗,乃肯惠顾,此意之厚,如何可忘。还山以来,道体何如?相见杳未有期,日深驰仰。寒凝,为众自重。卷六一

答龟山长老 一 以下俱颍州

忽辱书，感慰无量。此日法履佳否？名为实宾，学者之意，师何用此？重烦示谕，过当。未缘展晤，千万为众自重。卷六一

答龟山长老 二

张君予都尉，闻是旧檀越，为奏"海照"之号。今托林承议附纳敕牒，请作一书致君予，贵知到也。本欲为书"海照堂"大字，作牌纳去，屡写皆不佳，不可用。非久，待告文安国为作篆字也。卷六一

答龟山长老 三

奉别忽半年，思仰无穷。比日履兹余寒，法体何如？侧闻居山渐久，道俗向服。新命既下，想慰众意。未瞻奉间，千万以时自重。卷六一

答龟山长老 四

前者过谒，虽不款留，然开慰已多矣。辱书，审闻别后法履清胜。山门久堕，经始为劳，然龙象所在，淮山已自改观矣。未期会集，幸为众自爱。卷六一

答清凉长老　扬州还朝

昨辱佳颂见贶,足为衰朽之光。未缘面谢。卷六一

与僧隆贤　一　以下俱惠州

某慰疏言:不意宝月大师宗古老兄捐众示化。切惟孝诚深至,攀慕涕泗,久而不忘。仍承已毕大事,忽复更岁,触物感恸,奈何奈何! 某谪居辽复,无由往奠,追想宗契之深,悲怆不已。惟昆仲节哀自重,以副远诚。谨奉疏慰。不次,谨疏。正月日,赵郡苏某慰疏上。卷六一

与僧隆贤　二

舟、荣二大士远来,极感至意。舟又冒涉岭海,尤为愧荷也。宝月塔铭,本以罪废流落,恐玷高风,不敢辄作,而舟师哀请诚切,故勉为之也。海隅漂泊,无复归望。追怀畴昔,永望凄断。卷六一

代夫人与福应真大师　黄州

久不闻法音,驰仰殊深,即日远想起居安隐。儿从夫远谪,百念灰灭,持诵之余,幸无恙。何时复见,一洗岭瘴。春寒,千万为法自重。不宣。旌德县君王氏儿再拜。卷六一

舍幡帖

祖母蓬莱县太君史氏绣幡二,其文曰"长寿王菩萨""消灾障菩萨"。祖母没三十余年,而先君中大夫孝友之慕,至老不衰,每至忌日,必捧而泣。今先君之没,复二十四年矣。某以谓宝藏于家,虽先君之遗意;而归诚于佛,盖祖母之本愿。乃舍之金山,以资冥福。卷六一

付龚行信　惠州

辩禅师与余善,常欲通书,而南华净人皆争请行。或问其故,曰:"欲一见东坡翁,求数字,终身藏之。"余闻而笑曰:"此子轻千里求数字,其贤于蕺山姥远矣。固知辩公强将下无复老婆态也。乾明法煮诃梨勒,闻之旧矣,今乃始得尝,精妙之极,岂非中有曹溪一滴水故耶?"偶病不得出,见书此为谢。绍圣二年六月十二日,付龚行信。卷六一

拟孙权答曹操书

权白孟德足下:辱书开示祸福,使之内杀子布、外擒刘备以自效。书辞勤款,若出至诚,虽三尺童子,亦晓然知利害所在矣。然仆怀固陋,敢略布。昔田横,齐之遗虏,汉高祖释郦生之憾,遣使海岛,谓"横来,大者王,小者侯",犹能以刀自到,不肯以身辱于刘氏。韩信以全齐之地,束手于汉,而不能死于牖下。自古同功一体之人,英雄豪杰之士,世乱则藉以剪伐,承平则理必猜疑,与其受韩

信之诛，岂若死田横之节也哉！仆先将军破虏，遭汉陵夷，董卓僭乱，焚烧宗庙，发掘陵寝，故依袁术以举义师。所指城邑响应，天下思得董卓而食之不厌。不幸此志未遂，而无禄早世。先兄伯符嗣命，驰驱锋镝，周旋江汉，岂有他哉？上以雪天子之耻，下以毕先将军之志耳。不意袁术亦僭位号，污辱义师，又闻诸君各盗名字，伯符提偏师，进无所归，退无所守，故资江东为之业耳。不幸有荆轲、舞阳之变，不以权不肖，使统部曲，以卒先臣之志。仆受遗以来，卧薪尝胆，悼日月之逾迈，而叹功名之不立，上负先臣未报之忠，下忝伯符知人之明。且权先世以德显于吴，权若效诸君有非常之志，纵不蒙显戮，岂不坠其家声耶？

　　汉自桓、灵以来，上失其道，政出多门，宦官之乱才息，董卓之祸复兴，傕、汜未诛，袁、刘割据，天下所恃，惟权与公及刘备三人耳。比闻卓已鲸鲵，天子反正，仆意公当扫除余孽，同奖王室，上助天子，与宗庙社稷之灵，退守藩国，无失春秋朝觐之节。而足下乃有欺孤之志，威挟天子以令天下，妄引历数，阴构符命。昔笑王莽之愚，今窃叹足下蹈覆车也。仆与公有婚姻之旧，加之同好相求，然自闻求九锡、纳椒房，不唯同志失望，天下甚籍籍也。刘备之兵虽少，然仆观其为人，雄材大略，宽而有容，拙于攻取，巧于驭人，有汉高祖之余风，辅以孔明，未可量也。且以忠义不替曩昔，仆以为今海内所望，惟我二人耳。仆之有张昭，正如备之孔明，左提右挈，以就大事，国中文武之事，尽以委之，而见教杀昭与备，仆岂病狂也哉？古谚有之："辅车相依，唇亡齿寒。"仆与刘备，实有唇齿相须之势。足下所以不能取武昌，又不能到成都者，吴、蜀皆存也。今使仆取蜀，是吴不得独存也。蜀亡，吴亦随之矣。晋以垂棘屈产，假道于虞以伐虢。夫灭虢是所以取虞，虞以不知，故及祸。足下意何以异此?

古人有言曰:"白首如新,倾盖如故。"言以身托人,必择所安。孟德视仆,岂惜此尺寸之土者哉,特以公非所托故也。荀文若与公共起艰危,一旦劝公让九锡,意便憾,使卒忧死。矧仆与公有赤壁之隙,虽复尽释前憾,然岂敢必公不食斯言乎? 今日归朝,一匹夫耳,何能为哉。纵公不见害,交锋两阵之间,所杀过当,今其父兄子弟,实在公侧,怨仇多矣,其能安乎? 季布数窘汉王,及即位,犹下三族之令。矧足下记人之过,忘人之功,不肯忘文若于九锡,其肯赦仆于赤壁乎? 孔文举与杨德祖,海内奇士,足下杀之如皂隶,岂复有爱于权! 天下之才在公右者,即害之矣。一失江东,岂容复悔耶? 甘言重布,幸勿复再。 卷六四

文集卷七十七

与张安道　一

　　轼顿首再拜少师先生丈丈执事：秋冷，窃惟道体胜常？轼蒙免如昨。穷约愈久，念道渐熟，常佩至言，不敢失坠。今年春夏微疾，遂杜门谢客，而传者过实，以为左右忧。入秋来殊佳健，于道虽未有得，而异时浮念杂好，殆灰灭矣。先生丈丈愍其有意于此，当时发药乎？王郎北归，慰喜可量，恨不得助举一觞耳。忧喜过人，何翅电露，欲寻王郎初别时意味，岂复有丝毫在者。则今日会合之喜，又与造物皆逝矣。近者孙暮宣德赴偃师，托寄带拜二簟去，不审达未？已令儿子往荆南买一官庄，若得之，遂为楚郢间人矣。每念违去几杖，瞻奉无期，未尝不临风嗟惋。万一天恩放停逐，便当不远千里见先生也。今有少恳干求，不罪不罪！

　　轼于门下至厚，先生有金丹奇药，而不以数粒见分，实未免耿耿。若遂其请，谨藏之耳，未敢服也。舍弟在筠甚安，望其牵复解去，得相聚少时。近以公事为一倅所怒，捃摭百端，虽未见可以害渠者，然已滞牵复矣。行止饮啄，非复人事，亦不能念之也。厚之奉议，且在左右否？先生迩来复有几孙？岁行晚，江淮风物凄紧。坐念斋阁萧然，黄花白酒，有与共者乎？乍冷，惟乞万万为国自重。闲居乏人，止用手启，信笔不觉满纸，惶悚惶悚！谨附承动静，不宣。从表侄苏轼顿首再拜少师先生丈丈执事。八月二十二日。《宝

真斋法书赞》卷一二

与张安道 二

雪后苦寒，远想燕居恬适，台候胜常？某以独员冗迫，久缺上问，荷蒙矜恕。岁律行尽，展奉何时，尚冀顺时保颐，益永眉寿。下情祷颂之至。不宣。《五百家播芳大全文粹》卷五四

与杜道源 一

尊丈不及作书。近以中妇丧亡，公私纷冗，殊无聊也。且为达此恳。轼又白。《三希堂法帖》

与杜道源 二

京酒一壶，送上。孟坚近晚必更佳。轼上道源兄。十四日。《三希堂法帖》

与杜道源 三

大人令致恳，为催了《礼书》，事冗未及上问。昨日得宝月书，书背承批问也。令子监簿必安胜，未及修染。轼顿首。《三希堂法帖》

与杜道源　四

道源无事，只今可能枉顾啜茶否？有少事，须至面白。孟坚必已好安也。轼上。恕草草。《三希堂法帖》

与杜道源　五

令子所示，专在意来日，相见即达之，但未必有益也。辄送十缗省为一奠之用。难患流落中，深愧不能展毫末也。不罪不罪！轼手启。《三希堂法帖》

与蒋公裕

轼启：近别，想体中佳胜。田事想烦经画，今遣侄孙赍钱赴州纳。有所买牛车等钱，本欲擘画百缗足，今只有省陌，请收检支用。如少，不过来年正二月，续得面纳也。余惟万万自爱。不宣。轼顿首公裕蒋君良亲足下。十月十二日。《宝真斋法书赞》卷一二

答刘道原

道原要刻印七史，固善。方《新学经解》纷然，日夜摹刻不暇，何力及此！近见京师经义题："国异政，家殊俗。"国何以言异？家何以言殊？又有"其善丧厥善"，"其""厥"不同，何也？又说《易·观卦》本是老鹳，《诗·大小雅》本是老鸦。似此类甚众，大可痛骇。《邵氏闻见后录》卷二〇

与文与可　一

《凤咮》等诗，屡有书道谢矣。岂皆不达耶？暌远可叹，皆此类也。向有书，乞《超然台》诗，仍乞草书，得为摹石台上，切望切望！安南代北骚然，愚智共忧，而吾徒独在闲处，虽知天幸，然忧愧深矣。此中亦渐有须调，蜀中不觉否？轼近乞齐州，不行。今年冬官满，子由亦得替，当与之偕入京，力求乡郡，谋归耳。洋川园池乃尔佳绝，密真陋邦也，然亦随分葺之。城西北有送客亭，下临潍水，轩豁旷荡，欲重葺之，名快哉亭。或为作一诗，尤为幸厚也。"仓父"恐是南人谓北人，亦不晓其义，《王献之传》有，可详之。轼又上。《西楼帖》

与文与可　二

轼自密移河中，至京城外，改差徐州，复挈而东。仕宦本不择地，然彭城于私计比河中为便安耳。今日沿汴赴任，与舍弟同行。闻与可与之议姻，极为喜幸。从来交契如此，又复结此无穷之欢，美事美事！但寒门不称，计与可必不见鄙也。临行冗甚，奉书殊不谨。俟到任，别上问次。《丹渊集》附录

与文与可　三

轼再拜：侄女子获执箕帚，非独渠厚幸，而不肖获交于左右者，缘此愈亲笃矣。欣慰之怀，殆不可言。不敢复具启状，必不见罪也。闻舍弟谈婿之贤，公之子固应尔。侄女子粗知书，晓义理，

计亦称公家妇也。更望训诲其不逮也。《丹渊集》附录

与文与可　四

　　轼启：近递中辱书，承非久到阙，即日想已入觐矣。无缘一见，於邑可知。苦寒，尊候何似？贵眷令子各安胜？轼蒙庇粗遣。但秋来水灾，几已为鱼，必知之矣。寄惠六言小集，古人之作，今世未省见。老兄别后，道德文章日进，追配作者。而劣弟懒堕日退，卒为庸人，他日何以见左右，惭悚而已。所要拙文，实未有以应命，又见兄之作，但欲焚笔砚耳，何敢自露。兄淹外既久，虽与时阔疏，而公议卓然，当遂践清近也。岁行尽，万万以时自重。不宣。轼再拜，与可学士老兄阁下。十二月十六日。《西楼帖》

与文与可　五

　　轼启：郡人还，叠辱书教，承尊候微违和，寻已平愈，然尚未甚美食。又得蒲大书云："尊貌颇清削。"伏料道气久充，微疾不能近，然未免忧悬。惟谨护医药，痛加调练。莫须燃艾否？轼近来亦自多病，年老使然，无足怪者。蒙寄惠偃竹，真可为古今之冠，谨当缀黄素其后，作十许句赞。盖多年火下，不可无言也。呵呵。闻幼安父子共得卅余轴。谨援此例，不可过望。所示，当作歌诗题之。轼作此乃莫大之幸，日夜所愿而不得者。今后更不敢送浙物去矣。老兄恐吓之术，一何疏哉。想当一大噱。别后亦有拙诗百余首，方令人编录，以求斤斧，后信寄去。老兄盛作，尚恨见少，当更蒙借示，使劣弟稍稍长进。此其为赐，又非颁墨惠竹之比也。冗中奉

启,不尽言。轼再拜与可学士亲家翁阁下。正月廿八日。《西楼帖》

与文与可 六

轼轼有少恳,托幼安干闻。为近于守居之东作黄楼,甚宏壮,非复超然之比。曾告公作《黄楼赋》,当以拙翰刻石其上。其临观境物,可令幼安道其详,告为多纪江山之胜,仍不用过有褒誉。若过誉,仆即难亲写耳。切告。又有少事,甚是不识好恶,轼附绢四幅去,告为作竹木、怪石少许,置楼上为屏风,以为彭门无穷之奇观,使来者相传其上有与可赋、画,必相继修葺,则黄楼永远不坏,而不肖因得挂名。公其忍拒此意乎?见已作记上石。旦夕寄书去,正月中遣人至淮上咨请,幸少留意。不罪,幸甚。轼惶恐。《西楼帖》

与文与可 七

轼启:叠辱来教,承起居佳胜。适闻中间复微恙,且喜寻已平复。轼比来亦多病,渐老不耐,小放意辄成疾。不可不加意慎护也。水后弥年劳役,今复闻决口未可塞,纷纷何时定乎?寄示和潞老诗甚精奇。稍间当亦继作六言诗,殆难继也。未缘会遇,万万以时自珍。谨奉手启上问,不宣。轼再拜与可学士亲家翁阁下。三月二十六日。《西楼帖》

与文与可 八

轼启:近承书诲,喜闻尊候益康胜。见乞浙郡,不知得否?相次入文字,乞宣与明。若得与兄联棹南行,一段异事也。中前桑榆之词,极为工妙,寻曾有书道此,却是此书不达耶? 老兄诗笔,当今少俪,惟劣弟或可以仿佛,墨竹即未敢云尔。呵呵。佳墨比望老兄分惠,反蒙来索,大好禅机,何处学得来? 大轴挥洒必已了,专令人候请。切告。乌丝栏两卷,稍暇便写去。近见子由作《墨竹赋》,意思萧散,不复在文字畛域中,真可以配老笔也。亦欲写在绢卷上,如何如何? 乍凉,万万珍重。《丹渊集》附录

与文与可　九

轼启:稍不驰问,不审入冬尊体何如? 想旧疾尽去,眠食益佳矣。见秋榜,知八郎已捷,不胜欣慰。惟十一郎偶失,甚为怅然。一跌岂废千里,想不以介意。寄示碑刻,作语古妙,非世俗所能仿佛。长句偈尤奇,非独文字甘降,便当北面参问也。近有一僧名道潜,字参寥,杭人也。特来相见。诗句清绝,可与林逋相上下,而通了道义,见之令人萧然,有一诗与之,录呈,为一笑也。未由展奉,万万以时自重。不一不一。轼再拜与可学士亲家翁阁下。十月十六日。

《黄楼赋》如已了,望付去人,如未,幸留意留意!《西楼帖》

与文与可　一〇

轼启:冗迫,稍疏上问。伏想尊履佳胜? 承书,领吴兴,众议谓公当在近侍,故不甚快,然不肖深为左右贺也。吴兴山水清远,公雅量弘度,在王、谢间,此授殆天意耳。轼欲乞宣城,若幸得之,

当与公为邻国，真是一段奇事。然事之如人意者，亦自难遂，从古以然。公自南河赴任，舟行艰涩，何不自五丈河，由曹、郓、济过我于徐，自泗入淮乎？但恐五丈河无冰，不然者，公必出此也。且更熟筹之。余惟万万以时自重。笔冻，奉启殊不谨。石幼安言，亦可呼水精宫使。此语可记。《丹渊集》附录

与朱康叔

再辱手教，承起居清胜。今日风大，明日禁江，皆当走见。适会侄婿后日行，来日已约数客酌饯，咫尺不得一往，愧负深矣。所要重写诗，已一依来命，别写去，不知中用否？大字写未及，乞恕察。《五百家播芳大全文粹》卷六五

与徐得之　一

轼春时病眼，不能开眉。黄梦轩旧事露，足下想已知之。葛明塘添情告府，昨求于仆，此事不知钱君锡肯为一解不？若果，庶不难耳。日来，园中桃李颜色无尘，同辈应移坐雪堂前，可作一绝，强支岁月，何如？仆夜梦中，有一杭人多惠龙团几斛，尽皆一时饮之，请解意何也？昨周澹闲见访，送二水底，余遂书《落花》诗二首暂酬。轼上得之。三月十六日。《书画题跋记》卷四

与徐得之　二

小儿蒙下问，未暇上状，不罪。宗人过望，皆公之赐也。叨恩

叨恩！公不能无愧，更为多致谢悃也。《七集·续集》卷五

与石幼安　一

轼启：前日急足还，领手教，具审起居佳胜，眷爱各佳安，至慰至慰！轼此与贱累并安。知令子九月末方还，侍下未敢奉书。杭州接人犹未到，□到便行，不出此月末起发，十月上旬必到也。乍此远别，岂胜依恋，新凉，惟若时加爱。舍弟未及奉启，不宣。再拜幼安□兄。

油两瓶封全，充□不讶轻渎。八月十一日。

贵眷万福。

洋州令子必安。见报，与可已有替人，莫是别有美命否？贱累并安。轼又上。《西楼帖》

与石幼安　二

轼启：向者人还，领手字，具审起居佳安，眷爱各宁谧。轼此与贱累并无恙。凶岁之余，流殍盗贼无虚日，凡百劳心。近颇肃静，吏民稍见信，渐向无事，幸不忧及。杨元素处书信不知收得未？□□及余信物幸早为觅便附去。先人今次封赠，此已纳钱讫，更不烦干致，惟告说与□院人吏令早附去也。春向晚，拜见无由。每念契阔，未尝□□□而□也。惟万万自重。不宣。轼再拜幼安表兄阁下。三月□□日。《西楼帖》

与王定国 一

领书，所以教谕之者备矣。感佩之意，非书可尽，谨当遵用。然所云"领发谢章，不待到任"，私意不欲尔也。谢章有过无功，而礼不可缺，到任一章足矣。空言不足上报万一，徒为纷纷耳。诸公启事，自到后一发，亦备数而已。谪居六年，无一日不乐，今复促令作郡，坐生百忧。正如农夫小人，日耕百亩，负担百斤，初无难色，一日坐之堂上，与相宾飨，便是一厄。公之意可复劝令周旋委曲以求售乎？子由赴阙之命，亦是虚传耳。《五百家播芳大全文粹》卷六四

与王定国 二

辱书，惊闻乐全先生薨背，悲怆不已。元老凋丧，举世所痛，岂独门下义旧！虽寿禄如此，而吾侪不复见此师范，奈何奈何！方欲乞移南都，往见之，今复何及！尚赖定国在彼，差慰其临没之意。闻属纩之际，犹及某与舍弟，痛哉！仰惟宽怀，且助厚之、迷中干后事也。执笔怆塞，不次。《五百家播芳大全文粹》卷六四

与王定国 三

专人来，辱书，且审起居佳胜。张公《行状》，读之感慨，内有数处，须至商量签帖持去，乞细予批鉴。附来高文，固佳妙，无可指摘，但其间不免有愚意未安者，必是老谬不足晓，烦公开谕，仍不深讶。盖张公文，《志》又不可不尽心同虑也。惶悚惶悚！仍须索便下笔也。未由瞻晤，千万加爱。不一。《五百家播芳大全文粹》卷六四

与王定国　四

不见定国一年,不与定国书半年,每得来书,辄愧满面,取纸欲答,又懒而止。每想君熟知我此态,不复以为怪也。即日起居何如?知受任安肃,庙堂既未能置君于所宜,独无一稍佳处乎?料亦都不计较。许时见过之语,似稍的,今岁必不失望矣。河水既不至,此间诸事稍可乐,幸早临。仆秋中,当再乞南中一郡耳!屡蒙寄诗,老笔日可畏,殆难陪奉,字法亦然。异日当配古人矣!酷热,万万自重。《五百家播芳大全文粹》卷六四

与王定国　五

有一事拜托,杭人欲开莎田,盖五六十年矣。但有志于民者,无不经营。亦有数公下手开凿,终于不成,惟不肖偶得其要。开之月余,有必成之势,吏民欢快,如目去翳。近奏乞度牒五十道,终成之,一奏状,一申三省,皆详尽利害。公为一见莘老,痛致此意。仍求此二状一观之。近奏事多蒙开允,想必莘老之力。更乞应副此一事,使西湖一旦尽复有唐之旧,际山为界,公他日出守此邦,亦享其乐。切望痛与留意。近说与子由,令为老兄力言,而此人懒慢谬悠,恐不尽力,故以托定国。彼此非为身事,力言何嫌也。《五百家播芳大全文粹》卷六四

与王定国　六(残)

新诗篇篇皆奇,老拙此回真不及矣。穷人之具,辄欲交割与

公。《墨庄漫录》卷二

与王定国　七（残）

　　睹邸报，知定国除符离守。及见告词，慰喜之极。此于公亦何足为庆，但喜端人善士，自此少免点污破坏，人材稍出，社稷之喜也。《苏文忠诗合注》卷三四《韩退之孟郊墓铭云以昌其诗……》题下引施注

与王定国　八

　　花会，检旧案，用花千万朵，吏缘为奸，乃扬州大害。已罢之矣。虽杀风景，免造业也。《墨庄漫录》卷九

文集卷七十八

与陈季常　一

一夜寻黄居寀龙，不获。方悟半月前是曹光州借去摹拓，更须一两月方取得。恐王君疑是翻悔，且告子细说与，才取得即纳去也。却寄团茶一饼与之，旌其好事也。轼白季常。廿三日。《西楼帖》

与陈季常　二

轼启：新岁未获展庆，祝颂无穷。稍晴，起居何如？数日起造必有涯，何日果可入城？昨日得公择书，过上元乃行，计月末间到此。公亦于此时来，如何如何？窃计上元起造尚未毕工。轼亦自不出，无缘奉陪夜游也。沙枋画笼，旦夕附陈隆船去次。今先附扶劣膏去。此中有一铸铜匠，所借所收建州木茶臼子并椎，试令依朴造看，兼适有闽中人便，或令看过，因往彼买一副也。乞暂付去人专爱护，便纳上。余寒，更乞保重。冗中，恕不谨。轼再拜季常先生丈阁下。正月二日。《三希堂法帖》

与陈季常　三

轼启：人来，得书。不意伯诚遽至于此，哀愕不已。宏才令德,百未一报,而止于是耶? 季常笃于兄弟,而于伯诚尤相知照,想闻之无复生意。若不上念门户付嘱之重,下思三子皆未成立,任情所至,不自知返,则朋友之忧,盖未可量。伏惟深照死生聚散之常理,悟忧哀之无益,释然自勉,以就远业。轼蒙交照之厚,故吐不讳之言,必深察也。本欲便往面慰,又恐悲哀中反更挠乱。进退不皇,惟万万宽怀,毋忽鄙言也。不一一。轼再拜。《三希堂法帖》

与陈季常　四

知廿九日举挂,不能一哭其灵,愧负千万千万! 酒一担,告为一酹之。苦痛苦痛!《三希堂法帖》

与子功

轼启:早来不及款语。辱教,承起居佳胜。二合承借,感感。不宣。轼再拜子功侍郎兄。廿五日。《西楼帖》

与纯父

轼启:辱教,伏承起居佳胜。示及文字及缯物,物领如数。匆匆复白,不一一。轼再拜纯父侍讲足下。廿五日。《西楼帖》

与钱穆父　一

两日不奉接,思仰不可言。既无缘往见,空致手启,以为无益,而烦还答,故不复讲。日闻府中僚佐,知小疾渐复常,又得手教,有作诗兴,甚慰喜也。诗纳去,如蒙和,何幸如之! 诸公诗无他本,却乞封示。旦夕朝会,必遂款话。不一。《五百家播芳大全文粹》卷五四

与钱穆父　二

朝会疏阔,遂不获际见,企渴可量。岁律既尽,殊无以为乐,甚惘惘也。比日起居何如? 中前云今日当见过。若果耳,人回略谕,当不出也。或未暇,亦不敢固屈。匆匆,不宣。《五百家播芳大全文粹》卷五四

与钱穆父　三

两日不果诣见,倾仰不可言。乍凉,台候胜常? 承已拜命,正得所欲,想惬雅怀。但朋友怀公之去,不能无惘惘然。似闻明主知照极深,其他想不复计较也。明日、后日皆休务,可以往谒,而魏邸将出,不可远去。过此,虽非假日,亦可以因访僧郊外,得邂逅也。想公行李亦不即办,当少留耶? 冗中奉启,不宣。《五百家播芳大全文粹》卷五四

与钱穆父　四

会稽平日欲乞,岂易得哉? 小生奉羡之意,殆不可言,然亦行当继公也。舍弟差阙下试官,不及奉启,计其出,公未行也。余非

面莫悉。《五百家播芳大全文粹》卷五四

与钱穆父 五

倩仲、蒙仲昆仲，不克一别，意甚不足。侍奉外，千万珍爱。蒙仲更砺赋笔，遂取魁甲，至望。旦夕入文字乞郡。江湖之东，行亦得之，但恨会稽为君家所夺耳。呵呵！《五百家播芳大全文粹》卷五四

与钱穆父 六

令子至，出答教，感慰良极。乍冷，且喜台候康胜。此行知适所愿，但有一事当在意者：梅月宜颇居高燥，郡中常所偃息处，皆宜易新甃也。余具令子口白。某意在沿流扬、楚，不可得，潭、洪亦所乐也。《五百家播芳大全文粹》卷五四

与钱穆父 七

川公服一段，茶两团，酒二壶，蜀纸三百幅。聊将区区，恕其浼渎。《五百家播芳大全文粹》卷五四

与钱穆父 八

子由试院来日出，或能一见子容诸公，欲二十日出钱。公已出城，莫须少留否？《五百家播芳大全文粹》卷五四

与钱穆父 九

别后书问简废，到官百冗，未皇上状，先枉教墨。得闻比日起居佳胜，感慰兼集。闻坐啸竟日，孟公绰岂可屈在滕、薛？而衰病坐苦烦剧，当易地而后安。又天官司徒皆阙人，当令公厌事矣。大热不可出，初到，略须锄治纷纷，湖山咫尺，尚未见也。思企谈笑，起望西兴蔼蔼，若闻謦欬。尚冀珍卫，少慰区区。不宣。《五百家播芳大全文粹》卷五四

与钱穆父　一〇

路中见三郎，甚安。渠道过瓜洲复来相见。江口恨不款曲，然亦被捉住写数纸。东来绝不作诗，公必富作，何不寄示？闻公今年造茶奇甚，愿分绝品少许。子由遂作北扉，甚不遑，方辞免也。两小儿迨、过在此，迈此月当替，非久亦来此。承问及，感感！四郎及诸季各安，未及书也。《五百家播芳大全文粹》卷五四

与钱穆父　一一

久不奉书，忽辱教字，并次公具道盛意，并增感怍。比日起居佳胜？两邦相望，衰拙自知，当有绝尘之叹。惟腰脚蹒跚，略不相让，可以一笑也。近亦渐平复，惟用温补药，颇觉宜人。闻公每用朴硝、大黄，昼夜洞下乃愈，此岂卫生之计哉！愿于不发时，常进一温平药，令不发为佳。然已发，想亦非下之愈也。无由面尽，临纸惘惘。《五百家播芳大全文粹》卷五四

与钱穆父 一二

专人来,辱书,具审比日起居清胜。知暂在告,想无苦恙,聊欲闭阁宴坐耳。求紫雪,纳五两去。尚有数两,不欲多驰去。中年岂宜数进此药乎? 相望虽咫尺,所欲言者,非笔舌可究。时登中和东庑望西兴,屋瓦可数,相思何穷! 子由本欲请外,觊得公处,今又北扉,此殆谬悠矣。公简上心,岂能久外耶? 余热,千万为国自重。不宣。《五百家播芳大全文粹》卷五四

与钱穆父 一三

日望来音,此怀可知。岁暮寒栗,起居何似? 递筒既失,必降札子,岁前可得迎见否? 未间,伏惟为国自重。冗中,不一。《五百家播芳大全文粹》卷五四

与钱穆父 一四

某在杭,虽少劳,而意思自得。此来极安逸,然多忧愧,想识此心也。只在兴国浴室独居,大暑中殊清也。蒙仲在公翊所见之。公翊今得符离,不知当同往否? 承辟召小儿,感戴不可言,得否犹未可知也? 浙西水灾殊甚,已差岑、杨二君,朝论甚留意救恤也。知之。边上秋熟,可庆可庆! 《五百家播芳大全文粹》卷五四

与钱穆父 一五

数日不接奉，渴仰之至。苦寒，起居佳胜？欲见近岁天下户口数，告为录示，早得为佳。不知几日与颖叔、仲至见临？匆匆，不宣。《五百家播芳大全文粹》卷五四

与钱穆父 一六

久别倾企。辱书，乃知舟御在此，起居佳胜？甚欲少留，以须一见，而舟人以潮平风正，当速过，遂且渡。承谕，当复来会，岂当重烦从者？匆匆，不宣。《五百家播芳大全文粹》卷五四

与钱穆父 一七

尊丈台候计安。闻甚乐会稽，不知有书见赐否？某又上。《五百家播芳大全文粹》卷五四

与钱穆父 一八

轻大江，重相别，谁如君者。此意岂可忘耶？然迫夜涉险，悔不坚留君一宿也。二轴谩写数字，付来□①。乍远，千万保爱。不一。《五百家播芳大全文粹》卷五四

---

①□：疑为"人"字。

与钱穆父　一九

前日作米元章《山砚铭》。此砚甚奇，得之于湖口石钟山之侧。"有盗不御，探奇发瑰。攘于彭蠡，斫钟取追。有米楚狂，即盗之隐。因山作砚，其理如云。"过扬且伸意元章，求此砚一观也。《五百家播芳大全文粹》卷五四

与钱穆父　二〇

远接人未到，阙书吏，止用手状，达诚而已，亦幸仁明不深责也。久留吴越，谣颂蔼然，想不日召还密近，幸益为民自爱。迫行，冗甚，不尽区区。到官别上问也。《五百家播芳大全文粹》卷五四

与钱穆父　二一

亲情柳子立秀才，寓居属部，或去相见。略望与进，幸甚。《五百家播芳大全文粹》卷五四

与钱穆父　二二

辱简，承起居佳胜，示谕容面白。正苦暑不能坐，近夜稍凉，访及为幸。不一。《五百家播芳大全文粹》卷五四

与钱穆父　二三

奉书不数，然日闻动止，以慰饥渴。比来台候胜常？秋高，诸

况必佳,太闲逸否? 某五鼓辄起,平明亦无事,粗得永日啸咏之乐。今日重九,一尊远相属而已。新诗必多,幸寄示。乍冷,千万为国自重。不宣。《五百家播芳大全文粹》卷五四

与钱穆父 二四

两日不接奉,思仰不可言。雨冷,起居佳安? 昨日小诗与通叔为戏,重烦属和,感服可量。来日无会,可于何处相聚,退之所谓"此日足可惜",愿未遽相别也。不一。《五百家播芳大全文粹》卷五四

与钱穆父 二五

漕任虽非众望,然有一事有望于公。浙江流殍之忧,来年秋熟乃免。日月尚远,恐来年春夏间可忧。赈之则无还,贷之则难索,皆官力所不逮。惟多擘画,使数郡粜场不绝,则公私皆蒙利,事甚易和,但才不逮,且无是心,敢以累公。况枌榆所在,当留念也。
《五百家播芳大全文粹》卷五四

与钱穆父 二六

今日早不免谒告,今已颇安。来晨幸同颖、至二公临访。早屈为佳。不能遍致简,恐烦回答,只告穆父转呈也。《五百家播芳大全文粹》卷五四

与钱穆父 二七

经宿,台候万福。十日之约,却为昨晚奉敕旬休致斋,翌日定光行事,须至退日。惭悚不已。一会何微末,而艰故如此。乃知永叔"鼎彝"之句,真非虚语。公转呈颖、至二公,此简芭蕉之消,不能逃也。呵呵!《五百家播芳大全文粹》卷五四

与钱穆父 二八

此中近忽有一人,能画山水,极可爱。本无人知,仆始擢之。居人过客,争求其笔,遂渐艰难,异时必为奇物也。今将一轴奉献,如要六幅图,但与一匹细画绢,钱两千省,便可也,于轼犹未敢劣也。轼又上穆父内翰兄执事。《宝真斋法书赞》卷一二

与钱穆父 二九

轼启:久不闻问,奉怀怅然。忽人来,辱手书,承比日起居佳胜,感慰无量。示谕欲令纪述新庙记,不敢以浅陋固违,但迫行,冗甚,不暇。俟到扬州,得少静息,当下笔,成,即递中寄去也。会合未缘,千万自重。不宣。轼启上穆父内翰执事。《宝真斋法书赞》卷一二

与钱穆父 三〇

适承见访,偶出,岂胜怅然。新茶少许纳上,幸俟至事空,当往同啜也。轼启上穆父内翰兄执事。《宝真斋法书赞》卷一二

与滕达道　一

罪废之余，杜门省愆，人事殆废。久不修问，亦非怠慢。舍弟来，具道动止甚详，如获一见。移守安陆，日问首耗，忽蒙惠书，承已到郡，且审起居康胜。初不知轩斾过黄陂，既是州界一走，见亦不难，此事甚可惋叹也。某旅寓凡百粗遣，不烦忧念。咫尺时得别书，亦可喜也。苦寒，万乞为时自重。谨奉手启上谢，不宣。《五百家播芳大全文粹》卷六五

与滕达道　二

辄有少恳，甚属率易，惟宽恕。自得罪以来，不敢作诗文字。近有成都僧惟简者，本一族兄，甚有道行，坚来要作"经藏碑"，却之不可。遂与变格都作迦语，贵无可笺注。今录本拜呈，欲求公真迹，作十大字，以耀碑首。况蜀中未有公笔迹，亦是一缺。若幸赐许，真是一段奇事。可否，俟命。见有一蜀僧在此，旦夕归去，若获，便可付也。《五百家播芳大全文粹》卷六五

与滕达道　三

缺人写公状，乞矜恕。示谕邸报下京东保明，此初不见，乞录示，可否？所问未押字，亦不得其详，但云为吴兴典田千余缗，田主欲卖，不许，为人所言耳。亦不知的否？契璋亦自与之熟，罗汉堂壮丽之极，或与旁作四字记之，亦无害，但副团衔位，不称其意，如何如何？此书到后，乞递中略示数字，贵知达耳。《五百家播芳大全文粹》卷六五

与滕达道　四

前日得观所藏诸书,使后学稍窥家传之秘,幸甚。恕先所训,尤为近古。某方治此书,得之颇有开益。拜赐之重,若获珠贝。老朽不揆,辄立训传,尚未毕功,异日当为公出之。古学崩坏,言之伤心也。《邵氏闻见后录》卷二七

与苏子容　一

久不奉状,疏慢之罪,尚蒙宽恕否? 即日起居佳胜? 承已新拜命,虽未即大用,舆议尚洋然。沮劝有法,足以颒汗奸谀,鼓勇忠义,非小补也。某蒙芘如昨,但久不闻谈诲,僻郡,亲友莫至,日以顽鄙矣。渐冷,惟冀为国自重。不宣。《五百家播芳大全文粹》卷六五

与苏子容　二

适见人言宗叔坠马,寻遣人候问门下,又知有少损,不胜忧悬,又不敢便上谒。家传接骨丹,极有神验。若未欲饮食,且用外帖,立能止痛、生肌、正骨也。匆匆奉启,不宣。《五百家播芳大全文粹》卷六五

与苏子容　三

向来罪谴皆自取,今此量移之命,已出望外。重承示谕,感愧增剧。以久困累重,无由陆去,见作舟行溯洛,夏末可到也。公所

苦想亦不深,但庸医不识,故用药不应耳。蕲水人庞安时者,脉药皆精,博学多识,已试之验,不减古人。度其艺,未可邀致,然详录得疾之因,进退之候,见今形状,使之评论处方,亦十得五六。可遣人与书,庶几有益。此人操行高雅,不志于利,某颇与之熟,已与书令候公书至,即为详处也。更乞裁之。仍恕造次。《五百家播芳大全文粹》卷六五

与苏子容　四

颖师书数纸,得之惊喜。雏猊奋鬣,已降老彪矣。冗中未及作书,勿讶勿讶!《五百家播芳大全文粹》卷六五

与程正辅　一

轼近得子由书报,近有旨,去岁贬逐十五人,永不叙复。恐赦书量移指麾,亦未该也。行止孰非命者?譬如元是惠州人,累举不第,虽欲不老于此邦,岂可得哉! 私心如此,兄必亮之也。添"蛙"字一韵,亦已添讫。寄惠松子牛膝梨枣,一一珍佩。岩起茶芎如寻得,亦告,因便示及与邓师也。念五□未暇书,复信寄去次。轼再启。朝云蒙颁赐牙梳,附百拜之恳。《西楼帖》

与程正辅　二

"纵"字韵诗,和得尤奇,诵咏不已。兄尚少《香积》一首,想续示及也。轼又上。轼诗于"霞"字韵下添入一联云:"岂无轩车

驾熟鹿,亦有鼓吹号寒蛙。"更不别写去。子由一书,告发一□角递①。《西楼帖》

与程正辅 三

十郎计别来安乐? 博罗公人回,简帖已领矣。《西楼帖》

与程正辅 四

轼启:适草草作得一书,托郡中附上次。专人至,伏读手教,感怅不已。别来尊体佳胜? 眷聚各康健? 惠蜜愧佩。数日天气斗热,惟若时倍万保啬。不宣。轼再拜正辅老兄阁下。《翰香馆法书》卷六

————————

①□:似"客"字。

文集卷七十九

与欧阳晦夫

轼数日病痢,不果往谒,想起居佳胜?饯行诗辄跋尾,匹纸亦作数百字。余皆驰纳。不一一。轼再拜晦夫推官阁下。七月十三日。

《乳泉赋》切勿示人。切恳切恳!《大观录》卷五

与范子丰 一

轼启:人还辱书,承起居佳胜为慰。承盐局乃尔繁重,君何故去逸而就劳,有可以脱去之道乎?外郡虽粗俗,然每日惟早衙一时辰许纷纷,余萧然皆我有也。四明既不得,欲且徐乞淮浙一郡,不能胜暑中登舟耳。其余,书不能尽万一。惟保爱保爱!不一不一。轼再拜子丰正字亲家翁足下。《宝真斋法书赞》卷一二

与范子丰 二

轼启:别来新岁庆侍多暇,日集休福。轼百凡如昨,然方求郡,累削不允,终当坚请,以息烦言耳。蜀公丈以节下人事略无少暇,未果上问,乞道下怀。新春,万万以时保练,冗中不谨。轼再拜

子丰承事亲家翁执事。正月六日。《西楼帖》

与子安

轼启：近两捧来诲，伏承尊体佳胜，甚慰下情。轼蒙庇粗遣，屡乞解职补外，终未开允。何日瞻奉，临书惘惘。乍热，万乞保重，不备。弟轼再拜子安三哥、三嫂左右。三月十日。

馆伴北使，得蕃段子，分献一匹。不罪微涗。轼又上。《西楼帖》

与宝月大师 一

轼顿首：昨者累日奉喧，既行，又沐远出，至刻厚意。即日法履何如？所要绣观音，寻便召人商量，皆言若今日便下手绣，亦须至五月十间方得了当。如成见卖者即甚不佳，厥直六贯五六。见未令绣，且此咨报，如何如何？借及折枝两轴，专令归纳，并无污损，且请点检妆佛，甚烦催督。今令两仆去迎，且请便遣回，今趁追荐，仍希觑令子细安置结束，勿使磨损，为祝。其余者，亦幸与督之。至祝至祝！所借浮沤画一轴，近将比对壁上画者，恐非真笔，然亦稍可爱。前人如相许辍得亦妙。冗事甚聒雅怀，非宗契不至此也。大人未及奉书，舍弟亦同此致恳。珍重珍重！不次。轼顿首宗兄宝月大师。三日早。前买缬一匹，花样不入意。却封纳换黄地月儿者一匹，厥直同否？聒噪聒噪！昨所说两药方，札去呈大人。近召册八哥，与说前来事意，他言待归与一亲情计会，此欲与再扣前人，恐要知。浮沤请与挂意图之。厥费亦请勿令过。前来所说，但量贫宗所办得，莫作何三辈眼目看也。呵呵。因送窦宰，

千万□及^①。轼手启。《西楼帖》

与宝月大师　二

轼顿首：违间旬日，法履何似？昨眉阳奉候数日，及至嘉树亦五六日间，延望不至，不知何故爽前约也？怏怏。来早且解缆前去。渐远，无由一见，惟强饭多爱。今嘉倅任屯田秀才行，聊附此为问。草草，不宣。轼顿首宗兄宝月大师。十月十二日。僧正亦不别幅。《西楼帖》

与宝月大师　三（残）

……成都大尹明叟，雅故相知之深，礼当拜状。以罪废之余，不敢上玷。或因问及，即道此意，如不言及，即不须道也。轼手启。

手启上宝月大师老兄。轼谨封。

书上成都府大慈寺小和院宝月大师。眉山苏轼谨外封。《西楼帖》

与子明　一

轼启：自离乡奉状，遂至今日，亦到京。百冗，然怠慢之谴，不敢辞也。亦不捧来诲。颇得眉州书，粗闻动止。即日远想尊体佳胜？侄男女各安？轼二月中，授官告院，颇甚优闲，便于懒拙。却

---

① □：似"访"字。

是子由在制置司,颇似重难。主上求治至切,患财利之法弊坏,故创此司。诸事措置,虽在王安石、陈升之二公,然检详官不可不协力讲求也。常晨出暮归,颇羡弊局之清简。今岁以中举人来者极多,已有四百余人。十六郎举业颇长,有望。因风时寄片字,余惟千万善保尊重。谨奉状起居,不备。弟轼再拜子明都纠二哥、县君二嫂左右。□月廿七日[①]。《西楼帖》

与子明 二

轼启:得递中及走马处书诲,喜知尊候康胜,郎娘各安。轼此与以下各无恙。陈州亦安,近沿牒来,住十余日而去。所报狱事甚详。初闻亦深为忧挠。近闻石掾翻案,他莫亦不免作失入。近有人言,见审刑孙待制论此事云,法官据案下法不成出入下头必是有失举驳或失出下减等,皆公罪杖,必不深重,且请安心。蒲大已作检正,仍是孔目房,甚有能名。雍大得蜀宪,旦夕行矣。兄意已与具道矣。料钱请到二月□[②],已托李由圣寄银五十两,在鲜于子骏处,托转达蓬州大哥处分擘奉还也。具有数子在彼。近日不行青苗者,虽旧相不免。弟若出外,必不能降意委曲随世,其为齑粉必矣。以此且未能求出,聊此优游卒岁耳。未缘聚首,惟望以时自重,不备。弟轼再拜子明都曹二哥、县君二嫂左右。四月七日。《西楼帖》

---

①□:似"三"字。
②□:似"住"字。

与子明　三

轼启:因循久不奉状,亦多时不捧来诲,倾系殊深。即日远想尊体佳胜? 侄儿女各无恙? 乡人到者,皆言兄临政,精敏之誉,甚慰想望。轼此并安常。昨五月生者婴儿名叔寄,甚长进。子由在陈州安,八月中生一女,名宛娘,必已知之。曾托石嗣庆秘校附书并公服□必达①。兄去替更只半年,必且为东上之计,不知会于何处? 轼自到阙二年,以论事方拙,大忤权贵,近令南床捃摭弹劾,寻下诸路体量,皆虚,必且已矣。然孤危可知。春间,必须求乡里一差遣。若得,即拜见不远矣。忠义古今所难,得虚名而受实祸,然人生得丧皆前定,断置已久矣,终不以此屈。远书,不敢觊缕,略报免忧耳。冬寒,千万善保尊重。不备。弟轼再拜都曹子明兄、县君二嫂左右。十月廿八日。《西楼帖》

与子明　四

轼启:久不奉诲音,日增思念。严寒,不审尊履何如? 轼与以下并安。府幕已有正官,陈忱。更月余到,且可脱去。近为十六侄葬事,得朝假十日,昨晚方自八角归。掩圹诸事已了,颇甚臻至,但削诸浮华。可送者十余人,亦就八角略管领之。伤心伤心! 媳妇彭寿且安。柳郎亦送至,彼小娘亦在此,为久患腹藏,调理无效,故柳郎挈来入京就医也。服药渐有体面,见今亦无苦恙。勿忧勿忧! 巧孙甚长惠,只在家里,安下数日,却暂去觐他伯父。在此监

---

①□:似"段"字。

仓。轼近迁居宜秋门外，宅子稍得厅前颇有野趣，可葺作一小园。但自揣必不久在都下，无心作此也。近日事体颇新，兄弟蠢拙，颇为当柄者所忿。孤远恐不自全，日虞罪戾耳。远书不细述。未由拜会，千万以时珍卫。谨奉状，不备。弟轼再拜子明都曹二哥、县君二嫂左右。十一月廿二日。

尊己一婢，近归京师。句令府中分析病亡因依，云见寄榇润州鹤林寺，已焚了，并十二郎亦然伤苦，已令行文字往本州钤束寺僧常切照管。力口，只及此耳。《西楼帖》

与子明　五

轼启：忽又岁尽，相去数千里，企望之怀，牢落可知。即辰尊履何如？轼此并安。已罢府幕，依旧官告院。大哥已授蓬州宜陇令，必已知。小娘在此服药，已安，元亦无苦恙也。十六郎房下，权已迎归在此。彭寿颇健。子由来年穷腊方赴任，方头罢却差遣，请受坐食贫，兄既不知过，又被士大夫交口誉之，愈难向道也。奈何奈何！无缘会聚，惟乞以时珍卫。谨奉启上问，不备。弟轼再拜子明都曹兄、县君二嫂左右。《西楼帖》

与子明　六

轼启：累捧来诲，伏承尊履休胜，侄男女各安康，深慰深慰！轼此与以下并安。累蒙令问奏案次第。近问得一的当人，云兄已书杖六十公罪，又系去官，必无虞，非久，上矣。千万无虑，问得甚的，不欲详言也。但可惜石同年不免耳。近蒙惠书，冗中未及答。

且告多致恳，宦途常事，不足介意。轼近乞外补，蒙恩除杭倅□阙，旦夕且般挈往宛丘，相聚四五十日，俟凉而行。愈远左右，益增倾企。伏暑方炽，万乞保重。临行百冗，奉状草率，幸恕之。不备。弟轼再拜都曹二哥、县君二嫂左右。六月十七日。

料钱请至三月，已缴纳讫。去年寄一笏，令孙潜带与鲜于子骏，转达大哥处。自后又寄蓬州知州十两去，并有数子在大哥处也。《西楼帖》

与子明　七

轼启：九月递中奉状，计达。即日远想尊候万福？侄男女孙各计安胜，后来更添孙末？轼此与以下并安。拜别忽又岁尽，会集杳未有期，西望于邑。时事日蹙迫，所至皇皇。钱塘旧号乐都，比来事事减削寒俭，食口渐众，而百物贵，平居仅可□足①，自顾方拙，日忤监司，若蒙体量沙汰，好一段狼当也。然得过且过，亦未暇计虑。兄仍权延贡□已赴本任②。因风时赐诲音。严寒，千万乞善保尊重。有少公事，一到湖州。临行草草中，奉状不备。弟轼再拜察推子明兄、县君二嫂左右。十一月十五日。

十二姨尊候计万福？近领手诲，为忙中未及拜状，乞道卑恳。轼又上。《西楼帖》

───────────

① □：似"裹"字，又似"里"字。
② □：似"莫"字。

与子明　八

轼启：久不上状，懒惰之性，兄所照知，想未深罪。即辰尊履何如？兄所临有声蔼然，想诸公文章，别有殊擢。弟已有替人，替成资。二年水旱，无种不有，且只得善去也。阔别十年，瞻奉无期，此怀可知。惟顺时保练，卑请区区之至也。谨奉手状起居，不备。弟轼再拜寺丞子明二哥、县君二嫂左右。八月十八日。

建茶尢墨各少许，表□而已①。不罪浼渎。《中秋》三诗，寄呈以当一笑。轼再拜。《西楼帖》

与子明　九

轼启：久不奉状，无便故也。递中又恐浮沉，皆不审尊体何如。大哥奄逝，忽已一年，近念不忘。承示大葬，不得临圹一诀，此恨无穷。今因王家夫力还乡，附奠文一首，托杨有甫具奠。仍告兄取次差儿侄一人，因正初拜坟时，与读过。轼此凡百如常，但江淮不熟，艰食贫困耳，余无可念。递中曾用皮角，附李信甫书一角，必到。见说见说！且在和州，四娘甚安也。乍冷，万万以时自重。谨奉状，不备。弟轼再拜子明通直二哥、县君二嫂左右。九月一日。
《大观录》卷五

---

① □：似“信”字。

与某宣德书

　　蒙遣人致金五两、银一百五十两为赆。轼自黄迁汝，亦蒙公厚饷，当时邻于寒殍，尚且辞避，今忝近臣，尚有余沥，未即枯竭，岂可冒受。又恐数逆盛意，非朋友之义，辄已移杭州，作公意舍之病坊。此盖某在杭日所置，今已成伦理，岁收租米千斛，所活不赀，故用助买田，以养天民之穷者。此公家家法，故推而行之，以资公之福寿，某亦与有荣焉。想必不讶。至于感佩之意，与收之囊中，了无异也。《咸淳临安志》卷八八

与张天觉　一

　　轼启：羁旅索寞久矣，见公得一散怀抱，为乐难名。行日犹欲上谒，遽闻侵夜解去，既而累日风雨，知仙舟未免留连，甚多耿耿也。两沐□□①，慰□□□②。即日起居何如？公受眷遇深，必不久远外，会□舟中之……③。《西楼帖》

与张天觉　二

　　轼启：一向多病，不时奉书，思仰甚矣。比日履兹畏暑，起居佳胜？向蒙示谕"铁牛老鼠"之说，实不晓此谜。但废放之中，病患相仍，默坐观者，虽无所得，而向之浮念杂好，尽脱落矣。永日杜

---

① □□：有涂改痕迹，不易辨认，似"书问"二字。
② □□□：有涂改痕迹，不易辨认，其后之"□□"，似"落落"二字。
③ □：似"散"字。

门,游从登览,举觉无味。此下根钝器,所守如此,不足为达者言也。久望公还,何故至今,何时复得把臂一笑。未间,惟万万以时自重。轼再拜天觉学士阁下。六月五日。《西楼帖》

与张天觉 三

轼比来多病少出,向时浮念杂好,扫地尽矣。天觉比来诸况何如?已有儿子未?因书略相报。漫令小儿往荆渚求少田,不知遂否?甚欲与公晚岁为邻翁,然公岂此间人哉!轼白。《西楼帖》

与张天觉 四

……语,想必留意也。余更万万慎重自爱。谨奉手启上问,不宣。轼再拜天觉学士执事。三月十四日。《西楼帖》

与钦之

轼去岁作此赋,未尝轻出以示人,见者盖一二人而已。钦之有使至,求近文,遂亲书以寄。多难畏事,钦之爱我,必深藏之不出也。又有《后赤壁赋》,笔倦未能写,当俟后信。轼白。《庚子销夏记》卷八

答刘景文

公每发言,如风樯阵马,迅霆激电,不意于中复有祥光异彩,

纤余致腻,盎盎如阳春淑艳,时花美女,诚不足比其容色态度,此所谓不测之谓神也。《王荆文公诗》卷三六《答刘季孙》李璧注文

与李商老

轼启:昨日辱访,且惠书教,适病,未能读,晨起乃得详览。阅味再三,悲喜兼怀,知德叟有子不亡也。未能往谢,但写得墓盖大小两本,择而用之可也。病倦,裁谢草草。《豫章黄先生文集》卷二九

与庞安常

轼启:适恰遣人奉启,辱教,且审起居佳胜。召食固当依命,为章宪在武昌见候,轼来日又斋素,必难趋赴,且望恕察。晚当拜见,匆匆奉启。不一。轼再拜安常处士足下。《宝书斋法书赞》卷一二

与家退翁　一

轼启:数日斗寒,尊体佳否? 来日谒告一日,与公略会话,幸访临早食也。不宣。轼再拜退翁朝散年兄。廿三日。《西楼帖》

与家退翁　二

轼启:昨日先纳送行诗,必达。经宿起居何如? 来日定成行否? 卑体尚畏风,不果往别。千万顺候自爱。细簟一领,暑途恐须用。鱼胶四片,鹿顶合子一枚,赐墨三丸,纳上。不讶浼渎。不宣。

轼再拜退翁朝奉使君兄。十一日。《西楼帖》

与家退翁 三

轼启：人来，辱手书，具审起居胜常，甚慰想望。轼连岁乞补外，请越得杭，恩出望外，不独少便衰疾，亦遂安蠢拙矣。但去□日远，归扫坟墓何日，不能无惘惘也。乍热，千万以时保爱。治行，冗中布谢，草略，不宣。轼再拜退翁朝散年兄。四月十三日。

手启上退翁朝散家。轼谨封。《西楼帖》

文集卷八十

与王文玉　一

榜下一别,遂至今矣。辱书,感叹,且喜尊体佳胜。到岸即上谒。可假数卒否? 余当面既。不宣。《五百家播芳大全文粹》卷六四

与王文玉　二

昨辱教,不即答,悚息悚息! 经宿尊体佳胜? 见召,敢不如命。然疮疖大作,殆难久坐,告作一肉饭,竟日移舟池口矣。山妇更烦致名剂,某感戴不可言。谨奉启布谢,不宣。《五百家播芳大全文粹》卷六四

与王文玉　三

久留治下,以道旧为乐,而烦乱为愧。数日尊体如何? 漕车即至,不少劳乎! 永日如年,念公盛德不去心。所要作字,为疮肿大作,坐卧楚痛,容前路续寄也。不罪不罪! 郑令清苦无援,非公谁复成就之。某造次造次! 疮病无聊,不尽意,惟万万以时自重。

《五百家播芳大全文粹》卷六四

与王文玉　四

昨辱惠书,伏承别后起居佳胜。某到金陵,疮毒不解,今日服下痢药,赢乏殊甚,又不敢久留来人,极愧草略。余热,万万为时自重。《五百家播芳大全文粹》卷六四

与王文玉　五

书已领,跋尾剪去,极不妨,然何足取也。愧愧!通判大夫甚欲写一书,乏力不果,乞道区区。《五百家播芳大全文粹》卷六四

与王文玉　六

去岁人还,奉状必达。尔后行役无定,遂缺驰问。比日,不审起处何如?某忝命过优,非许予之素,何以及此?无缘面谢,重增反侧。酷暑,更祈顺时为国自重。谨奉手启,不宣。《五百家播芳大全文粹》卷六四

与王文玉　七

寓白沙,须接人而行。会合未可期,临书惘惘。见张公翊,出《清溪图》,甚佳。谢生殊可赏,想亦由公指示也。曾与公翊作《清溪词》,热甚,文多,未暇录去,后信寄呈也。睿达化去,极可哀,虽末路蹭蹬,使人耿耿,然求此才韵,岂易得哉!云巢遂成茂草,言之辛酸。后事想公必一一照管也。匆匆,挥汗,不复尽意耳。《五百家

播芳大全文粹》卷六四

与王文玉　八

冗迫，久不上问。辱教，承起居佳胜，感慰兼集。违去忽两岁，思仰不忘。每惟高才令望，尚滞江湖，岂胜怅惘。不肖忝冒过分，重承笺教，礼当占词布谢。数日以病在告，使者告回甚速，故未暇也。不罪不罪！酷暑方炽，千万为时自重。《五百家播芳大全文粹》卷六四

与王文玉　九

道出贵郡，乃获淹观风度，实慰从来。伏蒙大雅开接甚厚，小人何以得此！薄晚奉被赐教承问，幸甚。拙于谋生，至烦地主饷米，感愧。匆匆称谢，不宣。《五百家播芳大全文粹》卷六四

与王文玉　一〇

伏蒙赐教，恩勤曲折，有骨肉之爱，蒙世不比数。何以奉承此欢，怀藏愧感，大不可言。累日聒聒溷烦，仰荷眷与，不见瑕疵，又饮食之，及其行，饷酒分醴。蒙被无已之惠，益多愧耳。谨奉状称谢。春寒，伏冀调护眠食，以须宠光。《五百家播芳大全文粹》卷六四

与王文玉　一一

经宿，伏惟尊候万福。比欲奉承，勤款教谕。属以风静江平，

伯氏坚约来日解舟，不审能曲听否？得指挥，今日得券给米，来旦得护兵听行，以慰伯氏之意，何幸如之？谨咨禀左右，惶恐惶恐！
《五百家播芳大全文粹》卷六四

与王文玉 一二

昨夜风静，遂解舟泊清溪口。道远不能入城，观随车歌舞之盛，徒对月举酒，想见风度耳。经宿，不审尊候何如？伏惟万福。未申间泊铜官，古县萧索，尤思仰绪论。谨奉状承动静，率易，惶恐！《五百家播芳大全文粹》卷六四

与滕兴公 一

向者假守，得依仁贤，分光借润，为幸多矣。不谓纯孝罹此哀疚，匆遽别去，为恨可量。某罪大责轻，忧愧交集，狼狈南迁，岂敢复自比缙绅，尚蒙记录，委曲存抚，感激深矣。旦夕出江，愈远詹奉，惟万万顺理自将，无致毁也。《五百家播芳大全文粹》卷七〇

与滕兴公 二

某久当废逐，今荷宽恩，尚有民社，又闻风土不甚恶，远近南北亦无所较，幸不深念。示喻《坛记》，新以文字获罪，未敢秉笔也。匆遽，不尽区区。《五百家播芳大全文粹》卷六五

与滕兴公　三

近晚访闻一事，请贷粮者几满城郭，多请不得，致有住数日所费反多于所请者。吾侪首虑此事，非不约束，而官吏惰忽如此，盖有司按劾之过也。切请兴公速为根究。为邑官告谕期会不明耶？为仓官不早入晚出、支遣乖方所致耶？切与根究，取问施行。病中闻之，甚愧甚愧！某手启。《五百家播芳大全文粹》卷六五

与徐安中

宠禄过分，烦致人言，求去甚力，而圣主特发玉音，以信孤忠，故未敢遽去，然亦岂敢复作久计也。老兄淹留如此，终不能少为发明，愧负何已。宛丘春物颇盛，牡丹不减洛阳，时复一醉否？辱书，伏承起居佳胜，知辞还，少缓思仰，日劳贤者，当进而久留，不肖当去而不可得，两失其安，可胜叹耶？人还，匆冗，不宣。《五百家播芳大全文粹》卷六六

与曾子开

经宿，起居佳胜？来日欲同钱穆父略到池上屧驾，还便往，公能来否？别无同行。穆父甚喜公来，可携帽子凉伞行也。可否，示谕。不宣。《五百家播芳大全文粹》卷六六

谢唐林夫

数日不接,思仰可量。阴寒,伏惟起居佳胜。生日之礼,岂左右所当屈致。又辱高篇,借宠衰病,感悚并集。日夕走谢。奉启,不宣。《五百家播芳大全文粹》卷六六

与林子中

别后,淫雨不止,所过灾伤殊甚。京口米斗百二十文,人心已是皇皇。又四月天气,全似正月。今岁流殍疾病,必须措置。淮南蚕麦已无望,必拽动本路米价。欲到广陵,更与正仲议之,更一削。愿老兄与微之、中玉商议,早闻朝廷,厚设储备。熙宁中,本路截拨及别路搬来钱米,并因大荒放税及亏却课利,盖累百距万,然于救饥初无丝毫之益者,救之迟故也。愿兄早留意。又,乞与漕司商量,今岁上供斛米,皆未宜起发。兄自二月间奏,乞且迟留数月起发,徐观岁熟,至六月起未迟。免烦他路搬运赈济。如此开述,朝廷必不讶。荷知眷之深,辄尔僭言,想加恕察。不一。某皇恐。《晦庵先生朱文公文集》卷八二《跋东坡与林子中帖·再跋》附录

与马忠玉　一

昨日快哉亭与数客饮,至醉才归。辱简,不逮即答,为愧。春生雪尽,计尊候起居佳胜? 新诗甚清冽,病酒,不敢率意趁韵,幸少宽限否? 因书见过,如何如何! 不一。轼再拜忠玉提刑执事。《六砚斋三笔》卷二

与马忠玉　二

轼启：别来期月，企仰增剧。比日履兹清和，起居佳胜？向因还人上问，必达。轼来日渡江，愈远左右。伏冀顺时为国自重。不宣。轼再拜忠玉提刑奉议执事。四月四日。《大观录》卷五

与马忠玉　三

轼启：屡获教字，眷与隆厚，感服不已。比日履兹伏暑，起居清胜？轼数日卧病，今日稍痊，久稽来人，悚息悚息！承旦夕东归，益深□仰。尚冀珍图，即膺严召。乏力，不谨。轼再拜忠玉提刑奉议阁下。六月十五日。《大观录》卷五

与邓圣求　一

别来思仰益深，到郡即欲上问，因循至今。辱书教，感怍无量。比来履兹簿冷，台候康胜，瞻望咫尺，莫由际集。尚冀顺时为人自重。《五百家播芳大全文粹》卷六五

与邓圣求　二

衰病日加，得此便郡，萧然乃无一事。平生守官，未有如今之适也。旧过颖州，亦乐土，但恐民事不如颖之绝少尔。啸咏之乐，谁陪公者？计不负风月。余非面莫究。匆匆。《五百家播芳大全文粹》卷六五

与范中济

轼启：数日不接奉，渴仰殊深。承旦夕进发，治装劳矣，台候何似？拙诗纳上，备数而已，愧悚之至。留别之作，敢请一本，即诣违次。不宣。轼再拜中济侍郎经略公阁下。《宝真斋法书赞》卷一七

与文公大夫

轼再启：谪居已再经春，徒以知罪信命，故受之恬然。除旧苦痔外，亦无甚恙也。杜门少出，所云携青衣童步松下，好事者粉饰也。罗浮初过时，一至其下耳，后亦不复到。叔弼亦久不得书。中间得书，报去年二月间，仲纯之子，临邑尉愁者有事，必已知之，所云病者，乃其阁中也。后闻已安矣。此中真井底，了不知北方事，风物却粗可，但无医药耳。轼再拜。

手启上文公大夫阁下。轼谨封。《宝真斋法书赞》卷一二

与程六郎十郎

六郎、十郎昆仲：节近，感慕愈深，奈何奈何！惟千万节衣强饭，以慰亲意。大郎、三郎有消耗到未？复信附慰疏也。轼白。《西楼帖》

与方南圭 一

轼启：叠蒙宠示佳篇，仍许过顾新居，谨依韵上谢。伏望笑

览。《注东坡先生诗》卷三七《又次韵惠守许过新居》题下注文

与方南圭 二

轼谨次韵南圭、文之二太守同过白鹤新居之什,伏望采览。请一呈文之,便毁之。切告切告!《注东坡先生诗》卷三七《又次韵二守同访新居》题下注文

与方南圭 三

蒙示二十一日别文之后佳句,戏用元韵记别时事,为一笑。虽为戏笑,亦告不示人也。《注东坡先生诗》卷三七《循守临行出小鬟复用前韵》题下注文。

与黎子云

承要墨戏,须醉乃作,今已断酒矣。然数百幅间,只择得一二得意者。续当转求为赠。轼启:苦雾收残文豹别,怒涛惊起老蟠。《式古堂书画汇考》卷一〇

与处善宣德

轼启:昨日辱延顾,愧感愧感! 改旦,伏惟福履胜常。田账不知取得未? 幸为督之,得早见果决为佳。船久留,恐不便耳。不罪不罪! 轼再拜处善宣德年兄。一日。《宝真斋法书赞》卷一二

答弓明夫

轼启：去岁途中暂聚遽别，可胜怅仰。远辱手教，感慰殊深。比日起居佳胜？轼衰病增剧，不堪繁会，适值艰难之岁，未敢别乞闲处，勉强度日，坐候汰逐耳。未由展奉，惟冀顺时为国自重。不宣。轼再拜明夫提刑朝散阁下。六月十六日。

令子先辈叠辱宠临，终不克款奉，后会未期，临纸黯然。惟侍奉外多爱，以就远业。轼附白。所要文字，为连日人客，不暇，续写得纳去也。《宝真斋法书赞》卷一二

与王仲志 一

某顿首启：数日接武，甚幸。辱简，伏承节后起居增胜。庆成新句，诸儒殆难继矣。拙句又谩呈，甚愧不工。匆匆，不宣。《欧苏手简》卷三

与王仲志 二

雨凉，台候万福？景文奏状草子拜呈。如可用，即乞令人写净示下，同签发去。若有不稳便，一面改抹也。老妻病已革矣，忧懑，奈何！《欧苏手简》卷三

与王仲志 三

多日不款奉，渴仰可量。辱简，承起居佳胜为慰。撮昼之会，

固常接待,但老妇疾势,未分安危至今。若稍减,当趋赴也。人还,匆匆。《欧苏手简》卷三

与郭廷评　一

轼启:辱教,具审孝履支持,承来日遂行,适请数客,未得走别。来晨如不甚早发,当诣见次。梅君书,写未及,非久差人去也。李六丈近遣人赍书去,且为致恳。酒两壶,以饮从者而已。不宣。轼再拜至孝廷评郭君。三日。《大观录》卷五

与郭廷评　二

轼启:日以无聊,又微恙在告,不及上谒。辱教,承孝履支持。船已令到淮扬,仍却乘载还本州。若欲至汶上,候回日别出文字。无缘诣别,惟节哀自重。谨奉启,不宣。轼再拜至孝廷评郭君。十二日。《大观录》卷五

与郭澄江

轼启:杜门自放,养成顽懒。咫尺高谊,书问不通,愧怍可量也。辱书,承起居清胜。杜兄处闻诸况甚详,深慰下怀,然忽有归意,何也?优游卒岁,何所非乐地,幸少安之。得卿守书,亦欲君留也。乍暄,万万自重。病起,奉问草草,不宣。轼再拜长官郭君阁下。三月十九日。《吴越所见书画录》卷一

与子厚

轼启：前日少致区区，重烦诲答，且审台候康胜，感慰兼极。归安丘园，早岁共有此意，公独先获其渐，岂胜企羡，但恐世缘已深，未知果脱否耳？无缘一见少道宿昔为恨。人还布谢，不宣。轼顿首再拜子厚宫使正议兄执事。十二月廿七日。《三希堂法帖》

与质翁

轼启：近人回，奉状必达。比日履兹春候，岂弟之化，想已信服，吏民坐啸之乐，岂有涯哉！无缘陪接，但深驰仰。尚冀若时保练，少慰区区。不宣。轼再拜质翁朝散使君老兄阁下。正月廿四日。《续书画题跋记》卷六

与若虚总管

轼奉寄若虚总管贤弟：比因苏兵回，附书，必澈矣。秋气渐凉，伏想动履之胜，贵聚均庆？轼干阙方下，三数日或闻，成在旦暮耳。续公时有美言，必称吾弟，相祷外除了须有意思。光远每见宾客盈坐，不曾得发一语也。相望三数舍，莫能瞻晤，临风浩然。益冀眠食增爱。不宣。轼书奉若虚总管贤弟。《三希堂石刻》

与张秘校

报恩院主才公，近有书来茶来，犹以记文为言。仆为忧患所

扰,几不能脱,正坐作文字耳。已燔笔砚,不复作一字矣,且为道此意。《石观音记》特烦寄示,岂敢作也? 千万察之。《五百家播芳大全文粹》卷六六

与董长官

轼启:近者经由获见,为幸。过辱遣人赐书,得闻起居佳胜,感慰兼极。忝命出于余芘,重承流喻,益深愧畏。再会未缘,万万以时自重。人还,冗中,不宣。轼再拜长官董侯阁下。六月廿八日。《三希堂法帖》

与朱伯原　一

轼启:盛制《东都赋》,旧于范子功处得本,诸公传玩,几至成诵,非独不肖区区仰服也。示喻欲令作跋尾,谨当如教,顾安能为左右轻重耶! 适苦冗迫,少暇当作致之。轼再拜伯原先生足下。《宝真斋法书赞》卷一二

与朱伯原　二

缙绅诸公喜公疾平归国,以为儒林光。但恨出处不同,止获一见而已。《乐圃余稿》附编《都讲书寄叔父弟侄》引

与公仪大夫 一

　　某启：前日得邂逅正孺坐中，殊慰久阔思仰之意。辱教，具审履兹新春，起居胜常。借示《易解》，略读数篇，已深叹服。斯文如精金美玉，自有定价，非人能高下。过蒙示谕，但有惭悚。然近日亦粗留意。此书常患不能尽通，得此全编，为赐甚重，且乞暂借，反复详味，庶几有所自入。无缘面谢，匆匆奉启。《欧苏手简》卷三

与公仪大夫 二

　　羕已治行，何日进发，尚冀复一见尔。公潜心如此，而世不甚知，以此知蔽善真流俗之公患耶？某向者玷累知识，则有之矣，安能为公轻重，临书大息。《欧苏手简》卷三

文集卷八十一

与陈殿直

轼启：远蒙惠书，甚荷勤意，比日起居安否？盛年不出从官，竭力报恩，但眷恋乡井，何也？新年宜早赴部，切祝切祝！惟顺时自爱，不一。轼顿首殿直陈君足下。十二月二十九日。《宝真斋法书赞》卷一二

与吴先辈

轼启：适辱访别，岂胜怅然。知只今就道，无暇往见，后会未期，千万珍爱珍爱！药数品，可备途中服食。不一不一！轼顿首先辈吴君足下。十一月十一日。《宝真斋法书赞》卷一二

与薛道祖　一

远枉书教，存问甚笃。审比来起居佳胜，感慰兼集。寄示石刻，仰佩至意，何时会合，少发所怀，临书但有慨然。秋冷，更望以时自重。《五百家播芳大全文粹》卷六五

与薛道祖 二

早岁荷先公深知,至熙宁中相见都下,得闻其约论,所以上补君相者非一,但人不知耳。不然者,某岂敢骤以一书深言哉!近见朝廷推恩赐谥,则先公忠诚已自表见于后世,若此书不出可也。然因此以知足下存心如此,则先公为不亡矣。览之悲喜。适会有少冗,作书不能尽区区。非久,当别上问也。《五百家播芳大全文粹》卷六五

与知县

轼启:江上邂逅,俯仰八年,怀仰世契,感怅不已。辱书,且审起居佳胜,令弟、爱子各康福。余非面莫既。人回,匆匆,不宣。轼再拜知县朝奉阁下。四月二十八日。《大观录》卷五

与知郡

轼启:自闻下车,日欲作书,纷冗衰病,因循至今。叠辱书诲,感愧交集。比日起居佳胜?未缘瞻奉,伏冀以时保练。不宣。轼再拜知郡朝奉阁下。十一月二十三日。《宝真斋法书赞》卷一二

与欧阳亲家母

迨既忝荐赴省试,遂可就亲。虽叔弼尚在疢,想可别令人主婚,已令子由咨禀。彼此欲及时了当,想蒙开许也。轼再拜。老妻

不敢拜书县君亲家母,不殊此恳也。《宝真斋法书赞》卷一二

与亲家母

□□①:亲家母尊候万福。不敢别状乞侍次道区区事,已无可奈何,千万宽中强解勉也。舍弟妇自闻逸民之丧,忧恼殊甚,恐久成疾。□□□遣儿子迈归乡②,且迎十一郎,新□□暇归宁,俟少定叠,却送归侍下不难。且望早白知太君,才得来音,便速迈行也。递中乞□一二字为贶,切望切望! 轼又上。

书乞差人送至中江知县程推官。眉阳苏轼谨外封。《西楼帖》

与友人　一

汝阴之别,忽十余年,不谓复此会合,增感叹也。书教累幅勤重,愧佩厚意。乏人裁写,手简草略。恕之恕之。轼再拜。《宝真斋法书赞》卷一二

与友人　二

杨都巡本欲作书,适得书,云欲来循州。恐已起发,更不作书。若尚未,且为申意庐处士。轼又问。令兄先辈不及书,不讶。
《宝真斋法书赞》卷一二

---

①□□:应为“轼启”二字。
②此句之第一个“□”,似“欲”字。

与友人　三

曹潜夫得三舟,许为多载米来,不敢指定石数,但请问潜夫,看可带多少,即依数发来。切望留意,少济都下所阙也。丁卯年租米数,且便一报。为冗迫,不及写单家兄弟书,且致意致意。轼又上。

兼托曹潜夫买少漆器,仍于公裕处支钱,乞依数付与。诸事不免一一喧聒。向时侄孙带不尽米,知寄在强景仁家,如未曾寄与人来,可便付潜夫也。《宝真斋法书赞》卷一二

与友人　四

□纸示喻戎主病逊之事,此亦闻□者。初报十二月三日已殂,秘而未发,近乃知其未也。胡雏勇悍猜忍,得志恐不复静,识者颇忧之矣。而我将骄卒惰,缓急决不可用,此忧尤大,然慎不可先事有作。□说作事①,只阅习大处,亦能致敌疑,疑则彼必先之,如何□□□请□因疑而发②,不可不慎也。□□□惟积谷一事。此外则是择帅,_{莫用韩缜之类}。择使及馆伴、接伴,_{莫用王子韶之类}。此在庙堂至公无私耳。轼体问得一事,胡雏若得志,必有险薄贪利之臣出而为之谋,虽未敢渝盟称兵,必须时遣三二十人钞劫边民。若得利而归,我不能制,其来必频,人数渐多,其利愈博。若移文诘问,即云不知,□此不已,必开边隙,此必然之势也。近霸州文安县贼是矣。_{必已知其详}。捕盗官吏但防护他出境而已。轼谓此一事最近最切,当深留意。官军近骄惰,带甲行十里便喘汗,见贼一二

---

① □:似"未"字。
② □请:"□"似"之"字。

十人解走者，即是精兵，此等决不可恃也。惟有缘边人户，自相团结，为弓箭社。此人饮食长技与虏同，守护亲戚坟墓，人人自为战，虏独畏此耳。□为精悍得力与陕西弓箭手无异。而陕西弓箭手皆官给田，此间自是人户田地产业，不论贫富，每户团结一名，深可愧也。前辈名将，如韩魏公、庞丞相、王□相之流①，皆加意拊循。熙宁、元丰中，讲求边事至矣，然将帅皆贪功希赏之人，谓此事乃是实头。《西楼帖》

与友人　五

轼再拜：近承范子丰倾丧，亲契之深，伏想同增悲悼。蜀公笃老，有此戚戚，赖公过从时相开晓也。轼再拜。《宝真斋法书赞》卷一二

与友人　六

知君贫甚，仆亦久客乍到，未有以相济。只有五两银，短二钱。且助旦夕薪水之费，不罪不罪！舍弟想旦夕过彼也。忙甚，不悉。轼又上。《宝真斋法书赞》卷一二

与友人　七

寄示墨竹、草圣，皆极妙，所谓亹亹逼人。并示长生匮法，仆亦传得此方久矣，但未暇养练，常有从理入口之忧，所谓面上桑叶

---

① □：似"黑"字。

气,非所患也。松滋王令,邂逅一见,好学佳士也。辄托附书。适值数亲□冗迫,未暇详悉。续附递次,不宣。轼顿首。

墨竹与石,近又变格,别觅便寄去次。《西楼帖》

与友人　八

轼再启:久留叨恩,频蒙馈饷,深为不皇。又辱宠召,不克赴,并积惭汗。惟深察深察!轼再拜。宣猷丈丈计已屏事斋居,未敢上状。至常,乃附区区。轼惶恐。《三希堂法帖》

与友人　九

子由亦曾言方子明者,他亦不甚怪也。得非柳中舍已到家言之乎?未及奉慰疏,且告伸意。意柳丈昨得书,人还,即奉谢次。知壁画已坏了,不须快怅。但顿著润笔,新屋下,不愁无好画也。《三希堂法帖》

与友人　一○

子由在筠甚安。此中只儿子过馨身相随,余皆在宜兴,子由诸子在许州也。法眷各安?不及一一奉书。轼又上。《西楼帖》

与友人　一一

承寄手教,疑昔者天涯流落之语,真可怪也。然此等亦不足深考，事亦有偶然如此者。公旧传草匮子用栗蓬者，近辄失其本。告别录示下，或有已成药末，告求一二斤，尤佳。聊复为戏耳。此间多道人，博问精选，于养生之术，亦粗有得，非面莫能尽也。轼再拜。《西楼帖》

与友人　一二

令子今年何处取解？贵眷各想安胜？舍弟不住得信，无恙。恐闲知。轼再拜。

泸南不闻耗，乡中所系不小，不能无虑也。黄人闻任师中死，相率作斋，然皆以轼为主，亦一段佳事。恐要知。《西楼帖》

与友人　一三

近得侄孙行唐主簿彭书，其母四娘者又逝去，彭已扶护入京葬讫。本令此子般小儿子房下来此，今又丁忧，亦灾滞中一挠也。《西楼帖》

与友人　一四

东武小邦，不烦牛刀，实无可以上助万一者，非不尽也。虽隔数政，犹望掩恶耳。真州房缗，已令子由面白。悚息悚息！轼又上。《三希堂法帖》

与友人 一五

迈往宜兴，迨、过随行。□为学颇长进，迨论古事废兴治乱□□。观过作诗，其□亦不凡也。此亦竟何用？但喜其不废家业耳。蒙问，亦及之。轼白。《听雨楼法书》第三册

与友人 一六

轼顿首顿首：自拜违后，老妇卧病，竟不起。临老遇此灾，怀抱可知。摧剥衰羸，殆不可支。曲蒙仁念，特赐慰问，伏读感怆。本乞会稽，今乃愈北，牢落可量。冗迫中不尽区区，但恃知照而已。轼再拜。《萼辉堂法帖》第一册

与友人 一七

轼再启：武昌不获再会，至今耿耿。承惠书为别，感服不可言。来岁出按江夏，必行属县，当复过江求见也。过桃源，想复一访遗踪，鼎、澧间故多嘉处耶！《新唐书》言刘梦得《竹枝词》，至今武陵俚人歌之，亦复泛否？梦得言竹枝声含思宛转，有淇、濮之艳，若果，亦独不可令苏秀二君传其声耶？呵呵！传舍之会，恍入梦中事矣。六月廿八日。轼再拜。《渤海藏真帖》第三册

与友人 一八

疾疫方行，家人皆病，老躯亦自昏惫也。儿子方合药救疗，不

果往见许君，且为致意。疲倦，不别简。不罪不罪！知几日成行？已迁舟未？轼又白。《宝真斋法书赞》卷一二

与二郎侄

二郎侄：得书，知安，并议论可喜，书字亦进。文字亦若无难处，止有一事与汝说。凡文字，少小时须令气象峥嵘，采色绚烂，渐老渐熟乃造平淡；其实不是平淡，绚烂之极也。汝只见爷伯而今平淡，一向只学此样，何不取旧日应举时文字看，高下抑扬，如龙蛇捉不住，当且学此。只书字亦然，善思吾言！《侯鲭录》卷八

与堂兄　一

又，三弟不及上状。

十六侄不幸，忽然数月，想同增悲感。此郎君为葬他□□时挥霍，使钱过当，又放数百千利钱在人上，并索不得。有事日，只有数贯钱，葬事一□[①]，并是轼竭力与干办，虽骨肉常理不当说，然旅寓遭此颇困。今已葬讫，家中一空。媳妇头面些小尽卖添使。此外每月有六贯房钱耳，却少家卅二等钱百余贯。媳妇再三言，不可独住杀猪巷，恐别有不虞。钱物又使不足，坚要□轼左右[②]。轼因思此子不幸，轼与诸兄皆当知管，不当更有推辞，但吾兄与孀妇是亲舅生，于事体尤稳便耳。欲且权令归家，他日侄子正或吾兄到阙，却令随侍，如何？不久即是百日，俟过此即令归也。十六郎在

————

① □：似"行"字。
② □：似"归"字。

时,使却轼钱二百千,遗书令用房钱渐次还。然少别人钱多□急未到此也[①]。见卖所居屋子数间,用还家卅二,所有每月房钱,先用还任归道,次即用还子正与兄料钱。料□他家已请到闰月使了也[②]。近得子正书,令取□□头□十二月巳后,更不令清□[③]。子正有书,以十千助其葬。恐知。兄所说公服,为到京后,忘却向时之语,已裁著了。来年夏服专奉留。轼再拜。《西楼帖》

与堂兄　二

去岁,尝领书教求访佳婿,春榜下颇曾经营,皆无成效,故不敢奉报。近因司马君实之子丧偶,试托范景仁与说,他亦未有可否之语。今封景仁简帖拜呈。君实之子名康,昨来明经及第,年二十一二,学术文词行检,少见其比。决可谓佳婿矣。人才亦佳。但恐其方贵,不肯下就寒族。然闻其意,却不愿富贵家,又与轼颇善。恐万一肯,亦不可知。见说潞公、邵兴宗皆求之。请试札侄女年命,及示谕兄意如何。或以为可,即俟轼得乡中差遣过长安亟言之。若成,即俟兄得替,挈来长安过亲,亦甚稳便。事虽未十成,只中先报去,贵知兄意如何?试经营看。景仁已致仕,告词极不差。盖轼与孔文仲累言也。文仲对策极切直,都下人士谈不容口,已押出门矣。景仁,物论亦甚贤之。远书不尽,轼再拜。廿郎弟妹各安?不及作书。十六郎一房并如常,彭寿甚长成。司马康是君实之亲兄子,君实未有子,养为嗣也。《西楼帖》

---

① □:似"卒"字。
② □:似"钱"字。
③ □:似"便"字,又似"使"字。

与堂兄　三

司马亲情，近为此公移许州，未定居，见乞西京留台，未允。候见定揲，即更托景仁将书问之。若此事成，即兄须一人来否？才俟得回报，即报去次。轼又上。

作此书了，闻君实为青苗使苏□所劾。俟稍定叠，方与书也。

《西楼帖》

与堂兄　四

君实亲事，托景仁问之，未有报，恐是不肯。俟更问其果决报去。轼久怀坟墓亲友，深欲一归，但奏状中不敢指乞去处，一任陶铸，故得此也。上批出，与知州差遣。中书不可。初除颍倅，拟入，上又批出，故改倅杭。杭倅亦知州资历，但不欲弟作郡，恐不奉行新法耳。此来若非圣主保全，则齑粉久矣。知幸知幸！余杭风物之美冠天下，但倅劳冗耳。且喜兄无事，官职外得公罪，全不碍事。近有疏□，然却不该人多言，案在寺该得者非也。顷身在京，乃该。恐要知之。迫行，不详悉。轼再拜。

十六媳妇、彭寿并安，他欲相随去杭州，故且带去。然终未见兄与处置，如何为便？大哥书中已言其详，请早与熟虑示下。《西楼帖》

与堂兄　五

十二姨仍安健否？曾令王四说，令写元神一本，以其酷似先

姒,故欲见之也。不知曾写得否？切不可道弟此意,恐老人不乐也。王四不知安在？王三见说只在京漉月,不肯归罪人人。《西楼帖》

与堂兄　六

欲以数张纸楦此奠文,令不皱摺。又记得兄尝要弟写字,故寄近日所书两纸,其实以为楦耳。轼拜□。《西楼帖》

与堂兄　七

十二姨尊候必康健？近托程润之附书信,必达,因侍幸道恳。小大郎、十九郎、廿郎兄弟各安？子由常得书,甚安。轼房下四月四日添一男,颇易养,名似叔,并荷尊荫。十六媳妇、彭寿并安。屡以兄意及君素意语之,他近日渐有从人之意,诚为稳便。然亲情颇难得全,望诸兄与措意求佳者,切切！岁月易得,不宜更缓,须是彼此共与求讨。兄且在乡里待阙,且与三哥相聚,羡之。成都守官极可乐,又得照管坟墓,又羡又羡。此中公事人事无暇,又物极贵,似京师;圭田甚薄,公库窘迫,供给萧然,但一味好个西湖也。役法、盐法皆创新,盗贼纵横,上下督迫,吏民胁息,□□火□上耳[①]。乡中新事□批报[②]。十四叔必安？向要腰带,出京时寄去矣。因见,问达否。不备。轼再拜。

大哥近得书,甚安。十九郎知在彼。四小哥生计必渐成就,

---

① □□火□:似"立之火敦"。
② □:似"略"字。

如何?《西楼帖》

代侄媳彭寿与其二伯母

　　媳妇上问县君二伯母。春和,尊候万福,诸侄郎娘各安胜?承批问,愧荷愧荷! 人行速,未及拜书。惟顺时保重保重! 媳妇拜上。《西楼帖》

文集卷八十二

与史院主徐大师

轼启：久别思念不忘。远想体中佳胜，法眷各无恙？佛阁必已成就，焚修不易，数年念经，度得几人？徒弟应师仍在思濛住院，如何？略望示及。石头桥、埘头两处坟茔，必烦照管。程六小心否？惟频与提举是要。非久，求蜀中一郡归去。相见未间，惟保爱之。不宣。轼手启上治平史院主、徐大师二大士侍者。八月十八日。《盛京故宫书画录》卷二

与佛印禅师

轼启：人至，辱书，承法体佳胜。离扬州日忙迫，不复知公在郡也，但略见焦山耳。今承示喻，知世外尚劫劫如此，吾辈何足道耶！妙高诗，聊应命耳。仆不知大颠如何人，若果出世间，岂一退之能轻重哉！今日过召伯埭，自此入尘土侠猾之乡矣。回望山水间，麈塵妙谈，岂可复得！惟千万为众自重。不一一。轼再拜佛印禅师足下。八月廿九日。《西楼帖》

与久上人

轼启：辱书，承法体安隐，甚慰想念。北游五年，尘垢所蒙，已化为俗吏矣。不知林下高人犹复不忘耶？未由会见，万万自重。不宣。轼顿首坐主久上人。五月廿二日。《三希堂法帖》

与贤师上人

辱简，喜闻法履增胜，知续修者琴颇有声韵，不知何日可得也。法酝三壶，充下药。不一。《五百家播芳大全文粹》卷七〇

与大觉禅师

近不复如往日爱书画闲物，盖衰老，事事寡悰，公犹以往日之意见期也。慎勿见示他画杂物之类。切切！《五百家播芳大全文粹》卷七〇

与某禅师

轼虽已买田阳羡，然亦未足伏腊。禅师前所言下备邻庄，果如何？托得之面议，试为经度之。及景纯家田，亦为议过，已面白得之，此不详云也。冗事时渎高怀，想不深罪也。轼再拜。《三希堂法帖》

与王晋卿（残）

花栽乞两荼蘼、两林檎、两杏。仍乞令栽花人来，种之玉堂前

后,亦异时一段嘉事也。《苏文忠诗合注》卷二八《玉堂栽花周正孺有诗次韵》题下引施注

与张忠甫　一

志文,路中已作得太半,到此百冗,未绝笔,计得十日半月乃成。然书大事,略小节,已有六千余字,若纤悉尽书,万字不了,古无此例也。知之知之!《容斋随笔·四笔》卷二

与张忠甫　二

志文,谒告数日,方写得了。谨遣持纳。衰病眼眩,辞翰皆不佳。不知可用否?《容斋随笔·四笔》卷二

与章质夫　一

某近者百事废懒,惟作墨木颇精。奉寄一纸。思我当一展观也。《春渚纪闻》卷六

与章质夫　二

本只作墨木,余兴未已。更作竹石一纸同往,前者未有此体也。《春渚纪闻》卷六

与章质夫　三

多日不奉书状，蒙庇如昨。但侍者病亡，旅怀不免牢落，方营葬之，更何可了。目前纷纷，须已事乃释然耳。有诗悼之，其略曰："伤心一念还前债，弹指三生断后缘。"恐公欲知此意，不深念也。数日前，飓风淫雨继作，寓居墙穿屋漏，草市已在水底，蔬肉皆缺。方振履而歌《商颂》，书生强项类如此。想闻此捧腹掀髯，一绝倒也。《名贤氏族言行类稿》卷二六《章楶传》

与章质夫　四

朝云葬丰湖上栖禅寺松林中。前瞻大圣塔，日闻钟梵。墓得如此，不负其宿性。顷尝学佛法于泗上比丘尼义空，亦粗知大意。且死，诵《金刚经》四句偈乃绝。因蒙公记怜之，故一报也。《名贤氏族言行类稿》卷二六《章楶传》

与章质夫　五

屡承下访荙荛，不肖岂复有所见出公之意表者？但窃闻一事，公会用香药，皆珍异之物，极为番商坐贾之苦。盖近岁始造此例，公若一奏罢之，虽不悦者众，然于阴德非小补也。某与公皆高年，实无复丝毫有求于人者，所孜孜慕望，唯及物之功，以资前路，不厌多尔。非质夫，岂出此言！千万裁察。《名贤氏族言行类稿》卷二六《章楶传》

与□质夫提刑①

　　徐令往还齐安，屡接其语笑，殊佳士，得在治所，甚幸甚幸。许为致峡州怪石，虽非急务，然亦为幽居之尤物也。石出归、峡间，新滩之下，扇子峡之上，嵌空翠润，有圭璋之质，未为世人所知，公始以遗仆。使此石见重于世，未必不由吾二人也。康熙《广信府志》末一卷

与高梦得帖

　　近辱临访，喜接笑语。从者遽还，不尽区区。人来，领手教，开谕累幅，足见相属之厚。然称述过当，皆非所敢当。仆举动疏谬，龃龉于世，既忝相知，惟当教语其所不逮。反更称誉如此，是重不肖之罪也，悚息悚息！新阕尤增咏叹，然《柏舟》之讽，何敢当此？诸事但旦暮静默，事既无补，祗益增嫉耳。如因入城，幸略见顾。未间，珍重。不宣。《五百家播芳大全文粹》卷六六

与程德孺

　　轼启：春中□□□□必达。久不闻□，渴仰增积。比日履兹余□，尊侯何似？眷聚各无恙？轼蒙庇如昨。二哥□春□□□有书问往还，甚安也。子由不住得书，甚健。会合何时？惟祝倍万保啬。不宣。轼再拜德孺运使金部老弟左右。七月廿六日。故宫博物院藏

---

① □：当为"章"。

与王郎书

少年为学者，每一书皆作数次读。书之富，如入海，百货皆有。人之精力不能兼收尽取，但得其所欲求者尔。故愿学者每次作一意求之，如欲求古今与兴亡治乱作用，且只作此意求之，勿生余念。又别作一次求事迹文物之类，亦如之。他皆仿此。若学成，八面受敌，与涉猎者不可同日而语。《艇斋诗话》

与子敦书

轼启：去国十五年，复归见朋旧，以为大庆。束于宪令，曾不几见。而公又出使，遂尔轻别。此怀不佳，殆求易言。数日起居佳胜？闻今日当行，果尔，遂不获面违，千万善爱。早还禁近，慰中外之望。微疾乏力，不尽区区。轼顿首再拜子敦龙兄阁下。八月二十日。上海图书馆藏《郁孤台法帖》

与梦得书

轼将渡海，宿澄迈。承令子见访，知从者未归。又云恐已到桂府。若果尔，庶几得于海康相遇；不尔，则未知后会之期也。区区无他祷，唯晚景宜倍万自爱耳。匆匆，留此纸令子处，更不重封。不罪不罪！轼顿首梦得秘校阁下。《停云馆帖》卷五

与曹君亲家

轼启：衮衮职事，日不暇给，竟不获款奉，愧负不可言。特辱

访别,悢怅不已,信宿起居佳胜? 明日成行否? 不克诣违,千万保重保重! 新酒两壶,辄持上,不罪浼渎。不一一。轼再拜主簿曹君亲家阁下。八月十九日。《石渠宝笈续编》养心殿藏六六函四册

致运句太博帖

轼启:适辱教,不果即答,悚悚。晚来尊体佳安? 惠贶临安香合,极佳妙,领意之厚,敢不捧当,但深感怍也。谨奉启上谢,不宣。轼再拜运句太博阁下。十六日。 台北故宫博物院藏

与候德昭书

蒙示新论,利害炳然,文亦温丽,叹伏不已,但恨罪废之余,不能少有发明尔。 光绪《韶州府志》卷三二《候晋叔传》

与道源秘校帖

谪居穷陋,首见故人,释然无复有流落之叹。衰病奇拙,所向累人,自非卓然独见,不以进退为意者,谁肯辱与往还? 每唯此意,何时可忘? 别来又复初夏,思企不可言,远想即日尊候佳胜? 两辱手书,懒不即答,计已获罪左右。然惟故人能知其性气,盖懒作书者有素矣,中实无他也,更望宽之。知到官又复对换,想高怀处之,无适而不可。江令竟不肯少留健,决非庸人所及也。无由面言,万万以时自重。不宣。《五百家播芳大全文粹》卷六六

与杨次公启

轼启：京师附递，急于通问，不暇作四六，亦忝雅□，不敢自外也。过蒙来示，感悚兼极。比来起居佳胜？轼已到毗陵，旦夕瞻□，实深欣慰。未间，更望顺时自重。不宣。轼再拜次公提刑主客执事。六月廿一日。《荨辉堂法帖》第一册

与僧法泰书

今正寄银六两，助成舍利椁也。卑意并是为先人先姚追荐。告烦大师惠锡于佛前烧香初愿，过悚，忽忽。特烦以生日惠贶经数香华为寿，感刻。人回，无以为意，青丝禅段一枚，鹿茶芽五斤，深送土微鲜，至愧至愧！轼白。《济南金石志》卷四

贺王钦臣除太仆卿启

万事不理，问伯始而可知；三箧若亡，赖安世之犹在。《泊宅编》卷上

谢庄公岳书

蒙假二卒，大济旅途风水之虞，感戴高谊，无以云喻。方走海上益远，言之怅焉永慨！《鸡肋编》卷上

与李惟熙书

然某缘在东南,终当会合,愿君志之,未易尽言也。《梁溪漫志》卷四

岭外归与人启

七年远谪,不意自全;万里生还,适有天幸。《苕溪渔隐丛话》后集卷三〇

覆盆子帖

覆盆子甚烦采寄,感怍之至。令子一相访,值出未见,当令人呼见之也。季常先生一书,并信物一小角,请送达。轼白。台北故宫博物院藏

食粥帖

夜坐甚饥,吴子野劝食白粥,云能推陈出新,利膈养胃。僧家五更食粥,良有以也。粥既快美,粥后一觉,尤不可说,尤不可说!《梁溪漫志》卷九

嗜甘帖

予少嗜甘,日食蜜五合,尝谓以蜜煎糖而食之可也。吾好食姜蜜汤,甘芳滑辣,使人意快而神清。《瓮牖闲评》卷六